中公文庫

不連続殺人事件

附・安吾探偵とそのライヴァルたち

坂口安吾

中央公論新社

目次

不連続殺人事件　附・安吾探偵とそのライヴァルたち

不連続殺人事件

登場人物

矢代寸兵　作家
矢代京子　寸兵の妻
巨勢博士　探偵

歌川一馬　詩人
歌川あやか　一馬の妻
歌川珠緒　一馬の妹
歌川多門　一馬の父
歌川加代子　一馬の妹
下枝　歌川家の小間使い
富岡八重　女中
海老塚　医者
諸井琴路　看護婦
南雲由良　多門の妹
南雲一松　由良の夫
南雲千草　一松・由良の娘
神山東洋　弁護士。多門の元秘書
神山木曽乃　東洋の妻

坪田平吉　小料理屋「ツボ平」の主人
坪田テルヨ　平吉の妻

望月王仁　作家
丹後弓彦　作家
内海明　セムシの詩人
三宅木兵衛　フランス文学者
宇津木秋子　作家。木兵衛の妻。一馬の元妻
人見小六　劇作家
明石胡蝶　女優。小六の妻
土居光一　画家。通称「ピカ一」
奥田利根吉郎　復員軍人。論語研究家

平野雄高　捜査部長。通称「カングリ警部」
荒広介　刑事。通称「八丁鼻」
長畑千冬　刑事。通称「読ミスギ」
飯塚文子　刑事。通称「アタピン」
南川友一郎　巡査

一　俗悪千万な人間関係

　昭和二十二年六月の終りであった。私は歌川一馬の呼びだしをうけて日本橋のツボ平という小料理屋で落ちあった。ツボ平の主人、坪田平吉は以前歌川家の料理人で、その内儀テルヨさんは女中をしていた。一馬の親父の歌川多門という人は、まことに我ままな好色漢で、妾はある、芸者遊びもするくせに、女中にも手をつける。テルヨさんは渋皮のむけた可愛いい顔立だからむろん例外ではなく、その代りツボ平と結婚させてくれた時には小料理屋の資金も与えてくれたのである。一馬の東京の邸宅は戦災でやられたから、彼は上京のたびツボ平へ泊る。

「実はね、だしぬけに突飛なお願いだが、僕のうちで一夏暮してもらいたいのだ」

　一馬の家は汽車を降りて、山路を六里ほどバスにのり、バスを降りてからも一里近く歩かなければならないという不便きわまる山中なのである。そんなところだから、私たち数名の文士仲間は、戦争中彼の家へ疎開していた。ひとつには彼の家が酒造家で、酒がのめるという狙いの筋もあったのである。

「わけを話さないと分ってもらえないが、この月の始めに望月王仁の奴がふらりとやってきた。すると丹後弓彦と内海明がつづいてやって来たのだ。妹の珠緒の奴が誘いの手紙をだしたからで、一夏うちへ泊るという。君だから恥を打開けてお話するが、珠緒の奴、この春、堕胎したのだ。相手が誰ということは全然喋らないから今もって分らないが、ひと月のうち半分ぐらいはフラリと上京してどこに泊ってくるのだか、手のつけようがなくなっていたのだ。御承知の通り望月王仁という奴は、粗暴、傲慢無礼、鼻持ちならぬ奴だが、丹後弓彦の奴がうわべはイギリス型の紳士みたいに叮重《ていちょう》で取り澄ましているけれども、こいつが又傲慢、ウヌボレだけで出来上ったような奴で、陰険なヒネクレ者でね。内海明だけは気持のスッキリしたところがあるけれども、例のセムシで姿が醜怪だから、差引なんにもならない。三人もつれて喧嘩ばかりしていやがる。珠緒の奴はそれが面白くて誘いをかけた仕事なんだよ。僕らはやりきれやしない。からんだり、睨みあったり、セムシの奴なんぞは時々立腹して食卓の皿を床に叩きつけたりね、一人の姿を見ると一人がプイと立去るという具合で、僕らのイライラ不愉快になることと云ったら、まったくもうゆっくり本を読むような心の落着きが持てないのだね。そこで誰言うとなく、いっそ昔の顔ぶれ、戦争中疎開に来ていた顔ぶれだね、一堂に会して一夏過そうじゃないか、東京は飲食店が休業だから丁度よかろう、なんてことになった。彼らもそれを望んでいるが、僕らも実は助かる。彼らは退屈まぎらしのつもりだけれども、僕らは奴らだけじゃ息苦しくって、ほかに息ぬきのできる人たち、木ベエにしろ小六にしろ、居てくれた方が助かる。まぎれる。別して君には是非とも来てもらいたいのだ。木ベエも小六も来ることになって、実はあさって一緒に出発することになっているんだがね」

「宇津木さんもか」

「むろん一緒だ。胡蝶さんもくる。その為に一夏舞台を休む事にした程だから」

女流作家宇津木秋子は今はフランス文学者の三宅木兵衛と一緒にいるが、もとは一馬の奥さんだった。もともと話合いの上で別れたことで、文学者同志のことだから、あとは綺麗なものだけれども、問題は一馬じゃなくて、望月王仁だ。疎開中、当時一馬夫人だった宇津木秋子と木兵衛と話がすすんで、終戦、東京へ引上げるという時に話し合いの上で一馬が離婚を承諾した。一馬も元々秋子にてこずり、殆ど未練はなかったのである。

秋子は非常に多情な女だ。疎開中は木兵衛よりも王仁と交渉が深かったのだが、王仁の奴が全然貞節の念をもたない奴で珠緒とも関係があり、女中だの村の娘だの八方に情痴沙汰、秋子なんぞは食後の果物、オヤツ程度にしか心得ていないから、秋子もあきらめて、木兵衛と一緒になった。然し内心は相当王仁に参っている。王仁は天下の流行作家であるし、傲慢無礼、粗雑、野性的なところが肉感派の秋子に魅力なのだろう。秋子は本能の人形みたいな女で、抑制などのできなくなる痴呆的なところがあるから、山荘へ行く、王仁とそのままでは済まない筈だが、木兵衛という奴、理知聡明、学者然、乙にすまして、くだらぬ女に惚れてひきずり廻されて、唯々諾々というのだが、そのくせ嫉妬で胸が破れそうなことも云っている。一馬の招きに応ずるなどとは全くバカげた奴だ。

私は然し、この招待は、なるほど一馬の述べたような理由によるものと思うけれども、一馬自身がこの計画に乗気の理由の最大のものは別に隠されているのだろうと思った。狙いはむしろ胡蝶さんにあるのだろう。胡蝶さんがよびたいのだ、私はそう思う。

明石胡蝶は劇作家人見小六の奥さんで、女優だ。満身色気、情慾をそそる肉感に充ちているが、胡蝶さんは王仁のような粗暴な野性派が嫌いで、理知派の弱々しい男が好き、人見小六などはネチネチ執拗で煮えきらなくて小心臆病、根は親切で人なつこいタチなのだが、つきあいにくい男だ。胡蝶さんは一馬が好きで、一馬の方が積極的に出さえすれば小六を捨てて一馬に走るぐらいの気持はいだいている。

あの頃は然し一馬は臆病だった。宇津木秋子は三宅木兵衛と共に去る。元々未練のない女とはいえ置き去られては心中暗澹、疎開客は終戦と共ににわかに去り、小六も胡蝶さんも去った。彼は孤独というものが何よりも自分の望む愛人のように、あの時はむしろ厳しい勇気にみちて、一同を見送り、孤独に閉じこもったように見えた。

ひと月ふた月に一度ぐらいずつ上京のたびに、世相の変転は彼の心に大きく影響して、去年の春ごろだか、今の奥さんのあやかさんに会った。あやかさんは女学生のころは詩などを作っていたそうで、主知派の異才歌川一馬といえば文学少女には相当魅力のある中堅詩人だから、そのころ三、四度お友達と訪問したりなどしたことがある。然し詩はあやかさんには付焼刃《つけやきば》で、実際は詩などに縁もゆかりもない人だ。だから女学校を卒業すると、もう一馬を訪れはしなかった。

去年再会したときに、あやかさんは土居光一という画家と同棲していた。彼の絵は最もユニックだと云われ、鬼才などともてはやされているが、私はそうは思わない。シュルレアリズム式の構図にもっぱら官能的な煽情一方のものをぬたくり燃えあがらせる、ちょっと見ると官能的と同時に何か陰鬱な詩情をたたえている趣きのあるのがミソで、然し実際は孤独とか虚無の厳しさは何一つない、彼はただ実に巧みな商人で、時代の嗜好に合わせて色をぬたくり、それらしい物をでっちあげる名人だ。だから絵自体の創作態度も商品的だが、又、売込みの名人で、終戦後は画家の苦境時代だが、彼は雑誌社や文士に渡りをつけて、挿絵の方で荒稼ぎ、相変らず鬼才だのユニックな作風などと巧みにもてはやされている。

一馬は別人のようだった。色々抑えていたものが、時代の変転、彼に発散の糸口を与えたものか、オレだって女房を寝とられているんだ、何かそんな居直り方のアンバイで、全くもう女に亭主のあることなど眼中にない執拗さ、ひたむき、食い下ったものである。

尤も、あやかさんは美しい。飛び切りという感じがある。あやかとはうまい名をつけたもので、遊び好きで、くったくがない。しかしシツコイことが嫌いなようで、一馬の執念深さ、柄に合わない居直り方にシカメッ面を見せる気配も見受けられたが、こういう人を天来の娼婦型とでもいうのか、つまり貧乏が何より厭なのだ。土居光一は画家の中では挿絵をかいたりして収入のある方だが、この物価高ではタカの知れた収入で、一足の絹靴下も買ってもらえない。一馬の方は元来が大金満家の御曹子《おんぞうし》のところへ、時局的にも酒造家であり、数十万町歩の山林は持っている、イヤでも闇の大金がころがりこむ、上京のたびに金庫からチョッと一つかみ札束つかんでくる、一つかみぐらい減ったって減ったあとも分りやしないが、鼻紙みたいに掴んでくる札束が七、八万円はあるという下々には見当もつかない景気で、遊ぶこと、おいしい食べもの、美しい着物、豪奢の好きなあやかさんはお金に惚れてしまった。アッサリ土居光一に引導を渡して、正式に一馬と結婚した。それが去年の晩秋ごろであった。

尤も商才にぬかりのない土居光一のことで、即坐に一馬と膝づめの商談、女郎だってミウケの三万や五万は今時かかるんだから二十万円でミウケしろという、私が間に立って十万に値切って出たが、十五万円でケリをつけた。

なアに、あの女はオレでなきゃアだめなんだよ。俺の肉体でなきゃアね。オレの肉体は君、ヨーロッパの娼婦でも卒倒するぐらい喜ぶんだからな。吹けば飛ぶような三文詩人じゃないか。まもなくオレのところへ涙を流して、あやまって、帰ってくらあ。

土居光一は私にそう言った。然し、自信満々の和製ドンファン先生もこいつはダメだろう。あやかさんという人は一人の男ぐらい屁とも思っていないので、世界中の男が、つまり自分のよりどり随意の品物に見えるというような楽天家じゃないかと私は思う。

土居光一がミウケ代と称して二十万円を請求した時には大いに誇りを傷けられて、まったくこういう楽天的な麗人は男なんか屁とも思わぬくせに、小さなことでひどく誇りを傷けられ無性腹を立て、ゲキリン、復讐、復讐もしなかったけれども、大変な見幕で怒ったもので、ひどい喧嘩別れをしたという話であった。

そのことを私が言うと、土居光一はゲラゲラ笑って、バカな、喧嘩なんて、男同志だって結局仲直りのチャンスじゃないか、男と女の喧嘩なんて、他人同志なら元々喧嘩なんかしやしないや。ひどい喧嘩別れをしたというのは、ひどく仲良しになる条件があるということなんだ。わかったかい。彼は自信、ウヌボレの化身であった。

もとより土居光一の予想は外れて、あやかさんはもはや彼には一顧にも及ばなかったが、然し一馬も決して幸福な結婚ではなかったようだ。尤も別に浮気をするというような事ではない。あやかさんは衣の下から身体の光りが輝いたという衣通姫《ソトーリヒメ》の一類で、全身の輝くような美しさ、水々しさ、そのくせこんなに美しく色っぽく見える人は御当人は案外情慾的なことには無関心、冷淡、興味がすくないのか、浮気なところは少い。ただ上京のたびに豪奢きわまる買物をして、大喜び、お気に入りの衣裳や靴ができてくると、喜び極まり第一夜はその衣裳をつけ靴をはいて寝てしまうというテイタラク、まったく定跡のない人物なのである。

万事につけてひどく愛くるしいから、クレオパトラのようなツンとした女王性は微塵もないけれども、わがままであり、人の心をシンシャクしない。女房の義務など考えていないから、亭主へのサービスなどは思ったこともなく、したがって、亭主が何をしても平気の平左という様子、これが一馬には物足りない。自分一人を特別の男として特別に見てくれる風がないから、ノレンに腕押しの力負けで、物足りなかったり、不安であったり、無念であったり、それで恨みを述べると、あべこべに立腹されてしまうから、一馬先生顔色を失い、このところ全く圧倒されて、男一匹、わが身の拙なさ、だらしなさ、それとなく懊悩、叛逆の色も深い。

実際はあやか夫人に惚れすぎているからのことであるが、こうなると、浮気みたいなものがしてみたいような気持になるもので、私は疎開愚レン隊を一夏招待、これはどうも胡蝶夫人が狙いの筋ではないかと思った。彼のような坊っちゃんは人に好かれるのが嬉しくて、それを知らぬふり、そんな様子をしてみるのが好きなのだ。特に人の奥さんが亭主よりもひそかに自分を思ってくれるというようなことを確めて、それとなく素知らぬ素振りでその愛情を弄《もてあそ》びいたずらするのが愉しいので、それは趣味上のこと、浮気というようなものではなくて、自ら飛びこんで口説くことなどできやしない。する気もない。するほど惚れていやしないのだ。

そういうタチの一馬が、自分がはからずもあやか夫人に惚れてふり廻されるハメに立ち至ったから、ふり廻されるという外部の形式が感覚的に残念無念で、私には彼のそういう心理はよく分るのである。だから充ち足らざる部分を胡蝶夫人を招待して、ひそかにその愛に甘え、むしろ胡蝶夫人の純愛を弄び虐待し、そんな気持があるので、本当はあやかさんに惚れているのだ、ウッカリすると取り返しのつかないことになる。私はそんな風に考えた。

然しいくら坊ちゃんとは云え、年齢四十、立派な文学者で詩人のやること、魔に魅入られても十字架は自分自身で負いきるべき御仁のことで、私がそれを気にやむまでのことはない。

私は然し、私一個の私事として、この招待には応じ得ぬ理由がある。なるほど、望月王仁という無法者が乗りこんでいる。そこへ丹後弓彦という取り澄したヒネクレ者と内海明という陽気なセムシが乗りこんで、からみ合い、睨み合い、すね合っていたんじゃ、外にお化けの一連隊でも呼びたくなるのは尤もであるが、古い腐った蜘蛛の巣みたいなものがネットリからみ合った男と女を一堂に集めて、その陰鬱陰惨なつながり、からみ合い、思っても不快、悪趣味、厭じゃないか。そこに私が加わると、尚更いけない理由があった。

私の女房の京子は、一馬の親父の歌川多門の妾であった。妾や手カケの数あるうちで、特別寵愛のこもった女で、だから戦争中、まさか自宅へ入れるわけには行かないから（当時は梶子夫人がまだ存命であった）、自分の村の一軒をかりて疎開させた。私は京子と恋におちて、終戦と共に強奪して、東京へ引揚げてきたのである。

多門の怒りは狂暴なもので、風の便りにもいっかな余憤おさまらず、あいにく又、大臣級の政治家で、これからオレの天下と大いに希望のあったところを、てもなく追放になる、すっかり苛々、私がつまりその苛々の分まで憎まれ役に廻っていたようなものである。然し去年の夏、梶子夫人が死に、まもなく下枝という村の相当の家の娘に目をつけて、無理に小間使いに、つまり侍女、妾、それで御機嫌が直ったそうで、追放後の閑のからだを今では十九の小娘を寵愛して鼻の下を延しているという話であった。

「モクベエや小六と違って、僕がまさか君の家へ行ける筈がないじゃないか。御尊父の御機嫌がいくらかまぎれているにしても、僕はそのいくらかでも不快な思いを好んで見たくはないからな。僕はともかく、京子は身ぶるいするだろう。それは出来ない相談だね」

「然しね、まア、もうちょッと我慢して、きいて欲しい。君にだけは、すべてを打ちあけてお話するつもりなのだから。僕の精神上の極めて雰囲気的なお伽話もあるし、それから、いささか通俗的な犯罪実話もある」

彼はポケットから一枚の封書をとりだした。

「見てごらん。こんなイタズラをしかける奴があるんだ」

ごく有りふれたレターペーパアに、次のように書いてある。

> お梶さまは誰に殺されたか。

すべては一周忌に終るであろう。
憎しみも呪いも悲しみも怒りも。

巧い字じゃない。然し手蹟を隠して書いた字だろう。安物のインクを使い、シミがたくさんできている。スタンプによる発信地は、近くの町で、東京から行けば、その町で汽車を降りることになる。彼の家は更にそこから七里ほどバスで山径を走らねばならぬ。然しともかくこの田舎町は彼の村から最も近い都会であり、村人の買い物は概《おおむ》ねこの町を利用し、間に合せる。

「これは然し、ハイカラな文章じゃないか。ハイカラ以上に、文学的だな」

「この手紙は僕に宛てたもので、犯人を誰とも書いてないけれども、僕に宛てたところをみると、僕を犯人に当てているのかも知れないね。御承知の通り、うちの母は二度目の母で、僕の母が死んだ後お嫁にきて、だから年も僕と三つしか違わない、去年八月九日に四十二で死んだのだ。然し僕がこの母を殺す何の理由があるだろう。この母は元々ゼンソク持ちだった。心臓ゼンソクという奴だ。それが怖いものだから、海老塚というビッコの医者、これは落魄《らくはく》した遠縁の子弟だが、これに学費を給与して内科を学ばせ、五年ほど前、村へ住居を与えて開業させた。山中の無医村で開業するには内科だけじゃいけないので、外科も耳鼻科も眼科も、歯科まで一手に兼ねなければならないから、父などはあまり早くよびよせるのは反対で、全科にわたって一応習得させる時間を与える方が村のためだと云うのを、いいえ、私のためによぶ医者ですから、と云って、卒業後研究室に一年ぐらいいただけで強制的によびよせた。医者の当人が学究肌だから、それが非常に不服であったほどで、こっちへ来てから表面従順ではあったが、ソリが合わなかった。恩を忘れて不親切だと云って、母は医者を怒っていたが、逃げられると困るので、不満があるのも堪えていたようだ。ゼンソクという奴はひどい苦しみ方だから、腹這いにタタミをむしる。まったく母はタタミをむしりながら苦しみ死にを遂げたもので、何本注射をしてもダメだった。これは心臓ゼンソクの普通のことで、特別どうということはない。然し苦悶の様相のうちのたぶん極限のものだろうから、ここへたとえば毒殺という外からの手段が加えられても見分けはつかない。外に出血とか死斑とか、そういうことは別として、苦悩の様相だけでは、ね。然し、出血も死斑も特別なものは何もなく、死んでからは安らかな顔で、もとより毒殺などとは誰一人考えた者もなく、葬ったのだ。そんな噂が私たちの耳にとどいたのは今年になってからだろう。臨終には女中から出入の者まで集っていたのだから、苦悶の様子を見ている。山中の暇な村人だから尾ヒレがついて、そんな話になったのだろうが、ほッてもおけないから海老塚医師にきただしたら、大きな目玉をむいたきり、返事もしなかった。あれはそういう人物で、分りきったことには返事をしないタチなのだ。ビッコで、そういう不具のヒガミからきたような偏屈なところがあって、お喋り嫌いの人づきの悪い男だ。そのうち、食事に家族が集ってる時、珠緒の奴がふいに私に向って、近頃村じゃアお兄さんがうちのお母さんを毒殺したんだなんて噂があるそうよ、と大きな声で言いやがった。むろんこれは冗談だ。あいつはそういう人の悪いイタズラをしたがる奴なんだ。人の一番いやがることをね。あいつときたら、あいつはお梶お母さんのたった一人の実子のくせに母親が死んだって悲しむどころか、全く涙ひとつ、こぼしやしないんだからな。叱る人がいなくなって、これで大ッピラに大いに遊べるとハリキッたような始末なのだ。然し、あいつにしたって、こと、いやしくも殺人犯だから、そうバカな冗談も言わないので、実は当時、別に犯人は誰それだというまことしやかな風聞があった。君達も知っている諸井という看護婦、あれのことだ。変に色ッポイ女だからな。たしかに父と関係はあった。君がお京さんとああなって後は別して相当の交情があったことも事実だろう。それで母を殺して後釜を狙ったという、これは如何にも村の噂に手頃の新派悲劇的人間関係じゃないか。農村の噂なんて、みんなこれぐらい月並なものさ。こんな噂があるから、妹の奴、安心してあんなひどい冗談を言いやがった。むろん誰もゾッとなんかしやしない。凄味なんか、ないからね。ゲタゲタみんな笑いだした。然し、僕自身は、やっぱり寝ざめは悪い」

　諸井琴路という看護婦は今はたぶん、ちょうど三十前後だろう。だいたい女、若い女というものは英雄愛好家だから、戦争ともなればただの娘も看護婦になって従軍するぐらいの夢は見がちのもので、看護婦ならみんな戦地へ志願しそうな鼻息のものだが、この諸井という女は別で、凡そ架空な夢の少い、冷めたい女であった。男の冗談などには取りあいもしない。五尺四寸五分だとか、日本の女に珍しい延び延びして均斉のとれた美事な体格で、顔もまずくはない。漁色漢の望月王仁は、ああいう女はムッツリ助平と云って、冷めたく取り澄しているくせに内心は淫らなものだ、案外ウブなもんで変に情熱があって一晩はよろしいものだ、などと大いに働きかけたが、全然手ごたえがなかった。

戦争になって看護婦というものが戦地へ駆り立てられてひどく貴重品になったとき、東京のかかりつけの病院にいたこの看護婦が戦地へ徴用されちゃイヤだなとこぼしていたので、無医村の看護婦という立派な口実に許可を得て連れてきて、海老塚医院へおかず、自宅の一室を与えて昼だけ医院へ通わせる。自分の都合もあるけれども、外にも名目があってこの家には外に二組の病人があった。

一つはここへ疎開の南雲一松という老人がここへ来てから中風で寝ついている。一松の妻女はお由良婆さまとよばれ、歌川多門の実の妹だ。この人も半病人で、生来の虚弱からヒステリーの気味で、お梶さんとは特別折合いが悪い。多門という人は特に肉親の情愛などはないけれども、世間並のことならなんでも鵜呑みに気にかけないタチだから、妹一家が疎開する、よかろう、面倒みてやれ、病気になった、よかろう、手当をしてやれ、それだけのことで、大きな家で金も物資もあり、自分の邪魔になるところは何一つないから、ちっとも気にかけない。そんな人間共が寄食していることも忘れている。けれども女はそうはいかない。別してお梶さんは後妻で、多門の子供みたいな年で、昔から反目していたから一緒に住むと巧くいかない。

　お由良婆さまの子供は男一人女四人だが、男は技術家で外地へ行っており、この戦争に潜水艦で死んだそうだが、女は二人死んで、一人は嫁に行って満鉄にいる。末娘だけが未婚で、一緒に疎開しているのだが、お梶さまの娘の珠緒さんとこの千草さんが犬猿ただならず仲が悪い。珠緒さんは美人だが千草さんは以ての外の不美人で、目がヤブニラミでソバカスだらけ、豚のように肥っている。肥っているのに神経質で意地悪でひねくれており、ヒガミが強いから、奔放な珠緒さんの意味のないことまで悪意にとって恨んでいるから、珠緒さんは腹に物をためておけないタチでガラガラピシャピシャやっつける。これが又、母親同志の反目の種になるのである。お梶さまは和歌など物して短歌雑誌に投稿している人だから、オットリ奥さま然としているけれども、病的に潔癖な神経があって、嫌いだすと百倍嫌いになるようだった。

　もう一人の病人は加代子さん。これが大いに問題の人だ。この人の母親は死んでいる。お祖父さん、お祖母さんは歌川家の飼い殺しの下男と女中頭で、喜作爺さん、お伝婆さん、どちらも人の好い、いつもニコニコ、大へん感じのよい召使いだ。

　加代子さんは言うまでもなくこの二人の老人の孫だけれども、実は多門の落しダネで、女中の母親が身ごもり生み落した娘だ。だから召使いの部屋の一つにいるけれども、女中の手伝いをするわけでもなく、服装なども華美ではないが小ざっぱりした都会風のものを当てがわれている。この娘がまことに美しい。清楚、純潔、透きとおるように冴え澄んだ美しさだ。

けれども十七の年から肺病で、女学校の四年の時、寄宿舎で発病して一時入院したが、退院後は女中部屋の一室で、寝たり起きたり、たいがい読書をしている。

珠緒さんよりも二ツ年上、珠緒さんが二十二なら、加代子さん二十四、千草さんはその二つ年上で、二十六になっているだろう。

この隠し子の存在にはお梶さまも相当煩悶した由であるが、自分の結婚前ということが、ともかく納得の手蔓ではあったらしい。私はよく知らないが、母親の女中さんはお梶さまが来てから首をくって死んだとか、そういうことがあって、お梶さまの加代子さんへの呪いは下火になったのだそうだ。この病気には食物が大切だからと特別の滋養物なども心がけてやり、服装なども人前へでて恥しくないものを心がけるという風で、諸井看護婦にも、お加代には気をつけて、と言い含めたそうだ。

だから加代子さんに微熱があると看護婦を病院へやらず、附添わせる。南雲一松翁さんやお由良婆さまが相当の変調でも、いいから病院へ行ってきなさい。忙しいでしょう、と言う。諸井看護婦が又、冷めたい女で、俗な情愛の稀薄な人だから、愚痴っぽくメソメソとヒステリーじみた南雲一族が嫌いで、よく面倒見てやらない。その呪いがお梶さまに集まり凝っていたわけだ。

お梶さまは危篤の時、死の直前のもはや畳をむしる苦悶の力すらも衰えかけたとき、みんな居る、そうきいた。そしてそれらの言葉は殆どよく聞きとることが不可能だったが、南雲一家の者はあっちへ行ってくれという意味のことを言ったようであった。然しそれは明確に聞きとることができなかったので、お梶さまの枕もとに一番近く坐っていた珠緒さんも、実際はどう言ったのか、分りゃしないわ、と言っているそうである。

「この脅迫状は全くバカげたものさ。こっちは身に覚えがないことだから、手紙の文句の方は、僕は気にかけていない。村の疎開者かなんか、暇で、ヒネクれた奴のイタズラだろうよ。僕が君をたよりにしているのは、これは僕のあまりひどい我がままだけれども、君よりも実のところは、どうしてもお京さんが必要なんで」

酒の酔いもさめたように、彼の顔色は青ざめてきた。

「余分の註釈はよしにして、いきなり言ってしまうが、僕は昔から、加代子を熱愛していた。然し、ともかく兄と妹なんだから、僕は色情的なものを、極めて精神的に変形し、いたわり、聖母を敬慕するような、そんな風なやさしい心をもっていたのだ。困ったことに、加代子の方が僕以上に僕を愛していたんだね、その上に、君、あれぐらい毎日何かしら読書しているくせに、非常識な話だけれども、兄の僕を恋人として愛している、兄と妹は恋をしちゃいけないのだと言ってきかせても、どうして？　世間の人がそうだって、どうして私達がそうでなければならないの？　向う見ずだよ。世間なんか、もう眼中に入れたくないのだね。それが処女の生一本の情熱で思い決しているのだから、僕は打たれた。死んでもいいと思った。崇高そのものですよ。君は信じられないかね。これ以上の崇高はないですよ。なんと云ったって、君、加代子は世間を捨てているんだからな。罪を知らないのじゃないのだ。加代子は聡明そのものだ。なんでも知っている。神のように知っている。見抜いているのだ。自分の宿命だって見抜いているさ。僕はふらふらした。ねえ、そうだろう。もし神様にやさしくだかれて悪事をささやかれたら、いったい人はどうなると思う。僕は然し危いところで思いとどまった。からだにふれてはならぬ。たとえ死んでも。僕は神様を犯せない。いや、然し、犯さずにいられそうもない気がする。加代子は僕の手を握りしめた。僕たちは接吻した。冷めたい悲しい接吻だったが、二人はまるで水のようにただ一つのものであったと言う事ができる。崇厳そのものであった。悲痛そのものだったよ。加代子は言うのだ。結婚しよう。神様は必ず許してくれる。そして、死にましょう、とね。僕は然し死ねない。僕はそんなに単純じゃない。僕は悪党なんだ」

一馬の言葉は痙攣的な叫びになった。然し僕が生来のアチャラカ・ボーイで、一向感動しないから、だんだん動物園の猛獣みたいにおとなしくなって、

「僕は然し、実際悪党だから」

「そりゃ分っている。君ぐらいの年になりゃ誰だって悪党だ。あやか夫人にもゾッコン参りすぎている。胡蝶さんにだって、時には口説いてもみたいだろうし、さ。加代子さんは君以外の男は眼中にありゃしないからな。然し、そりゃ、崇高でもなんでもなく、案外近親相姦でもなく、みんな君自身が幻覚している雰囲気で、根は処女の魅力、魔力、それだけじゃないかな。根をつきとめると、実は案外、薄ッペラなものさ。怒ったかね。そうじゃないか。君は実際はあやか夫人の非処女性に圧倒され徹底的に降伏状態にあるんで、ちッとはムホン気も出したいからな。兄と妹、恋愛、大いによろしい。多少はムホン気もだしたがいいさ。発散すりゃ、それでいいんだ。然し実のところ、ほんとにヤッちゃったのかと思って、話の途中じゃちょッと冷や冷やしたね」

「そんな風に言ってくれると、僕も救われるがね。君の言葉が当っているとは思わないが、理窟は止そう。理窟は僕一人だけ信じてりゃいいんだ。君から、そうやって、いたわって貰えれば、僕としては本望なんだからな。それで君にお願いというのは、加代子には友達というものが一人もない。たった一人、お京さんの外には。加代子は毎日お京さんを思いだして、懐かしんでいるのだよ。病気に悪いことを知りながら、一里の山道を歩いて、よくお京さんのところへ遊びに行ったものだからな。叱られても、又、行く。熱をだして寝ついても、起きられるようになると又でかける。脱出して、でかけるのだからな。僕はあのころ、お京さんが加代子を殺す妖婆に見えて、憎んだものだよ。だから君、お京さんに来てもらって、加代子の気持をなだめて貰えぬものだろうか。そういう役割を果し得る人といったら、お京さんの外には金リンザイないのだから、僕がいかにも意気地がなくて申しにくいのだけれども、僕のことをもう諦めて、外に心をまぎらすように仕向けて貰いたいのだ。勿論、僕自身からも、そう仕向ける。然し僕の全力で足りそうもないから、お京さんに助太刀を頼むのだ」

困った役目だ。もとより私の一存で返事のできることじゃない。戻って京子に言ったら、マッピラ御免だと言う。恋の病いは草津の湯でもと言うから、誰の匙加減でもダメ、当事者にまかせ、成行きにまかせることだ。加代子さんが自殺でもすりゃ、こっちの寝ざめが悪いばかりだ。それに京子の立場としては、あの山荘へ再び顔をだしたくないのは当然だった。

京子の決意が石の如くであるから、一馬も諦め、三日の後にモクベエと小六の両夫妻を同道して山へ帰った。

二　意外な奴ばかり

七月十日の朝であったが、一馬から次のような手紙がとどいた。

七月十五日にツーリストビュロオから切符を届けさせるから、その日の終列車で来てくれ。ぜひとも頼む。尚、三枚の切符のうち一枚は巨勢博士のものだから、口説き落して、ムリムタイにでも同道たのむ。三拝九拝。
怖るべき犯罪が行われようとしている。多くの人々の血が。君と巨勢博士だけが頼みだ。そして、お京さん。お京さん！　たのみます。待ってます。暗い血の海が見える。

十五日の午後、実際にツーリストビュロオの使いの人が三枚の切符を持ってきて、N町行きの終列車は二十三時三十五分だから、N町へ翌朝七時ごろつき、バスの始発にレンラクすることができると云う。

一馬はツーリストビュロオの嘱託なのである。宣伝文化の企画に参与するのだそうだ。

一馬は時々生一本に思いこんで凄むから、私はどうも、つきあいにくい。私は然し、至ってツキアイのいい方だから、何かというとホダされて、どうもいけないタチである。京子は始め厭がったけれども、文面が凄すぎる。それよりも、女は要するにスミレ詩人で、崇高なる近親相姦、そういうところに所詮ホロリとしているのだ。じゃア思いきって行きます、と言うので、文面の示すところに従い巨勢博士を訪れた。

巨勢博士と云っても、実際は博士でもなんでもない。それどころか私や一馬に比べると十一も若年のまだ二十九という若僧なのである。

彼は十七の時、まだ中学生であったが、私のところへ文士になりたいと称して弟子入りにやってきた。僕みたいカケダシの若僧に弟子入りしたって仕様がない、大家のところへ行きなさい、と言ったら、若い者は若い者同志でさア、と変なことを言やがった。

然しまもなく彼は探偵に凝りだして、然し大学では美学というシャレたものを勉強したが、これはつまり奴が不勉強で、ほかの科へ入学不可能な宿命を自覚したからの結果なのである。

然し彼の探偵の才能は驚異的なものだった。まさしく天才である。我々はイヤというほど実例を見せられ、全くどうも奴の観察の確実さ、人間心理のニュアンスを微細に突きとめ嗅ぎ分けること、怖ろしい時がある。彼にかかると、犯罪をめぐる人間心理がハッキリまぎれもない姿をとって描きだされてしまう。全てがハッキリ割切られて、計算されて、答がでてくるのだが、それがどういう算式によるのか、変幻自在、奴の用いる公式が我々には呑みこめない。

我々文学者にとっては人間は不可決なもの、人間の心理の迷路は永遠に無限の錯雑に終るべきもので、だから文学も在りうるのだが、奴にとっての人間の心は常にハッキリ割り切られる。

「それくらい人間が分りながら、君は又、どうしてああも小説がヘタクソなんだろうな」

と冷やかしてやると、

「アッハッハ。小説がヘタクソだから、犯罪が分るんでさア」

こいつはシャレや御謙遜ではないだろう。この言葉も亦真理を射抜いた卓説で、彼の人間観察は犯罪心理という低い線で停止して、その線から先の無限の迷路へさまようことがないように、組み立てられているらしい。そういうことが天才なのである。

だから奴は文学は書けない。文学には人間観察の一定の限界線はないから、奴は探偵の天才だが、全然文学のオンチなのである。

然し我々は彼の探偵手腕を絶対的に認めるから、この不勉強の怠け者を敢て博士と尊称することにしているが、然し奴めは肩のこる学問は知らない代りに、下らぬものなら、講釈本、落語全集等の高級品から下は猥本、映画雑誌、相撲の番付、そういうものは徹夜で耽読するから、下らぬものならなんでも知らぬというものがない。

私が出かけて行って手紙を見せて応援をたのむと、

「そうですか、避暑はいいな。料理も食えるし、酒ものめるか。然し、今晩はダメですよ」

「なぜ」

「つらいな、開き直られちゃ。ちょッとお耳を拝借。ア・イ・ビ・キ。分りましたか」

「博士も亦然りか。どうせ相手はパンパンだろう」

「やいちゃ、ヤボです。先生。明日の夜行で行きます。一足お先きに。あの子もつれて行きたいな」

「つれて来たまえ、遠慮なく」

「ダメ、ダメ。神聖なる処女は虎狼の中へ連れて行くわけに行かないです」

「博士は少女趣味かい。やれやれ。俺はトンマな趣味の奴に憑かれているんだ」

私は手紙の指定通り出発した。

汽車はこの節としては大名旅行で、腰かけることができず、眠ることができず、便所へ行くことができない程度の穏やかな旅行であった。

N町へ降りると、思いがけない人物が乗り合せていたのだ。私は呼びかけられて驚いたが、神山東洋とその奥さんの木曽乃さんだ。

神山夫妻は戦争中、ちょッとばかり山へ顔を見せたことがあるが、弁護士で、八、九年前まで歌川多門の秘書をやっていた男だ。木曽乃は元は新橋の芸者で、落籍されて多門の妾であったが、東洋と密通し、そのころから秘書をやめたが、時々訪ねてくるのだそうだ。弁護士という頭脳的な商売どころか暴力団のような見るからガッシリ腕ッ節の強そうな大男で、歌川家ではみんなに毛嫌いされて出てゆけがしに扱われ、どっちを向いても、女中にまで渋い顔を見せつけられ、誰に話しかけても、誰も返事もしないのである。

「これはお京さんも。そうそう、矢代先生と御結婚の由、承っていましたよ。先生も見かけにょらない。そうなんだな、文士なんて、おとなしそうで、やっぱりその道は猛者《もさ》ぞろいなんだな。恐れ入りました。今後よろしく御指南願いますよ」

　私は返事もしなかったが、

「矢代先生も歌川さんでしょう。お伴いたしましょう」

「あなたも歌川さんですか」

「ハア、何ですか、招待状が参りましたもんでね。珍らしいことがあるものですよ」

　然しバスに乗りこむと、私は呆れ返って、ウンザリした。厭な奴、思いがけない奴にばかり出ッくわす。土居光一が乗っている。ヤア。彼は当り前というように、頭をガクンと挨拶したが、前へ下げずに、後へ上げるのだから、人をバカにした奴だ。

「ヤア、君はどこへ行くのだい」

「どこへ行くって、こんな安達ヶ原に毛のはえたようなところへ来て、どこへ行きようもないじゃないか。歌川一馬のうちへ行くにきまっているさ。君はそうじゃないのか」

　こいつが然し、何の用で行くのだろう。

「君は何か用があるのか」

「バカにするな。あんなヘッポコ詩人に何の用があるものか。ミウケの金はちゃんと貰ってしまったから、とっくに飲みほしてしまったけれども、後をネダルほど零落はしないよ。奴がぜひとも御光来、一夏をお過し下され、酒も料理もあるというから、変なことを言ってくる呆れたオッチョコチョイだと思ったが、酒があるなら、つきあってもよろしかろうじゃないか」

彼は京子を見て、フンと笑って、

「あなたがお京さんか。なるほど美人だ。色ッぽいな。淑徳厚く、又、浮気心も深しか。いい色気だなア。残念だ。二足三足おくれたわい。オレが戦争中この村へ疎開してりゃ、お京さんはオレが抱いてあげたんだがな。然しお揃いで堂々と歌川家へ乗りこむなんざア、矢代文士も御心臓じゃないか。君の小説は子供ッぽくて読めないがな」

いったい一馬は何を考え、何を企んでいるのだろうか。私は彼の手紙からは主としてナンセンスを感じただけだが、今や私もひどく不安になってきた。何かが起る。少くとも、何かが企まれていることは、もはや確実と見てよかった。

バスを降りると若い下男が荷物を運びに待っていた。まだここから一里近く山の小径を上ったり下ったり、疲れた時にはやりきれない道中である。

ようやく歌川家の近く、鎮守様の下へさしかかったとき、木蔭から二人の女が私たちの方へ歩いてきた。あやかさんと宇津木秋子であった。私たちを迎えに来た様子であった。

然し、あやか夫人は私たちに近づくと棒のように直立してしまった。何がなんだか、わけが分らないという顔で、自分の目を疑るような風であったが、それを見ると土居光一の方が先に声をかけた。

「よう、大富豪令夫人。御出迎え、御苦労。どれ、お駄賃に、オレが久々に可愛がってあげるかな」

彼はツカツカとあやかさんの方へ歩いて行った。それは全く抱きしめ接吻ぐらいしようという気勢であった。

「何しに来たの？　あなたは？」

あやかさんはジリジリ宇津木さんのうしろへ、身を隠すように退いたが、光一はそんなことは意ともせず、なんなら二人の女を一緒にまとめて抱いてしまうぐらいの調子で、

「ヤア今日は。あんたは、どなた？　え？　宇津木秋子さん。あ、高名な女流作家、お見それしました。まだ若いんだな、これは美しい。いずれ、ゆっくり御挨拶します。昔の色女が待ちかねていますからね」

光一はあやかさんの腕をつかんだ。あやかさんは激しく振りはらって五、六歩逃げて、

「悪党！　ろくでなし！　お前なんかの来るところじゃない。帰りなさい。ねえ、誰か……」

私たちの方をウロウロ見たが、又光一がシャニムニつかみかかろうとするので、言葉をつづける暇もなく、顔色を失って、逃げだした。その後姿に目もくれず、光一はハンケチをだして額の汗をふいて、

「いとしい人に出ッくわすと、女の子はとりのぼせるよ。どうして女という奴は、待ちこ

がれた人に、待ちこがれたと言えないのかなア。ねえ宇津木さん、日本の女は色ごとの訓練が足りないからね、そうでしょう」

歌川家へつくと、来客諸公は滝ツボへ水浴にでかけた由で、一馬とセムシの内海だけが私たちの到着を待っていた。

私は喋る力もない。一風呂あびると、ビールとサンドウィッチの中食をとり、目がとろとろ開かなくなって、部屋へ寝床をしいてもらって、寝こんでしまった。都会の暑熱に喘ぐ身に山の冷気は快適で、私が目をさましたときは、もう、たそがれていた。私の期待に一つ足りないものがあった。まだヒグラシがなかないのだ。月末には、なきだすだろう。顔を洗っていると、女中が迎えに来た。そこへ京子も迎えにきて、

「ようやく、お目ざめ。もう、みなさん、お酒めしあがってるわ」

「まったくグッスリねむったものだな」

私は大きなアクビをして、階下へ降りた。

三　招かれざる客

私は望月王仁が大の嫌いであった。尤も文壇で望月王仁が好きだという者はめったにない。才筆を鼻にかけて人を人とも思わない。礼儀作法を弁えず、人の面前で婦人に接吻は

おろか、暴行強姦もやりかねない奴で、だから未だに独身で、天下の女はみんな俺の女のようなものだとうそぶいている。

けれども彼はジャーナリストに人望がある。それは奴が金ッぱなれがよいことと、ジャーナリズムは思想性よりも筆力で評価するから、彼の才筆に眩惑《げんわく》される。それにジャーナリズムは事物を歴史的性格で判断せず、現実の現象性で判断するから、彼が第一級の流行作家であることから、彼の傲慢は当然とうけいれ、却って自信があるとか、あれだけ信念がなきゃ芸術はできないなどと、逆に彼の傲慢が美徳の如くに評価される始末、好色癖などはむしろそれが天才の証拠のように、さすがに一般と神経が違うなどともてはやされる有様であった。

私は然しこれは観物だと思った。それは土居光一が一座に加わってきたからで、文壇と画壇の鼻つまみの野獣を角突き合わせる、なるほど、こいつは趣向である。一馬にしては大出来の趣向で、私はウカツ、いつも奴らに腹を立てさせられているばかりで、彼らを酒の肴にすることはついぞ気がつかなかったのである。

ところが期待を裏切られた。奴等はやっぱり海千山千の強《したた》か者で、粗雑のようでもヨタモノ仁義の神経は発達していて、全然角突き合わないのである。

「やい、ピカ一、お前は酒を飲まないのか」

王仁が言ったが、光一はニヤニヤしている。彼はあんまり酒を飲まない。まったく奴のように酔っ払わなくとも、人前で平気の平左で女をだいたり口説いたりする奴は、酒の必要はないのだろう。酒に酔っては睡気を催し腕がにぶるというようなものかも知れぬ。王仁ときては酔っても酔わなくても、女を口説きたて、酒をガブガブ浴びるが如くに呷《あお》りたてる。

突然光一が立ち上って胡蝶さんの前へ行った。いきなり手をつかんで、

「踊りましょう。胡蝶さん。かねがね舞台では拝顔の栄に浴して人知れず思いをこがしていたけど、あなたは麗顔麗姿というんだなア。シャルマント、デリカ、それにオルグイユーズというところがあってね、この悪徳が私は好きなんだ。いざ、踊りましょう」

胡蝶さんは静かに手をひっこめて、冷めたく、

「いやです」

王仁がゲタゲタ笑いだした。

「ピカ一、よろしい！　アッハッハ。そのルイ王朝的三流娼婦を第一番に口説いたところに、お前の浅からざる素養がうかがわれる。お前も然しフランス仕込みにしちゃ、泰西の学に通じないな。娼婦というものは人前で口説いちゃダメなんだ。娼婦は淑女の如く見せたがるから、まったく、ヒガンだウヌボレさ。人前で口説くのは娼婦のイミテーションが最もよろしい。即ち、かくの如し」

彼は立って珠緒さんの手を引っぱりあげて踊りかけて、すぐ、だきかかえて、ソファー

ヘドカンと腰を下して接吻した。珠緒さんは平気であった。存分接吻して顔を上げて、

「どう？　ピカ一さん。あしたの晩はあなたにこうしてあげるわね。そのとき顫《ふる》えちゃダメですよ。私は顫える男は嫌いなのよ。ねえ、タンゴさん、タンゴを踊りましょう」

丹後は首をふった。然し首をふりかけたとき、珠緒さんは目もくれず、もう内海の方へ歩いていたから、取りすまして首をふる丹後の首がオモチャの人形みたいであった。

「さア、内海さん。あなただって、たまにはフットライトを浴びなきゃいけないわ。片隅にひっこんで、いじけずに、堂々と、圧倒しちゃうのよ」

内海は人の好い微笑をうかべて、

「僕がフットライトを浴びるのは、ノートルダムの主演の時だけさ。その節は共演をたのむぜ」

「あら、そう。すばらしいことね。この夏、ここでやりましょうよ。人見さん、手頃に脚本書いてちょうだい」

「よろしい。オレが舞台装置をやる。村の衆に興行して、百姓どもの新円をまきあげてやろう」

「ピカ一の舞台装置じゃ百姓のお客は逃げ出すさ。芝居なんざ、止すがいい。これだけ女優が揃っているから、エロダンス、外に何があるものか。ザッと、この通り」

王仁はいきなり珠緒を抱きかかえて、ひったくるようにツーピースをぬがせた。シュミ

ーズ一つで王仁の腕からころがりでた珠緒はビクともしなかった。茶化すような顔でもなかった。黙って王仁を見て、平然とシュミーズをぬいだ。ズロースひとつである。

「もういいの？　もう、ひとつ？」

一馬がイライラ妹の腕をつかんで、「お前はもう引込みなさい」

「どうせ、ついでだ。手数がはぶけて、ちょうどよい」

王仁が珠緒を抱きあげると、

「おい、よせ。あくどいぞ」

「兄さん、怒るな。まさか、鬼でも、かわいい子を人前でほんとにハダカにするものか。然し、手数がはぶけて、ちょうどツイデだから、ちょッと借りて行くぜ。芝居の方は終ったんだよ。これからは、恋愛という私事に属する演劇だから、見物人はお断りだ」

抱きかかえて、ドッコイショ、ハイ、ゴメン、自分の寝室へ立ち去ってしまった。

五分、十分、二人は戻ってこなかった。都会のどこかにインチキ・バア、インチキ・キャバレはあるかも知れぬが、こんなことは、そこでもメッタに見られやしなかろう。さすがのピカ一先生も呆れた様子で、

「はてさて、ききしにまさる豪傑だ。歌川家は、然し、優秀な娼婦宿だな。フランスくんだりをウロウロしないで、オレも若年から登山の趣味を養うところだったよ。ワタクシの御相手は、今晩は、どなたですか。ケイシュウ作家、青鞜《せいとう》詩人、いかが」

宇津木さんはつくり笑いをして、

「ええ、いずれ、よろしく。今晩は先約がありますから」御主人の三宅木兵衛の腕をとって、「じゃア、お先に」

「はア、そう。さアさア」

ピカ一はひょいと立ってどんどん先に立って歩いて、広間から廊下へつづく扉をあけて、ホテルのボーイ、宮殿の侍者の要領で、いとインギンに頭をたれて、お通りを見送る。

それをキッカケにみんなそれぞれ寝室へひきとった。

私達が寝室へひきとると、すぐ後から、一馬が来た。イライラして、

「実際、君、醜態だ。どうしてくれたら胸がおさまるのだろう。締め殺してやりたい」

私も慰める言葉がなかった。

「君とゆっくり話を交す暇がなくってね。これは、然し、いったい、どうしたことだろう。僕には、わけが分らない。君はツーリストビュロオの切符を受取ってきたのだろうね」

「そうさ」

「僕の手紙はとどいたね？」

「むろん見たよ。さもなきゃ、来やしないさ。巨勢博士は一緒に来れなかったけど、今夜たつから、あした、くる筈だ」

「巨勢博士？」

「なんだい？」

「巨勢博士がどうしたんだ。誰かそんなことを言ってきたのかい」

「わけが分らないな。君の手紙に巨勢博士をつれてきてくれと書いてあるからさ」

「僕の手紙に？」彼は呆気にとられて私を見つめた。

「そんなこと、書きやしない。僕は君たちお二人だけ来てくれと書いた筈だ。いや、分る。カラクリは分っているのだ。君に宛てた手紙だけじゃアないんだからな。きいてくれ。実に、何たることだ。どいつが、いったい。僕はもう怒り狂っているのだ。然し、まったく、何者のイタズラだろう。僕は君、神山東洋夫妻だの、まして、土居光一に、あいつらに招待状を発する筈がないじゃないか。しかも奴らは招待状を受けとっている。おまけにちゃんと、君と同様ツーリストビュロオの使いの者が切符をとどけているのだからな。僕はたしかにツーリストビュロオに切符を届けるように手配の手紙を出してはいる。然し、それは、君たち御夫婦二人だけだ。巨勢博士だって頼みやしない」

　今度は私が呆気にとられる番であった。私は彼の手紙を全然疑ぐっていなかった。たしかに見なれた彼の筆蹟だったのだ。

　私は然し、幸い巨勢博士を訪ねたとき彼に見せるためにポケットに入れた手紙をそのまま持ってここへ来ていた。私はそれを取りだして見せた。彼はそれを睨んでいたが、

「僕の手紙をいっぺん開封した奴が、書き直して、送ったのだ。なぜなら、僕の文章がそ

のまま使ってあるから。いいかね」

> 七月十五日にツーリストビュロオから切符を届けさせるから、その日の終列車で来てくれ。ぜひとも頼む。『尚、三枚の切符のうち一枚は巨勢博士のものだから、』（お京さんを）口説き落してムリムタイにでも同道たのむ。三拝九拝。『怖るべき犯罪が行われようとしている。多くの人々の血が。』君『と巨勢博士』だけが頼みだ。そして、お京さん。お京さん！　たのみます。待ってます。暗い血の海が見える。

「つまりね。『　』印の部分が誰かの書きたしたところで、（　）の部分が省かれているのだ。怖るべき犯罪だなんて、そんなものが、どこにも有りゃしないじゃないか。最後の結びの、暗い血の海が見える、これはたしかに僕の文章だ。あのとき僕は、兄と妹の罪の血の暗い幻想に悩まされていたからさ。然し、正直のところ、誇張なんだよ。君たちが来てくれないと困るから、別してお京さんの純情に訴えるために、文学者の文章上の誇りをすてて、お京さん、お京さん！　暗い血の海が見える、あさましい文章を書いたんだ。お京さん、許して下さい。然し、どうも、これを書き変えて送った奴は、何を企んでいるのだろう。もしかすると、ほんとに犯罪があるんじゃないかね。まったくさ。僕だって、君、今なら、人が殺したいよ。どいつも、こいつも、アア、畜生！　息の根を止めてやりたい。誰だって君、今このうちに住んでいりゃ、人の二、三人殺さずにいられるものか！」

然し筆蹟はたしかに彼のものだ。然し、よく見ると、念入りに筆をまねた形跡もうかがわれた。

「この紙は？」

「うちの用箋さ」

「どこに置いてあるのだい」

「さっきの広間の隅のデスクに、これとインクとペンはいつも具えつけてある。むろん封筒もおいてある」

「手紙は誰が投函したのだ」

「君たちの疎開中は郵便局に人手がなかったし、時局が時局で、こっちから投函に一里も歩いたものだけど、今じゃ向うから取りにくる、昔からの習慣なんだ。尤も郵便を配達に来て、ついでに持って帰るのだ。うちへ届ける郵便物のない時だけ、やっぱり配達の時間にわざわざ取りに来てくれるのだ。うちから出す郵便物は玄関に桐の箱が置いてあって、手紙を出す者が勝手に自分で投げこんでおくのだ。だから、手紙をすりかえるチャンスは誰にでもある」

「まア、いいさ。幸い、あした巨勢博士が来るから、誂《あつら》え向きじゃないか。尤も手紙の犯人が自分で指名しているのだからな。なぜ巨勢博士を呼びやがったかな。この犯人め、巨勢博士を嘗《な》めているなら、大失敗だよ。あいつは全く、その道では、天才なんだから。つまり中途半端な頭なんだよ。犯人を探すに手頃で、それ以上はダメ、そして、それ以上へ行かない組織になってるところが、恐らく異例の才能なんだな」

「じゃア、又、あした」

「そうしたまえ。我々が犯罪をつき廻したって、迷路をさまよい、やたらに犯人を製造するばかりさ。全くもって、小説家にとっちゃ、犯人ならぬ人間は有り得ないから、考えてみたって、全然ムダだ」

一馬は自室へ戻って行った。

どの部屋からも、もう物音がなくなっている。

「なんだか気味が悪いわ。私、怖しくなってきたわ。ほんとに何か、怖しいことが起るんじゃないかしら」

「どんな怖しいことが？」

「どんなって、分りゃしないけど。でも、何か、ほんとに起りそうじゃないの」

「そうかな。娼婦宿の犯罪事件か。ピカ一め。娼婦宿とは。然し、まったくひどい話さ」

「私、きょう、加代子さんとお話したのよ。まだ、ほんの御挨拶程度のお話だけですけれど、ね。たぶん、予想以上だわ。ほんとうに兄さんを思いつめているようすよ。罪は人間が作ったものですって。人間が勝手にこしらえた観念ですって。自然のままの人間にどこにも罪なんか有る筈がないんだってね、そんなことを私に仰言ったわ」

「恥があるから、罪もあるんだろう」

「あなたの屁理窟なんか、加代子さんの悩みの垢みたいなものよ」

「分った、分った。諸嬢の悩みは深遠そのものだ。さア、ねよう。然しねられるかな」

私は昼寝しすぎたのだ。けれども、ねむくなってきた。

そのとき、廊下を、私の知らない何かフランス語のシャンソンらしいものを唄って、珠緒さんが通りすぎた。階段へかかると、だんだん大声にそしてバタバタ駈け降りて行った。

「やれやれ、珠緒太夫の御帰還か」

時計を見たら、十一時十五分。私は電燈を消した。

附記　この探偵小説には私が懸賞をだします。犯人を推定した最も優秀な答案に、この小説の解決篇の原稿料を呈上します。細目はいずれ、誌上に発表しますが、だいたい、九回か十回連載の予定、大いに皆さんと知慧くらべをやりましょう。当らなければ、原稿料は差上げませんよ。たいがい、差上げずに、すむでしょう。

坂口安吾

四　第一の殺人

　翌朝、七月十七日午前六時半、私たちは散歩にでた。三輪山と云って人里離れた山中にホコラがあり、三輪神社と称し、奈良朝頃からの由緒ある氏神の由だが、名残をとどめているのは大木の密林ばかり、ホコラはオモチャのように小さい。この三輪山中、ブナの密林にかこまれて周囲三町ぐらいの池があり、水の色の碧の深さ、ただならぬ妖怪じみた色をしており、主《ぬし》でも棲むという面魂、三輪の神様に結びついた伝説があって、水の涸れることがないそうだ。

　このへんの風景は色彩の激しさと孤独の深さ、胸にしみる静寂を宿して、私にとってはこの村の最も大きな魅力であった。このへんを一まわりして、七時半の朝食に間に合うように戻ってきて、裏門をくぐって、酒倉にそって表門へ廻ろうとすると、猿又一つの海老塚医師が、裏庭の清水の流れにカラダをふいて、体操している。

「ヤア、ゆうべはお泊りでしたか」と言葉をかけると、ジロリと見ただけで、返事をしない。まったく、変人で、ひねくれている。小児マヒからのビッコで、裸になると両足の細さの相違がハッキリ分る。まるで我々全体に敵意をいだいているような様子で、我々が話しかけても返事もロクにしやしないが、そのくせ、山荘に文人連が泊って以来毎晩遊びにきて酒席の隅に息を殺しているのだそうで、まるで怒った顔付だが、御当人はそれで結構たのしいのかも知れない。

広間へ行くと、みんな揃っていて、食事の支度ができたというから、食堂へはいる。海老塚医師が遅れてきた。つづいて、宇津木秋子がモーローたるていで現れて、

「なんだか、頭が痛むわ。御飯が欲しくないのだけれども、皆さんお集りのきまった時間て、なんだか寝ていられなくなるのね」

「ゆうべ徹夜なさったの？」と、胡蝶さん。

「いいえ。眠りすぎちゃって、いまだに、ねむいのよ。山の中は眠いのかしら。ふだん生活が不規則だから、たまに規則的な生活すると、健全みたいで変にたのもしくなるのだけれど」

「悪徳高き淑女は善行を愛するもので、そのタグイですな」

　とピカ一が大声で言う。

「お水だけ、いただくわ」

「御病気じゃないの？」と、あやかさん。

「うん。無芸大食の私が、食慾がなきゃ、病気かもしれないわね」

「ツワリじゃないですか」とピカ一。

「海老塚さんに診ていただくがいいさ」

と、一馬が昔の女房をいたわる。今の御亭主のモクベエはムッツリ不機嫌だが、いずれ彼等は別れるのだろう。

「あらあら。ほんとに病気にされちゃ、いやだわ」

「知慧熱というのさ、宇津木さん。ちかごろ、知慧ざかりじゃないか。発育とみに御活潑であらせられる」と、セムシ詩人の内海がひやかす。けだし秋子女史、終戦後は女流文士の最大流行児で、あられもなく書きまくっていらせられるからである。

「人生たのし。別れも愉し。宇津木さんぐらい御隆盛の時は、神様の御罰も食慾不振ぐらいが限度でね。神様も力及ばず、さ。宇津木さん、天才になるんじゃないのかな」と、丹後弓彦、皮肉の針をチクリとさす。

「アッハッハ。悪徳高き淑女の食慾不振は気にかかるな。何かの方が不振じゃ、なさすぎるからだろうな」

ピカ一の言葉はいつも汚らしい。

食事の終るころになって、珠緒さんが、やってきた。

「あら、もう、みなさん、コーヒーなの？　寝すごしちゃった。とてもねむい」

「あたりまえさ。あなたが眠いのはね」又、ピカ一が先ず口をいれる。

「何もたべたくない。王仁さん、まだ、ねてるのね」

王仁だけが、まだ顔を見せていなかった。ピカ一は相好くずして、

「それ、それ。やっぱり男の方が余計ねむらなきゃならねえのか。王仁ほどの御体格でも、御疲労は珠緒さんに超えるかね。宇津木さんの小説だよ。絵の方じゃ、そんなエゲツないことは題材にならないから、絵はノーブルなもんだ。文学は汚らしいな」

「起してこよう」

珠緒さんは平然と言いすてて、シャンソンを唄いながら階段を駈け登って去ったが、まもなく、音もなく、戻ってきた。真ッ蒼だった。目が焦点を失っている。ちょッと、喋ることができない様子であった。

「王仁さんが、死んでる」一馬がビックと顔をあげて、

「なに？」

「王仁さんが、殺されている」

あいている椅子のひとつへフラフラ腰を下して、化石のように放心した。一馬がのろのろ立上って、頻《しき》りに人々を見廻しながら、

「寸兵。君だけ」と、私によびかけて、

「皆さん、待ってて下さい。私が見てきます。寸兵だけ、一しょに。それから、海老塚さん」

一座はまったく無言であった。私と、海老塚医師が立ち上った。そして私たち三人だけが、シワブキもない沈黙の室から歩き出たのである。

まさしく王仁は殺されていた。一糸もまとわぬ裸体であった。心臓を一突きにやられている。その短刀が彼のカラダをピンでとめているように、突きさしたままだ。不思議に、血が殆んど見られない。コイツ奴《め》が人を殺さずに、人に殺されるなどとは嘘のような話で、まるで、現実の事件の中にいるような気がしなかった。誰が殺したって、こんな奴。私はまったく、小気味がいいと思う心が強いだけで、あんまり何でもなく死んでいるので、かえって生きてるんじゃないか、何か、騙されてるように不安であった。

　海老塚医師は脈をとり、目蓋をひっくりかえしたりして、

「とっくに死んでます」

「自業自得さ」そういう言葉が自然に私の口をついて、出てきた。

　一馬は黙って凝視していたが、ようやく我に返った様子で、

「じゃ、ともかく、この部屋を出よう。このままに、しておこう。仕方がない。警察へ内密に、ごまかすことも、できないのか」

　我々が廊下へでる。そのとき、気がついて、腕時計を見ると、八時二十二分であった。村の駐在へ電話をかける。それから食堂へ戻って、沈黙の一座が言葉をうながしているのに一馬も海老塚も喋らないから、私が、

「王仁は死んでます。殺されています」

「ハッキリ他殺か。分るのか」と、ピカ一。

「ハッキリ他殺。王仁は君と同じぐらいの怪物かも知れないが、自分の心臓へ短刀をぶちこむ芸当は、たぶん、できないだろうな」

私はそのとき、秋子さんの表情が大きく動いたのを見逃さなかった。ビックリしたのだろうか？　何を？　私の視線がそそがれているのを見て、急にきびしく私を見つめたが、然しそれを私以外に観察していたもう一人の人物があった。珠緒さんだ。急に秋子さんを指して、ヒステリックに叫んだ。

「犯人はわかっています。女流作家、宇津木秋子先生。やっぱり偉いのね。人殺しぐらいできるんだから」

珠緒さんは立上って、手品の種あかしをするように、握りしめていた小さな何物かを、指先につまんで人々に示した。

「このライター、宇津木先生御愛用のダンヒルでしょう。宇津木先生以外にダンヒル御使用のハンサム・ボーイはいないから。王仁さんの枕元のデスクにあったのです。デスクの灰皿には、口紅のついたシガレットの吸いさしもあります。私が昨夜あの部屋を立去るまでは、こんなものはなかったのです。全巻の終り」珠緒さんはライターを食卓の上へ投げころがして、アクビでもするように、椅子にめりこんだ。秋子さんは宣告を受けた罪人のような顔だった。そして、力つきたように顔をふせたがやがてビリビリふるえる顔をあげて、

「私が殺したなんて、嘘ですわ。短刀なんて、そんな、私は知りません」

「止しましょう。犯人だなんて。それは確かに誰かが殺したんでしょうけど、誰だって、あいつを殺したい気持なら、同じように持ち合せているだけのことさ。尊敬すべき代表選手に犯人という称号は当らないや。犯人さがしに内輪もめをするよりも、無罪歎願書の相談でもするのが我々の偽らざる心でしょう」私がそう言うと、海老塚が、

「百鬼夜行。あたりまえだ」

そう呟いて立上った。私は彼と並んでいたから、私の耳には、その呟きがきこえた。彼が立ち上って去ろうとするから、

「海老塚さん。調べがすむまで、我々が動いちゃいけないでしょう」

「私は有閑人種じゃないです。患者がつめかけてきています。おんぶされて、未明から三里も山道を歩いたり、ね。人殺されか。遊戯の果にすぎんです。百姓どもの命なんて虫けらに毛の生えたようなものでも、虫けらよりは貴重ですから。虫けら共の人殺されだ。さよなら。皆さん」

「気どり屋、伊達者、名医先生」ピカ一が後姿へ蛮声をあびせた。

「せっかく患者殺しに精をだすんだな。あんたの目玉の色は精神病院で見かけたぜ。気違いに脈をとらせて、山の奴らはノンキなもんだな」

駐在の巡査が駈けつけた。この南川友一郎巡査は探偵小説は愛読しているがほんものの

事件にめぐり合ったのが始めてだから、全身緊張そのものにハリキッて、いと物々しく現場の扉にペッタリと封印の紙をはりつける。一同に向って現場を乱さないように心得をおごそかに申し渡して本署へ電話で連絡する。

「大事件が起ったですが、ふむ、きこえとりますか。東京の流行の人気の文士の望月王仁氏、流行の人気の文士、ハヤリ文士、分らんかな、三文文士の反対じゃよ、ええ、面倒な、本署に文学巡査はおらんですか」

五　猫の鈴

県の本署から一行が到着するに五時間の余もかかるのである。ところが南川友一郎巡査のうるさいこと、一同を食堂へカンヅメにして、外へ散歩にも出してくれない。

「アア、いかん、足跡が消える。廊下もうろついちゃ、いかん。犯罪はですな、毛髪一本、靴から落ちた一粒の砂、いいですか、これが鍵となる。微妙なるものですな。皆さんの御協力、数時間の御辛抱によって、犯罪科学の偉大な機能が成果をあげる」

一本の通路をきめて便所へ歩かせてくれるだけである。十一時半ごろ巨勢博士がきた。

私はその来着を一同に披露して待ちかねていたのであるが、何がさて五尺そこそこの小男で、マン丸いクリクリした顔、愛嬌のよい二十三、四の小僧ッ子にしか見えなくて、喧嘩となると素早やそうだが大探偵の面影などはどこにもない。一馬や私が説明するのをまるで自分が訊問を受けているように、ハア、ハア、と恐縮して承っている。

「これがその偽造の手紙だが、君の眼力にかかっちゃ、真相を見破ることはイト易いことだろう」

「とんでもない。僕なんか、とてもダメだな。へ、こっちが歌川先生の本当の筆蹟ですか。ウハ、おんなじじゃないですか。ウメエなア。本物と見分けがつかねえもの、たいしたもんですね」

だから巨勢博士は全然評判が悪い。その代り愛嬌があって、クリクリ可愛くて、御婦人に丁寧で、まったく凄味がないから、御婦人連には大もてで、

「巨勢さん、いい人いらっしゃるの？」

「え？　ハア、おはずかしい次第で」

「つれてらっしゃればよかったのに。電報でよんであげなさいな」

「人見知りをしますんで。十七の可憐な少女ですから」

「あらあら、じゃアまだ、接吻もなさらないのね」

「それが、一度。なんです。彼女はマッカになって、しかし、怒らなかったです。ハア」

「それじゃアもう新婚旅行なさってもよろしいわ。さっそく、およびしましょうよ、ねえ」

「それが、ここのウチじゃア具合が悪いことがあって。洋食の食べ方を知らないものですから。ナイフとフォークを握ったことがなかったもんで、目下練習中なんです」

友一郎巡査にカンヅメにされているから、巨勢博士を慰みものにしてウップンをはらしている。

二時半に予審判事、検事、警官の一行が官用の自動車で到着。一馬から頼んで巨勢博士を警官なみに現場出入を許してもらった。

警察医の検視が終り、現場からかなり多くの指紋がとれた。捜査部長平野雄高警部は心眼の眼力、いかなる智能の犯行も一目でカングリ、二度三度、四度目にギロリと睨む時には見破ってしまう。田舎にはモッタイない探偵の大親分で「カングリ警部」といえば、その道では全国的に名が知れている。現場をジロリと三睨み四ツ睨みして、あれこれと綿密に捜査を命じる。

「出血がないのは特別の理由があるんじゃないですかな。すでに死んでいたとか、何か」

「解剖をしてみなければハッキリは申せませんが、この場合は俗に心臓タンポンという奴で、心臓へ直角に兇器が打ちこまれたときに、稀に内出血だけで終ることが有りうるのです。然し、解剖の上でなければ、何とも断定は申されません」

解剖のため、屍体をトラックにつんで、県立病院へ送った。

「はてな。これはなんだろう」刑事の一人が寝台の下から、真鍮の小さな鈴を拾いあげた。

この刑事は、荒広介という部長で、県内きっての探偵だ。どんな手口でも嗅ぎ分けて犯人を嗅ぎだしてしまう鋭敏な六感、刑事仲間で「八丁鼻」といえば一目おかれている敏腕家であった。

「何だい、それは」

「鈴ですがね」見たところ、極めて安っぽい品で、猫の首ったまにブラ下げるような鈴である。

「寝台の下に、もっと何かないか。おい、読ミスギ、お前チビだから、もぐってみろ」

と八丁鼻が兄貴風を吹かせる。読ミスギとよばれた刑事は本名は長畑千冬というのだが、どこでどうして覚えたのだか似合わぬ知識がある。ドイツ語などを齧っておって、医学の心得などがあるが、探偵のこととなると決して敏腕とは申されない。単純な犯罪を複雑怪奇に考えすぎ、途方もなく難しく解釈して一人で打ちこんでしまうから「読ミスギ」という渾名をとった。こんどの事件は東京から来たインテリ連の複雑な犯罪らしいから、案外こんどの事件に限って読ミスギにウマが合うかも知れないとカングリ警部が考えたから八丁鼻とコンビに連れてきた。八丁鼻は八丁先を鼻で嗅ぎだす敏腕だが、根が慌て者の一人呑みこみ、田舎の犯罪にはカンは確かだけれども、インテリの計画犯罪には読み方の足らない憂いがあるのであった。

読ミスギはベッドの下へもぐりこもうと四ッ這いになったが、

「おやおや、こりゃおかしいよ。ベッドの下には洋服の上衣がある」

上衣をひきだしてみると、一カ所に埃がベットリ、ちょうど雑巾のように何かを拭いた跡をとどめている。

「おやおや、どこを拭いたんだろう。この卓の上かな、机の上かな」

「そんなところでこれだけのゴミがつくものかい。きまってるじゃないか。上衣のあった場所さ」

「ベッドの下ですか」

「のぞいて見ろ」

「ウム、なるほど、たしかに、ここをふき廻した跡があります。しかし、なんだってベッドの下を拭きやがったんだろう。血も水も、一滴もこぼれた跡もありゃしないに」

上衣は、被害者のものであった。

現場の綿密な捜査を終ったのが夕方で兇器には指紋がなく、枕元の卓上のフラスコとコップから、いくつかの指紋がでた。一同の指紋をとって合せてみると、被害者の指紋の外に珠緒さんの指紋と秋子さんの指紋がピッタリ合う。秋子さんの指紋は明かにフラスコを握ってコップに注いだものであった。フラスコにはごく小量の暗い褐色の液体が残っていた。

「窓は始めから開いていたのか」

「ベッドの足の方の窓は明けっ放してありました。然し、犯人はそっちから侵入したものではありませんな。ハシゴをかけた跡も、よじのぼったあともありません」と友一郎巡査がムダに張番していたわけではない手並のほどを披露に及ぶ。

「このへんは蚊がいないのか」

「とんでもない。ヤブ蚊の名所ですよ。そこの違い棚に蚊とり線香をいぶす瀬戸物の容器があるでしょう」

「それぐらいのことは知ってる。然し中に線香の灰が残っていないからきいたのだ」

机の上には五十枚ほど書かれた原稿と、五百枚ほどの原稿紙、整頓して、手のふれた跡はない。部屋をかきまわしたあとはなかった。

解剖の結果を待って正式に訊問を始めることにして、この日駐在所に泊りこむ数名を残して鑑識の一行はひきあげる。そのとき一行を送って出たカングリ警部が一人に向って、

「おい、あした、アタピンをこっちへ寄こせ。どうもお歴々のインテリ御婦人が、マンジ巴とからんでいるから、こっちは苦手だ。アタピンに限る」

これを小耳にはさんだから私も驚いて、

「何ですか、アタピンというのは？」

「アッハッハ。きこえましたか。本署の名物婦人探偵ですよ。田舎の警察じゃ役不足の掘

りだしもので、飯塚文子と申しますがね。ちょッと小生意気な美人で色ッぽくて、なんですな、ちょッと、からかいたくなりますぜ。ところが、ひどい。うッかりからかってオダテたが最後、つけあがること、男という男を鼻息で吹きちらして尻にしきまくる魂胆なんで、本県じゃア前科十犯の人殺し屋でもチヂミ上るという八丁鼻が、アタピンにかかっちゃ鼻先であしらわれていまさ。その代り、天才的な心眼で、なんでもアタマへピンとくる。見たもの聞いたものアタマへピン。黙って坐ればアタマへピン。尤も八割方外れますけど、時々あたる。推理ぬきの飛躍型、時々あたれば沢山さ。なんでもかんでも頭へピンピンくるのだから、いそがしく賑やかな頭でさア。あなた方のインスピレーションがどんなぐあいのピン助だか知りませんが、アタピンのピン助ぶりはジンソク突入流線型、見事なものですな」

カングリ警部の一行も、一緒に夕食のテーブルにつく。八丁鼻も読ミスギも杯をあげる。

カングリ警部は甘党だった。

「こうして打ちとけていただけば、我々も光栄ですな。警察というと偏見的にいきなり敵意で迎えられるのが我々のつらいところで、警察は犯人製造会社じゃありませんや。ところで、せっかく御食事中無粋な話ですが、然し、こういう際には、事件の話題を回避するよりも率直にそれを話題にとりあげて銘々が腹蔵なく話を交される方が、気持が整理されて、互によろしいのですな。いかがでしょう。軽い座談の気分で、言ってよろしいところまで、気軽に語っていただけませんか。この離れの建物は山中に不似合な洋館ですが、これは鉄筋コンクリですな」

「そうです。ライト式という奴です。建ててから十五年ぐらいになりますか。母屋の方は、百五十年ぐらいになります」

「すると入口の鍵などは極めて精巧なものですな」

「この山奥に鍵をかける家なんて有りませんよ。泥棒の恐怖なんて存在しませんから。もっとも夜間の侵入者はあります。夜這いと申しましてね」

「警部さん。無益な話は止しましょう。犯人は外から来やしませんよ。分りきった話です。そんな風にいたわられるのは、我々の神経には、からかわれると同じ意味にひびくのです」

　と、私はいささか気を悪くして言った。

「何でもズバズバ思う通り言い切って下さい。文学の仕事がそういうもので、私たちはそのやり方に馴れているのだから、変に持って廻って言われると、こっちはヒネクレて、返事もする気がなくなりますよ」

「いや、矢代さん、あなた方はこの事件に就いてともかく何か知っていらっしゃる。ところが我々はまったく白紙で、これから知らなければならないのです。ですから、あなた方には分りきったことが、我々には分っていない。そこを教えていただかなければならないのですよ。では矢代さんにおききしますが、犯人は外から来やしないと仰言る、そのワケはなぜでしょうか」

「物盗りの仕業でないからですよ。あいつを殺す目的で外から誰かがやってきますか」

「この家の住人以外に望月さんを殺す者が有り得ないというワケは」

「そんなことは知りませんよ。ただ、この家の住人なら、たいがいの連中が望月の息の根をとめたがっていましたよ。外から来るまでもないのだから」

「なるほど。然し、御説の内容だけでは外部から犯人が来なかったという理由にはなりませんな。廊下の出入口からはいって階段を登る、登ったところにあるのが望月さんの部屋だから、先ずそこへはいってみる、目をさましたので殺す」

「兇器の短刀は談話室の棚に飾られていたのだから、犯人は内部の事情に通じた者でしょうな。始めから殺意があって、そこから持ちだしたのでしょう」

「なるほど。然し、それも必ずそうだと断定しうる性質のものじゃありません。短刀はその日もそこに飾られていましたか」

誰も返事をする者がなかった。飾られてあった筈ですと一馬が答えた。

「昨夜も皆さんはこうして食卓についておられた。それから……」

「それから？　いつもでしたら食事のあとはみんなバラバラになるのですが、ゆうべは矢代たち新客が到着したので、隣りの広間でおそくまで飲んだり話したり踊ったりしていましたが」

「兄さん、よして。警部さんは何が知りたいの？　いつ、誰が殺したか。それだけでしょう。私が教えてあげますわ。王仁さんと私は一足さきに王仁さんの寝室へひきあげました。何時頃だか覚えていません。私が王仁さんの部屋を去るとき、王仁さんはもう眠っていました。そしてその時はデスクの上に、このライターも、口紅のついた吸いがらもなかったのです。私はタバコを吸いませんから。私は電燈を消して部屋をでました。それから先は、このライターの持主、宇津木秋子先生が話して下さる番ですわ。宇津木先生、どうぞ」

秋子さんはすでに覚悟していたようだ。

「私が王仁さんのお部屋へ行きましたのは、一時ごろです」

と、キッパリ言った。

「王仁さんは眠っていました。イビキをかいてらしたから、まちがいはありません。揺りうごかしても目をさます気配がありませんので、椅子にかけて、タバコを一本吸ったのです」

「そのときフラスコの飲みものを召上りましたか」

「ええ、飲みました。いくらも残っていなかったのです」

「あの飲み物は何ですか」

「ゲンノショウコ。王仁さんは丈夫そうで、胃が悪いのです。お茶の代りに毎日ガブガブ、ゲンノショウコを召上る習慣でした」

「失礼ですが、あなたはちょッとよその部屋へ行かれるにもライターを持ってお出かけですか」

「いつもそうとは限りません。でも、王仁さんはタバコを召上らないのです。私も昨夜はライターを持たずにでかけたのです。するとドアに鍵がかかっていたのです。それで一度は戻ったのですが、考えてみると、おかしいのですわ。王仁さんの鍵は偶然私がお預りしていることに気付いたのです。探してみると、ありました。で、ついでにライターとタバコを持って、思いきって出直したのです」

「嘘おっしゃい！　私は鍵なんか、かけてきやしなかったわ」

と、珠緒さんが叫んだ。

「でも、鍵がかかっていたのですもの」

「ははア。それは奇妙ですな。そして、その鍵はどうしましたか」

「又、私が持って戻りました。お部屋に鍵をかけて。私はワザとライターを置き残してきたのです。王仁さんが目をさまして、私の訪れに気がつくように。そして、誰かが鍵をかけたことにも気がつくように。私もきた、然し、私のほかに鍵をかけ得るどなたかも来た。そのどなたかは王仁さんだけが御存知でしょう。私のダンヒルはその抗議を語るために置き残されてきたのでした」

「嘘です！　大嘘。私が今朝王仁さんの屍体を発見したとき、ドアの鍵はかかっていません。現に鍵を持たない私が、あの部屋へはいって屍体を発見したではありませんか」

「はてさて。ややこしくなりましたな。いったい、このウチは、各々の部屋の鍵が共通ですか」

「いいえ、各々違っています。然し、内からも外からも一つで間に合う鍵なんです」

「すると、望月さんの鍵は宇津木さんが持っていらっしゃる。そのほかにあの部屋の鍵をかけたり外したりできるのはどなたでしょう。同じ鍵を持ってる方は？」

「そうですね。三ツずつ同じ鍵をつくらせたのです。一つは皆さんにお渡ししてありますし、一つは、まとめて、隣の広間のデスクのヒキダシにほうりこんである筈です。もう一束は、たしか金庫にある筈です」

「そのヒキダシを。おい、八丁鼻、ひとつ、君、たしかめてきたまえ」

一馬と八丁鼻はたしかめに去ったが、ヒキダシの鍵は一束全部、紛失していた。広間のデスクのヒキダシに歌川家のネーム入りの用箋や封筒原稿紙など入れてあり、来客一同、必要に応じて勝手にとりだす仕組になっていたのである。

「どなたか、ヒキダシの鍵束を見た記憶はありませんか」

「僕は見たよ」と、セムシの内海明がアッサリ言った。

「いつですか」

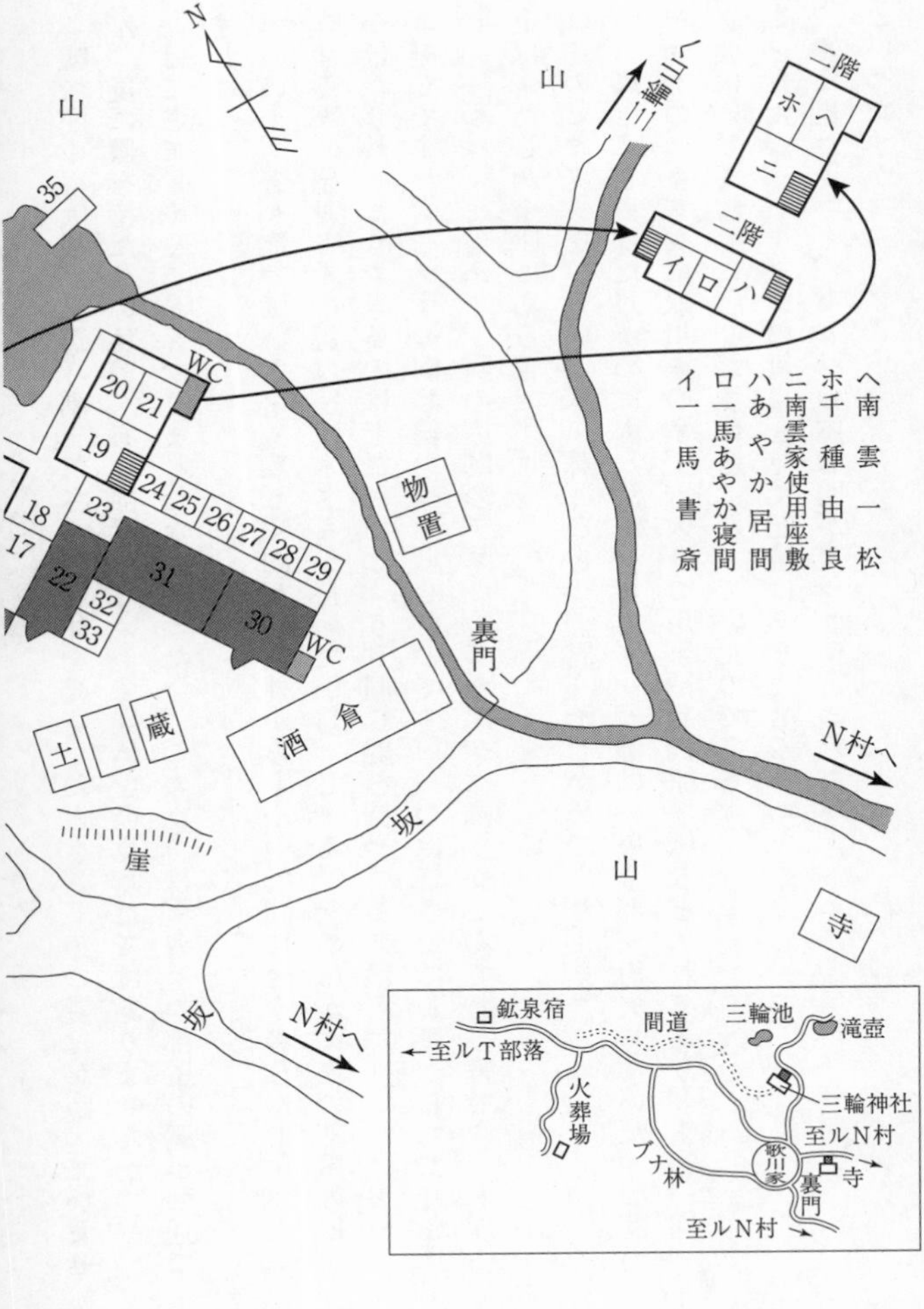
N
山
山
三輪山へ
二階
ホ
ヘ
ニ
二階
イ
ロ
ハ
ヘ 南雲一松
ホ 千種由良
ニ 南雲家使用座敷
ハ あやか居間
ロ 一馬あやか寝間
イ 一馬書斎
35
WC
20
21
19
18
23
24
25
26
27
28
29
17
22
31
32
33
30
WC
物置
裏門
酒倉
土蔵
崖
坂
N村へ
山
寺
坂
N村へ
鉱泉宿
間道
三輪池
滝壺
至ルT部落
火葬場
三輪神社
至ルN村
歌川家
ブナ林
寺
裏門
至ルN村

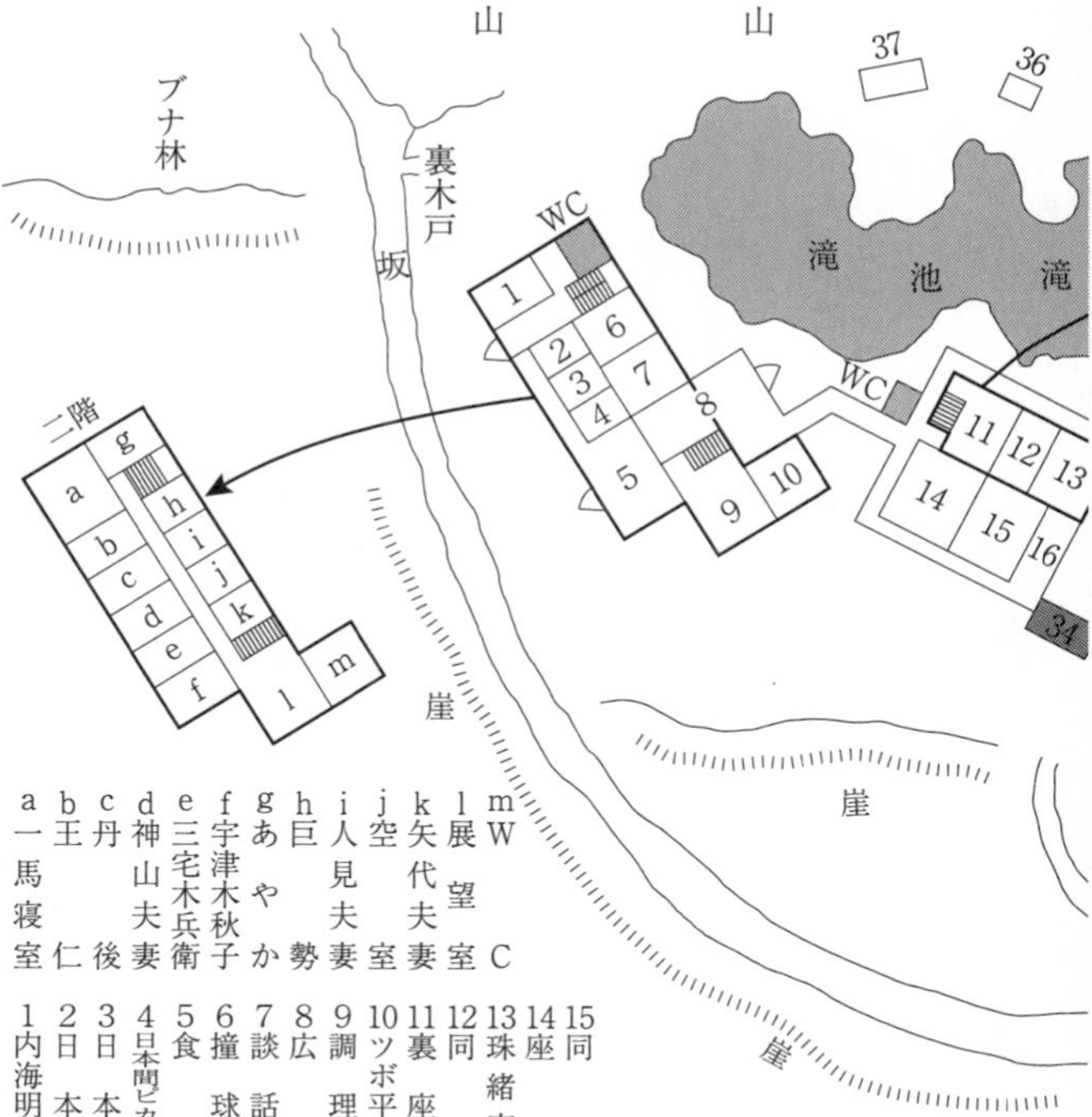

a 一馬寝室
b 王仁
c 丹後
d 神山夫妻
e 三宅木兵衛
f 宇津木秋子
g あやか
h 巨勢
i 人見夫妻
j 空室
k 矢代夫妻
l 展望室
m WC

1 内海明寝室
2 日本間
3 日本間
4 日本間ピカ一寝室
5 食堂
6 撞球室
7 談話室
8 広間
9 調理場
10 ツボ平夫妻
11 裏座敷
12 同
13 珠緒寝室
14 座敷
15 同

16 仏間
17 控間
18 茶ノ間
19 多門居間
20 多門書斎
21 多門寝室
22 土間内玄関
23 イロリバタ
24 琴路
25 下枝
26 八重
27 空室
28 喜作お伝
29 加代子
30 下男溜り(土間)
31 台所(土間)
32 湯殿
33 キキ酒室
34 玄関
35 釣殿
36 亭
37 夢殿

「そうだな。僕は原稿紙を持たずにきたから、原稿紙があるというから、ひっかき廻したんだけど、用箋と封筒ばかりで、原稿紙が却々見つからなくってね。来てまもなくだから、もう一ヶ月以上の昔の話さ。何月何日だか、分りゃしないよ」

「望月さんの部屋と隣室の間にドアがありますが、あのドアの鍵は？」

「部屋の間のドアは鍵をかけたままで、その鍵はお客様方にはお渡ししてありません。然し、盗まれた鍵束の中にはその鍵も勿論ありました」

「あの隣室はどなたでしたか？」と、カングリ警部は各人の部屋の位置をしるしてもらった図面をひろげて、

「ああ、丹後弓彦さん。作品はかねて雑誌で拝読致しております。昨夜は何か隣室に変った物音をおききになりませんでしたか」

「毎晩変った物音ばかりきかされていますから、一々気にかけちゃいられませんさ。王仁が死んで、今晩から安眠できるだろうな。愛慾の音と殺人の音と、いったい、どこかに区別がありますか」

　食事が終ってドヤドヤ隣の広間へ流れて行く波の中で、八丁鼻がだしぬけに、あやかさんに呼びかけた。

「もしもし、奥さん。失礼ですが、そのスリッパは」

「はア、なんでしょう、このパントウッフル」

「パントウ、はア、なるほど、スリッパじゃアない、お靴ですな。そのお靴はいつもはいていらっしゃいますか」

「ずいぶん悪趣味だと仰言るのでしょう。皆さんにカラカワれるのよ。でも、こんなオモチャみたいな華やかなのが好きなんですもの。外に七足ほど似たような悪趣味な部屋靴があるわ。その日の気分で、あれをはいたり、これをはいたり」

「みんな鈴がついてるのですか」

「鈴のついてるのは、これだけ」

「昨日もそれをおはきでしたか」

「昨日。昨日ね。そう。昨日もはきました。でも、外のも、はきましたわ。なぜですの」

「鈴がひとつとれていますが、いつなくなったか、覚えていらっしゃいませんか」

「そう。この鈴がひとつね、今朝、はくときに気がついたのよ。とんだり、駈けたり、つまずいたり、私はチョコチョコしてるから。でも、このパントウッフルは、私は特別に好きなのよ。可愛いいのよ。ねえ、そうでしょう。そう思うでしょう」

「ハア、いや、まったく。我々はどうも、我々の町じゃア見かけたことがないもんで」

　警官たちが引きあげたあとで、我々は又、酒をのんだ。あまり酒好きでないモクベエが深酒をして、押しだまっていたが、宇津木秋子も飲めないビールを時々一息にのみほしていた。

「僕たちはここへ来る以前から、すでに夫婦ではなかったようなものだが」

と、モクベエは低い声で言いだした。不馴れな深酒で、青ざめ、目が気違いじみている。然し、弱気の彼は秋子さんを見ることができず、あべこべの方角に視線を向けて、

「然し、ともかく、同じ屋根の下で、ほかの男とたわむれる、これは品性の問題じゃないか。歌川と別れて僕と一緒になった、それを僕はひけめに覚えていなかったのに、今になって、それが羞しくなった。あれにかかると、我々自身が犬になるんだ。犬の恥辱を感じるのだ。ところが御当人は全然人間のつもりだから、笑わせるよ」

秋子さんは黙っていた。するとピカ一が口をだして、

「今どきハムレットもどきのセリフまわしは止そうじゃないか。ここで出来て、ここで別れりゃ、因果テキメン、首尾一貫してらア。おめでたい話じゃないか」

「だまれ、無頼漢。貴様は貴様の友達にだけ話しかけろ。ここには貴様の友達はおらん」

「何が無頼漢だ。昔の女房を犬呼ばわり、紳士面が呆れらア。元々オレは男友達は嫌いのたちだよ。宇津木さんはさすがだな。女を犬よばわりのハムレットはないからな。女を犬とよぶからにはライオンぐらいの精神力を持つがいいや。思想と生活のトンチンカンなこんな奴が外国文学の紹介なんかしているから、日本はいつまでも田舎なんだよ。ねえ、宇津木さん、そうでしょう。我々はお友達になりましょう。第一、こんな奴と一緒に暮してたんじゃ、いつまでたっても本当の男を描くことができませんよ。我々は本日をもって

我々の記念日たらしめようではありませんか」

「あなたのお幾つ目の記念日？」

「それは、あなた、カトリックの暦をくってごらんなさい。記念日ならざる日はなし、ですよ。我々も亦天主教にならって三百六十五日、すべて記念日たらしめなければならぬ」

ピカ一は遠慮なく立上って秋子さんの手をとったが、秋子さんは退いて、

「あなたもお人の悪い方。殺人事件の犯人容疑者をからかうなんて」

「アレ、古風なことを言うお方だなア。王仁追悼に我々の接吻をささげるとは、神聖にして純粋なる志というものでさ。生々流転は人生の真相だから、恋人の殺された当日から生々流転。これでなくちゃア」

「私は今夜は頭痛がするわ」秋子さんは振向いて、立ち去ろうとする、ピカ一が後を追おうとすると、いくつかのゴルフボールがとんできて、頭へ一つ、つづいて一つ肩へ当った。ゴルフボールはさっきからあやか夫人がお手玉にして遊んでいたのだから、ピカ一がふりむくと、あやかさんは素知らぬふり、椅子にもたれてアラヌ方を見ている。

「この野郎」

　ピカ一はあやかさんに飛びかかり、首をしめて椅子ごと押し倒すところであったが、私が立ち上る、同時に人見小六がビールの空瓶を握って立上った。私がピカ一を突きとばす、人見小六の見幕が物凄い、彼は昔は左翼の闘士で喧嘩名人の噂の高い男だ。私は然し更に

それ以上に安心なのは巨勢博士がいるからで、彼は学生時代からヨタ者の十人ぐらいを相手にしてタッタ一人で血の雨をふらしてヒケをとらない裏街の顔役でもあったのである。博士は我々の喧嘩の方は目もくれずニヤニヤ酒をたのしんでいるが、イザとなれば加勢にくると思っているから、私も大いに気が強いのである。

「チェッ。ナイトぶりやがる。ヨーロッパなみに決闘を申込むなら、一人ずつ、相手になってやる。かたまらなきゃ、何も出来やしねえだろう。バカめ」ピカ一はテーブルの上のビールを二本、栓をあけて、一本ずつ両手につかんで、ラッパのみにしながら、庭の方へ出て行った。

「一度のす必要がありますな。ぐるりと囲んで鉄拳制裁は如何ですか」

神山東洋が言った。彼等夫妻はたいがい使用人の溜りへ遊びに行ってそっちでは喋りまくっているそうだが、我々の一座へまじると、殆ど口をだすことがなかった。

「君は腕ッ節が強そうだな。ギャングが商売じゃないの？」

とセムシ詩人、遠慮のない直感をアッサリのべる。然し彼は常にニコニコ、悪意がないから、誰も腹を立てないのである。

「恐れ入りましたな。そんな風に見えますか。これで実は、気も弱く、腕ッ節も全然見かけ倒しなんですよ」

「僕みたいに御婦人のために鉄拳をふるう実力がなくちゃ、恋愛の資格もないのだろうな。

時代は益々麗人のために、鉄拳の用意が必要らしいや。どうだい、モクベエ、フランスにもセムシの剣客というのは、ないかい？」

「内海さんは私のために、詩集を作って下さるのよ。心病める醜婦のために、という題なんですってさ。いいでしょう。うんと私を讃美するのよ。そうすれば鉄拳の必要はいらないのですもの。からかわれたことがないのですから。その代り、私も陽気なセムシを讃美礼讃してあげるわね」

と千草さんが言った。私はどうもこの、醜いお嬢さんが好きになれない。心がひねくれているのである。率直正直のようで、実は言ってることがみんなアベコベで、自分のことを醜婦と云うが、内々はウヌボレがあり、自ら醜婦と称するだけ、卑屈にひねくれているのである。

「心病めるだけ余計だよ。僕のは、ただ、醜婦のために歌えるというのさ」

「あら、柄になくテレるわね。二人の時は色んなことを仰言るくせに」

「醜婦が醜男を口説いちゃだめだよ。醜婦は美男のために人知れず胸をこがし、醜男は美女のために悶死するところがネウチなんだよ。僕にくらべりゃ、シラノなんぞは醜男のうちじゃないのだからな。詩も僕よりは巧そうだ。僕には取柄がないな」

内海は両手で頭をかかえた。彼の指は細く長く、節くれていた。両手で頭をかかえると、両手の中に顔全体がおさまるぐらい、彼の顔は小さかった。セムシ詩人は立上った。

「どれ、僕はひきあげて、今夜は詩でも作るかな。醜婦のために」

「待ちなさい。ちょッと散歩しましょうよ。いや？　厭じゃないでしょう」

「決して希望はしていないね」

「こっちの庭はダメ。ピカ一さんがどこかでビールをラッパのみにしている筈だから。こっちの方から、ブナの杜《もり》へでましょうよ」

と、千草さんは戸棚のヒキダシから懐中電燈をとりだして、高飛車にセムシ詩人をうながして食堂の出入口から外へ消えた。

「イヤらしい」珠緒さんが吐きすてるように呟いた。

「なかなか可憐じゃないですか」

と、神山東洋。彼でなければ、不快な意味が目に見えているこんな時に、言葉をさしはさむ者はない。

「あれが可憐というの？　可憐とは、どういう意味のことなのよ。千草さんは美人なみに、男をあやつッてみたいのよ。セムシ詩人なら、あやつれるというツモリでしょう。あれで女王のつもりなのだから。なんてまア汚らしい。孔雀の羽をつけた烏だって、まだ、ましだわね」

女という人種は意地の悪い観察にかけては天才なのである。美しいものよりも、汚らしいものの方がはるかにハッキリ目につくものらしい。珠緒さんは先刻から相当酒をのんでいる。それも今日は不機嫌に、押しだまってグイグイ呷っていたから、相当目つきも変っていた。

「今日はウンと飲んでやるわ」

「もう止しなさいな、珠緒さん。あとで、吐いたり、苦しむから」

と、あやかさんが言う。胡蝶さんも口を添えて、

「本当よ、珠緒さん。そんなに飲んじゃ、毒だわ。もうよしなさいね」

「ええ、でもよ。もう、ちょッとだけ、飲まして。だって、私ね。こうして、黙って飲んでいるとね、幻が見えてくるのよ。王仁さんが殺されている幻が。ハッキリとよ。一人の女の人が短刀をふり下すときの表情まで、実に歴々と見えるのよ。たしかに鬼の顔よ。ヤキモチの鬼の顔」

「よしましょう、そんな話。今日はもう、やすみましょう」

「ええ、ごめんなさい」

珠緒さんはあやかさんの手をとって、やがて、シクシク泣きだした。このアニヨメと珠緒さんは気持がシックリいくらしいが、秋子さんがアニヨメのころは事々に衝突、そのころから犬猿の仲であった。

泣きだした珠緒さんを抱くようにして、あやかさんが連れ去る。十分ほどして戻ってくると、追っかけて女中がやってきて、

「奥様、お嬢さまはゲロはいて、苦しみなすっていますが、海老塚さまに」海老塚はムッと顔をあげて、

「バカな。ヨッパライの介抱に医学者が往診するなんて、女王様だってありゃせん。さがれ」凄い見幕だった。

「琴路さんに願いなさい」

「ハイ」

琴路というのは看護婦の名だ。三十分程して再び女中がきて、お嬢さまはスヤスヤおやすみになりました、と報告した。そのとき、十時五分。そこへピカ一が戻ってきたから、それをキッカケに、さア、寝ようぜ、とみんな立ち上る。

「なんだい、俺が来たからって、逃げなくともよかろう。さア、行った、行った。オレは静かに一人で傾ける。あつらえ向きだな」

それを聞きすてて私たちは各々の部屋へひきあげたが、するとセト物だか酒瓶だか荒々しく割れる音がする、扉をあけて下の気配をうかがうと、あやかさんが血相変えて逃げてきた。

「どうしたのですか？」

「ええ、アイツ私があと片づけしていたら、いきなり」

立ちどまって、フラフラして、気をとり直して自分の部屋へスタスタ廊下を走って行っ

た。そのとき、部屋靴の鈴の音が耳についた。私は八丁鼻刑事の言葉を思いだして、なんとなく不安になった。

　私は巨勢博士の部屋を叩いた。

「どうだい。目星はついたかい？」

「買い被っちゃいけませんよ。ホルムズ先生じゃあるまいし。全然五里霧中ですよ。ボクは第一ここのウチは、犯罪よりもエロチシズムの刺戟の方が強すぎますよ。こっちの刺戟と争う方が精一杯でして、東京のアノコの面影を思いだしては気絶をくいとめているようなものでさ」

「ところで、もしや、王仁の殺された現場に、あやか夫人のパントウッフルの鈴が一つ落ちてたんじゃないか」

「御察しの通り、ベッドの下に」

「やれやれ。何たることだ。あやかさんが第一の容疑者か」

「まさか。猫だって、鈴をぶらさげて鼠をとりに行きませんよ。ところで、この図面ですが、皆様方のお部屋の配置、これは誰の意志ですか。内海さんだけ、階下にいるのは？」

「さて、ネ。それは僕には分らない。一馬にきいてみようじゃないか」

　私たちは一馬の部屋へ行った。あやか夫人が着代えをしているというので、ちょっと外で待たされた。

「さア、どうぞ。あやかは昨夜から、僕のところへ泊りこみさ。土居光一が現れ、怖毛をふるっているわけさ」

「だって普通じゃないのですもの。誰かが何か企らんでいるのがハッキリしているのですもの。今日の事件も企みの一部としたら、いったい、お母様の命日に、何が起るのでしょうか。誰かが鍵を持ってるなんて、ねえ、あなた、ドアを紐でゆわえて。いえ、ハリガネでなきゃ」

「それほど神経質になる事はないよ。巨勢君も来てくれたことだから、犯人の寿命も、長くはなかろうよ」

「巨勢博士が、客人の部屋の配置について、誰の意志が働いたか、知りたいそうだが。内海だけが階下にいるわけは？」

「内海の場合は内海の意志でね。階段の上下が疲れるから、というのだよ。それに便所もすぐ近いから。その外の方々は別に特にどうということもなく、僕が当てズッポウにきめたようなものだが、土居光一だけ、同じ二階に泊めるのはいやだとあやかが云うから、二階にまだ空室もあるけれども、下の日本間へ部屋をあてがったというわけさ」

「私たち、お客様のない時でしたら、この洋館は使わないのよ。母屋の裏屋敷、珠緒さんが寝室に使ってらっしゃるお部屋の二階に当る三間が私たちのお部屋なんです」

「神山東洋という方は、お宅と利害関係がありますか」

一馬はしばらくためらっていたが、語りだした。

「神山は以前父の秘書だったが、その後、秘書をやめてからも、出入りをつづけているのだけれども、父が弱身を握られていて、たぶんユスラレているのじゃないかと想像できるだけ、父にきいても、深い事情はきかせてくれないから知らないのです。昨年死んだ母が、神山を毛虫のように厭がっていました。嫌い方が尋常一様のものじゃないので、もしや母についての秘密じゃないかと思ったこともあったけれども、みんな僕の想像で、ともかく僕の親父は相当に策略的な政治生活をやっていたから、ユスリの種は相当あるのが当然で、子供の僕が、それをたって訊きただすわけにも行かないから、きいてみたこともなかったのです」

「時々やってくるのですか」

「年に四、五回はくるでしょう。昔父の愛妾だった今の細君、昔は新橋の芸者でしたがね。いつもそれをつれて堂々とやってきて、我家同然数日泊って行くのですよ。そういえば、昨年母がなくなる二、三日前にもやってきて、偶然臨終にぶつかったのですが、死ぬ前の日、病床の母と人を遠ざけて言い争っていたという事もきいております。だからユスリの種は父だけじゃなしに、母を通して父、そんな風な事もあるのじゃないかと想像した事もあるのですが、これも単に僕だけの想像なんです」

私はあやか夫人のパジャマが、あんまり華麗なので呆気にとられていた。それは最も手のこんだ衣裳の一つで、支那服に西洋風な加工をほどこしたような、そして色彩の組合せに微妙な技巧が施されていた。

「奥さんはネマキの方が晴着じゃありませんか」

と、私がひとつひやかしてやると、一馬が苦笑して、

「こんな晴着みたいなネマキばかり十四、五着はあるだろう。来年の今ごろは何十着になることやら。同じネマキを二晩つづけて着るのが残念だというので、今もブツブツ土居光一を呪いながら着代えていたところなんだよ。この部屋には自分の着物が置いてないから。朝昼晩、きまって着物を着かえる。髪の形を変える。首飾りをつけかえる。根気のよいのに、驚くばかりだよ」

あやかさんは幽かに笑っているばかりで、返事をしなかった。どのような表現によって話題にされても、要するに極愛せられていることを確信しているのだろう。この人の愛情はどんなに可愛いいだろうか。それは全く夜のために生れた女のようなものだ。あやかさんは殺人犯人を怖れているが、然し実際はそんなことはさしたることではない筈なのだ。ただ可愛く、美しく、先天的にそれだけしか思いめぐらす本能がないようなものだ。

私が自室へ戻ると、京子がいくらかムッとした顔付で、

「今、旦那様の小間使がきて、あした朝食のあとで二人にきて下さいって。出向いて行きたいけれど、おからだが、いけないんですって」

たのしい報せじゃない。歌川多門はカゼをひいたところへビールをのみすぎてオナカをこわして、ちょうど私達が来た日の朝から寝ていたのである。政界からも引退して、毎日ただ、村の碁打を迎えて碁を打っており、退屈しているから、洋館の晩餐には時々出席していたそうであるが、私たちはまだその顔を見ないので、多門の病気がいっそ我々の滞在中つづいてくれればいいが、などと内々願っていたほどであった。

「下枝さんて小間使の方はとても可愛いい娘よ。十八ですって。琴路さんとうまく行ってるのかしら」

「もう止してくれ。人間どものつながりの話は、もう、たくさんだ」

私もいささか酒がすぎて疲れていた。そして、すぐ眠ってしまった。

六　第二の犯罪

翌朝、警官の一行は六時前にやってきて、すでに何かやっていた。

昨夜から深夜へかけて直ちに解剖が行われた由であるが、その結果、新たな事実が現れたらしく、鑑識の一行が未明の街道を全速で馳せて到着していたのである。

王仁の遺骨を受けとりに、王仁の弟子と関係の出版会社の社長だか社員だかが、例の夜汽車で午頃、くる筈になっていた。王仁の屍体は解剖後の始末をつけて、これも午頃到着の筈で、さっそくダビにふして、今夜は遺骨でお通夜をする手筈になっている。

我々が朝食を終ると、待っていた警官の一行が食堂へ現れた。カングリ警部は慇懃に一礼して、

「早朝からお耳を汚すのは不本意ですが、解剖の結果、意外な事実が現れましたので、ザックバランに申上げて、同時に皆様からも、御助言を仰ぎたく存じます。望月さんは短刀によって刺される前に、かなり多量の催眠薬を服用されておりました。然し我々の調べました所では望月さんの所持品からは催眠薬は現れませず、又、調査の結果、たぶん他の何人かによって飲ましめられたという事が、ほぼ明かになっております」

「アア」秋子さんが小さな叫びをあげた。

「催眠薬は、もしや、ゲンノショウコの中に……」

「そうです。何か御心当りがありますか」

「昨日の朝、変にねむくて頭が重くて。変に思っていましたから。それに……」

「それに？　なんでしょう？」秋子さんはチラと一座を見廻したが、

「珠緒さんも、ねむいとか、頭が重いとか、仰言っていらしたようですから。たぶん、珠緒さんもお飲みでしょうと、ふッと今、ただそんな風に頭に閃いただけですけど」

珠緒さんだけが、まだ食堂に現れていなかった。深酒のせいで吐き苦しんで、朝の食事は見るのも厭に相違なかった。

「ゲンノショウコは誰が煎じる習慣でしたか」

「王仁さんは珠緒さんが御招待したお客様ですから、珠緒さんが御自分でおやりになるか女中に命じて作らせるか、いずれかでしたけど、先月の終りからツボ平さんがお客様方専門のコックに来て万事やって下さるようになってからは時々ツボ平のオカミサンも煎じていたようでした。朝と晩、二度煎じる習慣でしたの。王仁さんはお茶もお水も一切召上らず、アルコール以外の液体はゲンノショウコ一点ばりなんですから」

あやかさんがこう説明するのをひきとって、千草さんが、

「ゆうべ、じゃなかった、おとといの夕方か、ゲンノショウコを煎じたのは珠緒さん御直々ね。私もお料理のお手伝いをしていたのよ。コンロが足りなくなったから、ツボ平のオカミサンが珠緒さんのところへゲンノショウコを下していいか訊きに行ったのです。あの方は御自分でやってることに人が勝手に手を入れると御機嫌すこぶるナナメだから、一々お許しを受けにでかけなければならないのよ。すると珠緒さんがオカミサンと一緒にきて火から下して、冷したあとでフラスコへうつしたのです。あのとき、あやか様もいらしたわね」

「ええ、肉パイをこしらえて。私のただ一つの御自慢だから」

「次はウナギの蒲焼ね」

「いや、どうも、我々シモジモには、お話を承っているだけで、ヨダレの始末に苦しみま

す」

　と、カングリ警部は柄にもなくわざと下品な笑い方をしてみせた。

「お嬢様方お二人、奥様、ツボ平さん御夫婦、五人の外に薬を煎じているあいだに、調理場へどなたか見えた方がありましたか」

「もう一々記憶していないわ。だって調理場は、あれで殿方がとても往復なさるのよ。内海さんは、雪くれないか。毎日ね。雪で足をひやすのよ。変な人。冷めたい水は丹後さん、調理場は冷めたい清水が流れているから。人見さんと王仁さんはビールをとりにいらっしゃるし、一馬兄さままで何かかにかで時々いらっしゃるわね。あの日は宇津木さんもいらしたわ」

「ええ、ズッといたのよ。あの日はオソバを打ったでしょう。それを見学して、それから何やかやお手伝いして。私は珠緒さんがゲンノショウコをコンロから下しにいらした時も、居合せましたわ」

「で、ゲンノショウコはズッと調理場にあったのですね」

「珠緒さんが清水の落ち口で冷して、フラスコへうつして王仁さんのお部屋へ持ってらしたのよ。珠緒さん以外はどなたも触れる余地がなかった筈ですわ」

　千草さんは断言して、賛成をもとめるように見廻した。

「するとゲンノショウコを袋からヤカンへ入れてコンロにかけたのも、煎じたあとでコン口から下してフラスコへつめかえて持ち去ったのも珠緒さんですね」

「ええ、その通り」と千草さんは、取りすまして言った。

「いったい王仁は催眠薬で死んだのですか」と私がきいた。

「いいえ、催眠薬で眠らせて短刀で刺したのでしょう。ゲンノショウコに投入された催眠薬をまとめて一飲みにすると致死量ぐらいになるでしょうが、宇津木さんも飲まれたし、お嬢さんも飲まれたらしいようですから、望月さんの飲んだのは全体の三分の二ぐらい、それによって死ぬという分量ではありませんでした」

「催眠薬で殺せばいいのに、どうして二重の手間をかけたんでしょうね。そこに何か意味があるのじゃありませんか。それに警部さんは催眠薬で眠らせて刺したと仰言るけれども、眠らせたのと刺したのが別人の仕業でないとは言えないでしょう。それとも、同一人の仕業だという証拠があがっているのですか」

「ごもっともな疑問です。同一人の仕業かどうか、なぜ催眠薬で殺さなかったか、我々にとっても不明であります。ただ分っているのは、望月さんは何人かによって催眠薬を投入されたゲンノショウコを飲まされたことと、睡眠中に刺し殺されたということの二つの事実だけ、そしてもしもこの二つが同一人の仕業なら、犯人は催眠薬の致死量を知らなかったか、知っていたとすれば催眠薬は殺す目的でなしに眠らせる目的に用いたらしいということ、殺す目的にしては、分量がやや少なすぎるという事実です」

「ちょッとしたイタズラじゃないのかなア。あの人ならそれぐらいのイタズラはやりかねないよ。浮気封じに昏々と眠らせてやろうてんで、チョイとフラスコへイタズラする、面白そうなことだからな」と、セムシ詩人がニヤニヤしながら言う。警部はちょっと考えていたが、

「そうですね。あるいはそんな軽い意味のイタズラかも知れません。然し催眠薬はフラスコへ投入されたものではなく、煎じつつあるヤカンの中に投入せられたもので、それは今朝、ハキダメに残っていた煎じたカスの葉ッパを調べた結果、明らかとなりました」

「あの日の調理場はオソバを打つやら賑やかでしたから」

と秋子さんが言いかけると、千草さんがひきとって、

「そうよ、大変な騒ぎだったわ。だけどゲンノショウコの電気コンロは扉に近い隅のところですし、私たちが騒いでいたのは窓のところで離れているのですもの、あっちの隅には用がないから誰も近づきゃしませんわ。あっちの方にはあやか様が肉パイをこしらえていらしただけ、ゲンノショウコの香りがお嫌いだからブツブツこぼしていらしたわね」

「ええ、私コウヤクだの煎じ薬だの古風なものは大嫌い、イヤな匂い、マッコークさいんですもの」

「あの日じゃないの、窓の外でピカ一さんが大蛇をつかまえたのは」

「大蛇？」

「一間ぐらいの青大将にすぎないのよ。ニワトリのんでる、腹をさいて、晩メシのオカズを出してやるから庖丁もってこい、なんて、宇津木さんたら物好きね、あんなもの見に行らっしゃるのだもの、私は蛇きらい、見るのもイヤだというのに」

「私は蛇、怖いけれど、怖いもの見たさ、惹きつけられるのよ」

「ツボ平さんたちもとびだして行ったわ。オヤジさんなんか、窓からとび降りて」

「珠緒さんは蛇を平気でつかんでブラ下げるね」

とセムシ詩人が言うと、千草さんは御機嫌ナナメの顔で、

「そうお、そんなんが好きなの。トランク一つブラ下げる力もない珠緒さんが。私たちは蛇なんか見るのもイヤよ。ねえ、あやか様。私たち二人はピカ一さんなんか振向きもしなかったわ。スサノオのミコトみたいな、そんなの、イヤらしい」

「スサノオのミコトか。なるほどね。奥さんはアマテラス大御神かも知れないけど、千草さんは何だろう」

「オカメのヒョットコよ」

千草さんは真剣に怒ってしまったから、シラノ二世も降参して、

「ピカ一さん、あんたはやたらに出シャバッて喋りたがるくせに、こんな時には喋ってくれないのかな。スサノオのミコトとなると下界の奴らと話がしたくなくなるわけかな」

「オレは美人以外に話しかけないという戒律をまもる行い正しい紳士だからさ」

そのとき誰かが扉をあけた。

扉の開くにつれて一人の若い女がひょろひょろと現れた。八重という女中である。扉につかまって人々の方を見たと思うと、ヘタヘタと坐ってしまった。なんのために坐ったのかと思ったが、実は腰がぬけたのだということが、後になって分ったのである。

「お嬢さまが」声がつづかなかった。

「え、なに？」

「……殺されて……」

カングリ警部は私達に向って、

「皆さん、しばらくここからお動きのないように」

駐在の友一郎巡査を見張にのこして、現場へ去る。巨勢博士と一馬だけが一緒に行くことを許された。

四十五分ほど経て、巨勢博士が一人もどってきたから、

「珠緒さんが死んだ？　え？」

「ええ、殺されています」

「毒殺か？」

「さア。また催眠薬でも飲まされているのだか、それは分りませんけど、電気のコードでクビをしめ殺されております」

「ああ」女の二、三名が同時に溜息をもらした。胡蝶さん、あやかさん。秋子さんも。たぶん。

「自殺じゃないの、巨勢さん。覚悟の自殺」と千草さんがきいた。

「そうですね。一見絞殺と見えるような自殺が、あるものですね。然し珠緒さんの場合は、どうやら他殺は疑いの余地がないようです。酔っ払って熟睡しているところを、なんなく殺されたもののようです」

「何か犯人の手掛りは？」と私はさっそく訊いてみたが、

「何一つ手掛りはありませんよ。ただ、例によって物盗りの仕業じゃありません」

一座は深い沈黙に落ちた。

「どうも、変ね。じゃア、いったい」

千草さんが訝《いぶか》しそうに口走って、何か、考えこんでしまった。

附記　今から犯人を当てようたって無理ですよ。まだ次々と殺人事件が起ります。然し、読者は全てを知らされ、読者の読まれた事実の中に犯人を推定しうる明確な、ぬきさしならぬ証拠があることだけは断言致しておきます。巨勢博士も読者の知った事実以外のものから犯人を推定することは決して致しません。

八丁鼻氏もカングリ警部氏もこの懸賞に応じて犯人を当てて見せる由、商売柄、邪推深いものですから、僕らの答案を読んでから、犯人をつくりかえるんだろう、と失敬千万なことを申しているそうであります。全く彼らときては、常にかくの如く邪推深いから犯人のつかまるタメシがなかったのですよ。然るに私は公明正大、第一この懸賞には、この雑誌の編輯者まで読者の一人として解答を寄せることになっております。即ち私は解決篇の原稿を厳封して、応募答案の〆切前に編輯者に渡します。〆切の期日が過ぎてのち封をあけて、原稿を印刷へ廻します。邪推の余地はないですよ。

　法医学上のことに就いては知友長畑一正先生を煩わすつもりでしたが、彼たるや実に探偵小説の犯人の当てッこでは僕の年来の最も無能な敵手の一人で、したがって深く恨みを結んでおりますから、僕の質問にヒントを得て秘密を見破ってやろうという魂胆に相違なく、これには困りました。すると郡山千冬のはからいで、東京医大の浅田一博士から、いつでも教えてあげますから、いらっしゃい、という好意を受けましたから、そこで色々御教示にあずかることができました。厚く御礼を申上げる次第です。などと法医学の大権威のお名前を持ちだしておいて、実は読者をケムにまいておこうという深謀遠慮です。探偵小説ともなれば、色々策を施しますよ。あなた方を相手に、そうまでする必要はないのですがネ。

　さて、最後に挑戦状。私より解答の御寄稿を挑戦いたす方々

江戸川乱歩先生。木々高太郎先生。カングリ警部先生。八丁鼻先生。読ミスギ先生。アタピン先生。以上（八月七日）

坂口安吾

七　探偵小説狂の老政客

珠緒さんの首にアイロン用のコードが二重にまきつけられていたが、これはその寝室の棚に置かれていたものであった。

兇行はだいたい十二時から二時までぐらいの時間だろうということだが、泥酔して熟睡中をやられたから、全然抵抗のあとはない。暴行の形跡もなく、胸から下にも布団がキチンとかかっていて乱れがなく、蚊帳《かや》も吊られたままであり、ただ、女中の証言によると、枕元のアンドン型の朱塗りのスタンドをつけたまま眠った筈だが、その電燈が消えていたということだった。部屋を掻き廻したあとは見られなかった。

たった一つだけ、変ったことがあった。

珠緒さんは泥酔のあまり吐いて苦しんだから、枕元には新聞紙をしいた洗面器と盆の上に薬鑵とコップが置いてあったが、ヤカンとコップの水にモルヒネの粉末が投げこまれていた。

盆の上に少しばかり白い粉末がこぼれていた。コップをとりあげて、すかしてみると、かすかに白い沈澱がみられる。これを発見したのは八丁鼻で、昨夜カイホーしたという女中、富岡八重という二十六の丸ポチャのちょッと可愛いい田舎娘であるが、これをよんで、

「このコップは塩水かね」

「ハア。いいえ、真水でございます」

女中の話によると、珠緒さんが吐き気を催したから、先ず洗面器をもって駈けつけて、それからヤカンに塩水をつくって持って行くと、一度うがいのあとで、塩水はイヤだから真水にとりかえてきて、と言った。

そこでヤカンとコップを持ち帰って真水をみたしてきたが、そのときバケツと雑巾も持ってきて、汚れたところをキレイにふいた。

女中が広間へ海老塚医師をよびに来て怒鳴りつけられて退き下ったのはこの時で、仕方がないから諸井看護婦にきてもらった。珠緒さんはいくらか吐き気がおさまってきたが、

「洗面器が汚物でいっぱいだから、とりかえて差上げなさい」

諸井看護婦がこう言ったので、女中は新しい洗面器に新聞紙をしいて持ってきて、汚物のあふれた洗面器は持ち去って洗い流した。

それから後は、もう殆んど吐かなかったから、この洗面器には小量の胃液が吐き残され

ているだけであった。

「お嬢さんは真水でウガイしたかね」

「さあ？」

女中は茫然として、ウロウロし、又、泣きだしそうになるばかりである。

「この白い粉はあんたが盆を運んできた時から有ったかね」

女中は益々泣きだしそうになった。血のめぐりの悪い娘なのだろう。オロオロして顔をあからめて、有ったか無かったか、分らないと言う。考えだし、追想を新にする頭のハタラキもないような、たよりない様子であった。然し、ふと顔をあげて、

「私の立去るとき、コップの水は八分目どおりありましたが」

と言う。

事実コップの水は八分目通りあった。このコップの水とヤカンを本署へ送ってモルヒネの検出が報告されたのは翌日のことであった。

諸井看護婦の話では、ただ背中をさすったぐらいのもので、酒の上の吐き気にすぎないから、一切薬は与えておらず、特別の手当は何一つ施さなかったと言う。そして解剖の結果は、胃の中にもモルヒネはなかったし、吐いた汚物にもモルヒネはなかった。

王仁が殺された時には、私の如きはただいい気味だと思ったばかり、屍体を眺めても溜飲が下るばかりで、こいつホントに死んでるのかな、騙されてるんじゃなかろうな、そん

な心配まで浮かんだような有様だった。私ばかりの話じゃなかろう。王仁の消えて失くなることは先ずもって大方の希望であったに相違ない。

私と王仁は作風が全然違っているから、私を悪く評する者は王仁をほめる。王仁にお点の辛い評家は私に高く採点する。というぐあいに、こういう立場の作家同志は徒党的な対立意識はあっても、本当の嫉妬というものは少いのである。作風がくい違っているから、本当の敗北意識というものがないのだ。

そこへ行くと、丹後弓彦と王仁はどちらも腕力型の才筆で、人間を扱う角度や発想の角度が同型であるから、こういう場合にはぬきさしならぬ勝敗感があるもので、王仁の野性奔放な才筆に圧倒されがちな丹後には、痛烈な嫉妬があったに相違ない。作家の嫉妬は他人の名声流行などには案外淡白で、もっと本質的なぬきさしならぬ才能に絡みついた問題だから、苦しいものだ。

珠緒さんは、そういうことを知っていた。丹後も王仁も珠緒さんが好きだったが、珠緒さんは悪どい人だから、才能で負けている丹後をさらに自分の問題でも苦しめて遊ぶ、そんな風なイヤな感じのところがあった。丹後は表面冷静な気取り屋、お澄し屋さんだから、内々の苦しみをチクチクいじめてやる、珠緒さんにはそういう人の悪い思いあがったところがあった。

私は王仁の消滅には祝杯をあげたい気持で、犯罪とか犯人などということにはまったく無頓着、念頭にもなかったが、珠緒さんが殺されてみると、私は始めて犯罪ということをヒシヒシと考えさせられ、例の一馬の手紙のこと、招かれざる客たちのこと、それからそれへと考えざるを得なかった。

この山中では夜は特別冷えるから真夏でも雨戸を閉ざすのは当然で、珠緒さんの寝室の廊下の雨戸も閉ざされており、門もかかっていたが、然し例の田舎の習慣で、戸口の締りはいつもゾロッペイなのである。

珠緒さんの寝室は、私たちの住む洋館からも母屋からも人に知られず忍びこむことは容易で、その上、ここの庭には滝が二つある。一つは一丈ぐらいだけれども、一つは三段に分れて合せて六十尺ぐらいの飛瀑をなしており、深夜になると滝の音でピストルの音でも分らぬぐらい、別して、母屋のこのへんは滝のすぐ下だから、音がたちこめている。私たちの洋館でも、南面の部屋はさほどでないが、北面の私の部屋などは、いささか音に悩むことも多いのである。

我々文士は一種の精神分析派で、思いつめればドイツコイツの区別なく犯罪者に見えないものはなくなるというタチだから、あれからこれへと犯罪に就いて考えても埒のあくものではない。

朝食がすんだら遊びにきてくれという歌川多門老からの話も、この騒ぎではどうしたものか、ちょうど幸い、行かずに済ませるつもりにしていると、又、下枝さんがやってきて、御都合よろしかったら御越し下さいませ、という。

「下枝さん。とんだことになりましたね」

「ええ」

下枝さんは、あどけないリンカクの美しくととのった顔をあげて、私を見た。その目は利巧で、よく澄んで、静かで、正しく美しいものだけをいつも見つめ考えているような目であった。

この可愛いい、あどけない娘が、ほんとうに多門老人の妾なのだろうか？　私は信じられなかった。このカラダは、まだ、娘のカラダである。

「歌川さんはビックリ取りみだしていられやしませんか」

「いいえ。もう落着いて、いつもと同じ御様子でいらっしゃいます」

私たちが出向いてみると、まったく多門老人は、ふだんと変らぬ様子に見えた。

私たちに対する怒りというものは、もはや、まったく見られなかった。思えば私の取越し苦労で、この人は例の大人物という、日本の英雄豪傑のあの型なのだろう。一向にクッタクのない様子で、むしろ明るく生き生きと、

「サア、サア、あなた方、よく来て下すった。私の方からみなさんの方へ遊びにでたいと考えながら、このところ風邪をひいて、胃をいためたもので。閑居すると、ちょッとのことで病気する、病気がこたえる、仕事のない身はもろいものです。ひとところは、あなた方

に腹を立てたこともあったが、今はもう、そうじゃない。むしろ、なつかしんでいます。みんな私の我がままのせいじゃ」

多門老人は慈父のように機嫌がよかった。私は然し、たった二人の子供のうちの一人娘が殺されたというのに、この老人の平然として全く何事もなかったとしか思われない態度には、いささかならず感動した。まったく虚勢と思われる節がない。いったいがこの老人は家事には超然たる人物であることは知っていたが、そんな人間に限って、まさかの人事に却って激動して取り乱しがちなことはまま有ることであり、私と京子の場合などでも、大変な立腹だったということをきいている。立腹と悲しみとは別の感情なのかも知れないが、こうなると私もいささか反撥せずにいられない気持も首をもたげざるを得ないから、

「本日は大変なことでした。思いがけないことで、さぞ御気落ちのことと存じます」

「いやいや」

老人はさえぎった。さえぎったという以外には別にほかの顔付ではなかった。いくらか気むずかしい様子に見えただけだった。

「これも私のせいかも知れぬ。私がこんなものだから、子供も毛色の変った奴が生れてくるのだね。是非もないことじゃ。私は然し、ひとつ腑に落ちないことがあるが」

多門老人は口をつぐんだが、すぐ明るい顔になって、

「いや、私の取越苦労かも知れぬ。からだがヒマだから、つまらぬことを色々と考えるの

じゃろう」

「それを仰言っていただけませんか。案外そんな漠然たるカンがものの急所を射ぬいていることが多いものです」

「まアさ。この話は止しましょう。せっかくお招きしておもてなしも出来ないが、これを記念に納めていただきたい。これは外遊のみぎり北京で手に入れた八大山人の小品じゃが、縹渺《ひょうびょう》たる静寂、これを孤独というのかね、身にしみる魂の深いものがある。それから、京子には、これも私が外遊のみぎり巴里でもとめたネクタイピンですが、ポッと出の田舎ザムライも何がな一つ人の気のつかぬ所へ意外な装飾をぶらさげて見せてくれようと思ってね、これはダイヤだが、十八カラットあるのです。私がこれをノドクビにくッつけて歩いていても、誰もダイヤと思わぬ。ガラス玉だと思っておる。それでまア、そう思わせて、ひそかに溜飲を下げて、無事に日本までブラ下げてきた。私の死んだ女房なども、冗談だと思ってとりあわぬ始末で、私もどこかへ投げこんで忘れていたのが、最近現れてきおったのです」

多門老人は飄々《ひょうひょう》、仙骨を帯びてアッサリくれるけれども、十八カラットのダイヤといえば、たいへんな金目のものなのだろう。いささか薄気味わるい始末、もっとも、八大山人の小品とても、天下の稀品に相違ない。可愛がった昔の女を今は娘のように慈《いつく》しむあたたかさが、私たちにも自然の安堵と温情をわきたたせた。

　そのとき私は気がついた。この部屋の書棚には色々の書物がある。主として歴史の書物だが、いくらかある小説類の半分ぐらいが探偵小説の翻訳本だ。涙香もある。ヴァン・ダインもある。小説本も、モンテクリストとかレ・ミゼラブルとか、風と共に去りぬ、というような翻訳本が主であった。

「探偵小説がお好きなようですが」

　と私がたずねると、多門はうなずいて、

「若いころから涙香などを愛読しておったが、外遊の折、つれづれに探偵小説の趣味を覚えたのです。岡倉天心が探偵小説の愛読者で、家族のものが病体をおもんぱかって思うように晩酌をくれないものだから、ドイルなどの探偵小説を一席、半分だけ語ってきかせる。佳境に入ったところで口をつぐんで、それからどうなったのですかときくと、いやいや本日はこれまでと、じらしておいて、どうじゃ、あとが聞きたければモウ一本もってきなさい。ドイルなどは、晩酌用の策戦に、ちょうど手ごろの一席になるね。近ごろの推理小説は、小味で、微妙で、いりくんでいるから、読むには確かに面白いが、晩酌の策戦には適しない」

「私も探偵小説は至って好きな方ですが、どんなものがお好きですか」

「私はイギリスの女流のアガサ・クリスチイというのが好きです。ヴァン・ダインとかクイーンとか、無役に衒学《げんがく》で、いやらしくジラシたり、モッタイぶったりするから、気持よく読みつづけられない。私がむかし丸善へ足を運んだのは、もっぱらこの探偵小説のためで」

老人は書架の隅から積み重ねた洋書をとりだしてみせた。みんな探偵小説だった。クロフツもあれば、「赤毛のレドメン」「ジゴマ」フリイマン、なんでもある。

「それでしたら、このたびの事件についても、御感想があることでしょう」

老人はしばらく口をつぐんでいたが、

「望月さんの犯人と珠緒の犯人は同じ人間かね？　同じ人間なら……」

又、口をつぐんだが、

「然しなんだね。矢代さん。あなたは、どう思うね。人間はどいつもこいつも、人殺しぐらいはできるのだ。どの人間も、あらゆる犯罪の可能性をもっている。どいつも、こいつも、やりかねない」

多門の目が急にギラギラ光った。そして、その光を隠そうともせず、私たちをジッと見つめた。そして、また何か言いそうに、口がふるえたが、やがて思いかえして、喋るのをやめてしまった。

八　アリバイはただ一人

多門の部屋を辞して洋館へもどるために珠緒さんの殺された部屋の廊下を通りかかると、その部屋から洋装のスラリとした三十女がよびとめて、

「モシモシ、ちょっと。あなた方、お名前は？」

「なぜ？　あなたは何者ですか」

「私は警察の者です。皆さんのお顔を覚えておきたいから、お名前をきいているのです」

「ああ、なるほど」

私は思わずふきだした。

「すると、あなたは、アタピン先生！」

「マア、失敬な！」

アタピン女史、柳眉《りゅうび》を逆だてて、

「何ですか、あなた方は。分ってますよ。ここへきている男も女も、ロクな人間はいないのだから。文士だの女優だの、ホレタ、ハレタ、イヤらしい。年百年中オカミの手数を煩わして、アゲクの果に、このザマじゃないの」

「イヤ、ゴモットモ。御説の通りです。そこで、どうですか。さっそくアタマヘピンスケ

と来ましたか。犯人はどこのドイツですか」

「おだまり」

「ヤア、失礼失礼」

行き過ぎようとすると、グイと手首をにぎって引きもどして、

「名乗りませんか。失礼な」

「まアさ。あなたのアタピンで私たちの名前ぐらいは当てて下さい。名乗りを脅迫するのは憲法違反だから、アッハッハ」

私はアタピン女史を怒らせておいて、逃げだした。

私が巨勢博士や一馬夫妻と、一馬の部屋に落着いて、ユックリ話し合うことのできたのは、午後三時。

王仁の遺骨を迎えに、彼の全集の出版元の社長と出版部長、若い社員と王仁の弟子が一人、午まえに到着したが、解剖した王仁の屍体がまだ本署から戻らない。戻り次第ダビに付すはずで、この村には隠坊《おんぼう》はいるが火葬場はなく、野天へ薪をつんで焼く。まる一晩かかるのである。

私ども実務にうとい者の集りへ事務家が加わると、にわかに火のついた如く別天地の段どりが起って、王仁の遺骸を迎える部屋の支度、坊主の交渉、火葬場とのレンラク、どこからどうして来たのだか、ちゃんと黒幕などが運ばれてくる、またたくうちに表座敷に葬

場らしいものが出来上ってしまった。

私は然し巨勢博士に秘密に話したいことがあった。ようやくその機会がきたので、

「実は君たちにだけ報告しておきたいことがあるんだが、私は昨夜、自分の部屋へ戻ったが、寝つかれないので散歩にでた。時間はハッキリしないが十一時ぐらいじゃなかったかな。京子はもう寝んでいたから、知らなかったと思うが」

「ええ、でもお帰りになったのはウスボンヤリ覚えているわ」

「食堂の戸口から出て、ブナの森へ行くつもりだったが、裏木戸まで行くと気が変って、庭へ廻った。池をまわって、中腹の夢殿のところへ行ったのだ。そこからアズマヤの方へ行くつもりで滝壺の上へでると、下に釣殿が見えて灯がもれている。そのとき一瞬チラリと闇へ消える女の姿が目にうつった。出て行くところは見ていなかったわけだが、たしかに釣殿から出て、御尊父の寝間の外をまわって勝手口の方へ帰る途中の姿だろうと思われるのです。女だとは分ったけれども、誰だかまったく見当がつかない。ところが、しばらくたつと、今度は釣殿から男が出てきた。先ず池の水で手を洗う。これは海老塚医師です。半ソデシャツにズボンをはいていた。ハンケチで手をふいて、庭の山の方へ登りかけたが、ふりむいて、女の消えた方へ去って行った。私の見たのはそれだけだが、私はそれから十分ぐらいそこにいて、戻ってきたから」

夢殿というのは、多門老人が聖徳太子の夢殿に模して小型にちぢめてつくらせたもの、

釣殿というのも大和のなにかの堂を模してつくらせた茶室で、中には畳のしかれた部屋と支那風の卓とイスをおいた部屋と二つあった。

「そう。それじゃア、海老塚さんは昨日も釣殿へ泊ったのだね。近ごろは殆んど毎晩泊ってるんじゃないかな。僕は気にかけた事がないから、村の誰かがウチのどこかへ泊っていても分らない。別に一々主人の許可をうけるというような堅苦しいことはこのウチの習慣にはないことで、主人側と召使側と二つの生活が独立しているのだ。海老塚さんはこのウチでは家族の一員のようなものだから、夜ぶん遊びに来たときは先ず大概は泊って行く。医院まで山道で一里もあるうえビッコだからムリもない。ウチも戦争まえまでは自動車があったが、戦争以来は自動車どころか村全体に一台の人力車すらもない。海老塚さんは変り者だから、母屋へは寝たがらずに、いつごろからか、釣殿専門に寝泊りするようになったのだ。時々急患がきて、医院から電話のくることがある。ゆうべも何かそんなことがあったのだろう」

「じゃア、八重にきいてみましょうか」

あやかさんは室内電話で女中の八重をよんだが、八重は用たしに村へ出ており、やってきたのは諸井看護婦であった。

「諸井さんは医院へ行らっしゃらなかったの？」

「ええ、今日は警察の御用で午ちかくまでかかったうえに、南雲さんが今朝から腹痛で、注射しているのです」

「お由良様が？」

「いいえ、南雲おじいさん」

「ゆうべ、医院に急患がありませんでしたか」

「ございません」

諸井看護婦は冷くジロリと一馬をみつめて返事をした。

「じゃア、あなたは医院の用か何かで、ゆうべ海老塚さんに会うようなことはなかったわけですね」

「ある筈がないと思いますが」

「海老塚さんは、ゆうべも釣殿へ泊ったのですか」

「今朝はこのウチにいらっしゃいましたわね。ゆうべのことは存じませんが」

諸井女史は冷たく横を向いてうそぶいた。

「もう、御用はよろしゅうございますか」

「ええ、御足労でした。へんな質問で、気を悪くしないで下さい」

「もしや何か、海老塚先生と御婦人との問題でしたら、たぶん、千草さまにおききになると分るでしょう。先生が釣殿へお泊りの夜は、夜中に一度はたいがい釣殿へおでかけになりますから。皆さまはご存知ないかも知れませんが、下の者たちの間では知らない者がございません。千草さまは、コソコソ忍んで行かれるわけではございませんで、かえって何か御名誉の御様子ですから」

ジロリと私たちに目をくれて、キチンと四十五度ぐらいに頭を下げて、ふりむいて立ち去った。

「とりすましたヒネクレ女め、体温まで冷いのじゃないか」

「イヤア、案外モチハダか何かで、ポチャポチャあったかいかも知れませんや」

と巨勢博士が処女趣味に似合わしからぬ言辞を弄して、御婦人連をビックリさせた。

「どうだい、博士、誰か容疑者らしいものがあるのかね」

「いいえ、一向に」

「警察の人たちは何か証拠を握ったのじゃありませんか」

一馬がこう訊いたが、博士は両手をうしろ頭へ組んで髪の毛をゴシゴシこすりながら間の悪そうな笑い方をして、

「いいえ、一向に。警察の人たち、まったくどうも根気よく調べていますが、益々雲をつかむぐあいだろうと思います。第一、怨恨だか、情痴だか、てんで動機も分りませんや」

「然し、君、風来坊の物盗りの偶然の兇行と違って、ともかく謀殺だろう。しかも、君、非常に微妙な事実の食い違いが現れているじゃないか」

「ハア、それは、何ですか」

「大博士が拙者にきくとは意地が悪いな。まア、笑わずに素人探偵の意見をきいて貰おうか。珠緒さんが王仁の寝室から立ち去ったのが十一時十五分。このとき僕はまだ起きていて、珠緒さんがシャンソンを唄いながら階段を駈け降りて行くのをきいていた。それをキッカケに、時計を見て、電燈を消したのだ。このとき珠緒さんは王仁の部屋に鍵をかけずに去ったという。ところがそれから二時間ほどのち、宇津木秋子女史が王仁の部屋へ行った時には、鍵がかかっていた。鍵をとってきて室内へはいると、王仁はまだ生きていた。イビキをかいて寝ていた。ゆすっても目を覚さなかったというのだな。秋子さんはワザとライターを置き残して、鍵をかけて立ち去った。翌朝、珠緒さんが王仁の屍体を発見した時には、鍵がかかっていなかった。これは、いったい、どういうことを意味していますか。え？　博士」

「ええ、僕も珠緒さんがシャンソンを唄いながら立ち去るときは、まだ起きて、きいていましたよ。それで、先生は、どういうことを意味していると思いますか」

「僕に分るものか。ただ分るのは、犯人は鍵を持っていること。まだ王仁の生きているうちに、一度鍵をしめた。殺してから、鍵をかけずに立ち去った。ねえ、君、宇津木さんが鍵をあけて室内へはいってきたとき、犯人は室内にいたんじゃないかね」

「ええ、たぶん、いましたね」

博士はアッサリ答えた。一馬とあやかさん、京子は一時に顔色を変えた。私は思わず緊

張して、

「え？　本当かい？　僕のは深い根拠があるわけじゃないんだが。犯人は、どこにいるんだ？」

「ええ、それはまア、宇津木さんの言葉に偽りがなければ、たぶん、そこに居るよりほかに仕方がなかろうと思いますが。王仁さんの寝台の下に。そこ以外には隠れ場所がありませんや。カングリ警部、八丁鼻、ヨミスギ刑事、みなさん、その見込みです。いくらか見込みという奴が立っているのは、まだ、それくらいのものでしょう」

御婦人連は緊張のタメイキをもらした。

「なぜ、そこに、いたの？」

あやかさんが叫んだ。

「さア。そのナゼに説明を与えてしまうと、犯人にバカされるかも知れません。まだまだ何も仮定してはいけないのです。案外、犯人は、そのとき室内にいなかったかも知れませんや」

「いなかったという仮定が成立する根拠もありますか」

と、一馬。

「有りますとも。実に、犯人氏はテクニシャンでさ。かねてモロモロのテクニックを御用意の様子もあります。尤も、そう考えてもいけないのかも知れません。つまり、彼氏、案外、無用意なのかも知れませんや。万事始めのうちは当らず、さわらず、ヌキサシならぬ奴だけ信じる以外に手がないですよ。目下ヌキサシならぬことと云えば、王仁さんと珠緒さんが殺されたということだけでさア」

　すると一馬がふと思いつめたような顔をあげて、

「僕も、おとといの、王仁の殺された夜は、暁方の三時ごろまで起きて仕事をしていたのだ。あやかが僕の部屋へ逃げこんできて、僕の寝台へねてしまってから、僕はふと起きて仕事をはじめた。去年からフランス象徴詩についてエッセイを書いているが、却々《なかなか》はかどらないのでね。すると、たぶん、一時ごろだと思うけれども、隣室へ鍵をさしこむ音がきこえた。ねしずまった夜更けと云っても、この滝の音だから、相当な音でなければ聴えやしない。人の跫音《あしおと》はきこえなかったから、出る音だか、入る音だが、分りゃしなかったが」

　博士はうなずいて、

「なるほどね。犯人氏なら手荒な鍵音はさせんでしょう。宇津木さんでしょうかね。じゃア、奥様はズッとここに寝んでいらしたのですね」

　思いがけない質問に一馬はビックリして、

「ええ。おとといも、ゆうべも」

「そして、歌川先生は暁方の三時まで仕事をしていらしたのですね」

「そうです。然し、おとといのことですよ。ゆうべは、もっと早くねました」

「暁方三時まで、奥様はズッとやすんでいらしたのでしょうね」

「全然、ねむり通しです」

「やれやれ。すると、ここに、ようやく一人、アリバイの成立つ御方が現れたのです。そのほかの方には、どなたにも犯人でない証拠はない。珠緒さんに至っては、まるでもう、殺されるには誂え向きの特別席に寝ていたようなものですもの。場所と云い、条件と云い、殺してくれと云うようなものでさ。歌川先生のお母様の御命日はいつでしたか」

　この最後の一言に一馬は顔色を変えて、当惑しきって暫しは言葉を失っていたが、

「来月の九日。やっぱり、何か、その日、ありますか」

「いえ、でも、分りゃしませんや。あの脅迫状と今度の殺人事件とレンラクがあるのかどうか、まったく見当はつきませんや。王仁さん殺しと珠緒さん殺しが同じ犯人だか、それも分りゃしませんもの。然し、脅迫状については、要心の必要はあるかも知れません」

　そのとき王仁の屍体が到着したという知らせがきた。

九　火葬の帰り道

表座敷へもうけた葬場で読経と焼香が終ると、用意の大八車に棺をつんで、ただちに火

葬に出発した。

来客の男子はそろって火葬場まで行くことになり、一馬、木ベエ、人見小六、丹後弓彦、博士もピカ一も、神山東洋に至るまで、棺につづいてゾロゾロと出てくる。セムシ詩人が森の妖婆の杖みたいなものに縋って玄関から出てくると、外に勢ぞろいの見送りの娘子《じょうし》軍《ぐん》の中から、あやかさんが、

「内海さんはムリじゃありませんこと。半みちぐらいあるそうよ。失礼させていただきなさいな」

「ええ、ほんと。私たち女だけ残されると、なんだか、さみしいわね」

と秋子さん。

「アラ、もてるわね。カジモドさん」

と、千草さんが大きな声で冷笑をあびせて、

「行っといで。まさか、図にのって麗人方のオモチャになりたがる程、鈍感じゃないわね」

まったく、どうも、デリカシイのない人だ。不美人というものは自然にひねくれて下品になるものか、どうも然し、論外きわまる下品な言葉で、然し又、セムシの奴は変り者だ。彼はむしろ異彩を放って無智無学下品粗雑な千草さんに、それだからオレは好きなんだというような、内々奇妙なところがあり、彼は機嫌よくヘラヘラ笑って、

「ああ、行ってくるよ。ボクが引導渡してやらなきゃ、王仁のヤツも、めでたくお骨になれないだろうからな」

誰よりも一人おくれて、コツコツ歩きだす。それと並んで、あやかさんが門の外まで見送ってきた。

火葬場はブナの森を通りこして、山の奥底、人の通らぬ裏山の密林の中にあった。百米四方ほどの平らな草原をかこんで、スリバチ型に山がかぶさり、森に山鳩がないている。すでに火葬の薪がつみあげられ、かたわらに隠坊の夜番小屋があった。

ここで又、あらためて読経をやり、火をかける。傍若無人、狼藉《ろうぜき》者の大きな肢体がこれで愈々《いよいよ》煙となって消え失せると思えば、私の感慨もさすがに深い。

明朝お骨をあげにくることにして私達が引きあげる頃は、いくらか、たそがれて、うすくモヤが浮きだしていた。いつのまにか谷からモヤがあがり、山々が暗く紫にたそがれて、ヒグラシがなきだす、これが私の記憶に沁み残っている夏の山の日暮れのダンドリであるが、まだヒグラシはなく時期にならない。

さすがに内海は疲れきって、日頃にまして顔色が白々と苦しげだから、ピカ一が、

「おい、セムシの先生、オレが押してやるから、大八車にのれよ。棺桶の帰り車だが、エンギをかつぐこともなかろう。老少不定、酔生夢死、まったく、貴公なんぞがこの御老齢まで生き延びるとは造化の妙という奴だ。サア乗ったり、乗ったり」

「妖怪変化は長生きのものさ。遠慮なく乗っけて貰うか」

内海が大八車にノコノコのっかると百姓が、車をひいて動きだす。ピカ一があとを押して車は威勢よく谷の道を登って行った。

つづいて僧侶の一団と一馬と神山東洋が一とかたまりに先に立ち、丹後弓彦、小六、木ベエ、それに巨勢博士と私が一とかたまりに、ぶらぶら歩いていた。

とつぜん弓彦が例の皮肉な顔で私たちを見廻して、

「珠緒さんのことは知らないが、この四人の誰かが王仁を殺したんじゃないのかね。巨勢君をのぞいて、ね」

冷静な木ベエはフンとも言わず知らぬ顔の木ベエで歩いているが、馬鹿正直の人見小六がやや荒い息づかいで、

「なぜ、この四人の誰かなんだ。え？」

「この四人の中なら、さしずめ、君だろう。なぜ、そんなことを言いだすんだ。だいたい君は、何かにつけて、肚で充分思案を重ねて、カケヒキのあることしか言えない男なんだな。君が、実は、王仁も、珠緒さんも、殺したんじゃないのか」

「だから、四人の誰かが、と言ってるのさ」

「君自身のことだけ、ハッキリ言ったらどうだい。君も作家じゃないか。我々がみんな文学者だから、言葉に責任を持とうじゃないか。探偵じゃないんだからな」

弓彦はいくらかテレたが、益々皮肉な笑いを光らせて、

「たとえば、物盗り強盗が王仁を殺したんじゃ、全然面白くもないからな。又、たとえばだね。一馬が妹の問題とか王仁の無礼とか、それやこれやで、王仁を殺す、妹を殺す、ありふれたことは、真実であるにしても、面白くないじゃないか。君はそう思わないかね。僕が王仁を殺し、珠緒さんを殺す。これも極めて有りうることらしいね。極めてありうるから、真実にしても、面白くもないじゃないか。僕らは探偵じゃなくて、文学者だからな。真実を探したり、犯人を突きとめる必要はなかろうと思うが、どうかね。僕は、犯人をこしらえてみたいのだ。王仁殺し、珠緒さん殺し、面白い素材じゃないか。こいつを使って、可能性の犯人というのを創作するのは文学者の道楽には面白いことじゃないか。陳腐の犯人なんか追放するのが、僕らの義務みたいなもんだと思うんだが、いかが」

　小六は怒って返事をしなかった。

「なんだい、文学の話かい。ショーバイの話は止そうじゃないか。だいたいが、王仁にしろ君にしろ、可能性もあるけれども、極めて即物的な作風なんだから、この殺人事件も即物的に考えたらどうだい。真実は真実、犯人は犯人、極めて有りうることが、なぜ陳腐なんだ。可能性の犯人だって、ちょッとした目あたらしさ以外に、陳腐でないものが有るのかい。え？　こと、人間性に関して、何か、陳腐ならざる犯罪が……」

　木ベエが静かな声で理論的にたたみかけようとすると、小六がブリブリしながら、ひき

とって、

「丹後は肚に一物があるんだろう。可能性の犯人とか、真実は陳腐だとか、実は、自分自身の弁護にすぎないのじゃないか。君みたいな奴は軽蔑するな。王仁は、ともかく、傲慢無礼な奴であったが、ザックバランで、愛すべきところがあったよ。あの豪放な陽性にくらべりゃ、丹後が作家として王仁に数歩負けているのは明かだよ。肚に一物とか、考え深く、陰性だとか、そんな事は作家の資格じゃないんだ。王仁はズケズケ物を言うが、考えるだけは、ちゃんと、別のところで考えている筈で、考え深いなんて事は、表面に見せることじゃなくて、作家ともなれば、みんなそれぞれ考えているに極ってるんだ。そうじゃないか。王仁の作品は現に丹後の作品にくらべりゃ、簡潔で、断定的だが、思考の根は、はるかに深い。だから、スケールが大きいのさ。丹後はケチな思考にこだわっているから、思考も浅いし、問題もせまい、文学が小さく、ケチなんだ。だから、君が、殺人事件の犯人に就いて言いだしたりすりゃ、君自身の弁護のために、きまってるんだ。ハッキリ言うがいいよ。君が王仁を殺したのか。君が珠緒さんを殺したのか。君が殺したのではないが、犯人と見られる事が怖いのか。ここには巨勢君もいるのだからな。君はそれも意識してるんじゃないのか」

　丹後は皮肉な微笑を絶やさなかった。

谷を登って、村道へでると、

「じゃあ、失敬。僕はすこしぶらついて帰るから」

丹後弓彦は別れて、村とあべこべの方へ歩き去った。そっちの方には鉱泉のでる部落があり、鉱泉宿が一軒あるが、鉱泉宿といっても、よその土地から客のくるような名の知れたものではなくて、いわば部落の共同湯にすぎないのだった。

私はふと気がついた。あの鉱泉宿には雑貨、売薬などを売っている。戦争前に仕入れた品物が買手がなくて今もって売れ残りの品物があり、戦争中もカルモチンがあった。私はあのころは酒さえのめば睡くなるタチで眠り薬の必要はなかったが、近ごろは不眠症で、こまっている。村へきたついでに、ぜひとも鉱泉宿で昔のカルモチンの有無をたしかめて買いたいものだと予定をたてていたものだから、丹後の立去ったキッカケで、思いだした。そこで私も別れて丹後のあとを追ったが、三町も行くと丹後が戻ってきた。

「どうしたい？　鉱泉宿へ行くんじゃなかったのか」

「ああ。鉱泉宿へ行ったって、仕様がないさ。じゃア、失敬」

そこから宿までは四、五町あった。ここには部落が十五軒しかないそうだ。

鉱泉宿の主人は四十前後の、なかなか抜け目のないところがある青白いインテリ顔の男で、私の用件をきくと、

「そうさね。東京もんは抜け目がないから、ワシらのところまで目当にして、買いだしに来たのが、時々あるからね。今の相場を知らないから売らない方がいいさね。昔は知らず

に安く売って大損さ。今はもう、いくらも残っていないね」

「でも、探してくれないかね。あれば、むろん、ヤミの相場でゆずって貰うから」

「ヤミの相場をワシら知らんもの。なんでも百倍だから、百倍かネ」

「薬は昔から九層倍さ。食べ物の方は百倍かも知れないが、薬は百倍にもなっていなかろう。然しまア、値段はあとの相談にして、品物を探してくれないかネ」

棚の隅にボール箱の中へ昔の薬が一とまとめにしてあった。一つ一つ調べてみたが、カルモチンは、もうなかった。色々世話をかけたから、何か買わないわけにも行かず、胃腸薬だの虫下しだのその他二、三品買って戻った。めぼしいものは何一つなかった。

「なんの薬だね、カルモチンてのは？」

「ねむり薬さ」

「そんなら、あんた、なんでも三月ほど前に、歌川さんのお客の、南雲さんさ、歌川さんの妹のお由良婆さまさ。あの人が来て、何やかや買って行ったね。そんとき、ねむり薬もあったそうな」

帰る途中で夜になった。ブナの森はあかりがないと足もとの危いところだから、いくらか残る明るさをたよりに、歌川家の山の裏手の間道をぬけると、三輪山へ行く山径に合流する。そこから裏門へ廻るつもりで坂道を降りてくると、裏門の前でバッタリ一馬に出会った。彼は禅寺前の間道の方からやってきた。

「やア、君か。今じぶん、おそいじゃないか」

一馬はビックリして、言葉をかけた。

「鉱泉宿へカルモチンを買いに行ってきたからさ。戦争中、売れ残っていたのを見かけたのだが、あいにく、お由良婆さまに先手をやられたあとさ」

「なるほど、そうか。あの鉱泉宿の残品も、近ごろはかなり知れてしまったからな。手紙で言ってくれれば買っておいてあげたのに。僕は草林寺へ妹の葬儀のことで話しに行ったのに、いくら待っても誰ひとりいない。本堂に腰を下ろして、三十分もぼんやり物思いにふけって来た始末なのさ」

表門の方の坂から懐中電燈がポカポカ動いてきた。海老塚医師であった。私たちを認めるとビックリたちどまって、今晩は、と言ったが、

「王仁豪傑も一片の煙となりましたか」ときいた。

王仁ついに一片の煙となる。私の内に快とするところだけれども、同じことをこのビッコの医者の奴が言うと、私の腹の虫がおだやかではなくなる。要するに王仁だけでなく、私たち全体を茶化し皮肉るところがあるせいで、こいつが何か言うたびに、私はポカリとぶんなぐってやりたくなる。

私は然し、そのとき、ひどいことに気がついて、大いに混乱しはじめていた。

それは私が、一馬にも言ったが、さっき谷径を登って村道へ出て他の三人と別れるとき

も言ったことで、私は鉱泉宿へカルモチンを買いに、と言った。私はすっかり忘れていたが、王仁の場合には、ゲンノショウコに催眠薬がはいっており、又今日も、珠緒さんの屍体の枕もとには異様な白色の粉末がこぼれていたというではないか。

　まるで私は、私がカルモチンか何か催眠薬を常用していることを故意にひけらかしているような次第で、何か如何にもヘタな芝居をしているようなアンバイである。みんなに疑られているのじゃないかという気がして、いかにも私は不快な、みじめな気持になった。

　海老塚医師は土間の入口から別れたが、私たちが前栽《せんざい》を廻って洋館へ行こうとすると、母屋の表座敷、昼は葬場であった所に四名の坊さんが並び、多門老人と由良婆さまを混えて食膳についているではないか。

　一馬は座敷の縁側へ近づいて、

「なんのこった。和尚さんはここでしたか。僕は又、知らないもので、三十分も本堂に腰かけてガンバッていましたよ」

「まったく詩人などという奴は世事にうとい奴じゃ」

　と多門は舌打ちをして伜の顔をながめて、

「仏事のあとは、きまって桑門《そうもん》の方々を招じてオトキを差上げるのが日本古来の習慣じゃよ」

「何か御用か」

と老僧が笑いながら一馬にたずねた。この老僧は戦争前まで大学で印度哲学史を講じていた日本著名な仏教学者で、この村の出身だった。戦争中から村の禅寺へひっこんでいるが、見たところは、ただ老僧というだけで、学者らしくもない貧相な年寄であった。

「いえ、御食事中ですから、又、明朝おうかがい致します」

広間へくると、もう食堂の用意ができて、一同一馬を待っている。

食卓につくと、内海が語りだした。

「僕は今日、棺桶の帰り車にのっけて来てもらったけど、車をひいた百姓が妙なことを言ってたよ。僕アお歴々の中に殺人犯人がいるものだと思っていたけど、そうじゃないらしいんだってさ。村の疎開者に復員の気違いみたいな文学青年だか政治青年だか、いてね。王仁みたいなエロ作家は殺さなけりゃ日本のガンだというテロリストなんだそうだ。ふところに短刀をのんでいてそれを村の人にみせて、これで王仁を殺すんだと言っていたそうだ。この先生は珠緒さんが又大のキライで、ああいう女が日本を亡すとか何とか言っていたそうだ。警察もこの男に目をつけはじめたという話だよ」

一馬は困りきった顔をしてきいていたが、

「その男は疎開者といったって、村の出身なんだよ。奥田利根吉郎という製図工か何かの復員軍人で、復員したら家が焼け、妻子も行方が分らなくて、少し気が変になっているという男なんだ。尤も気が変になったのは戦地にいた時からで、北支にいたんだが、その頃から孔子に凝って、今でも疎開の部屋の窓に、孔子研究所とか、論語研究会という看板をだしているそうだよ。人づてに聞いた話だけど、いつか道で王仁に会って何か言いがかりをつけたら、王仁にガンとやられて敗退したということでね、痩せてヒョロヒョロの男だから、王仁にかかっちゃ問題にならない。小犬みたいにキャンキャンシッポをまいて逃げたそうで、然しね、この先生は王仁をエロ作家だと云うけど、この先生だって妙なんで、うちのあやかのところへ時々変な手紙をよこすんだよ」

　あやかさんも困った顔付で、

「でも、ラヴレターじゃないわ。やっぱり王仁さんに関係のあることなんですもの。王仁さんみたいなエロ作家にだまされるな、なんて」

「気違いかも知れませんが、筋は通ってますな。王仁さんにやられたあとで私の医院へ傷の手当にきましたよ。ちょッとしたカスリ傷です。そのとき彼は言っとったです。腕力ある者はギャングである、すべて体力とか精力とかいうものは文化的なものじゃない。まア、なんです、病的ですが、当ってもいますよ。その時、こんな話もしました。歌川多門方醜怪なる売女へ、という手紙をだしたというんですね。返事がなかったそうですよ。特に名指さなかったから、たぶん、売女がたくさんいて、みんな譲り合ったんだろうと言ってましたな」

　海老塚が又不快なことを言う。

「オイ、その気取屋の君子ヅラの藪医者め、つまみだしたらどうだい」

ピカ一が腹を立てて、

「まったく、あさましい神経質な野郎じゃないか。キザな野郎だ。曲学《きょくがく》阿世《あせい》という奴だよ。お前自身は何者なんだ。不快な連中の集る席へ、何だって、お前は出席するんだ」

つかつか歩いて行って、海老塚の腰かけている椅子ごとドッコイショと持ち上げて、広間へ持ち去って、置いてきた。

然し、ピカ一が席へつくころ、医者は椅子をだいてビッコをひいて戻ってきて、平然と、気むずかしいいつもの顔で元の席に坐っていた。

ピカ一は余憤おさまらず、

「ノートルダムの先生も、カタワのくせに、全然アマッチョロイ頭じゃないか。ふざけちゃ、いけないよ。殺人犯人はこれだけの人間の中にチャンと居るにきまってらア」

「なぜだい。外から忍んで来る事だって有りうるじゃないか」と内海。

「馬鹿な。ここのうちに居る者でなきゃ、できない証拠があるじゃないか。犯人は王仁の部屋の鍵をしめたり開けたりすることが出来るんだぜ。鍵を握っているんだ。だから、ここにいるお歴々の誰かでなきゃ、そんな芸当はできやしないや」

すると、一馬がイライラ叫んだ。

「我々は探偵じゃないんだ。犯人の話は止そうじゃないか」

「ヘッ」とピカ一は吐きだして、

「よかろう。望むところだ。エロ話。これあるかな。これに限るさ。食卓とは常にそういうものなんだ。男と女が顔を揃えて酒をのみながら、あられもない、文学だの芸術だのとツマラヌ話をしているから、尊公らの作品はいつまで経っても青ッポイのさ。ともかく、さすがに、王仁先生の小説は大人の小説だったよ。だから、エロを談じ、大いにエロを行いましょうや。今夜こそは、宇津木先生に、インネンをつけなくちゃア。然し、何だな、僕は胡蝶さんの冷めたいオスマシが好きなんだが、どうも僕は、やっぱり日本人のせいか、仏像趣味なんだな。飛鳥時代だな。尤も、ジャバだのバリ島のエロダンサーも飛鳥時代の原色エロさ。腰の線が、ふるいつきたいのさ」

ピカ一は、又、立ち上って、南洋土人の腰ふりダンスをやりだした。土人の唄まで、ちゃんと心得ている。手ぶり、腰ぶり、唄声、あざやかなもの、まったく南洋そのままの胴間声、御婦人連は呆気にとられ、一同の眼は憎悪から、隠しがたい讃歎の色に変った。

十　気違いぞろい

九時四十分であった。

広間へ由良婆さまがやってきた。あたりを見廻していたが、海老塚医師に、

「千草はいませんか」

「知らんです」

あいそのない返事である。傍らにいた宇津木さんが、ひきとって、

「千草さんはズッとお見えになりませんわ。食卓にもお見えにならなかったようね。そうでしたわね、海老塚さん」

「ぼく、知らんです」

「あやかさま、千草さん、御存じ？　食卓にいらしたかしら」

「いいえ、お見えじゃなかったわ」

「まア、どうしたのでしょうね。こちらかと思っていましたけど、じゃアどこにいるのかしら」

老婦人はたどたどしい足どりで引返して行った。婆さまは一度中風でひっくり返ったことがある。それ以来、歩行があんまり自由じゃなく、引きずるように歩き、階段の上下はつらいというのだが、外に適当な部屋がないので不便を忍び、這うように、階段を上下している。老夫婦は夜の便所は便器で間に合わしているということであった。

私たちは、みな酔っていた。ピカ一も珍しく大量に飲み、内海まで、かなりビールのコップを重ねている。殺人事件の当夜のつどいは、神経的に、なんとなく鋭く、苦痛になるのも仕方がない。誰かしら人殺しがまじっているということが、何かにつけて、チクリと

意識に上るのが、不快なのである。

木ベエはふだん酒を飲まないタチだが、たまたま酔うとシツコクからむ奴で、先刻からだいぶ丹後にからんでいたが、どうした風向きだか、やにわに鋒先を海老塚にむけて、

「気むずかし屋の名医先生。ちょいと、君、ここへ掛けませんか。ふん、イヤかね。よかろう。君は我々を気違いと解せられる由、ひそかに承っているが、僕の見るところ、気違いはまさしく、君だね」

「ヒヤヒヤ。名言、名言」

ピカ一は大よろこびで、一同を制し、

「謹聴謹聴」

「僕は人のスキャンダルをあばきたてるのは、キライなのだが、君の場合だけは、この慎しみを適用したくなくなったね。君は我々文人の私行をヒンセキの御様子だが、君自身は釣殿なるところへ御宿泊で毎晩なにがし嬢とゴジッコンの由じゃないか。又、加代子さんは君の診察がきらいで、立会人がいなければ君の診察はうけないそうだね。そのよって来たるところを権助オ鍋一党の風説から判ずるに、君はお加代さんの手を握ったり、お乳を長くいじってみたりするそうじゃないか。又、ちかごろは、下枝さんという可愛いい小間使いに殊のほか御執心で、胸の病いがあるようだ、とか、どこか内臓に異常があるようだ、とか、頻りに診断を受けさせるようにホノメカシテいる由、以上、当邸内だけで三件、医

院の方じゃ何をやらかしていらっしゃるやら、当邸内の三件だけに就いて判断しても、我々文人の人間なみの愛慾にくらべて、いささか異常、陰性、変タイ、と見たのはヒガメかね」

「よし、よし、そこだ」

とピカ一は大喜びだが、御婦人連はなるべく知らないふりをして何がなし私語を交すことにつとめようとするのは、彼女らの社交的な思いやりと礼儀心のせいだろうが、木ベエの言葉は、御婦人連の社交的性癖などを、やがて一気に凍らせる迫力をひそめていた。

「名医先生。君子先生。その目だよ、その目だよ。みんな見なさい。あの目、ギラギラ、気違いの目。人を殺す目。血に飢え、血の海を見ても飽きたりぬ殺人鬼の目。この正体は隠すことができないぜ。さア、見たり、見たり」

木ベエは酔いに青ざめて殺気立ち、彼自身ギラギラ悪鬼的な沈んだ目を光らせていたが、まさしく海老塚の目はその比ではなかった。私は始めからその経過を見て気づいていたが、彼は怒りにぶるぶるふるえ、逆上的な昂奮から、まさしくギラギラと狂人の光を眼に宿していた。それは、たしかに、とびかかって人を殺すことのできるその一瞬の目の光である。八ツ裂きにもすることができる、ひねり殺すこともできる、狂人の行いうる全てのことを行いうる狂暴無比な光であった。

婦人連は息をのんだ。

木べエは海老塚をハッタと睨んだ。

「彼はまさしく変質者、精神分裂というのだか、妄想狂というのだか、ともかく気違いの一人ですよ。自分は純潔、正義派だと思っているのだ。加代子さんのお乳をいじり、さる御婦人とゴジッコンを重ね、下枝さんにそれとなくお乳をいじるチャンスをつくらせようとしながらですよ。自分の為すことに気がつかないのが、先ず変質者、気違いの所以じゃないか。そして、ただ、他人の不純不潔を妄想する、彼の潔癖はつまり狂人の病症ですよ。皆さん、そうではないか」

海老塚の目は益々燃えた。それは極点まで見ひらかれ、もう、どうする術もなく、そして彼は、言葉も、身動きも、すべてが失われている故に、今や、にわかに、唐突に全てのことが可能であり、何かが突発しそうな様子に見えた。

そのとき、ひきずる跫音がして、お由良婆さまが、諸井看護婦に手をとられながら、はいってきた。

「千草がどこにもおりませんよ。どうしたのでしょう。もしや皆さんに御心当りはございませんか」

一座に別の恐怖が走った。

「そんなバカな。まさか殺されやしないだろう」

ピカ一が大声で喚いた。

「お婆さん、安心しな。あの子はサカリがついてるのさ。婆さんの前だけれども、あの子ときては、満身これ性慾じゃないか」

一座はそのまま沈黙した。誰も、つづいて物を言いだす者がない。

すると諸井看護婦が、水死人が水の中から物言うような静かな沈んだ声で、

「そうです。千草さんはアイビキにおでかけでした」

「なんですって？　じゃア、あなたは知っていらしたの」

お由良婆さまの呆気にとられた視線も、諸井看護婦の冷たい顔には、とりつく島がなかった。

「千草さんはアイビキの紙片をお受けとりです。ヒラヒラふり廻してお見せでした。私は読みはしませんが。そして、六時ごろ、おでかけでした」

「どこへ？」

「存じません」

「誰ですか、男の方は？」

「申しあげては、いけないでしょう」冷然と言った。

一座は再び沈黙した。

海老塚が熊のようにユラユラと腕をふった。なんという変ったシグサだろう。昂奮のためであろうか。そして、飛び上るような激しさで、ふりむいた。スタスタとビッコの尻を

ふり、そして腕をユラユラふりながら、部屋から立ち去ろうとした。

　と、廊下の入口で急にふりむいて、

「バカヤロー」

　満身の絶叫だった。小柄のくせに、まったく気違いの蛮声、なんというハリサケルような声なのだろう。そして又、とびあがるようにふりむいて、歩き去った。

「ワハハハハ、ワハハハハハ」

　ピカ一が、気違いのように笑いだした。

「茶番だらけだ。なアに、殺人だって茶番じゃないか。ここのウチは、元々、ここのウチが茶番そのものなのさ。マジメなツラをしていられるかい。淫売宿と云いたいが、それどころか、まるでもう、性慾のカタマリ、色きちがいの巣じゃないか」

「ウルサイ！　ゴロツキ！　あんたは東京へお帰り！　ただ今、さっさと帰ってちょうだい」

　あやかさんは怒りにふるえて、電気のようにビリビリ、神経がとびだすような激しさだった。

「何だと、このヤロー。もう一度、言ってみろ」

　そう言い終ると、ピカ一の人相が変ってしまった。まさしく鬼だ。海老塚には殺人鬼のメスのような静寂があったが、ピカ一ときては、狂暴、人間の相ではなしに、鬼、狂いたつ野獣であった。

パッとハズミがついたとき、彼は躍りかかって、あやかさんをつかみあげ、大きく一回転振り廻して振りとばした。あやかさんはモノの二間も振りとばされて、四ツん這いにッンのめり、服はさけ、膝を打ち、起き上ることができなかった。

私たちが抱き起こすと、すぐ起き上り、見かけによらぬ気丈なところのある人で、キッと顔をあげて、

「ゴロツキ！　犯人！」

「この野郎」

我々がアッと思ったときには、もうあやかさんがピシャリとぶたれて突きとばされたときで、まったく、こいつの腕力は矢のような早業であった。

然し、私たちがその次にアッと思ったときは、それどころじゃない。奴はいきなり、かたわらにある大きな花瓶をふりあげていたのである。

人見小六が武者ぶりついたから、よかった。ピカ一は花瓶をなげ下ろしたが、誰にも当らず、床にくだけて、ミジンにわれた。

ピカ一は猛牛の怪力で小六をふりとばした。あやかさんは殺気をさとると、身をひるがえして逃げだした。食堂へとびこみ、食堂から庭の方へ逃げだした。

ピカ一はすでに追っていた。

私たちが追いつくことができたとき、庭の松の木に押しつけられ、あやかさんは散々ぶたれ、突きまわされて、息も絶え絶えの所であった。

私たちが鈴なりに武者ぶりついてぶらさがって、ようやく引き分けたが、どうやら十間ほども引き分け、あやかさんも婦人連にまもられて去りかけ、ピカ一もフウフウ一とまず牛の息をまとめているから、もう終りと油断したのがしくじり、急に矢の如く追いだした。

それをさとると、あやかさんは、これ又、矢の如く逃げだした。まったく、あやかさんは、身軽な人で、スラリと細い身体だが、魚のように一直線をひいて行く見事な速さがあるのであった。

あやかさんは出てきた食堂から逆に屋内へとびこんだ。私たちは後を追ったが、追いついた時にはあやかさんは自分の寝室へとびこんで内側から鍵をかけており、ピカ一は階段を駈け登るときツマズイたのが失敗で、若干距離ができたのである。

ピカ一は狂気の如く、あやかさんの寝室の扉を蹴とばしている。私たちが追いつくと、

「この野郎ども」

私たちを追いまくり、

「畜生め。スベタめ。出てくると、殺してやるぞ。しめ殺してやる。しめあげてやる」

ピカ一は自分のシャツの襟をつかんで、自分のノドをグリグリしめ廻したが、散々パラ扉を蹴とばしたあげく、ごろんと扉の前へひっくり返って大の字にのびた。

そういうことが一時間ちかくつづいたろう。私たちがちかづくと、起きあがって、とびかかってくる。ケダモノのごとくに吠えて、飛びかかる。

私たちは諦めて、それぞれ自分の寝室へはいった。

ピカ一は十分か二十分おきに起き上って、あやかさんの寝室の扉を蹴とばすのがきこえるが、あとは大の字にひっくりかえって、喚きつづけているのだ。

私はあきれて寝てしまったが、ピカ一はそれから三時間もわめきつづけたということで、翌朝誰かが目ざめたころは、ピカ一は疲れて、あやかさんの扉の外に大の字にねむりこけていたという。

あやかさんは無事だった。ピカ一も翌日はすっかり静かに落ちついたが、然し、はからざるところに殺人が行われていた。

セムシ詩人がその寝室に殺されており、又、我々が手わけして千草さんを探してみると、千草さんは三輪山の森の中で殺されていたのである。

附記　不連続殺人事件という題名が色々問題となり、要するに不連続というのだから、事件ごとに犯人が違っているんだろう、という名探偵がしきりに登場している由、先ずヨミスギ刑事が拙宅へ現れて、あの題名が手掛りさとカンのいいところを見せて行きましたが、どうやらヨミカタが足らないようです。

アタピン女史もはるばる九州飯塚から親書をよせられ、七人か八人死ぬそうだけど、殺した犯人が次々に殺されて行くなんて、イヤなトリックね、とこれ又実に、さすがにアタピン、アタマヘピン、恐れ入りました。そう易々とトリックを見破ってはいけません。

題名から犯人を推定するなんて、半七捕物帳の手口ですよ。カングリ警部は探偵小説の本の装釘の図案から犯人を推定する達人でしたから、まことにどうも、明治維新後は、とても真犯人は捕まらない。

探偵小説ともなれば、作者は題名からして色々とカングッております。名探偵諸先生があんまりダラシなく半七捕物帳ぐらいのところで見栄をきるので、笑止というよりも、まことに日本の治安のために歎かわしい。

今に巨勢博士が連続、不連続という事に就いてアッサリと一場の訓話をのべる時があるでしょう。あんまり易々と犯人の手玉にとられないように願います。作者の方もハリアイがなくて困り果てております。

挑戦状の追加、乱歩探偵の説によると、探偵小説家の中では角田喜久雄氏が犯人当ての第一の名人の由ですから、よって謹んで、角田大探偵に挑戦状を捧呈。つづいて、式場隆三郎先生。

尚、作者から贈呈の懸賞金は世間並に一万円という事にしました。あんまり懸賞金なみで申訳ありません。十八カラットのダイヤかなんか差上げたいが、ないからダメです。

坂口安吾

十一　火葬場からの戻り道

翌朝私が散歩にでるとき、ピカ一はまだあやかさんの寝室の扉の前で大の字にねむりこけていた。

裏門をでて例の三輪山の方へさしかかると、

「ホーイ」向うにステッキをふって、よびかける者がある。神山東洋と下男の喜作じいさんだ。

「ばかに早起きだね、神山さん。ニッカーをはいて御散歩とはオシャレな御方だ」

「私はいつも早起きですよ。冗談じゃない。日中ねむるのはあなた方文士と泥棒ぐらいのものですよ。私は散歩じゃありませんよ。捜査です。千草さんが、昨日の夕方でかけたまま、今もって帰らないのですよ。矢代さん、まったく縁起でもない話だけれども、これじゃアどうも又かと思わざるを得ないでしょうぜ。私ゃ見かけによらず心臓が弱い方なんだから、薄気味わるくって、こんなジャングルみたいな山径を歩くのは、やりきれませんな」

「一通り探したんですか」

「まア大体、人間の通れるような径の上だけはね。三輪神社から三輪池までは歩いてきましたよ」

　私たち三人は一しょに三輪神社の裏手へまわって密林の山を見あげた。熊笹がはびこり、雑草が、蔓が、絡みもつれて、陰鬱きわまる暗さと静かさがはりつめている。

「まるで、いかにも人が殺されています、というようなジャングルじゃないですか。え、矢代さん。この中へ踏みこめったって、私ゃ、いやですよ、まったく」

　そう言いながら、神山は地上に何物か認めて立ちどまった。

「オヤ、何だろう」

　神山は拾いあげた。

「こりゃ、いけない。こりゃ、御婦人のルージュだよ。どうやら、おいでなすったかな。ア、ア、そこの雑草が踏みにじられた跡のようじゃないか。するてえと、こりゃア」

　五、六歩すすむと、ハンドバッグが投げすててあり、中のものが散乱している。十歩ほどすすむと、大木の根の陰に、千草さんが俯伏して寝ているように殺されている。フロシキで目隠しして、その目隠しの上から女の腰紐のようなもので締め殺されていた。

そのあたりには抵抗し格闘したような跡はなかった。

「殆ど抵抗していないね。私たちが最初に見つけた雑草の踏まれた跡が、殺された場所じゃないかね。屍体をここへ運んできて、捨てたんだ。暴行もうけていないね。この犯人め、御婦人の貞操についちゃア、大変紳士的な御仁じゃないか」

千草さんはスーツにズボンをはいて、その服装は全然みだれていなかった。

私たちが警官の一行に報告する、刑事、巨勢博士の一行を私と神山が現場へ案内して、朝食にもどってくると、今度は、こっちの方に、内海明がその寝室に刺し殺されているという騒ぎである。

食卓に内海明が見えないので、あやかさんが迎えに行ってみると、寝室は血の海で、パジャマ姿の内海明が部屋の中央の床の上に俯伏している。脇腹に三ヶ所、胸に二ヶ所、頸に二ヶ所、刺し跡があり、短刀は洗われて化粧台の上にのせてあった。犯人は手を洗ったのである。この短刀も談話室の飾り棚にある中の一つであった。

内海のスリッパは足から二尺ほど離れてとんでいたが、扉のかたわらに犯人が室内へぬぎすてて行ったスリッパがあった。それは内海の寝室の隣にある便所のスリッパであった。

ほかに犯人の遺留品は見当らず、指紋もなかった。

現場の検視が終ったころ千草さんの遺骸と一緒に、県立病院の医師が出張して、草林寺の本堂を解剖室に仕立てて、新しい二つの屍体の解剖が行われた。

千草さんの殺されたのは十八日午後六時から七時の間、セムシ詩人の殺されたのは、夜の十一時から十二時ごろの間と推定されたが、内海は寝床の中でラクロの「危険な関係」を読んでいたらしく、本をふせて寝台を下りて、殺されたもののようで、便所へ立って戻ってきて殺されたのか、犯人を室内へ迎え入れて殺されたか、たぶん顔見知りの仲で、殺意を全く覚らぬうちに背後から脇腹を刺され、よろめいて、のめったところをメッタ刺しに刺しこまれ、心臓を刺された時はもう完全に死んだあとで、それを又、俯伏せに戻して頸を刺したらしい。つまり顔見知りの犯行なのである。だから蘇生を怖れて執拗にメッタ刺しに刺しぬいたに相違ないという話であった。

夕食後、午後八時半、カングリ警部は私たち洋館居住の全員を広間に集めて、

「さて、みなさん。こうなっては、もう礼節を重んじてばかりいるワケに行かなくなりましたよ。みなさんを容疑者の中から省くわけに行かない次第となりましたから、虚心タンカイに捜査へ御協力をお願い致す次第です。望月さんの火葬に読経が終って点火して引きあげてから夕食までのアリバイを立証していただく必要がありますが、まず総括的な情況について、巨勢さん、引き揚げた時は何時でしたか」

「それが、どうも、僕は性来ウカツ者ですから、めったに時計なんかのぞくことがないタチなんで、まア、アイビキの時ぐらい」

と博士が顔をあからめて苦笑すると、神山東洋が、

「私は時計を見ました。読経が終り、火をつけた、さア、帰ろうというとき、矢代さんが何時って、たしかそう若旦那、一馬さんですな、に、お訊きになった。そこで私が自分の時計を見ると六時六分、一馬さんは六時九分と仰言った。ところが、私の時計、モバードの安物ですが、一秒の十分の一と狂いのない掘りだし物でしてな、いかがですか、十万円なら、売ってもいいが、アッハッハ」

するとアタピン女史がキンキンとカン高い声をはりあげて、

「あら、矢代さん、腕時計をつけてらっしゃるじゃありませんか。どうして時間をお訊きになったの」

「きのうは机の上へ置いて出ましたからさ。アタピンさんは、自分の所持品を全部年中身につける主義ですか」

「なんですって、アタピンさんとは失敬な」

「おだまり」

カングリ警部はギロリと一睨み、なるほど凄い睨みである。

「それで、みなさんは全員一緒に帰られましたか」

答える者がない。すると神山東洋が、

「先ずですな。土居光一画伯が大八車の後押しをして、この大八車には内海さんがのってましたな、この一行が先発で、若い衆が二人でひきますから、土居先生の後押しもいれて三人、猛烈な速さでグングン谷を上って行きましたな」

「大八車が、なぜ、ありましたか」

「屍体を運んできたのです」

「それは都会の人力車や円タクと違いますよ。田舎の若い衆が旦那の家へ手伝いにでて、すぐ帰りゃしませんぜ。薪をつむとか、色々火葬場では人手のいることがタクサンあるじゃありませんか」

警部はヨミスギ刑事をふりむいて、

「二人の若い衆はきてるか」

「ハア、昨日の関係者は全部あちらの部屋に呼んであります」

そして、和三郎に清という二人の若い衆をよんできた。

「内海さんをどこまでお乗せしたかね」

「ハア、お屋敷の裏の山径の上でがす」

「三輪山へ別れ径のところだね」

「ハア、その三十間ほど上手でがす。それから三十間ほど坂を降ると、別れ径でがす」

「なぜ裏門までお乗せしなかったのだ」

「そこから下り坂になりますで、もう、たくさんだ、おりると仰言ったでがす。下り坂は乗り心持が悪うがすから」

「それに違いはありませんか。土居さん」

「僕は知らないね。僕はとっくに車の後押しはやめたからさ。火葬場からの谷を上りきるまで四、五町のところを押しまくってやっただけさ。あれからは、曲りくねっているだけで、コーバイのないただの道だアね。二人の若い衆がただの道をひっぱる車の後押してえのは、ダットサンの後押しとあんまり変らないことだアね」

「車と一緒にいらっしゃらなかったのですか」

「車はすごい速力ですよ。ハズミがついていやがるからさ。ガラガラ曲って忽ち見えなくなったよ。僕が三輪山の別れ径へきた時は、セムシの姿は見えなかったね」

「どなたか内海さんを山で見かけた方はありませんでしたか」

　答える者がなかった。

「土居さんが戻られた時、内海さんは戻っていましたか」

「いいえ、僕が一番さ。内海が二番目、それからあとはもう知らないよ。僕は見張りをしているわけじゃないからな」

「あなたが帰られたときは何時でしたか、分りませんか」

「こいつは難問だ。僕が戻ったとき、初対面の御挨拶を交したのは宇津木さんだが、宇津木さんの方が時間の観念がありそうだな」

「七時ごろ、七時十分前ぐらい、そんなじゃなかったかしら。私も時間の観念がない方だから」

「ほかの方は、皆さんと御一緒でしたか」

「私と一馬さんと和尚の一行が一とかたまりにその次です。ほかの方はだいぶおくれたようでしたな」

と神山東洋が答えた。そこで私が、

「左様。私と丹後と木べエと小六と巨勢博士が一とかたまりにブラリブラリと論戦を交しながらのたくってきたですよ。谷を登りつめたところで、丹後が別れて鉱泉部落の方へ行きました。これは論戦の気づまりによる一種の抒情的御散歩というところだろうが、つづいて私が、同じ鉱泉部落へ薬を買いに行きました。二町ぐらい進んだところで戻ってくる丹後にすれ違いましたがね。私は鉱泉宿で薬を買って、暗くなって戻ってきた。裏門で一馬にぶつかる、そこへ海老塚先生が、哲学的足どりで懐中電燈をピカピカやりながらやってこられた次第です」

「神山さんの御一行は一緒に戻られたのですね」

「左様です。途中で別れた者はおりません。裏門で、和尚さんはいったん寺へ帰られた」

一馬がそれにつづいて、

「そうでした。ですから僕は和尚さんは寺にいるものだと思ったのです。それでいったん戻りましたが、和尚さんに用があって寺へ行った。いくら声をかけても答える者がいないので三十分ほど本堂の前に待っていました。あきらめて戻ってくると裏門で矢代に会って、座敷へ来てみると、そこに和尚さんが来ておられたというわけです」

「なるほど分りました。それで歌川さんが草林寺におられる間、誰かに会われましたか」

「あそこは道から引っこんでおりますから、人ッ子一人見かけません。つまり、僕にはアリバイがないわけです」

「丹後さんと矢代さんは各々単独で戻られた。そのほかの人見さん、三宅さん、巨勢さんは御一緒ですね」

「いいえ、僕が又、単独です」と木ベエが冷めたい顔をふりあげた。

「人見と巨勢さんはブナ林の径へ曲りましたが、僕は裏道を通って、つまり内海の大八車が通ったという道の方を歩いたわけです」

「そのとき内海さんに会われたのですね」

「どう致しまして。全然、人ッ子一人見かけません。あっちの道は山の密林の間ばかり曲りくねって畑も田もないところですから、村の人の往来もなかったです」

そこへ海老塚医師がおくれて一人はいってきた。

「やア、お待ち致しておりました。お忙しいところお呼びだてして相済まぬ次第です。毎晩欠かさず当家へお見えの由ですが、今晩は急患がありましたか」

「馬鹿馬鹿しい。なぜ毎晩こなければならないのですか」

医師は腰を延ばすような構えをして、横柄にギラリと目を光らせた。そして、又、

「バカバカしい」と呟いた。

「海老塚さんが昨晩当家へ来られた時間は、何時ごろでしたか」

「そんな時間をなぜ覚えておく必要がありますか」

「病院を出られた時間はお分りでしょう」

「私は時計の番人じゃないです。鐘ツキ堂の堂守のほかの人間は一々時計を見て生活するものではないです」

「しかしですな。一般に、我々がよそのウチを訪問する場合には、今は何時何分ごろだから、あそこへ着くと何時になる、そう考えるのが自然だろうと思いますが、海老塚さんは、そうではありませんか」

「もしも、そうでなければ、いよいよ彼は気違いです。海老塚先生。お分りか。警部の言われる通りだよ。人間がよその家へ行くために自分の家をでる時は、必ず時間の意識がなければならぬものさ」

と、木ベエが突き刺すような冷めたさで言った。恐らく彼には昨夜の記憶がまだあるのだろう。学究肌の木ベエは、女性的に執念深く、一つのことに深くこだわるタチであった。

「勝手に調べだすがいい。探偵はそれが職業さ。私は病人を診るのが職業だから、それに

ついては責任をもつ。ほかのことは知らん」

「矢代さんと歌川さんは裏門で海老塚さんと一緒になられた。矢代さんは例の裏道、大八車の道をこられた。歌川さんは禅寺から来られた。海老塚さんは村の方から来られたのですね。そのときの時間は？」

「まア、だいたい八時ごろでしょう。日がとっぷり暮れたとたんというところだから。そうじゃないかな。このへんの山中じゃ、山にかくれて、日暮れが早いかも知れないな」

私がそう言うと、警部は、

「イヤ、分りました。じゃア、土居さんが一番に戻られて、七時か六時五十分ごろ。つぎに内海さん、次が神山さん、歌川さん。歌川さんはいったん戻って又でかけられた。次には？」

「僕と人見さん」と巨勢博士。

「それから三宅さん。丹後さん。矢代さん。それで全部ですね。御婦人方はどなたかその時間に外出なさいましたか」

「私たちは全部そろって広間にいました。そこの調理場にいた方もありますけれど、たぶん、揃っていたようですわ」

と宇津木秋子が答えた。

「揃ってと申しますと、どなたとどなた？」

「私と胡蝶さんはここに、あやかさまは調理場へ行かれたり、私たちのところへ来て話をされたり、神山さんの奥様もそうでした。千草さまはこっちの部屋にはいらっしゃらなかったと思います」

「そこで千草さんを最後に見た方は」

「私」

と、一座の中に加わっていた諸井看護婦がハッキリ答えた。それは他の人々を威圧するような思い上った自信が籠っているようであった。

「私はあの方が六時ごろ裏門から出て行かれる姿を見ました。そしてその一分前には私に一枚の紙片をお見せになりました」

「その紙片を読みましたか」

「読みました。不美人とセムシのランデブウ仕るべく候、本日、六時半より七時ごろ、三輪神社裏。委細面談の上。内海さんは私に夢中なのよと、千草さんは得意の御様子でした」

「その紙片は私が内海さんに頼まれてお渡ししたのでしたわ」

あやかさんが困ったような面目ないような顔付で、くすぐったそうに言いだした。

「内海さんはトンキョウな方なんですわ。ランデブウと云ったって、ありきたりの意味じゃありませんわ。反語ですのよ。チミモウリョウの密会だなんて仰言ることがお好きなのよ。ただ会いたいということを、チミモウリョウだの不美人とセムシの密会などと仰言るだけですわ。あの方は醜婦にささげる詩とかいうものを本当にイノチをこめて書くつもりでいらしたのですもの。千草さんはその詩のための存在でしたわ。千草さんのために詩をお作りではなかったのですわ」

「なぜ分るんだ。そんなことが」

と、ピカ一が軽蔑しきった言葉を浴せた。

「いったい、その詩は書きだしていたのかい。警部さん、内海の原稿しらべましたか」と、人見小六がきいた。

「さア、原稿は一応しらべましたが、私はその方の門外漢ですから。巨勢さん、その原稿はありましたか」

「ありました。然し、ただ題名が書いてあっただけのようです」

カングリ警部はそこで態度を改めて一座を見まわした。

「昨晩は大変お賑かだったということでしたが」

と、笑いを含んでピカ一をジロリと見たが、ピカ一は知らねエよとばかり、ソッポをむいた。そこで警部はあやかさんに目を転じる。あやかさんは昨晩の負傷で、膝小僧や二の腕や肱や手の指にホータイしており、困りきった顔付であるが、この人は美人の天性というのか、どんな時でも一応どこかユトリがこもっているという感じ、いつも冴え冴えとした印象を与える。

　すると警部の目はピタリと海老塚医師の上にとまって、

「海老塚さんは昨夜は大変御立腹とのことですが、なぜまっすぐ御帰りにならなかったのでしょう」

「私はまっすぐ帰りましたよ」海老塚の顔はまるで怒りに燃えているようだ。牙でもむきそうな感じである。カングリ警部はそんなことには無頓着、海老塚の両手のホータイに目をとめて、

「その手のお怪我はどうなさったのですか」

「ゆうべ、山径でころんだのです」

「海老塚さんは脚がお悪い御様子ですが、当家から病院まで、まっすぐ歩いて四時間半は時間がかかりすぎるようですな。昨夜当家をでられたのは九時半でしたね」

　毎晩泊りこんでいた海老塚が、昨夜に限って帰宅していたとは初耳であった。私は思わず耳をそばだてたが、海老塚は、ギラギラと大きな目を顔一パイ光らせて、警部を睨んで返事をしない。

「間の悪いめぐり合せで、昨夜にかぎって急患があった。午前零時半です。病院から当家へ電話がきて、諸井看護婦が釣殿へ海老塚さんを探しに行ったが、居なかった。海老塚さんが帰宅したのはそれから一時間半後の二時だそうですが、その間、海老塚さんは、四時

間半かかって帰宅の道を歩きつづけていらしたわけではないでしょうな」

「僕は歩きつづけていたです」

海老塚は肩を張って、吐きすてるように言った。

「ふん。僕は歩きつづけていた。然し、まっすぐ帰宅の道ではないだけのことだ。バカ者ども、ハレンチ漢どもの濁り汚れた空気を払い、僕自身をとりもどすために、やむを得ず不馴れな諸方の裏山道をさまよっていただけのことだ。だから手に怪我もした。フン。ここは犬の宿じゃないですか。フン、バカバカしい」

「だれかに会うとか、人を訪ねて話を交すとか、そんなことは、なさらなかったのですか」

「フン、この村に僕の訪問に値する何者がいるか、バカバカしい」

「千草さんは昨夜九時半にはもう殺されていたからさ」

と木ベエがひやかした。海老塚は怒りにふるえ、拳を握りしめ、顔一パイの目の玉でギラギラと木ベエを睨んで、息をのんだ。

カングリ警部はそのとき目をあやかさんに向けて、

「奥様、昨夜は御災難でしたな。お怪我はよろしいのですか」

あやかさんはニッコリと、

「ありがとうございます。左脚の膝がちょッと痛むだけ。あとはカスリ傷ですの」

「奥様が寝室へ逃げこむ、土居さんが追っかける、扉をたたく、蹴る、土居さんは十二時ごろまで、それをつづけていたのですね」

ピカ一は平然たる顔で、恐れげもなく警部をハッキリ見すえて、

「オレはよく覚えていないのさ。警部さんは虎になった覚えがねえのかな。グデングデンに酔っぱらえば、誰だって、前後不覚になるじゃないか。オレの昨夜のことは、ほかの連中がオレ以上たしかに知ってやがるに極ってるさ」

警部はうなずいて、

「人が近づくと摑みかかったそうですが、一馬さん、そうでしたね」

「わざと近づいたわけではありませんが、僕の寝室へはいるには近づかざるを得ませんから。すると、襟首をつかんで、突きとばされた、その次には蹴とばされた、ようやくそれをスリぬけて、寝室へ逃げこみました。巨勢さんなども摑みかかられた口でしたね」

「僕も寝室が近いもんで。扉から顔をだしてのぞいても、牙をむいて、手をふりあげて、叫びをあげて、突進してきましたね。はじめの一時間ほどでしょう」

すると神山東洋がうなずいて、

「左様、十一時ごろまでは、扉の前に立ちはだかり、ランランたる眼光、仁王様のごとく怒鳴りたてていましたな。アッパレな武者振りでしたなア。十一時ごろからは廊下に尻もちをついて扉に背をもたせて、かつ歌い、かつ喚いておられましたな。私は見かけによら

ぬ読書家ですから、昨夜も寝ころんで読書していましたよ。土居さんの怒鳴り声が衰えて終りをつげたのが、零時十八分でした。そのときソッと扉をあけて、のぞいてみたら、土居画伯はまさに居眠りつつ扉へもたせた背中がズリ落ちようとしているところでしたよ」

　カングリ警部はうなずいた。

「神山さんは弁護士の御職業柄、カンドコロに時間の注意が行きとどいていらっしゃる。おかげで大変よく分りますよ。奥様の寝室の扉は、うまいぐあいに廊下を見通していますから、あの扉にもたれていると、皆さんの廊下の出入が全部見晴しのわけですが、土居さん、どなたが出入したか、話していただけませんか」

　ピカ一は、いささかクスグッたそうな顔付で、てれていたが、

「どうもね、それは拙者は昨夜人の出入のたびに怒鳴りつけたり追いかけたりしたかも知れないけれど、どうも、よく覚えていないのでね。然しなんだね、扉にもたれて、尻もちついてから後は、もうみんな寝てしまったのか、一人も出入りがなかったようだな、待てよ」

　彼は考えこんだが、思いだせない様子であった。

「土居さん御自身は扉の前から一歩も離れませんでしたか」

　ピカ一は頭をかいて、

「小便ぐらいに行ったかも知れねえなア。どうも全然記憶がないから」

「イヤ、絶対に扉の前から動きません」

神山東洋がキッパリ言いきった。

「なぜなら、同じ位置で怒鳴りたてている声が五秒ととぎれたことがなかったからです。それは誰よりも奥様におききしたらハッキリしやしませんか。まさか奥様は虎のホーコーを尻めに悠々と眠ってしまわれたわけはないでしょうからな」

あやかさんはその言葉を真顔でうけて、

「ええ、私は全部覚えております。十二時すぎるまで、私の扉の前で虎の叫び声がとぎれた時はありませんでしたわ。私は虎がこの山へ現れて以来、主人の寝室でねむる例にしておりましたが、昨夜に限って私の寝室へかけこみましたの。なぜなら、私の習慣で、私のお部屋では扉の鍵を扉の内側にさしこみ放しておるものですから、とっさに鍵をかけることができるという目安がついておりましたから。ですから、幸い一足ちがいで、うまく滑りこむように鍵をかけることができましたのよ。日頃の不精のおかげのようなものでしたわ」

そのとき、神山東洋がきいた。

「犯人は窓からはいったのではないですかな」

「なぜ、そう思いますか」

「土居画伯があそこにガンバッていたんじゃァ、よしんば現在土居さんは記憶がないと仰言るにしても、それを当にして人殺しにでかけるワケにゃ行きませんでしょうからな。それとも犯人は酔っ払いの心理を承知の上で悠々と仕事をしたものでしょうかな」

「仰言る通りかも知れません」

とカングリ警部は却々ねれた人物で、我々に捜査のシッポを見せることが全然ない。私は然し巨勢博士からきくことができたが、犯人は外から来た形跡はなかった。少くとも部屋の窓からは来ていなかった。

この犯人は、窓から来たか、扉から来たか、そういう点に細工を弄することが全然なくて、変な小細工を施さないだけ、むしろ手掛りがないのであった。細工を施すほど、むしろ心理の足跡を残しているわけで、私のような小説書きには御し易いようなものであるが、それがないので、素人探偵のとりつく余地がないのであった。

以上の質問が終ったのちに、カングリ警部は狙いの本筋をきりだした。

「さて、皆さん、御承知の如く、一軒の家で、三日にわたって四人の殺人が行われたということは、日本に於て空前のことであります。かかる場合に同一邸宅の居住者である皆様が、その平素の淳良な生活にも拘らず、一応のケンギをまぬがれ得ないことは、法治国の合理だろうと思います。率直に皆様にお願い致しますが、皆様方の寝室と所持品を改めさせていただきたいのです。それに就きましては、最高の文化人たる皆様への敬意と致しまして、当方の捜査の主点をザックバランに申上げますが、つまり、内海さんの凄惨な出血情況より推察致しまして、犯人の着衣に血コンの附着しない筈はないと思われますから、犯人は着衣をイントクするか、センタクするか、何らかの方法を施さざるを得ないことが推定されるのであります。私どもが皆様方の寝室と所持品を改めますのはその為ですが、決して強制は致しません。ただ皆様の公正な良識に訴えて御協力を仰ぎ、我々の捜査に皆様の有力な反証を示していただきたいのであります」

何がさて、別して御歴々の御婦人方、所持品改めときては穏かならざる次第で、ただならぬ気配がうごいたが、結局、あくまで拒否した者は海老塚医師が一人であった。

然し泰山鳴動の例にもれず、結局、血の附いた衣服の現れたのは、あやかさんのもの一つ、これはピカ一にふり廻されてボロボロにさけた衣服で、ついている血液はあやかさん自身のもの、即ち内海はB型であり、あやかさんはO型で、問題の余地がなかった。

我々のトランクの底までみんな改めたが、例の鍵も現れてこなかった。

十二　セムシ詩人はなぜ殺されたか

連続三夜の殺人事件には大の男の我々もふるえあがって、扉に鍵をかけただけではまだ足らず、紐でまいて寝台に結びつけたり、苦心サンタン、いささか神経衰弱の気味であるが、日本間のピカ一ほどの奴まで御多分にもれず、鍵がないからオチオチねむられず、もっぱら昼寝で間に合せている様子であった。

私は巨勢博士が火葬場から裏門までの道を時間をはかって非常に綿密にしらべているのを知っていた。ストップウォッチを持ち五日にわたって同じ道を往復していたが、一日彼の調査に同行すると、

「普通に歩いて四十分から四十五分かかるんですがね、ここに、こんな小径があるんですよ」

火葬場から裏門までの行程のちょうど真ん中ごろと思われる谷川沿いから、一尺ぐらいの小径が谷底へ降りている。ちょっと見ると径とは気がつかないような細さで、谷底へ降りると、石を伝って谷を渡り、又さらに径のコン跡も定かならぬ状態ながら、密林の奥へ曲りこんで行く。

巨勢博士に導かれて雑草を分けながらこの小径を伝って行くと、私は思わず、声をのんで凝視せざるを得なかった。目の下に三輪神社がある。私たちは三輪神社の横手へ現れているのであった。

私は思わず叫んだ。

「なるほど、分った。犯人はこの道から先廻りして千草さんを殺したのだ。殺しておいて、別の道からやってくる内海をやりすごして帰ったのだな。いや、いや。内海に会って何くわぬ顔、ごまかして来たかも知れぬ。だから内海を殺したのだろう」

「それでしたら、内海さんもここで殺す方が安全じゃありませんか」

巨勢博士はニヤニヤした。

「犯人がこの径を来たかどうかは分りませんや。然し、ともかく、こんな小径があってみると、失礼ですが、三宅さんも丹後さんも先生も疑われて然るべきことになりますア。まったく、ややこしい話でさ」

普通に歩いて火葬場から裏門まで四十分から四十五分としてみると、大八車はなかば小走りにきたのだから三十分とかからなかったかも知れない。内海の足で三輪神社までの往復には二十五分か三十分はかかるかも知れないから、ピカ一が六時五十分か七時ごろ帰着して、それから五分か十分おくれて内海が戻る。アイビキの時間というものが殆どないようなものである。すでに千草さんは殺されていた。だから姿が見えないので、内海は千草さんが来てくれぬものとカン違いして、戻ってきたに相違ない。千草さんに会っておれば、もっとおくれて戻る筈で、又、千草さんと一緒に戻ってくる筈であろう。

「諸井看護婦が読まされたというアイビキの紙はあるのかい」

「それを探しているのですが、千草さんの所持品には見当らないのですよ」

私は諸井という女が虫が好かないのである。思いあがったところがあり、まことにキザな理知ヅラである。あやかさんが頼みをうけて千草さんに渡したというまでは、私は千草さんの芝居でなければ、諸井看護婦のトリックだと思っていた。

珠緒さんが殺された枕元のコップと水差にモルヒネが投入されていたというが、モルヒネは海老塚医院も秘密に所蔵しているし、実は多門老人がモヒ中毒で、この屋敷にはモルヒネがイントクされているのであった。

ある日、巨勢博士と私は多門老人の書斎にまねかれた。談たまたま事件の話にうつった時、ちょうどビタミンの注射に諸井看護婦が居合わしたものだから、私はわざとイヤガラセに、

「諸井さんは千草さんの生前もそうだが珠緒さんの生前にも最後に会われた人であり、おまけに珠緒さんの枕元のコップと水差にモルヒネが投入されていたそうだが、これを近代探偵小説の流儀で云うと、看護婦にモルヒネ、あんまり有りそうなことだから、そんなバカな手口を残す筈はないということになる。然し、又、これを逆に、あんまり疑られ易い手掛りを残すから却って疑られない、その急所を見込んで、わざとトリックを弄するという細工も成立つじゃありませんか。諸井さんは、知性の勝ちすぎたお方だからね。失礼ながら、あなたのように深遠な御婦人ともなると、謎のように、我々三文文士は色々とカングッたり致しますよ」

失敬千万な言い方であるが、近頃この家の客人どもは、挨拶代りに、お前さんが犯人じゃないかね、といっそ言いきってしまう方が清潔のような状態になっているのであった。

諸井看護婦は私をジロリと見て、

「矢代さんは火葬場から、いっとうおそく、一人で戻っていらっしゃいましたわね」

「御説の通りですよ。ところで、諸井さんは、ずいぶん体格が御立派だなア。失礼だが、小男なみの腕力がおありじゃないかな」

巨勢博士はニヤニヤしながらきいていたが、

「王仁さんの場合は、靴のスズ、珠緒さんの場合はモルヒネ、なんとなく思わせぶりな何かが残してあるのですが、千草さんと内海さんの場合は、それに該当するようなものがありませんなア」

多門老人がききとがめて、

「なるほど、それは面白い。さすがに一つの着眼じゃ」

「いけませんや、そんな」と巨勢博士はてれて打消した。

「着眼の妙という奴ほど、真相を偽り易いものはありませんや。当人がいい気になるだけ、救われがたいもんでさア。ねえ、矢代先生、文学もそうじゃないですか」

「それは政治もそんなものさ。然し、巨勢さん、これは非常にメンミツに計画された犯罪でしょうな。ただ私が疑るのは、内海さんの場合じゃね。土居さんが目を光らせていたという危険の際に、殺さなければならなかった。そこに謎があるのだね。たぶん、あの日でなければならなかった謎があるに相違ない。その謎がとけると、事件の一角に糸口がつく、そんなものじゃありませんかな」

「その謎をどんな風にお考えになっていますか」

多門老人は答えなかった。そこで私が、

「それはたぶん、内海は犯人を見たからでしょう。然し、千草さんが殺されたという事実については知らないから、まだ犯人を疑ることを知らないのじゃありませんか。だから、その夜のうちに内海の息の根をとめることが是が非でも必要だった」

「危急存亡じゃね。それにしても危い橋を渡ったものじゃ」

そのとき、巨勢博士が奇妙なことを言った。

「一番危くなかったのかも知れませんや」

「なぜ？」巨勢博士はニヤニヤしながら、

「ピカ一さんが下の日本間にいると、内海さんを殺すのは、ちょッと、やっかいですからでさア」

多門老人はギラリと目を光らせて博士を見たが、別にそのことで何かを言いだしはしなかった。

十三　聖処女も嘘がお上手

一週間は何事もなくすぎて、七月二十六日、午睡から目をさますと、加代子さんが京子を訪ねて、私たちの部屋へ現れた。

この日は一馬の誕生日で、母屋の方の台所でも赤飯をたいたりしていたが、洋館の方の調理場では、夕食の仕度に大忙しで、加代子さんも今日は珍しくこっちの食卓へお客にくることになっていた。

加代子さんは、まったくローたけき聖処女であった。然し又これに比べて、あやかさんという人は、これが又、花のように多彩のうちに、妙に娘らしい人で、結婚している女のように見えないのである。そういう魔性の妖しさは、同性の敵意を煽り易いのか、何といっても男という男がみんな特別惹きつけられるのだから、嫉妬されるのだろう。加代子さんは一馬のことがあるから特別で、あやかさんの話になると、その底にある反感があんまり神経的に鋭利すぎて、私は苦しくなるのであった。

激しすぎる憎悪や嫉妬というものは、却って当人をみすぼらしく、相手を引きたてるようなもので、加代子さんほどの清純な生娘でも、やっぱり聞き手に苦しい気持を与えるから、ヤキモチヤキの美しい鬼、そんなものも有るんだなアという実感を与えられる始末であった。

加代子さんは、やっぱり病身のせいであろうが、宗教的なところがあり、それが予言者的な形となって現れていた。

けれども、たとえば、王仁のベッドの下にあやかさんの部屋靴の鈴が一つころがっていたというところから、あやかさんが犯人だという風に思い決していたり、王仁とあやかさんとは関係があったということを頑固なまでにきめこんでいるものだから、そうでないことを知っている私たちには、神経だけがひびきすぎて扱いにくいところがある。

「然し、加代子さん、それは違いますよ。王仁の場合には、あやかさん一人だけがアリバイがあるのです。一馬のベッドにねむっており、一馬は夜明けごろまで書きものをしていたのですから」

「お兄さまはお姉さまをかばっていらっしゃるのですわ。お姉さまに完全にだまされていらっしゃるのですもの」

ザッとこういうぐあいであった。あやかさんの話になると、まったく苛々するのであった。

けれども、そんな話の途中に、偶然一馬とあやかさんが私を訪ねてやってきた。

「あら、加代子さん、珍らしい」

あやかさんは目をクリクリ、花粉がとびたつように喜んで、

「今晩の食卓はたのしいわ。加代子さんは香気の高い高山植物のようだから、ソッと坐ってらして下さるだけで、自然に花のありかが皆様にしみ渡るでしょう」

加代子さんはそのお世辞に反撥をあらわして、うるさそうな素振りを示すかと思うと、そうじゃない。嬉しそうにニッコリして、

「お姉さまこそ花束のようにかぐわしいのに」

まるでシンからあやかさんの花やかさに見とれるようにウットリと言うのであった。

私はまさしく呆気にとられた。女というものは、こんな生一本の潔癖そのものの娘まで、みんな天性のウソツキ、外交家、処世家なのである。それにしても、加代子さんの場合は、特別ひどいと私は思った。

思うに加代子さんは別して孤独な人であり、友達といえば京子が一人、他の何人にもうちとけた思いをいだいていないのだから、いつも外交家的に生きておるのが自然であり、たまたま京子と一緒のおかげで、私だけが、外交家でない加代子さんの心底を知らされているわけなのだろう。心底を見せれば女はみんなこうであるが、我々男はめったに女の心底にふれる機会にめぐまれていないだけかも知れない。

一馬は案外にも立場に窮したような困ったところはミジンもなく、落着きはらっていて、

「加代子はもうからだはいいのかい。先日まで微熱がつづいたそうじゃないか。こんな事件つづきで見舞いもゆっくりできなかったが、近ごろは海老塚さんの薬までイヤがって飲まないそうじゃないか。神経質すぎちゃ、いけないね。お医者さんのお薬はのまなければいけないよ」

加代子さんは淋しそうな顔をあげて、

「ええ、でも、私、長生きしようとは思わないのですもの」

「それだよ。それがいけないことなんだ。ねえ、京子さん、そうでしょう」

「ええ、ほんとに、早く死ぬなんて、つまらないことですわ。明るい希望をおもちになると、病気なんか、すぐ治るにきまってますわ」

独断そのものである。いともカンタンに病気が治るようなことを言うから、こうアッサリ言いきられても、当の病人はついて行かれぬ気持であろう。

一馬が私に向き直って、

「海老塚医師は、然し、ちかごろ、困ったものだね。例の論語研究会の奥田利根吉郎という先生が海老塚さんの紹介状を持参して先刻やってきたのだけれど、僕のところの客人方に一度論語を講じたい、自分の方から出張するが、いつが都合がよろしいか、というのだよ。ちょうど八丁鼻の荒広介刑事が来合していたから、頼んで追い返してもらったがね。海老塚さんの紹介状というものがバカバカしいもので、一席講じて貰うのが皆さんのためだ、奥田という人は天才であり聖人である、というような常識はずれの文面だから、頭がどうかしているよ」

「論語の先生は正気なのかい」

「狂信の徒はみんな要するに狂信だから狂人にきまったようなものだろう」

「愛嬌に一席講じて貰うのも面白そうじゃないか。さしずめ丹後の小説なんかに出没しそうな人物だから、先生、大いに面白がって色々おだてたり冷やかしたりすることだろう。

人見小六の近作なんかも、終戦以来は変人奇人狂人ばっかり登場させてやがる。戦争このかた狂人が主役を演じる御時世なのかも知れないな」

「ヘソだしレビュウも論語先生も背中合せの萩と月かね。まったくだね。坂口安吾という先生の小説なぞも、ヘソレビュウと論語先生の抱き合せみたいなものじゃないか。実はね、八丁鼻先生が僕たちに何かききたいことがあるのだそうだ」

私たちは加代子さんと京子を残して、部屋をでた。八丁鼻は一馬の部屋に私たちを待っていた。あやかさんは夕食のお手伝いに調理場へ立去った。

八丁鼻はアタピン女史と一緒であった。

「御足労、あいすみません」

八丁鼻は武骨だけれども却々礼儀正しいところがあって、ペコンと一つ頭を下げた。

「今日はひとつ、文壇の事情についてお話をうかがいたいのですが、望月王仁さんは敵がたくさんあったそうですね」

「どんな敵ですか」

「文学上の敵ですよ。望月さんがなくなられると、どんな方々が喜びますか」

「先ず誰ひとり喜ばぬ者はありませんな。作家仲間に毛嫌いされていましたよ。無礼粗雑な奴ですからな。もとより私も大喜びです」

「文士はみんなヤキモチヤキでしょう」

とアタピン女史がキンキン喚くように突撃してきた。

「あなたは自信がないんでしょう。才能が足りないからよ。だからヤキモチヤキなのね。あさましい」

「アタマへピンとこないからね。まったく不幸せの至りですよ。私たちは、たしかに頭が悪いんだな」

「望月さんがなくなると、あなたの原稿の売れ口がますのね」

「御説の通りです」

「ところで、矢代さん、文学上の、つまり才能の嫉妬からですな、人を殺すということが考えられますか」

「それは考えられますよ。いろいろの可能性の中でも、そんなことは極めて有りそうなことじゃありませんか。もっとも、古今東西、案外、実際には、そんな殺人は行われていないかも知れません。ひとつには、人を殺したからって、自分の才能がますワケじゃアないからですな。文士の嫉妬は、名声の問題じゃなく、才能の問題だから、殺して自分の才能がどうなるワケでもないとすりゃ、案外、こんな殺人はめったに起らないのが自然かも知れません」

「なるほど、まったくそうかも知れません。何芸によらず、芸の嫉妬で人を殺す、有りそうで、殆んどきかないものですからな。なるほど、殺したところで、自分の才能に変りがなけりゃ、殺したところで仕方のないようなものですな。ところで、大変失礼な質問ですが、皆さん、こうして事件の渦中に生活していらっしゃる。それも一度の事件じゃなしに、三日もつづいて、皆様の御知り合いの方々が四人もつづいて殺される。別に岡ッ引根性という奴じゃなくとも、誰しも心に自然に疑り、思い当るようなことがお有りだろうと思いますが、これは私の邪推でしょうか」

「それはまア、誰しもいくらか素人探偵的な気持にならざるを得ないでしょうな」

「いや、ごもっともです。人間の自然の気持が当然そういうものでしょうな。つきましては、あつかましいお願いですが、ひとつ皆さんの秘密の意中をもらしていただきたい。勿論さしさわりのない方法によってですな。たとえば、慰み半分で結構ですが、犯人当ての投票遊びというようなことをやっていただく。私どもが主宰しますと角が立ちますから、これを矢代さんから冗談のように持ちだしていただく。いかがでしょうか、全く冗談半分、慰みでよろしいのですが」

「それは然し、結局つまらぬことですよ。だいたい我々が素人探偵気どりで各々何かとカングルところもあるでしょうが、恐らく、その結果として、誰が犯人だという結論を持ってる者はいないだろうと思いますね。私自身もとよりそうですよ。犯人は誰かときかれたって、とても答える推理の根拠がないですからな」

「もとより、それで結構ですよ。分らぬ人は分らぬという答案でよろしいではありませんか。あるいは又、明確には分らなくとも、誰がくさいとか怪しいとか、漠然と思っている方もあるかも知れません。それぞれ自分勝手の方式で、秘密の疑惑をきかせていただければ有難いことですな」

「私は然しその主宰者はごめんですよ。堂々とあなた方が主宰しておやりなさい。角が立つといったって、元々品のよいことじゃないのですから、あなた方は御自分で責任を持たない法はありませんよ。人を手先に使うなんて益々品が悪くなるばかりのことですよ。アタピンサンの御司会などが、大変面白かろうじゃありませんか」

「仰言いましたわね。品が良いとか、悪いとか、御自分は何ですか。あなたは歌川さんのオメカケとできた人じゃありませんか。おまけにそのオメカケをつれて元の主人のお宅へノコノコ遊びにくる心臓は毛が生えてるどころか、熊の毛皮でできてるようなもんじゃないの。それで自分は品がよいとでも思っているなら、警察のやることなんかは、神様の審判のようなもんじゃないの。身の程を知るがいいよ」

大変な御見幕である。

然し、犯人当てっこの投票遊戯などという慰み半分の悠長さは消しとばざるを得ないような大変なことになった。

十四　聖処女と最後の晩餐

我々がまだ食卓につかず、みんな広間に集って、飲み助組はチビリチビリとウイスキーなど嘗めているとき、海老塚医師が、背のヒョロ高い三十ぐらいの丸坊主の男をつれてはいってきた。頬骨がとびだして、蒼ざめて、栄養不良の見本のような男であった。まさしくこのとき、この部屋の鳩時計が七時を告げた。

海老塚医師がもったいぶった身振りで、

「皆さん、ここに奥田利根吉郎先生を御紹介申し上げます。論語の研究家と申しますよりも、最も真摯誠実な論語の実践家であり、苦行者であり、聖者であります」

聖人は蒼ざめた顔をビリビリとふるわせながら、何か必死の面持で一同を見すくめながら、

「人はパンのためにのみ生きるものではないと申しますが」

「オイオイ、それは論語の言葉じゃないぜ。ノコノコと怖れげもなく現れやがって、和洋セッチュウの安説法てえのがあるかい。気違い猿め。やせても枯れても芸術家は生一本の物自体という奴なんだ。レデーメードと違うんだから、気違い猿は引っこめ。酒の肴にもならねえぞ」

とピカ一が腹を立てて、青筋をたてて、睨みつけた。

人見小六がそれをひきとって、

「まったく不愉快千万じゃないか。おい、海老塚君、我々の集りに君自身が顔をだすさえ無役、不快であるというのに、我々の同意もまたず、未知の人をつれてくるとは何事だい。我々は君の家の客人ではないのだぜ。論語は礼をといているが、論語の先生、そもそも出現の方法からして論語を裏切ること甚しいじゃないか」

一馬も立腹して、

「海老塚さん、この集りの主人である私が、その人物の侵入を許しませんから、連れ去って下さい。あなたも当分この集りには出席なさらぬ方がよろしいようです」

はからざる一馬の語気に虚をつかれて、海老塚は唇をビクビクふるわせながら、しばらく言葉を失っていたが、皮肉屋の丹後が私の予想通りに、ゆっくりと、尤もらしい静かな声で、

「論語聖人の御説法なんて、東京じゃアきけないことだね。礼儀などという常識論にこだわることはないさ。礼の常識をわきまえざるところに、この聖人の偉さがあるかも知れないよ。いまだ真価を究めざるうちに、向うみずに追っ払うというのは、芸能人の心構えに反するところじゃないか」

「いい加減にしろ。お前は型通りのことしか言えない奴だな。自分の好き嫌いも分らずに、

新らしそうな型でばっかり物を言ってやがる。だからお前の文学は、いつまでたってもニセモノなんだ。王仁とお前とじゃアお月様とスッポン以上の開きがあらアな」

ピカ一は突ッ立ち上って、聖人の肩へ両手をかけて、グルリと後向きに廻して、

「サア、歩いた。家宅侵入罪という法律にも反しているよ。当局に訴えずにカンベンしてあげるから、ドロンと消えて、なくなりなさい。サア、オイチ、ニ、オイチ、ニ」

この聖人は昔は王仁にひとたまりもなくノバされて海老塚医院のお世話になったこともあり、見るからに、王仁に貫禄劣らざる豪傑の出現に、益々ただもう蒼ざめて二の句がつげず、ふらふらと押しだされて、食堂の扉から外へ突きとばされてしまった。海老塚もそのあとを追って、食堂の扉から一緒に去って見えなくなった。

食卓の用意ができた。

「まったく、気違い医者にも手こずるけれども、丹後というニセモノ芸術家には、イヤな思いをさせられるな。本人はいい気になっていやがるから、鼻もちならないこと。ねえ、加代子さん。いい名前だな、それにあなたはいかにも心の筋が通った感じだなア。丹後みたいなニセモノに比べると、ものの本当の姿を見とどけている深さがうかがわれるな。さア、お嬢さん、私はあなたの隣席へ坐らせていただきますよ。私はね、あなたのような心の正しい深いお方は、からかったり、くどいたり致しませんから。あなたの深い静かな心に映った物ごとの四方山ばなしをきかせて頂こうじゃありませんか」

と、ピカ一は、加代子さんに椅子をすすめて、その隣りへ自分が坐った。おかげで京子は加代子さんから離れてしまった。然し、加代子さんはなんとなくピカ一がお気に召した様子で、彼の話にまともにあれかれ話を交している様が私たちには異様であるが、然し生娘というものは、こういう男にかかると、手もなく手なずけられるものかも知れない。

神山東洋の奥さん木曽乃と女中の八重が、いつもの例で給仕にでている。食事のコースが半ばをすぎたころ、海老塚が母屋を廻って広間の方から食堂へはいってきたが、彼の席の設けがないので、木曽乃さんが、

「お料理は用意してありますのよ、今、先生のお席を」

と隅から椅子を動かそうとすると、一馬がいつになく気色ばんだ顔をあげて、

「海老塚さん、この集りの方々とあなたとは気質が違いすぎているようです。あなたはそれでもこの集りにこうして出席なさるところを見ると、どこかお気に召していらっしゃるのかも知れませんが、ほかの方々は、あなたの出席に不快を覚えられるばかりのようですから、ただ今かぎり、この集りから身をひいていただきたいのです。お食事は母屋の方でおとり下さい」

「ヒヤヒヤ。まさしく、そうでなければならぬ。私も気質が違っているが、これは警官の禁足令によって、好ましからぬ思いをいだいて忍んでいるギセイ者だよ」とピカ一は胸をたたいて、

「まったく加代子さんの美しさ静かさ深さに比べると、あやかなどという女は、孔雀の羽をつけた何んとかというアレですよ。失礼ながら、女流流行作家宇津木秋子さんといえども、その魂の在り方、位置の正しさ、魂の悲劇的な深さ、静かさ、それに於て、はたして聖処女加代子さんにまさるところが有るのかなア。いや、失礼、あえて美貌の青鞜《せいとう》詩人を怒らせてまで、加代子さんを讃美する私の純情というものは、われながらアッパレなものじゃないか」

「いえ、ピカ一さんの純情は誰方にもまして私が認めておりますのよ」

と、宇津木さんが、赤らみながら、目にいっぱい媚《こび》を湛えて言った。

「加代子さんなら、どんなに讃美なさってもよろしいわ。本当に私なんかは女のクズのようなものですから」

「いや、秋子さん、相すみません。あなたの公正寛大な気質に就ては、かねて知りつくしているのですよ。そこに甘えているのですな。寛仁大度、あなたは、まったく、ワタツミのような青鞜詩人でいらせられる」

「こんなとき、せめて内海さんが生きてらっしゃると、何か一言、ピカ一さんをやりこめることを言って下さるのでしょうに、ほんとに、にくらしい方ね」

「内海だったら、さしずめ、にくらしいネとは、人間的だな、というような事を言いやしませんか」と、人見小六が秋子さんの方を冷かした。

「人肉的というのさ」

と木ベエも不興げな顔を女房の反対側にそむけて言った。

「オレは女房を肉慾的にさげすむ御仁は軽蔑するな」

とピカ一はすましたものだ。

そのとき、あやかさんが立って隣席の京子に何かヒソヒソささやいていたが、二人で立って食堂を出て行った。

数分ののちに戻ってきて、京子が私のところへ来て、

「あやかさまと御不浄へ行ってきたのよ。一人じゃ怖いからと仰言って、私も一緒に行ってあげたの。そしたら、庭の奥を人が隠れる姿が見えたと仰言るのよ。なんだか、怖いから、あなた、見て下さる」

あやかさんから一馬に話したものと見えて、一馬も立ってきた。私も立って、巨勢博士をよび、あやかさんの案内で、母屋と洋館をつなぐ廊下の便所へ行った。洋館の階下の便所は内海の惨殺された隣りだから、御婦人連がそこを避けるのは当然であった。すると、廊下の外、母屋の表座敷の方に人影があるから、誰何してみると、ヨミスギ先生である。

「あら、刑事さんでしたの」

「ハア、ちょッとブラブラ何となく警戒致しておるのです」

「毎日ですか」と一馬がきくと、

「そうですよ。あなた方が寝しずまってからも、私たちはそれとなく警戒致しておりますよ」

「じゃア、今、庭の繁みへ隠れたのも刑事さんかしら。庭の滝の上の方にも、どなたか警戒していらっしゃる?」

「さア、どうですか。別に打ち合せてはおりませんが、八丁鼻でも、いるのかな。いや、八丁鼻はほかの仕事がある筈だが、私がひとつ見廻ってきましょう」

あやかさんはホッと安堵の様子であった。私と一馬は立ったついでに用をたして、私が先に戻ってきた。みんなゾロゾロでたものだから、それにひかされたらしく、私と入れちがいに木ベエと神山東洋が立って、用をたして戻ってきた。そのとき、コーヒーがくばられていた。

八重がピカ一のところへコーヒーをはこんで卓上へおくと、ピカ一は茶碗を手にとり、なで廻し、ひねくり廻して、

「畜生め、相変らずかけた茶碗を廻しやがるな」

ジロリと八重をにらむと、

「お前さんが暴れてコーヒー茶碗をかいただから、自業自得さの」

と、八重はピカ一を好まぬらしい。

「アレ、加代さまに、あれを上げればよかった。こっちが、もっとかけているもの」

先日、ピカ一が暴れたとき、卓がひっくりかえってコーヒー茶碗が一ダースほどかけたり割れたりしてしまった。それ以来、コーヒー茶碗の数がひとつ足りなくなって、ピカ一には、必ず、かけた茶碗をまわす習慣になっていた。今夜は加代子さんが現れたから、加代子さんにもフチのかけた茶碗がまわったのである。加代子さんは女中の子供であるから、客人にくらべて、待遇が悪いのは仕方がない。八重は習慣の通り、いつものピカ一用の茶碗をピカ一にくばったから、加代子さんはピカ一よりもフチのカケ目の大きな茶碗がまわったのである。

「じゃア、加代子さんには、こっちの方を差上げましょう。こっちはいくらかカケ目が少いやね」

と、ピカ一は加代子さんとコーヒーをとりかえた。

加代子さんはコーヒーをかきまぜて、一口二口のんだが、なんとなく異様な顔付で、いぶかしそうに、ソッと茶碗を置きながら眺めているうちに、茶碗を落して、にわかに、立ち上ると、大きく目を見ひらき、胸をかきむしって、のめるように卓の上に四つ這いになり、倒れてしまった。ピカ一が呆気にとられて、抱き起そうとした時には、ピカ一の腕の中からズルズルと床の上へ沈み落ちるばかりであった。

ピカ一は加代子さんを抱き、ゆすり乍ら阿修羅のような顔をあげて、

「オイ、医者をよべ。何をグズグズしているか。早く、医者をよべ。分らないのか。畜生

め。やい、てめえら、何をボンヤリ。オイ、医者をよべと云ったら。バカヤローめが」

　京子と一馬がとんで行ってカイホーする、海老塚医師は意外にもすぐ現れて、一、二分、脈をとると、すぐ、首をふって立上った。

　そのとき、錯乱した破れ鐘のようなピカ一の声がとどろいた。

「動くな。外へ出るな。テーブルの上のものを動かすな。加代子さんは毒殺されたぞ。オレの身代りに殺されたんだ。畜生！　オレに毒をもりやがったバカヤロー。みろ！　死んだのは加代子さんだ。椅子につけ。元の位置につけ」

　ピカ一の狂暴な目はランランと燃えて、あやかさんにそそがれていた。彼は憤怒に亢奮して、肩ではげしく息をしている。

　そのとき、下枝さんが戸惑ったように扉をあけて現れて、

「海老塚先生はいらっしゃいますか」

　海老塚は顔をあげて、訝しげに振向いた。神山東洋が大きな声で、

「おりますよ」と答えると、

「すぐ来ていただきたいのですけど。旦那様の御様子が変で」

　そう云いながら、倒れている加代子さんに目をとめて、もう少しで失神しそうに、こらえている様子であった。

　神山東洋の大きな声が弔鐘《ちょうしょう》のように無気味にとどろいた。

「八時十四分」

附記　伊東の住人尾崎士郎先生、訪客に告げて曰く、坂口の探偵小説は、ありゃキミ、犯人は「私」にきまってるじゃないか。坂口安吾の小説はいつも「私」が悪者にきまってらア。だから、ハ、犯人はアレだ、「私」だよ、ウン、もう、分った。オイ、酒をくれ。

三鷹の住人太宰治先生、雑誌記者に語って曰く、犯人はまだ出て来やしねえ。最後の回に出てくる。たった一度、なにくわぬ顔をだす、そいつだよ。きまってるんだ。最後の回にたった一度、何くわぬ顔のヤツ。オバサン、ビール。じゃんじゃん、たのむ。

この両探偵は作者の挑戦状を受けるだけの素質がない。一目リョウゼンだから、細説は略す。

最も勇敢無類なのが、九州の四丁鼻先生。彼は遥々上京のついで拙宅へ現れ、

「いいですか、坂口さん、僕が今、犯人を当てきると、あとが書けなくなるです。それでも、あなた、僕の言葉、ききますか。言うていいですか」

前ぶれは大袈裟なものだが、何のことはない。ある人間が筋書をたてる、それを全然別の人間がひそかに実行する。やれやれ、それは「Yの惨劇」の手口じゃ

ないか。アタピン女史と云い四丁鼻先生と云い、九州人は多かれ少かれアタピンの傾向で、軽率である。

埼玉県久喜居住の四丁鼻先生（九州の四丁鼻先生と合計して八丁鼻となる）は婦唱夫随、温良な家庭に平和を愛していらっしゃるから、探偵小説の書きだしに女をハダカにするなんて、ヤケクソの探偵小説ですぜ。坂口さん、気が違ったんじゃないですか。だから八丁鼻が十二丁鼻になっても、ダメである。

今月の挑戦状は、もう差上げるだけの素質ある人物が見当らなくなってしまった。天下に人なし。私はどうも日本人を買いかぶっていた。探偵小説を書いたばかりに、祖国の叡知に絶望を知るとは、残念、意外であった。

坂口安吾

十五　砂糖壺とピカ一の手品

加代子さんの屍体が運び去られ、私たちとそれに坪平夫妻、女中の八重らが広間にカンヅメにされて、食堂と調理場は封印された。

検視を終えたカングリ警部の一行が下枝さんや諸井看護婦をしたがえて広間へ現れたの

は九時半ちょッとすぎたころで、彼らは先ず食堂と調理場を調査したのち、我々の前へ現れて、

「皆さん、又々夜分御迷惑なことでしょうが、つきあっていただかなければならなくなりました。我々の無能、まことにザンキに堪えませんが、我々の相手は、まさしく、悪魔の中の天才であります」

カングリ警部もどうやらいささか昂奮の気味で、平素の冷静を失い、満々たる闘志、年がいもなく気負っている。

「今夕、異なる場所に於て同時に二つの殺人が行われましたが」

「二ツ？」

　宇津木秋子女史が思わず叫んだ。カングリ警部はうなずいて、

「左様、二ツ。歌川多門氏とお加代さん。然し企らみの行われましたところは、この一画です。つまり御二方ともに、食物に混入された毒物によりますもので、お加代さんは青酸加里、歌川多門氏はモルヒネによって殺害されました」

　これには全く驚いた。多門老人はコーヒーではなく、プリンの中へ混入されていたモルヒネで死んだというのであった。

　先ず坪平夫妻が訊問されたが、多門老人は獣肉をさけており、魚肉もごく淡泊なものに限って用いる例であるから、我々とは献立がちがっている。この日は鮎の塩焼、鯉のアラ

イに、吸物、ヤッコ豆腐、オシタシという献立であった。

多門老人の夕食には、食後にプリンをたべる。昼食にはゼリーであるが、これはこの春以来あやかさんが作ることになっていた。

モルヒネはプリンの中に煮こまれていたもので、製品の上へ誰かがふりまいたという性質のものではなかった。

「でも、想像もつきませんわ。私がプリンをこしらえているあいだ、別に何事もなかったのですもの。その場から離れた覚えもございませんし、怪しいこともございません」

「いつごろですか。プリンを作られたのは」

「四時ごろかと思います。刑事の方がお見えになって矢代さんにお会いしたいと仰言いますので、矢代さんのお部屋へ参りまして、居合していらした加代子さんと御挨拶などして、それから調理場へ行きましたの。先ずプリンを作って冷蔵庫へ入れました」

「奥様、もしや、お砂糖に」

と坪平のオカミサンが言葉をはさんだ。あやかさんは目を大きく見開いてオカミサンの顔を見ていたが、上気して、目の輝きがましてきた。

「いったい砂糖がどうしたのです」

と、カングリ警部にきかれて、坪平のオカミサンが答えた。

「旦那様はおからだにいけないそうで、普通のお砂糖は召上らぬ習慣でした。ビート糖を用いまして、旦那様の召上り物に限って、お砂糖だけは特別の砂糖壺のお砂糖を用いる例に致しておりますのです」

ただちに食堂のお砂糖、お醤油、メンミツな調査が行われたが、多門老人の砂糖壺に限って、注意して見ればそれと分る多量のモルヒネが混入されていることが発見された。

砂糖壺は一貫入りのガラス壺であるが、砂糖はまだ、半分はいっており、この日までは、料理に用いて異常のなかったものであった。

「プリンに砂糖を用いたほかに、別の料理に用いましたかね」

「夕食の召上り物にはほかに用いておりません」

と坪平が恐る恐る答えた。彼は顔色を失っていた。

「プリンの前に、砂糖を用いたのはいつごろでしたね」

「御昼食の紅茶に用いました。御昼食はサンドウィッチでしたので、二合の牛乳にジカに紅茶とお砂糖を入れて煮ましたが」

「相当多量に用いたわけだね」

「まア、左様です。プリンに用いる分量ぐらいは用いたろうと思いますが」

「歌川さんはそれを全部のみましたか」

坪平が答えることができずにいると、下枝さんが、

「全部お飲みでした」

「あなたがお給仕したのですね」

「ハイ」

「そのあとに別に異常はなかったのですね」

「ございません」

「紅茶の支度はいつごろでした」

「旦那さまの昼食は十二時半、夜食は八時と定めてありまして、その十分前ぐらいに、いつも下枝さんがお膳をとりに参られますから、間に合うように用意いたしております。ちょうど十二時半十分前に出来たろうと思いますが」

カングリ警部はうなずいた。

「十二時二十分から四時までの間に、誰か砂糖壺に手をふれた方がありましたか」

坪平は恐縮して、

「手前は、どうも、一向に、へい、注意も致しておりませんで」

「ずッと食堂にいなかったかね」

「へい、昼休みに部屋へ退りまして、手前は、三時ごろまで一服致しておりましたが、女房は後始末に一時半ごろまでは調理場におりましたかと存じます」

「ハイ、皿洗いを致しておりました。神山様の奥様が手伝って下さいまして、お部屋へ退りましたのは、一時半ごろでございます」

「その間に、どなたか調理場へ見えた方があったかネ」

「御昼食のあとは皆様オヒルネをなさいますようで、三時ごろまでは、調理場へお見えの方はめったにございませんです。三時すぎに私どもが調理場へでましてからは、奥様はじめ、宇津木様、矢代様の奥様、丹後様、神山様の奥様、色々お見えになりましたが、砂糖壺に手をふれた方は御一方もございません」

「一時半から三時までは、調理場は無人だったわけですね」

「左様でございます。ただ、二時ごろでしたか、鮎が到来いたしましたそうで、諸井さんが届けて下さいました」

「あなたがそれを受取ったのですね」

「いいえ、冷蔵庫へ入れておきましたからと仰言って、扉の外から口上だけで帰られましたのです。ここでは使用人たちが昼食後ヒルネ致しますのが習慣でして、皆さんそれを心得ておられますので、休息の邪魔にならぬよう行届いた注意を払って下さるのです」

カングリ警部は興にかられた顔付で、諸井看護婦をジロジロと見つめた。

「あなたはちかごろ病院勤務は廃業ですかね」

「午前八時から十一時半まで。千草さまの事件このかた、お由良さまの病態が悪化致しておりますので、旦那様の御命令でございます」

諸井看護婦は相変らず平然たるものである。大人物と言われるほどの男でも、とかく男というものは相手によって態度が変るものであるが、諸井看護婦は水の如き無表情、大公爵でもカングリ鬼警部でも、ビクともしない面魂は見上げたものである。

「鮎を運ぶのもあなたの仕事のうちですか」

「あの時間に当家で目をさましている使用人は私のほかにはございません」

「そのとき調理場は無人でしたね」

「いいえ、一人、いた方があります」

思わず一座は緊張した。カングリ警部はサイカ丹田に力をこめる身の構えで、

「誰でしたか」

「お加代さま」

混乱した人々の思いが気配となって動いている。カングリ警部の全身に気魄がこもった。

「諸井さん。あなたは死人に口がないということを勘定に入れていますね」

諸井看護婦は冷然とうなずいて、

「そうかも知れません。そのために、私の言葉が信用されないという馬鹿らしさを」

「お加代さんは何をしていましたか」

「お水をのみにきたのだと仰言ってました。私が冷蔵庫に鮎を入れているうちに、出て行かれたのです。私が調理場をでると、お加代さまは、この広間の椅子にかけて読書しておられました。矢代さんの奥様を訪ねたけれど、おひるねのようだから、と仰言っていまし

た」

「私もこの広間でお加代さまを見かけましたの。二時四十分ごろでしたわ。やっぱり読書していらしたのです」

と胡蝶さんが言葉をはさんだ。

もう十一時ちかい時間になっていた。カングリ警部は苛々して、

「それでは、神山さん、職業柄、あなたは行届いた観察眼をお持ちのようですから、夕食の様子についておきかせ下さい」

「そうですか。それでは皆さんを代表して、私から申上げましょう」

さすがに場馴れたものであった。先刻まではまだ左程ではなかったけれども、こうして指名をうけて一座を代表したとなると、まるで貫禄が違ってくる。カングリ警部もヒケメに見えるぐらい、調べの席には堂に入った呼吸を具えているのである。

「先ず、夕食のはじまる直前のことでしたが、私どもが広間へ集りまして、食卓の用意できるまで、思い思いにビール、酒など飲んでおった時です。ちょうどこの鳩時計が七時をうちました。念のため申しあげておきますが、この鳩時計は四分ほど、おくれております。この鳩時計の七時をうったときに、海老塚医師が論語研究会、奥田なにがしという蒼ざめてヒョロ高い軍服の人物をつれてきました。海老塚さんの一場の紹介があって、さっそくこの聖人が説法にとりかかり、人はパンのみによって生くるものにあらず、と言いか

けますと、土居画伯が聖人をハッタと睨んで、バカヤローめ、孔子様にそんな文句があるかい、我々物自体の作家に向って和洋セッチュウの説法は怪しからん奴だ、人見小六さんも礼儀をわきまえぬ奴めと怒る、丹後さんだけが聖人の味方をしたようですが、結局主人の一馬さんが、家宅侵入を許さずということとなって、土居画伯が、廻れ右、オイチニ、オイチニ、食堂のドアから外へ突きだしましたよ。海老塚さんも一緒にでました。あのとき私は気がかりでしたが、海老塚さん、あなた方は靴をぬいで母屋の方から来られたのでしたな。ハダシで歩いて行きましたか」

海老塚医師は光る眼玉をグルグル廻しているだけで、返事をしなかった。

「これだけの前奏曲があってから、いよいよ本景に取掛かるのですが」

するとピカ一がさえぎって、

「その次のことは、オレに言わせて貰おう。食事の終りに近いころになって、当家の令夫人が京子さんに耳うちして二人そろって食堂を出て行った。まもなく戻ってきて、今度は、矢代君、一馬君、巨勢君を語らって五人で食堂を出て行った。そのあとで、急にゴチャゴチャして、まだ二、三人出入があったが、それは僕はよく記憶がない。そのときコーヒーが運ばれていたのだ。警部さん、よくきいて下さいよ。私のコーヒー茶碗だけは目ジルシがあるのだよ。フチがかけているのだ。コーヒー茶碗を一打ほどブッコワしたのは正しくオレだけれども、然し、これだけの大家に、代りがないとは、おかしいじゃないか。一週間ほど前から、あんたがコワしたのだから、これはあんたのよ、と云って、必ずかけたコーヒー茶碗を持ってきやがる。そこにいる女中めが、そう言いおるのでさ。きいてごらんなさい。これには指金がありますよ。計画があってのことだ。その指金が何人であるか、それは言うまでもなく、皆さん、お分りのことでさアね。そして、かねての計画通り、オレの茶碗に青酸加里を入れやがったのでさア。すると、あいにく、加代子さんの茶碗もかけていた。オレの茶碗以上のカケがあるから、それじゃア代えてあげましょうと取りかえたのが、悲劇のもとさ。オレだったら、青酸加里のコーヒーなんか、アタピンじゃないが、ピンときて、すぐ吐きだすね。不死身でさアね。刑事さん、食事の終りごろ、食堂を出入した連中を調べてみりゃ、犯人はでてきまさアね」

「あなたは、なぜ、コーヒー茶碗をとりかえたのですか」

カングリ警部が珍らしそうに訊く。

「あたりまえさ。オレは御婦人のために犬馬の労をつくすことを人生の目的としているのだからさ」

「嘘おっしゃい。あなたが御自分のお茶碗に青酸加里を入れて加代子さんに差上げたのです」

あやかさんは怒りにふるえてピカ一を睨んだが、ピカ一はフンという顔をして、とりあわない。あやかさんは怒り心頭に発して、

「この人は手品の名人なんです。コーヒー茶碗へ毒薬を入れるぐらい、子供だましにやれるんですのよ。花フダでもダイスでもバクチ打よりもインチキが達者なのです。指先の魔術使いなんですわ」

ピカ一のソファーのかたわらに、ちょうど碁盤があった。ピカ一は碁石をひとつ、つまみあげた。そして、あやかさんをからかうように、指先に碁石をはさんで、腕をつきのばした。指先の碁石は変幻出没、碁石が人をからかうような、生き物のような自在さである。ピカ一は指の魔術を使いながら、悠然として、

「東西東西、ここもと御覧に入れまする曲芸は黒白夢幻の恋の巻、ハイッ」

黒石のほかに、もう一つ、白石をつまんで二つ一時に指にはさむ。出没自由、熟練の妙をきわめている。ピカ一は悠々とあやかさんを見すくめて、

「殺人狂じゃあるまいし、オレがなんのために加代子さんを殺すのだ。すべて、殺人には動機がある。先ず、動機をさがして貰いましょう。ハイッ、東西東西」

カングリ警部は、どうやら内心、昂奮を押えかねているらしく、しかし、先ず悠々とタバコに火をつけて、人々を見廻した。おもむろに、あやかさんに向って、

「奥様が矢代夫人と食堂をでて行かれたのは何か御用があってですか」

あやかさんは顔をあからめたが、京子もモジモジ答えることができないので、

「御不浄へ参ったのです」

仕方なしに、あやかさんが言った。

「一人で参るのが心細かったものですから、京子さまにお願いして一緒に行っていただいたのです。便所の窓から、ふと滝のうしろの山の方を見ましたときに、誰やら、人の姿が隠れたのが見えたのです。あそこには、アズマヤに一ヶ所、そのほか燈籠に二ヶ所ほど灯がありますので、部分によってホンノリ見えるところと暗闇と入り交っておりまして、私の見た人影はちょうどその境界のあたりに当っておりましたから、瞬間のうちに暗闇へ消え隠れてしまったのです。こんな場合でございますので、怖しくなって、主人や矢代さんや巨勢さんに来ていただいて、ちょうど長畑刑事もいらしたので、調べていただきましたのです」

カングリ警部はうなずいて、

「ヨミスギは、さっそく、調べてきたのだね」

「ハア、さっそく駈けつけてみましたが、もう人影は見当りませんでした。なにぶん、直線に駈けつけるわけには行かないところで、洋館をひと廻りして、おまけに、庭の径ときては迷路のようなものですからな」

「それは一人じゃ、手に負える筈がないから、仕方があるまい」

カングリ警部は部下をいたわった。

「それで、みなさん、すぐ食堂へ戻られましたか」

「私はついでに用をたして戻りましたが、一馬も巨勢博士も、たぶん、そうだったようだね」

　私がこう言うと、一馬と巨勢博士はうなずいた。

「三人御一緒に食堂へ戻りましたか」

「一緒に戻る理由も別にありませんからな、別々に戻ったようです」

「奥様と矢代夫人は、先に、一緒に戻られましたか」

「ちょッと調理場をのぞいたり、女中に言葉をかけたりなぞ致しましたけれど、私どもも別に一緒ということを意識致してはおりませんので、京子様が先でしたかも知れません」

「でも殆ど御一緒のようでしたわ。私も坪平のオカミサンに話しかけたりして、ちょッと調理場を眺めていたりしましたから。別になんという理由もなかったのですけれど」

　警部は大きくうなずいた。

「そのとき調理場にはコーヒーの用意ができておりましたか」

「用意はできておりました」

　あやかさんは決然たる視線でハッキリ警部を見つめて言った。然し声は、決意にも拘らず、さすがに自然に低かった。

「私たちが戻りますとき、ちょうどコーヒーのお茶碗が広間のそこのテーブルの上に並べられているところでした」

「お茶碗にはコーヒーがつがれていたのですか」

「つがれておりました。お砂糖もミルクも、調理場で入れて、ここへ運んで、並べているところでした」

カングリ警部は食堂からピカ一と加代子さんの茶碗をとりよせて、ゆっくり眺め廻していた。ピカ一の茶碗のフチは一ヶ所はやや大きく、一ヶ所は小さくかけていたが、加代子さんの茶碗は二ヶ所大きく、二ヶ所小さくかけていた。

カングリ警部は顔をあげて、女中の八重を見た。

「どっちの茶碗が土居さんの専用だね」

「ハイ、そっちです」

と、まちがいなく、かけ目の少い方を指して答えた。

「ほかにカケ目のない茶碗はないのかね」

「ハイ、ございません。戦争中からいくつとなく割りましたまま、新しく買ったことがございませんので」

警部はうなずいて、

「近ごろは安物ばかりで、おまけに目の玉のとびでる値段だからね」

それから、私と一馬に向って、

「あなた方も、そこのテーブルの上のコーヒー茶碗を見ましたか」

私たちも、うなずいた。

「そのほかに二、三人、お立ちになった方があるそうですが、どなたでしたか」

「私が立ちましたよ」

と神山東洋が答えた。つづいて木ベエが、僕も、と答えた。

「あなた方もテーブルの上のコーヒー茶碗を見ましたか」

「私が便所から戻るときは、それを食堂へ運んでいる時でしたよ。いくつかはテーブルの上に残っていたかも知れないが、あんまり注意も払いませんでしたから、分りませんね」

「僕が戻る時は、もうコーヒー茶碗はなかったようだな。僕は然し、海老塚医師が、そのときコーヒーのコップを握って飲みながら、調理場から出てきたのを見ました」

警部は意外な顔をした。

「海老塚さんは食堂にいらっしゃらなかったのですか」

「僕は調理場で食事をしました」

アイクチのような冷めたさで、ブッキラボーの御返事である。神山東洋がそれをひきとって、

「これには一場の説明がいるのですよ。土居画伯がマン中をとばして、前奏曲からいきなりフィナーレへ移ったものですからね。食事の途中に海老塚さんが、たぶん聖人に因果を含めて別れていらしたのでしょうが、食堂へ戻っていらした。すると一馬さんが、海老塚

さんと客人たちでは気質が違うからこの席へは出席しないようにして欲しいと仰言った。それで、食堂を立去られたのです」

海老塚が、それからズッと調理場に食事をしていたという事実は、我々にすくなからぬ疑惑と動揺を与えた。その中でも、ピカ一は、面くらった様子であった。ワケがわからなくなったという面持で、不機嫌に口をつぐんでいる。

「調理場の、どこのところで食事をとっておりましたか」

という問に、海老塚はジロリと反抗を見せただけで、返事をしようとしない。ツボ平のオカミサンが代って答えて、料理の性質によって、仕事場の多忙の場所が変化するたびに、あっちへ移り、こっちへ行き、時には椅子にかけたり、時には立ったまま、食事をしていたということであった。

訊問が終って警官の一行がひきあげるとき、ピカ一は、ややむつかしそうな顔付で、

「警部さん。オレは、もう、イヤになったね。東京へ帰っちゃ、いけないかなア」

「そうですなア。無理におひきとめは出来ませんが、特別の差しさわりがなかったら、もう暫く滞在していただければ、何かと好都合ですが」

「そうですか。別に用はないけれどもね。私は秋の展覧会の作品も、もう描きあげているから、そっちの心配もないのだけれども、イヤだなア、オレは、とにかく、明日から、オレの食べ物はオレに作らせて貰うぜ」

「いけませんわ。そんな、あなたが、いやらしい。あなたこそ、私たちを毒殺しかねない悪者です」

あやかさんが、叫んだ。

カングリ警部が口をはさんで、

「そうですなア、それじゃア、どうでしょう、アタピンを毎日差向けますから、料理に立合わせたら」

「ええ、心得ました。私の目の黒いうちは、大丈夫」

ポンと胸を叩かんばかりの心得顔。

「この中に犯人がいらっしゃるかも知れませんけど、私が睨んだら怖いんですよ」

それから多門老人と加代子さんのお通夜をして、私のねたのは二時すぎであった。

十六　歌川家の秘密

警官からの希望で、多門老人の遺言状をしらべることになったが、金庫をあけると簡単にでてきた。

しかし公式なものではなく、ただ多門の署名があるだけのもの。月日は、昭和二十二年七月二十四日、つまり殺される二日前に書いたばかりのものであった。

この遺言は一馬にとっては全く意外なものであった。

多門は先ず加代子が珠緒なきのち唯一の娘であることを告白し、遺産の全部を一馬と加代子の両名で公平に二分すべきことを書き遺しているのであった。

そのほかに、分配に先立って、お由良婆さま、片倉清次郎両名に二十万円ずつ与えるようにと書いてあった。

「片倉清次郎とは、どなたですか」

「一生を当家につかえた番頭ですが、この春から病気になって、休養している者です。もう、七十六の老齢ですから」

カングリ警部は遺言の写しをとり、片倉清次郎の住所をきいて立ち去ったが、遺言状の発見によって、加代子さんの殺害に有力な動機が見出されたということに関心を深めたことは察せられた。

ところが警部の一行と行き違いに、片倉老人は家人につきそわれ、車にゆられて、主家へ弔問に来たのである。もう歩行にも殆ど困難な病体だった。

彼は主人の遺骸の前にぬかずいて、ものの十分は顔をあげることができなかった。

警部の一行は行先を知って引返し、遺骸のある部屋で、片倉老人の話をきいたが、一馬と私もその席にいた。

「当家に仕えて何年ほどになりますか」

「私の十六の年ですから、当年七十六、六十年の大昔になりますなア。そのころは当家の財産も時価で十万か十二、三万、わずかそれだけの額で、やっぱりその頃から屈指の長者でありました。時世の移りかわり、又、当節の大変動にも驚きますが、敗戦とあれば、これも当然でありましょうか」

片倉老人は病み衰えていたが、頭はシッカリしており、何らの学歴もなかったけれども、着実な識見を具えているのが察せられた。

警部の態度も、自然改っていた。

「お加代さんの母親が自殺したということは事実ですか」

「左様です」

片倉老人は目をとじて、念仏でも呟くように口の中で言った。カングリ警部は意外にも深いいたわりをこめて老人を見つめながら、

「片倉さん、むろん我々も警察や役場の古い記録をしらべて表面のことはとっくに理解しているのです。一生の誠意と愛を捧げられた主家の秘密について、お年寄に無慈悲な告白を強いるなどとは、まことに心ない業で、我ながら鬼のようだと思いますが、然し、片倉さん、今やこうして当家に続出している奇怪な犯罪について思いを致すとき、その無慈悲を敢てしても、ものごとの真相を突きとめなければ、犯人の姿も亦、つきとめることが出来ないのですよ。まことに御無理と思いますが、決して他言は致しません。当家の古い傷

についても公人としては一切きかないことに致しますから、まげて真相を打ちあけていただきたいのです」

　こう云ってカングリ警部は老人を見た。老人の眼に穏かな理解の色が静かにこもって、警部の心を受けいれたようであった。

「お加代さんの母親は、自殺ではなく、他殺であったということが、一部の老人に言い伝えられているのですが、これは、事実でしょうか」

　老人は目をとじて、しばらく答えなかったが、

「警部さん。それは私にも分りませぬ。思えば私の軽率が、当家に御迷惑をおかけしておるのかも知れませんのじゃ。あの人の首をくくった物置は今はとりこわして有りませんが、首のうしろに一つ結んで、物置の梁にぶらさがったのが、シゴキが切れて、下へ落ちて、ことぎれていた。このシゴキがお梶様の持ち物だったのと、その場に残された死人の履物が、お梶様のものと本人のものと片々ずつになっておった。それを見て、私がとっさにハッとして、お梶様の下駄を隠し、首の紐も解いて隠して別の縄にスリかえた。山奥の駐在の当時のことで、縄をといて人口呼吸をしたと云って、難なく言いのがれて自殺ということで通りましたが、秘密は必ずもれるもので、そんな噂が今もって残っているのも、元はといえば私の軽率、まったくのところ、九分九厘まで自殺であろうということを、私はズッと信じていますのじゃ。お梶様は気性の強い、ヒステリー症の御方であったが、何がさ

て、痩せて、非力で、人をしめ殺す腕力などのないことは、冷静に考えてみれば誰にも察しのつくことだが、とッさのことで、私は一途に思いこんで、慌てましたのです。間の悪いことに、その当時、旦那様の秘書をして当家におり、私と共に現場へかけつけたのが、神山東洋という悪漢ですのじゃ」

　我々の驚きは深刻であった。私や警部にまして、一馬の驚きはひどかった。彼は蒼ざめ、全身が石のようにかたまっていた。

　警部は同情をあらわして、うなずいて、

「よく分りました。それで、神山東洋という人が歌川家をゆすっていたという風説も嘘ではなかったのですな」

　片倉老人は一分間ほど休息とでもいうように沈黙していたが、

「神山東洋のユスリには、もう一つ、当家の秘密があるのですじゃ。このことは、若旦那様も御存知ないかも知れませぬ。このような事件がなければ、全てを私の棺に閉じてもらさぬつもりでおりましたのじゃが、何がさて、今度の騒ぎは気がかりのことじゃ。私が本日、でましたのも、弔問のほかに、実はこのことを若旦那様に申し上げよう為でしたのです」

　老人は又、休息した。

「旦那様がまだ二十のとき、東京の遊学先に宿の女中とたわむれて生れた子供がありましたのです。この子供を遠縁にあたる海老塚の家へ養子にひきとらせ、女の方とは手を切りましたが、この子供が長ずるにつれて、まことにタチのよくない御方で、サギはやる、ユスリはやる、遂には強盗をはたらいて、獄死いたしたのです。この御方は二十の時にもう結婚して、二人の子供が残されたのじゃが、二人の遺児の弟に当るのが、ただ今、当村に医者をしている海老塚晃二という仁ですのじゃ。この仁は、旦那様の孫に当る御仁じゃ。その兄の玄太郎という御方は三年前に三児を遺して亡くなられた。三児のカシラはまだ十一ぐらいの幼少で、当村から十二里ほどのM村に未亡人が百姓をして育てておられる。今はもう当家と無縁で、別に仕送りも致してはおりませぬ」

カングリ警部も二の句のつげぬていたらくである。一馬はまったく蒼ざめてしまった。

「旦那様の隠し子を海老塚へ養子にひきとらせたとき、この海老塚という仁はまことに温厚な仁で、よく約束をまもって、歌川多門様の種であるということは露ほどももらしませぬ。よって、籍は実子としてありまするから、サギはやる、ユスリはやる、遂には強盗まで働いたほどのタチのよからぬ人物が、死に至るまで歌川多門様の長子であったということを知りませなんだのです。その遺児の玄太郎と晃二のうち、晃二は秀才でもありましたところから、無医村の医者に仕立てるという名目で学費をだしてやりましたが、これとても、孫であるということは、知るよしもありませなんだ。ただ一人、この秘密を知りましたのが、神山東洋という悪者奴でありましたのじゃ」

「それを海老塚医師に教えたのですね」

片倉老人は、それに答えず、又、しばらく言葉をやすめていた。

「神山めは、このことをも種にして、お梶様をゆすりおったのじゃ。もとよりかような秘密を知る由もなかったお梶様は、びっくりなされて私に真偽をききただされたようなことも有りましたが、神山めは、海老塚に全てを知らせて財産分配の訴訟を起させるが、それでもいいかと云うてユスリおったわけでしたのじゃ。私は神山めを幾たび殺してやりたいと思うたか知れませぬ。まことに、殺してやればよかった。惜しからぬイノチじゃ。思えば、口惜しさ、このことばかりに、今もって、死にきれませぬ」

老人はハラハラと涙を落した。

深い沈黙を破って、八丁鼻が思わず一膝のりだした。

「すると、お梶様が毒殺されたという風説は、根のないことではありませんな。フーム、こいつは、もう一度はじめから、新しい根をほじくり返してかからなきゃア」

カングリ警部は冷やかに、

「一年前の白骨を掘りだして、毒薬がでてくるとでもいうのかい」

それから片倉老人に向って、

「片倉さん、最後にただ一つ、おききしますが、一馬さん、それから亡くなられた珠緒さん、加代子さんのほかに、もはや多門さんの実子は一人も生きておりませぬか」

「ほかには一人も生きた方はおられませぬ。子供のすくないお方でしたじゃ」

十七　不連続殺人事件

当局の努力にも拘らず、確実な証拠は何一つ見出されないようであった。

神山と海老塚を疑ぐりだすと、殆ど解決がついてしまう。内海殺しの場合にしても、二階の神山はピカ一の目をゴマカせないが、海老塚ならば、難なく階下の内海明を殺すことができた筈だ。

けれども、ただ一つ、千草さん殺しの場合には、二人のアリバイが成立つのである。

神山東洋は坊さんや一馬と一緒に火葬場から戻ってきて、御婦人連とズッと広間に話しこんでいたことは御婦人連が口をそろえて証明している。

海老塚は八時ごろ、村の方からやってきて、裏門で私と一馬にぶつかった。医院を出かけた時間について、カングリ警部に問いつめられたり、木ベエにやりこめられたりしながら結局返答をしなかったが、調査の結果、患者の証言によって、六時から七時二十分まで三人の患者を順に往診しており、この時間には犯罪の余裕がない。七時二十分から八時までの間も、最後の患者の家からは、歩いてちょうどそれぐらいのもので、彼はビッコであるから、並の人よりいくらか時間がかかることも不思議ではないのであった。

神山夫人木曽乃さんも、当日はオトキの用意にテンテコ舞で手伝っており、調理場をはなれなかったことは多くの証人がおり、例の論語研究家も、その日は七、八里はなれた町へ行っており、その町には彼のアリバイを証明する確実な証人があった。

私は当局ばかりじゃなしに、巨勢博士も、海老塚と神山について、メンミツに調査していることを知っていた。然し、やっぱり、このアリバイをひっくり返すことはできないようであった。

「ねえ、博士、このいくつかの事件は、犯人が別なんじゃないかな。歌川家の家族に関する事件と、千草さんや王仁や内海は、犯人が違っているんじゃないのか。時間的には連続していても、動機も犯人も別な事件が入りまじっていて、結局は不連続殺人事件じゃないのか」

「そうですね。この事件の性格は不連続殺人事件というべきかも知れません。私がこれを後世に記録して残すときには、不連続殺人事件と名づけるかも知れません。なぜなら、犯人自身がそこを狙っているからですよ。つまり、どの事件が犯人の意図であるか、それをゴマカスことに主点が置かれているからでさ。なぜなら、犯人は真実の動機を見出されることが怖しいのですよ。動機が分ることによって、犯人が分るからです」

「じゃア、すべての事件が同一犯人の仕業なのかい」

巨勢博士はニヤニヤしながら頷いた。

「それは、むろんのこと、きまってまさア。なぜなら、これだけの曰くつきの人物が一堂に集められたこと、それが偶然によるものではなくて、犯人の意志によって為されたものであるからです。御ていねいに、僕まで呼び寄せやがったのだから、いささか、癪にさわるじゃありませんか」

博士はてれくさそうな笑い方をしたが、私は彼が、すでに何物かを握っていることを悟った。

「じゃア、犯人の真実の動機はなんだね」

巨勢博士は声をたてて笑った。

「それが分れば、犯人は分りまさアね。だが、恐ろしく計画的な犯罪ですよ。すべてがメンミツに計算されているのでさ。日本に於ける、最も知的な、最も雄大な犯罪なんでしょうな。この犯人は天才でさアね。インテリ型のケチな小細工がてんで黙殺されているところなど、アッパレ千万というものでさ。扉を糸に結んで自然にしまる装置をするとか、密室の殺人を装うとか、そういう小細工は小細工自身がすでに足跡というものでさア。すでに一つの心理を語っているではありませんか。この犯人は、常に心理を語ることを最も怖れつつしんでいまさアね。この怖るべき沈黙性は、犯人が天才の殺人鬼である証拠でしょうな。犯人の真実の動機は何か。どの殺人事件が犯人の真の目的であるか。ともかく事件は犯人の警告通り八月九日に完結するでしょうが、真実目的の犯行が八月九日に完結するとは限りませんや。目的の殺人はとっくに終っているのかも知れませんぜ」

「それなら、なにも、この警戒厳重のさなかに余分の犯行をつけ加える必要はなかろうじゃないか」

「つまり、真実の動機を隠さなければならないからです。然し、八月九日に何が起るか、これは一つのクライマックスでもあるでしょう。僕は然し思いますな。この犯人は、八月九日の予告をだしたから、必ず八月九日に決行するというバカみたいに義理堅いトンマじゃありませんぜ。なぜなら、犯人は時に一日に二つの殺人を敢てする、つまり彼氏、常に虚を狙い、虚をつくのです。ひとたび毒殺が行われれば、それに対する警戒が加わる。だから一気に二つの毒殺を敢行して、それで恐らく、彼氏の毒殺プランは終りを告げているに相違ないと思いますよ。恐らく次の犯行は、予期せざる型で行われる。これが、この犯人の性格ですよ。だから、八月九日を馬鹿正直に当てにするのも、考えものかも知れませんや」

然し、巨勢博士は、決して確信があるのではなかった。

私は博士が片倉老人を訪ね、海老塚の生家を訪れてきたことも知っていた。然し又、一馬に疑いをかけているのも知っていた。なぜなら博士は一馬に向って、

「僕は然し、歌川先生が、海老塚さんの叔父に当っていることを知らなかったなんて、どうも想像がつかないなア。お梶様は知らなくっても、当家の跡とりの歌川先生には、お父

様から打ち開けてあるものと思いますが、あんまり常識外れだもの」

一馬はひどく気を悪くした。私は一馬に代って、

「博士はあのとき居なかったから知らないのだが、私はね、片倉老人が秘密を打ちあける席に居合わせたから見ているのだよ。あのときの一馬の顔というものは、茫然自失、まったく愕然、色を失ったものだった。あの表情はどんな名優でもマネることのできない、つまり心の真相の発露だよ。あの顔は偽ることのできないものだ。こういう真実というものは、嘘発見器よりも確かだぜ」

「そうですかなア。先生方の文学的方法というものは銘々得手勝手の独断的のもので、嘘発見器みたいな正確なものじゃアなさそうだがなア。歌川先生がこのことを本当に今まで知らなかったなんて、すくなくとも神山東洋氏が知るほどのことを、一家の相続人が知らないなんて、おかしいなア。神山東洋氏が知ってなきゃア、納得もできるけれど」

一馬はまた気を悪くした。彼はムッとして、

「僕は本当に知りませんよ。相続人といったって、僕なんかは、まったく、ほかに相続人がないから相続するというだけのこと。それに僕のオヤジという人物は、お前の代にはお前の勝手にやるがいい、人間死んでしまえば墓なんかもどうでもいいや、というぐらい、虚無に徹したところのある人物でしたよ。だから旧家の当主に似合ず、家というような観念は少く、本来無東西というような、冷めたい人間孤独の相を凝視しつづけていた人です。

ですから、案外、文学なんかも僕よりも深く理解しているところがあったかも知れない。ですから、一家の古傷のような小さな秘密など問題にしていなかったのも当然ですよ。たまたま、こういう事件が起って、それが凄く重大なことになっただけで、こんな事件でも起らなければ、とるにも足らないことではありませんか」

巨勢博士はいささかてれながら、

「そうですなア、然し、なんですよ、それも僕みたいな氏も富もない家庭の出来事なら、仰言るようなものでしょうけど、まったく神山東洋氏のユスリのタネになるのも道理、当家の財産を分配する、そういう事態の起る場合を想像すると、この分配の金額は、とるにも足らないというわけには行かないだろうと思いますが」

「神山東洋が訴訟を起すというなら、そしてそれが正当なものなら、僕はユスリには応じぬ代りに、海老塚には遺産を分配してやりますよ。僕は物質よりも、正義の方の味方をしますよ」

一馬は息をはずませて叫ぶように言い切った。

ところが巨勢博士は、私のことまで疑っているのである。

「ねえ、先生」

彼は私の部屋を訪れて、私と京子の顔をニヤニヤ眺めながら、

「歌川先生はああいうけど、歌川先生のことは別として、もしや、先生は、海老塚さんが

当家の孫だという一件を知ってたんじゃ、ありませんか。ともかくですな。ユスリの種になってるほどのことだから、お梶様に近い人、女中とか、それから加代子さん。加代子さんなんかは知ってたんじゃアなかったかなア。加代子さんが、臭いなア」

彼は益々ニヤニヤしながら、

「ねえ、奥さん。奥さんは加代子さんの親友だけど、加代子さんから、そんな話、きいたことがあったでしょう」

まったく露骨きわまる探偵ぶり、アイクチをふりかざして内ぶところにイキナリ飛びこむやり方であるから、京子もいささか気を悪くして、

「あら、巨勢さん、ひどいわ」

「イヤ、奥さん、悪くとらないで下さい。悪くとらないでと云ったって、全く、どうも、失礼を承知の上で、アグラをかいて訊かざるを得ない性質のことなんで。実はねえ、奥さん、あなたは多門さんの愛人だった御方ですから、多門さんからも、その話がなんとなくもれきこえたというようなことが」

「いいえ、ございませんでしたわ、そんなこと」

と、京子は気色ばんで、さえぎった。

「どうも、すみません」

博士はてれて、ニヤニヤした。

「ところで、先生、丹後先生は独身なんですか」

「独身らしいね」

「それで、愛人はいらっしゃらないのですか」

「どうだかなア。あんまり、そんな話は、きかないなア」

「珠緒さんには、丹後先生、相当、なんじゃなかったんですかなア」

「いくらか惚れてはいたろうさ。あいつが何をどの程度に思いこんでいるか、あんな、ひねくれ者のことは、私は考えてみたくはないよ」

「まったく、大作家ともなると、気むずかしくて、つきあいにくいですな」

全然あらゆる人間を疑っているようなものである。私も、いささか、ウンザリした。私はどうも巨勢博士を買い被りすぎたと思った。これにくらべて、さすがにカングリ警部ともなると、軽率なところがなくて、慎しみ深く、何か我々の分らぬ狙いをつけて、一途に掘り下げているような、たのもしさが感じられる。

ある朝私が三輪山の方へ散歩にでると、危っかしい様子の男女の老人が二人、もつれるように道の上にうずくまるようにしている。見ると、お由良様、もう一人の男の方は私の始めて見る人だが、お由良様の夫の南雲老人に相違ない。

私がすすみよって、どうかしましたか、ときくと、お由良様は困りきった顔にホッとした色を浮かべて、

「無理に歩いてみましたら、この有様で。年寄は十日前には出来たことが、今日はもう出来なくなっているのですよ」

「あなたは御病気という話でしたが」

「ええ、さいわい今朝は気分がよかったものですから。少し無理かと思いましたが、いつになく足腰がしっかりしてきましてね。それに、このオジイサンが、千草の屍体があったというあたりまで出掛けてみようと、年寄の愚痴ですわねえ。それを承知で、こうしてムキに飛びだしてくるというのも、愚痴のほかに、年寄のせつない思い、さきほども申し上げました通り、今日できることが、明日、明後日には、もう出来なくなる、そういう無常が身にしみているからですよ。今しなければ、もう出来なくなる、とりかえしがつかない、死んでもいいから、思い残すことがないように、四ツ五ツの子供が明日の我慢がないよりも、もっと我慢がなくなるのですよ。あげくに、疲れはてて、この有様ですもの。まだこの春は、鉱泉まで、さのみ疲れずに歩くこともできたのに」

「そうそう。先日も鉱泉宿で、そのお話は承りましたよ。カルモチンを買いに行かれたそうですね」

「カルモチン？　いいえ、そんな薬は」

と、お由良婆さまは、色をなして、打ち消した。

「この方は、どなたじゃ」

うずくまっていた老人がきいた。

「こちらは洋館のお客様で、矢代さんと仰言る方、ほら、京子さんと結婚なさった方ですよ」

「ああ、ああ、その御方か」

私が手をだすと、それにつかまって、起き上った。なんなら、背負ってと思ったが、痩せてはいても、五尺八寸からの大男で、

「じゃア、喜作じいさんにたのんで、車でも廻させましょう」

「いや、いや、これで、充分、歩けまする」

私の肩に縋って、歩きだした。

「諸井さんは、ジャケンな人ですのよ。患者の散歩といえば、附添って歩いてくれるぐらいの思いやりがあるどころか、途中で死にたかったら勝手に、と言う人ですからね。それに強慾無道なのですよ。チップをはずめば、どんなことでも、致しますよ。まとまったお金でも握らせてごらんなさい。あの人は一服もるぐらいのお手伝いでも、平然とやりかねない鬼ですのよ」

オジイサンも私の肩に縋ってフウフウやりながら、苦しい息からムリに声をしぼって、

「ウム、そうじゃ」

よっぽど諸井琴路なるものが口惜しい存在であるらしい。

「身持は、どうですか」

ときいてみると、

「身持って、あなた。あんな人に身持なんか、あるものですか。私の兄（多門のこと）はもともとあれが病気の人でありましたが、それは別として、海老塚さんも、あの人の身持がよかったら、本妻にも直したでしょうよ。郵便局長だの、学校の先生だの、近頃では金廻りのよい百姓だのと、あの人の相手を探せば数えきれやしませんよ。あの人はそのミイリで尺祭り以上の百円札の札束を抱いて寝ているということですよ。心にまことの情愛がないから、お金だけが、親身の友達というのでしょうね。いやらしい人」

私は道で神山東洋に会わなければ、すんでにノビるところであった。

神山は五尺八寸余の大男だから、軽々と南雲老人を背負って、お由良婆さまと肩をならべて歩きだした。

諸井琴路。この謎の女が、この事件の片隅に、必ず謎の役割を果しているということを、痛烈に考えざるを得なかった。

強慾無道の彼女の心をあやつる者は、誰であろうか。

私はさっそく、七月十八日夕方、千草さんの殺された日の彼女のアリバイをしらべてみた。するとアッサリ失敗した。

あの日、千草さんが裏門からでかける姿を最後に見た人が諸井であった。そして諸井看護婦は、その六時から七時まで、多門老人のマッサージをやっていた。その後も外出はしていなかった。

十八　七人目

八月三日であった。

私はちかごろ昼のうちは鉱泉宿へでかけて、仕事をすることにしていた。ここもむろん静かであるが、然し、どちらかといえば、歌川家の洋館の方がもっと静かだ。ガッシリした鉄筋コンクリであるから、よその音もあんまりきこえないのである。

然し、静寂ということよりも、私は単調に疲れていた。それに、ああいう事件つづきで、お互に気心が知れないような気持をつつんで、顔つき合わしているというのは気づまりなもので、それで私は鉱泉宿へでかける。

この気持は私ばかりではなく、近頃は、みんな頻りに、日中は外出したがる。バスに乗って町へ行く者もある。丹後は、村の碁打を訪ねて、碁を打ちに行く。一馬も神経衰弱の気味で苛々と落着きなく、どこかを出歩いているようであり、全然外出しないのがピカ一と神山東洋で、この御両名は連日賭けの撞球に打ちこんでいる。どっちも三百ぐらいの手並で、時々巨勢博士が加わる。これが又、負けず劣らずの御手並、遊びならなんでも達人、生れついてのバクチ打ちの性なのである。この三人は昨夜から相談して、今日は朝から夕方まで一日中つきまくって勝敗を決する、全財産を失うともかえりみず、などと大変な意気込みで、神山東洋は早朝に目をさますと、サイカイ沐浴に及んだという話であった。

　京子はN町へ買い物に行って、ついでに昔の知り人を訪ねてくると云って早朝に出発した。

　私が九時ごろ、鉱泉宿へでかけようとすると、

「ちょッと矢代さん」

　あやかさんが、私を認めて、よびとめて、目をかがやかせた。

「今日こそ鉱泉へはいるわ。つれてって」

「今日は日曜だから、又、混雑するかも知れませんよ」

「あら、日曜なんかで、混雑すること、ありませんのよ、山奥ですもの」

　まったく、そうかも知れない。先日も鉱泉へはいってみたいと云って、私についてきたが、その日に限って案外の混雑で、私も少々うるさくて仕事ができなかったぐらい、湯ブネの方はいつも人がこみあっていて、男女混浴だから、あやかさんは入浴することができなかった。都会地の温泉とちがって、こういう山奥の湯治場は、お湯だけが楽しみのお客だから、入浴しないと損みたいに、殆ど一日ゴチャゴチャ湯ブネで暮しているようなものなのである。

あやかさんは大喜びで、タオルや石ケン、一式かかえて私のあとからついてきた。

私たちがブナの森へくると、丹後弓彦がステッキをふりながら、ユカタでぶらぶら歩いている。私たちが追いつくと、私たち二人づれと、あやかさんの湯道具一式を変に興のこもった皮肉な目で眺めながら、

「珍らしいね。奥さん、御湯治とは」

「あなたも鉱泉？　一しょに行きましょうよ」

「僕は今日は郵便局長のところで碁会があるんだけどね」

「あら、局長さんのお宅はこっちの方じゃないでしょう」

「ええ、だから、つまり、僕は碁は好きではあるが、会となると、嫌いのタチでね。会は常に何の会であっても、雑然たるものだからさ。それで、会場へ向って歩こうとすると、自然に足が反対の方角へ向って歩いてしまうんですよ」

「生れつきのヒネクレ屋なのね。足の向いたついでに、鉱泉宿へ行きましょうよ」

「そう言われると、自然に又、足の方角が」

そう言いながら、ブナの森のマン中へんから、道のない森の奥へ曲りこんでしまった。

「ずいぶんヘンジンね」

「ああいうアマノジャクとはマジメにつきあわぬ方がよろしいです。白いといえば、黒いと言うにきまった奴ですよ」

この日の温泉は全くカンサンそのものであった。だいたい田舎の湯治客は二人づれ三人づれなどというのは殆どなく、一家ケンゾク引越し遊山という奴だ。だから幾組の客もなくとも、一組で忽ち賑いを呈するという特殊性があるのである。

我々のほかに客が全くないのだから、あやかさんは張番をたのむ必要もなく、のんびり三十分以上も湯ブネで遊んでいる。

私の仕事部屋をのぞきにきて、

「ここは、ずいぶん、田舎にしては、粋なお部屋ね」

「そうなんですよ。はなれのこの部屋だけ、特別なんですよ」

目の下がすぐ溪流である。私の部屋の窓の外を、山の漁師が、ごめんなさいよ、とていねいに挨拶して、通って行った。

「あら、ここは庭じゃなくって、道なんですの？」

「こんな山奥には、庭も道も区別がないんでしょうよ。ほら、そこから、谷へ降りる道があるでしょう。あの降りたところに澱みがあって、このへんで屈指の釣場なんだそうですよ。ごらんなさい。私もちゃんと釣竿を買ったんですよ。仕事のあいまに時々窓から降りて、あそこで釣をするのですよ」

「釣れましたの？」

「まだ一匹も釣れません。時間が悪いからですよ。それに、釣道具も、この宿で売ってる最下級の安物だから、アユだのヤマベだのイワナをつるには無理ですよ」

「釣れたら、見せてちょうだいね。じゃア、さよなら」

と、あやかさんは帰って行った。

やっぱり、どうも、あやかさんみたいな珍客がきたり、その珍客が引きあげて行ったりすると、落着かないもので、私は仕事ができなくて、ちょッと釣糸をたれてみたりしたが、だめだ。昼食をたべて、ヒルネして、それから少しだけ仕事をして戻ってきた。

八時ごろから八時半ごろにかけて、四、五人の人々が戻ってきた。これは乗合自動車の時間のせいで、N町からのもの、N町行きのもの、いずれも最終が七時前後に到着するが、田舎の乗合は一向に時間が一定せず、三十分ぐらいのヒラキはいつも見ておく必要があるのである。

近頃はめっきり人々の外出が多くなったので、夕食の途中に戻ってくる人が多い。この村へつくのが七時前後だが、N町発は五時なのだから、町へでると、大概五時の終発のゴヤッカイということになる。七時前後に村に着いて、男の足で急いでも、歌川家まで一時間ほどかかるのである。

この日のN町からの終発で帰ってきたのは、木ベエ、京子、木曽乃さんの三人であったが、一馬と丹後がF町からの終発で戻ってきた。F町というのは、つまりバスはN町とF町の間を往復しており、このN村はそのちょうどマン中へんに当っていた。どっちの方へも、バスで二時間足らず、かかるのである。

　F町発の終発はおくれて、一馬と丹後は八時半ごろ家へ戻ってきたが、宇津木秋子女史の姿が見えない。

「君たちのバスに秋子さんは乗っていなかったかね」

と私が一馬にきくと、乗っていなかったという。N町発の終発にも乗っていなかったそうだ。

「N町からの終発には海老塚さんが乗ってらしたわ。今日は日曜で休診なんですわね。町で諸井さんもお見かけしたけど、終発には、御一緒でなかったのよ」と、京子が私に言った。

「丹後は碁会へ行かずに、F町まで、のしたのかい」と私がきくと、

「ああ、君たちのおかげで、鉱泉宿へも行くわけに行かなくなったからさ」

　胡蝶さんが不審顔で、

「宇津木さん、どうなさったのでしょう。私たち、今日は、この村の青年会と処女会の方々に、講演と実演の会で、午前中は人見が講演して、午後は私がメーキアップやら、実演してきたのですけど、私どもが朝九時ごろここを出るころは、宇津木さんはお部屋でお仕事していらしたわ。疲れて、おヒルネでも、してらっしゃるのかしら。私、見てきますわ」

と、胡蝶さんは出て行ったが、部屋には書きかけの原稿があるばかり、姿は見えないということであった。

食事を終ったころ、カングリ警部がぶらりとやってきたから、

「警部さん、又、事件かも知れませんよ」と、神山東洋が云った。

「なんですか。脅かしちゃ、いけませんよ。あなた方も疑心暗鬼という奴ですな」

「宇津木秋子さんの姿が見えないのですがね。大人の迷い子は、よその土地じゃ笑い話だけど、ここのウチじゃァ、穏かならぬ例ですからな」

「なるほど。いつから、お見えにならないのですか」

「朝の九時ごろ、自分の部屋で仕事中の秋子さんを胡蝶さんが見たというのが、唯一の消息なんですよ。私と土居画伯と巨勢はもっぱら撞球の熱戦中でして、他の方々は、一馬さん、丹後さんはF町へ、三宅さん、京子さん、木曽乃はN町へ、矢代さんは？」

「私はあやかさんと鉱泉宿へ。九時ごろ出かけましたよ」

「結局みんな出払ってるんですな。私たち撞球組は有って無きが如きものですからな。いったいいつごろ、どこへ、おでかけかな」

そのとき、ツボ平のオカミサンが、

「私は九時半か十時ころ、宇津木さまがおでかけのところをお見かけ致しましたよ」

「どこで」

「この広間でございます。ああ、そうそう、ちょッと、調理場でお水をおのみになりましてね、おでかけですか、とお訊きしますと、ええ、ちょッと、散歩よ、と仰言いました。そして、お草履のまま、食堂の方から外へ出て行かれましたようです」

「そして、昼食の時は？」

「そういえば、御昼食の時も、お見かけ致しません。お食事の用意は致してあるのですから、お帰りになれば、おなかがへったわ、何か食べさして、と言ってらっしゃる筈なのでございます」

宇津木さんはその翌日、三輪山の奥の滝壺で溺屍体となって、発見された。

附記　事件も終幕に近づいてきました。次回をもって、打切り、愈々、皆さんの御手並拝見ということになります。

前々回の附記で約束の通り、巨勢博士は「不連続殺人事件」の性格について、所見の一端をもらしてくれました。まことにもって、親切千万、至れり尽せりの話と云わなければなりません。

アタピン女史や九州の四丁鼻先生など、犯人は何人もいて、みんな動機が違うんだなどと、まことにどうも何人寄っても猿智慧で、私の方から、ここまで親切に至れりつくしてやらないと、どうしても、見込みがないらしい。どうせ恥をかくにしても、できるだけ小さい恥ですむように、探偵小説を作るとなると、菩提心が必要である、ということなどを、私はこの年まで気がつきませんでした。

まったく、大の大人に恥をかかせることは悪徳ですから、なるべく皆さんの被害を軽くするように専ら至れり尽している次第です。

ちかごろは小生の身辺の人物を買収にかかるテアイが現れて、うるさいのに、困っております。賞金を山分けにしようと持ちかけたり、答案を合作しようや、ちょッとスパイやってくれ、などと、道義タイハイ、スポーツマンシップを失っております。

日本小説の編輯員は私の身辺の一人物に、オイ君、犯人をきいてこい、ソッとノートを調べてくるんだよ、賞金を半分やらア。オレは靴を買えばいいんだからな。

ちゃんともう目的まできめて買収にかかるなどとは悲しい。かくても尚、心を鬼にしなければならぬ小生も悲しいけれども、つらつら思うに、これだけ懇切テイネイに分るようにしてあるものを、分らないとは、よくよく因果なタチであり、先ず、同情の余地なしと申さなければならないのでしょう。

坂口安吾

十九　アリバイくらべ

三輪神社の前を流れる渓流がある。三輪池も水カサが増すと流れこむようになっているが、本来は水源が違って、奥手の山々の泉をあつめているもの、平時も水量が豊富で、それがちょうど三輪神社から曲りこんだ谷底で滝壺となり、百坪ぐらいの深いトロをなしている。四方はきりたつ岩で、水面は陽の光のそそぐことが珍らしいほど深く落ちこみ、碧の色をたたえている。ヒッソリ澱んでいるようだが、実はいくつもの渦があって、ここでは水泳も釣もできないのである。

和服姿の宇津木さんはこの水面に浮かび、ユラリ、ユラリと渦の中で廻っていた。

崖の上から突き落されたものらしいが、さりとて自殺でないという証拠があるわけでもない。平地はヒデリつづきでも、山中の朝夕にはよく雨が降り、八月三日の夕方も、四日の未明も相当量の降雨をみたから、足跡なども消されて、崖の上には格闘の跡など認めるよしもなかった。

宇津木さんの屍体は翌四日の早朝発見され、警察医が出張して例の草林寺で解剖が終ったのは夕方、胃の消化状況から、だいたい食後三時間か三時間半ぐらいに殺されたものだろうということであった。

近ごろの食堂は、外出の連中が多くなって、時間も人数も極めて不規則になっている。一番バスにのるには男の足でも七時半には歌川家を出発しなければならないというようなわけで、食事はテンデンバラバラだ。

けれども、昨三日、秋子さんの朝食は私や京子も神山夫妻も胡蝶さんも一緒で、だいたい七時半前後という一同の記憶であるが、さすがの神山もこの日は自慢の時計を睨み忘れて、正確なところが分らない。大体の兇行は十時半から十一時という見当であった。

四日の夕食後、カングリ警部は我々、それに海老塚医師、諸井看護婦、下枝さんらを広間にあつめて、

「まったく私も自殺したくなりますよ。毎々皆さんの御迷惑、お察し致しますが、又、ひとつ、我慢して、つきあっていただかなければなりません。宇津木さんの場合は自殺か他殺か、明白な証拠はありませんが、とりあえず、他殺と見る方が、自然だろうと思います。概して自殺者は、自然のままに飛びこむよりも何らか人為を施すもので、たとえば履物をぬぐとか、持物を地上に置くとか、時には裾の乱れをふせぐために両足を着衣の上から縛るとか、しかし、これも、むろん絶対のものではありませんから、宇津木さんが何一つ人為をのこさずハンドバッグをかかえ履物のまま飛びこんでいても、だから他殺だと断定するわけにも行きません。ただ、今までの解決不明の数々の事件の後の出来事としまして、我々はこれをも一つの殺人と解して捜査に当ることが当然だろうと考えるだけの次第で

す」

カングリ警部は先ずこう挨拶をのべた。彼は益々インギンであった。「さて、又、いつもの口上で恐縮ですが、捜査の順序と致しまして、一応みなさんの昨日のアリバイを承らせていただく必要がありますので、毎々の御愛顧に甘えすぎて恐縮ですが、今回もよろしくゴヒイキに願います」

と、八百屋みたいにクダケテ出るところ、却々もって我々をあしらうコツを心得たものである。

「先ず順序と致しまして、三宅さんにお訊ね致しますが、昨日はズッとN町へ行っておられたそうですね」

木ベエはうなずいて、

「僕はその前の日にツボ平のオカミさんにたのんで、朝食を早目にしてもらい、七時半前に出発しました。一番バスででかけて、終発で帰ってきたのです」

「その日、奥さんに何か変った様子をお気づきになりませんでしたか」

「僕から見れば、あの女は、しょっちゅう変った様子ですよ。当家へきても部屋は別居しておりますし、つまり、事実上、我々は別離状態にあるわけです。あいつが僕を黙殺して、平然と王仁とあの状態であったことは皆さん御存じの通りですし、だいたい、あの女は、男の肉体なしに三日と生きていられない奴でしたから、あとは皆さんの御想像にまかせますよ。僕とても想像以外に事実を確認しているわけではありませんが、僕と事実上夫婦でないということは、つまり、あの女がほかの男と情交がある明白な証拠みたいなものなんですね」

「すると日常も奥さんと御交際がなかったのですか」

「それはもう、全然、他人よりも疎遠ですよ。つまり交戦状態ですから、他人じゃなしに、敵ですな」

「なるほど。いや、不穏なる国際関係という奴は、身にしみて忘れがたいところです。それで、失礼ですが、和平の意志は御二方になかったのですか」

「ありませんでした。国際関係と違って、これは宿命的なものですよ。国家は永遠かも知れませんが、人間は五十年の命ですから、イヤな奴と和平の必要はないですよ。要するに我々は、すでに離婚しているようなものでした」

「それにしちゃア、君のミレンは女々しかったじゃないか」

　と、ピカ一が遠慮なく口を入れた。

「ミレンという奴は女々しいところに本領があるのかも知れないが、尊公のミレンは、もう一つおまけがついて、ウヌボレ屋の威張り屋さん、女房を女中か品物みたいに考えるバカ殿様の一人なんだな。かりそめにも女流作家が、ムホンを起すのは無理がないさ。ヤキモチヤキもいいけれど、女房を君、人前で、三日男の肉体がなきゃア、とは、また、うす汚い根性じゃないか。宇津木さんよりも、お前さんの根性が見下げ果てた、さもしさ、あさましさなんだ」

木ベエは蒼ざめて目を怒らせたが、反撃の言葉に窮した様子であった。カングリ警部が要領よく、とりなして、

「すると三宅さんは、その日、奥さんがどんな予定をたてていらしたか、そんなことも御存知ないのですね」

「全然知るところがありません」

「三宅さんはN町にお友達でもおありなのですか」

「いいえ、ただ退屈に倦《う》んだから、当もなく出掛けただけで、本屋をひやかすとか、そうそう、買物といえば、雑誌を買ってきましたが、そんなところで僕の顔でも覚えていてくれなければ、全然アリバイはありませんね」

「それにしては、一番バスとは早々の御出発ではありませんか。御当家の皆さん、N町行きは一番バスというような習慣でもあるわけですか」

答える者がないので、木曽乃夫人が、

「昨日は私もN町へ参りましたが、二番で参りました。私ども、女は、支度や何か、それに歩く足も殿方にくらべて遅うございますから、概して二番で参るようでございます。昨日は京子様と御一緒に参りまして、停留場で看護婦の諸井さんとも御一緒になりました。

私どもはＮ町の大正通りで降りて、京子様に別れ、私は買物を致したりして、又、偶然終発で、京子様と御一緒になりましたのです」

「矢代夫人も御買物ですか」

「いいえ、私、お友達をお訪ねしましたのです。二、三年前、この土地に住んでおりましたから、そのころのお友達で、本間という呉服屋の奥様。私昨日はズッとそこにおりました」

　カングリ警部は頷いて、次に、諸井看護婦に、

「私はどうも、あなたに物をお訊きするのが苦手だなア。まさか、あなたは、患者たちにも、警官なみに突き放して答えるわけではないでしょうな。あなたは、どちらへ、おでかけでしたか」

「昨日は日曜の休診日で、薬を仕入れに参りました」

「それだけの御用件で終発まではかからないと思いますが、できるだけ、こまかく教えていただきたいものです」

「あとは、ブラブラしていました。こんな山奥から町へでれば、誰しもブラブラ致します」

「いや、ごもっとも。あなたの仰言ることは、いつも、ごもっともで、恐縮です」

　カングリ警部は如才なく応酬しながら、各人のＮ町のアリバイについて、こまかく一々

訊ねかけたが、結局、ハッキリしているのは京子だけ、木曽乃さんは色々の買物をしたり、ひやかしたりしたが、顔見知りがいるわけでもないので、先方が覚えていてくれなければ、どうにもならない。

諸井看護婦は二番でたって十二時三十分にN町につき、バスの終点の前にある薬屋で薬を仕入れて、二時三十分発のバスで帰ってきたというが、バスがつくと先ず薬屋へ註文書をとどけておいて、町をぶらつき、二時半の発車前に戻ってきて、出来ている薬の包みを受けとってバスにのって帰ってきた。その中間の二時間は、ただ町をぶらついていたというだけで、アリバイはなかった。

最もひどいのは木ベエだ。始発でたつとN町へつくのが十時三十分。それから終発の五時までただブラブラしていたというだけであるから、

「然し、三宅さん、六時間半ですよ。どこか一ヶ所ぐらい、あなたの顔を先方が見覚えているというような交渉ぐらい有りそうなものじゃありませんか」

「それは常識論ですよ。人間には色々の性癖があるものですから、型通りに行くものじゃアありません。知らない土地というものは、ただ同じような道と家と森と寺の記憶があるばかり、それがどの方角か、どの道の次にどの道があるか、全然意識はバラバラで統一された全景がないものです。僕はそのバラバラの諸方の位置に、散歩をたのしんでいただけで、その間、人間と交渉がなかったとしても、仕方がない。僕はアリバイを意識して生活

しているわけじゃアないから。尤も、こんな事件が起っていることを知っていりゃ、ちゃんとアリバイをつくっておいたでしょうがね」

　カングリ警部はうなずいて、

「ところで、三宅さん、一番バスに、どなたか御存知の方が乗合わしていましたか」

「いいえ、僕はこの村に顔見知りもありませんから、それに僕は、人の顔など見ないタチだから、気がつきませんよ」

「海老塚さんは御一緒ではなかったのですか」

「一緒ではありません」

　と木ベエが答えた。

「すると、二番バスには矢代夫人、神山夫人、諸井さん。海老塚さんは？」

　海老塚は、何をツマラヌことを、という顔付で、それでも返事だけはした。

「僕は三番です」

「三番は何時ですか」

　海老塚が答えないので、警部はバスの発車時刻表をとりだした。時刻表は次のようなものであった。

Ｆ町発	→Ｎ村着	→Ｎ町着
7.00	8.40	10.30
9.00	10.40	12.30
11.00	12.40	2.30
1.30	3.10	5.00
5.00	6.40	8.30

Ｎ町発	→Ｎ村着	→Ｆ町着
7.30	9.20	11.00
9.00	10.50	12.30
10.30	12.20	2.00
2.30	4.20	6.00
5.00	6.20	8.30

「海老塚さんは、十二時四十分発、午後二時三十分Ｎ町着、なるほど」

カングリ警部は心得たもの、ヒネクレ医者との問答を省略して、今度は一馬に、

「歌川さんはＦ町へ行かれたのでしたね」

「そうです。Ｆ町から又一里ほど山奥の親戚へ行ったのです。始発で出発して終発で帰りましたが、歩行の時間がありますから、午後零時半ごろ親戚へついて、三時すぎにはそこを出発しました」

「なるほど。すると方向は逆ですが、どちらも始発ですから、村の停留場まで三宅さんと御一緒ではなかったのですか」

「F町行の始発は三十分ほどおそいから、一緒ではありません。それに、私たちは、F町へ行くときは、N村へでずに、T部落の停留場へでるのです。距離は殆ど同じことで、この家から、だいたい僕の並足で、どちらも、一時間十五分ぐらい、ただし下りの場合ですね」

「T部落と申しますと、どちらの方へでるのですか」

「つまり、ブナの森を通り、鉱泉宿を通りこして九十九折《つづらおれ》を降りて行くとT部落の停留場へでるのですよ。ここから鉱泉宿まで、半里余り、鉱泉宿からT部落までは、一里まではありませんが、合計して一里半ちかくはあるでしょう」

「ハハア。そんなコースもありましたか」

カングリ警部は珍らしそうな顔。こんどは丹後に向って、

「丹後さんは局長の碁会に出席される筈のところが足が反対側へ歩きだしたということですが、実は私もヨミスギと二人、局長の碁会にでておりまして、御手合せをたのしみにしていたのですよ。要するに丹後さんも、自然に足がF町をむいて、やむなくブラブラという口でしょうが、何時のバスに乗られましたか」

丹後はそんなことは問題にあらずというように、タバコを一本ぬいて、あたりを見廻す。警部がそれと察してライターをつける。ヤ、ありがとう、ペコンと丹後は頭を下げて、

「九時ごろ、矢代寸兵氏とあやか夫人とブナの森で別れて、それから山径をグルグル行き

当りばったり歩いているうちに、バスの通る道へでましたね。折からバスが来かかったから、手をあげて、とめて、のりこんだ。どれ、時刻表をみせてごらんなさい。なるほど、すると、十時五十分N村発F町行というのがそれでしょう。F町へついてあてズッポウに歩いていたら、ヤナがあって、鮎を食わせるところが見つかったから、鮎を食って、ヒルネをして、帰ってきましたよ」

「相分りました。その方が碁会よりも保健的で、結構ですよ。それで、奥様は、鉱泉宿にズッとおられたのですか」

「いいえ、四、五十分遊んで、すぐ戻ってきましたの。三十分ちかく、湯ブネにつかって遊んでました。燃料節約で、とてもぬるい湯ですもの。けれども私がぬるま湯がすきですから、たのしかったのですわ」

「あそこの泉質は何ですか」

「存じませんけど、白く濁っているのです」

　私も毎日はいっているが、実は何泉だか、知らないのである。傷にきくという話であるが、別に病人が湯治にきているのも見かけたことがない。かすかに特異の臭気はあるが、それも、強烈なものではない。然し、あの鉱泉の近辺だけは、この辺の名物の蚊がいないので、それだけ何かがあるのだろう。

　カングリ警部は最後に私に向って昨日の動静をたずねたが、私はあやかさんと九時ごろ家をでて、九時半ごろ鉱泉宿へつき、仕事ができなかったので、ちょっと釣糸をたれてみたり、鉱泉につかってヒルネをしたり、それからいくらか雑文をかいて夕方戻ってきたことは、すでに述べた通りである。

然し、もとより、私のハナレへは宿の者もめったに来ることがないから、私が釣のふりをして、三輪山へ行き、秋子女史を殺してくるという芸当が不可能なわけではない。カングリ警部もぬからず、そのへんはとっくに思いめぐらしている筈で、彼が特別、バスの時刻表を睨めまわしてチクチクとついているのは、たとえば木べエの場合などは、実際に始発のバスで行ったかどうかも明かではなく、始発で行ったとしても、引返して、秋子さんを殺しておいて町へ戻り、五時のバスで帰ってくるということも考えられるからであろう。

完全に容疑者のうちから除外できるのは、胡蝶さんと人見小六、これは十時から三時まで青年会と処女会の連中に、講演と実習をやっており、又、神山とピカ一は巨勢博士と共に賭けの玉ツキにかかりきっていた。

「ところで、海老塚さん」

カングリ警部は改まって海老塚を見つめた。

「あなたは十二時四十分のバスでN町へ行かれた。九時から十二時四十分までの行動について、説明していただきたいのです」

海老塚は例の如く、ギラリと目を光らせて、答えなかった。

「よろしい。海老塚さん。私も今日までは、あなたの人権を尊重して、ずいぶん忍んできました。よろしいですか、海老塚さん。私が忍んだという意味は、私はあなたの人権を尊重した、それに対するあなたの返礼は、我々への侮蔑であったという意味です。今日は、もう、忍びません。あなたが説明して下さらなければ、私の方から申上げますが、よろしいですか」

海老塚は忿怒と反抗に燃え狂う目をクルリと一廻転して、あらわに軽蔑を示して、ソッポをむいた。

カングリ警部も堪忍ブクロの緒が切れた様子であった。

「では、私から、代って、あなたの行動を説明しましょう。あなたは昨日、九時四十分、乃至、五十分ごろ、歌川家の裏門をくぐりました。そのとき、散歩にでかける宇津木さんにバッタリ会った筈ですね。あなたは歌川家の台所へまわって、女中の八重に、諸井看護婦をよんでこいと命じた。ところが諸井さんは先刻の話の通り、二番バスで町へ出かけております。それをきくと、あなたの顔色が変った。急にあなたは心を変えたらしく、じゃア、釣殿にいるから、下枝さんをちょっとよこしてくれと云って釣殿へ行きました」

海老塚は蒼ざめてブルブルふるえて、

「無礼者！　嘘だ！」

と叫んだが、カングリ警部はビクともせず、突き刺すように海老塚を見すくめて、身じろぎもしない。かねて命を受けていたのか、八丁鼻とヨミスギは海老塚の左右に寄り添うように立っていた。

「八重から伝言をうけた下枝さんは、何事だろうかと、さっそく釣殿へ行きました。すると、あなたは、もう聴診器をぶらさげて待っていて、お前はたしかに胸の病いの様子がある。今日は健康診断をしてあげよう、と下枝さんの手をとりました。下枝さんは、あなたの様子がただ事ではないのに恐怖を感じて、いえ、病気ではございません、それに今は、ほかに用がございますから、と答えると、急に飛びかかって押えつけて、コラ、言われた通りにしろ、さもないと、抑えつけても、ハダカにしてしまうぞ、と、やにわに接吻しようとしました」

「デタラメ言うな！　無礼者！」

まるで躍りかかるように殺気立って叫んだが、二人の刑事が左右からその腕をかかえた。

カングリ警部はますます冷然と海老塚を見すくめて、

「下枝さんは、驚いて抵抗しました。逃れようとしました。あなたは振り放されては、飛びかかり、振りはなされては、飛びかかり、とうとう抑えつけたとき、下枝さんが悲鳴を絶叫しました。幸いに、このとき池を散歩にきたお由良婆さまが悲鳴をききつけて、釣殿をのぞきにきました。かくして、あなたの計画は破れ、下枝さんは虎口を脱することができました。いかがですか。この席には下枝さんもおりますが、それで足りなければ、お由良婆さまに来ていただきますか。あなたは、それから、狂気のように、苛々と、歌川家をとびだしましたが、その時が、十時か十時十分ごろだということです。さて、海老塚さん、それから、あなたがバスに乗るまで、この十二時四十分のバスは二十分おくれて午後一時ごろN村へつきましたが、その一時まで、どこで、何をしていましたか」

海老塚はランランたる眼光でカングリ警部を睨んでいたが、

「バカヤロー。キチガイ！」

やにわに両腕をふって、とびあがって絶叫すると、ふりむいて、部屋を出て行った。刑事が追って行こうとすると、カングリ警部は手で制した。

すると、海老塚は、廊下のところで振りむいて、

「キサマらは天罰によって皆殺しにあうぞ。キチガイ共め！　大馬鹿ヤローめ！」

ゴリラのように手をふって、ふりむいて、去った。

「なぜ、逮捕なさらぬのですか」

と、神山がきいた。

「なぜですか」

カングリ警部は平然と答えた。

「何の証拠もありませんよ」

二十　第一級の容疑者

警部の取調べが終って、部屋へ戻ったと思うと、一馬とあやかさんが青くなってやってきた。部屋へ戻ったら、鍵をかけて出た室内に、机の上に一枚の紙片がおかれていたというのである。

それは今までの例と同じく歌川家の用箋を用いたものに、ペンで、

八月九日、宿命の日

と書かれている。

その日の夕方は秋子さんの屍体を火葬場に送るためにゴタついており、我々全員、草林寺へでむいて、解剖室から元の本堂へ半分化けそこねているような乱雑なところで、お経をうけたまわり、車につんだ秋子さんを見送って、戻ってきて、やがて食事となった。一馬とあやかさんは何かにつけて多忙であり、そのときは自室に戻る余裕がなくて、食卓につき、カングリ警部の取調べを受けてようやく自室へ引きあげてきたのであった。

一馬夫妻と私は巨勢博士の部屋をたたいた。

博士はトランクをひっかき廻している最中であったが、我々の話をきいても、一向に驚きもせず、

「ハア、そうですか」

益々多忙にトランクをひっかき廻している。そして彼が何物か見つけだして、ようやくホッとしたのを見ると、何のことはない、ただ一足の靴下にすぎないのである。

「何だい、その靴下は？　何かの証拠物件かい」

とイヤ味を云ってやると、エヘヘと笑って、

「いえ、あした、旅行しますもんで。ついでに、東京へでて、あの子を訪ねるコンタンなもんで、あの子はキレイ好きですから、靴下だけは何です、僕はいつも彼女の命令によって心掛けているんでさア」

と、嬉しそうである。

「敗北遁走《とんそう》というわけかい」

「いいえ、勝利にいたる道でさア」

と、一つ息ごんでみせて、

「どうも、面目ありません。タマツキの賭なんかに夢中になっちゃって、まったく、失敗しましたよ。しかし、なんです。犯人は逃しゃしません。何ですって？　ああ、八月九日、宿命の日か。八月九日までには帰ってきますが、歌川先生御夫妻は呉々も御注意下さい。部屋の鍵は紐でグルグル巻きに結びつけるのも結構です。食べ物にも御注意下さい。それから、昼も、一人歩きはつつしんで、なるべく数人かたまって暮らして下さることでさア。

要心第一。人を見たら、人殺しと思うことですな」

巨勢博士は今度は新しいネクタイをとりだして、思わずニコニコしている。

「なんのために、旅行にでるのさ」

私が、こうきくと、

「物的証拠を探しに、です」

「証拠は、ここには、ないのかね」

「ハア、ありません。ただ、犯人は時間と空間の関係に、ぬきさしならぬ姿を現しているのですがね。それから、心理に於いて。然し、物的証拠がないのですよ。そいつを探しに、でかけるわけでさア」

「じゃア、君は、犯人を知っているのか」

「ハア、それはもう、どうしても、その御仁でなければならないという、こいつはハッキリしたもんでさア。けれども、なにしろ、時間と空間の算式なもんで、こいつは法廷へもちだす証拠にはなりかねますんで、然し、なんでさア、いよいよ証拠がなきゃ、時間と空間の算式だけで、法廷へもちだしまさア。ヤケでさアね。散々なめられちゃって、まったく、くさったな」

と、頭をかかえた。

「どこへ行くのだい」

「方々ですよ。天下隈なく、どこまでだって、こうなりゃ、意地とヤケクソで、水の中でも、くぐりまさア」

と、てれたように、ニヤニヤした。

翌朝の食卓は、秋子さんの遺骨を迎えることもあるので、みんなそろって、食卓についた。みんなそろってと云ったところで、この食卓の顔ぶれからは、王仁、珠緒さん、千草さん、内海、秋子さんが殺され、海老塚が遠ざかり、残っているのは十二名、巨勢博士が旅行にでると、十一名になる。

神山東洋が巨勢博士に、

「巨勢さん。物的証拠をさがしに旅にでかけるそうですが、いかがですか、推理の一端についてもらしていただけないものですか。私はこの事件のヤマは七月二十六日事件、加代子さん殺しの場合にあると思うんだが、あれがもし、土居画伯をねらったものなら殺人鬼の仕業だが、加代子さん殺しが狙いとすると、犯行の動機は極めて単純明快になるんじゃないかな」

巨勢博士はニヤニヤ返事をしない。

ピカ一が口をだして、

「へえ、オレをねらえば殺人鬼か。それは又、とんだデク人形に見立てられて、恐縮だな。加代子さん殺しが目的なら、単純明快か。犯人は誰だい？　え、わが悪徳弁護士先生！」

「そいつは分りませんよ。動機は単純明快と申したのです」

「じゃア、宇津木女史や王仁や内海は、どうなるんだい」

　と、丹後が冷笑するように言う。

「まア、それは別と致しまして」

　と、神山弁護士、話をさばくに巧みであるが、文士が相手じゃ、うるさいもので、

「何が別なの？」

　と、丹後がきく。神山はちッとも騒がず、

「まア、そのサバキは最後に探偵におまかせと致しましょう。この七人の殺人事件のうち、大別して二つに区分することができますな。第一が、我々のうち、誰でも犯人でありうるもの、これは、王仁殺し、珠緒殺し、多門殺しの三件で、多門先生の毒殺も砂糖壺にモルヒネを入れるというのは、誰にもできた筈ですよ。第二が、特定の人しか出来ない場合、これは千草殺し、内海殺し、加代子殺し、宇津木殺しの四件で、ある人々は完全に犯人であり得ない。この完全に犯人で有り得ないという人物を、一人ずつ、取りすててみたら、いかがでしょう。そして、どうしても容疑者を免れ得ないという人物に不服があったら、釈明をきいて、我々全員を陪審員に、ひとつ判定を下そうじゃありませんか」

　誰も返事をしなかったが、神山東洋は平気なもので、

「先ず千草殺しの場合ですな。火葬場からの戻り道、単独で戻った人は、みんなケンギを

まぬがれない。二、三人連れだって帰ったうちでも、一馬さんは、いったん戻って、草林寺へ行って三十分間、このアリバイがないから、これもケンギをまぬがれない。結局怪しくないのは巨勢さんと人見さんが組みで帰り、私と坊さんと一馬さんが組みで帰って、このうち、巨勢、人見、坊さんと私だけがケンギの外にあるわけですな。第一着の土居画伯、第二着の内海さん、一馬さん、三宅さん、丹後さん、矢代さん、以上五人の方にはアリバイがない」

誰も口を入れる者がないから、神山夫人木曽乃さんが口をはさんで、

「でも、第一着の土居さん、第二着の内海さんは、別にアリバイの必要もないでしょうよ。あたりまえに歩いたお時間でしょう」

神山は我が意を得たりとうなずいて、

「それもある。内海さんは千草さんとアイビキに三輪神社へでかけたが、千草さんが見えないので戻ってきた。然し、このとき、千草さんを殺して来たかも知れないですよ。いったい、千草さんが、顔にスッポリとフロシキを目隠しにかぶって、フロシキごとしめ殺されていたというのが、普通じゃないようですな。つまり、非常に親しい同志だから、目隠しなどのふざけた遊びが許せたわけで、その虚をついて、しめ殺した、そう想像ができるでしょう。すると、内海さんなんかも、容疑者から、まぬかれがたいようですな。その間に土居画伯は内海さんの先を越して戻られたから、まア、土居画伯に限って、ケンギの外

におくべきかも知れませんな。私は然し土居画伯も単独だから、単独は、ともかく、ケンギの一つですよ。なぜなら、私はこの村の地理にくわしいから心得ていますが、火葬場から峠へ上るでしょう。あそこから、二、三町くると、ちょッと人目につきませんが、谷をわたって三輪神社へでる間道があるのですよ。道というよりも、まれにキコリが歩くような、そこの草だけが踏まれて生え方が少し低いという程度のものですがね。ともかく、この間道を三輪山へでると、三輪山を一廻りして歌川家の裏門まで戻ってきても、あたりまえの道を歌川家まで歩いたのと、十分か十五分の相違しかないのです。こういうヌケ道があるから、単独の人は、みんなケンギをまぬがれないのです。ただ土居画伯の場合は内海さんよりも先に帰っているから、これはまア、ケンギの外におくべきでしょう。そのほかの方はいけない。ヌケ道を一ッ走り、みんな、やれますよ。然し、ですな、ここに、もう一つ、問題がある」

　神山は人をくった顔付であった。

「私は元来この場所におられぬ方々については言をさけたい主義ですが、問題が問題ですから、仕方がありません。いったい、千草さんが六時ごろアイビキにでたという、これは諸井看護婦の証言ですよ。ところが、そのほかの人々は六時出発の千草さんを見た人はない。要するに千草さんが何時ごろまで家にいたか、五時ごろまでは見た人がいますけれども、そのあとの一時間は明白ではない。諸井看護婦は六時から八時まではアリバイがあるのですが、実は六時以前に、すでに千草さんが殺されていたとしたら」

それまで、一向にとりあわぬ顔付の一同も、にわかに緊張を隠すことができなくなってしまった。神山東洋は、そんな気配は、気にかけていないように、とりすまして、

「ともかく、田舎のアンチャン、カアチャンの犯罪でも、伏線、偽証、却々額面通りに受けとれないもので、必死の知能、驚くべきものがあるものですよ」

彼は興をそそっておいて、すぐ、話題をうつした。

「さて、次に、内海殺しの場合ですが、このときは、二階の廊下を見晴らす位置に土居画伯が目玉をむいてガンバリ通していらした。だから、二階に犯人がいない筈だというのが通説です。然し、土居画伯が酔っていた、ということは、やっぱり考慮しなければならない。土居画伯が鎮座まします位置に近い人々、一馬さん、巨勢さんなどは、ちょッと顔をだしても怒鳴りつけられたかも知れませんが、もう丹後さんあたりからは、相当はなれているのだから、ふらりと便所へ行っても、土居さんもインネンをつけなかったと思いますがね。便所は土居画伯の鎮座の位置の反対側のことですからな」

彼は面白そうにジロジロと人々を見まわした。

「丹後さんと向いあって人見さん御夫婦。丹後さんの隣は私。その次が三宅さんと宇津木さん、その向いが一つ空室をおいて矢代さん。ところで、ですな。二階の便所は、便所へ行くと見せかけて、階段を下りることができるように出来ていますよ。こいつを見分ける

ことは、酔っ払っていなくったって、土居画伯の鎮座の位置からは不可能なんですな」

一座は又、ちょッと、色めいた。これは然し、話術にすぎない。決して、実際の真理を洞破しているという性質からきているものではないのだから、私も癪にさわって、

「君の言うようじゃ、まるで私なんか、いつでも階下へ降りて内海を殺せると云ってるようじゃないか。然し、そんなことよりも、問題は、私が便所へ行ったか、それをピカ一が見たか、ということじゃないか」

「まア、まア、矢代さん。これは単なる可能性を論じているにすぎないですよ。あいにく、土居画伯は酔っ払って、当時の記憶はハッキリ致しておらぬ始末で、そこにつけこんで、私は目下、単なる可能性の限界を申上げているのです」

「だからさ。ピカ一の酔っ払っていることをとりあげる以上、丹後の部屋から遠方だけを問題にするのは当らないさ。一馬も、巨勢博士も、便所へ行くことができた筈だ。外へでられなかったのは、あやかさん一人だけじゃないか」

「まったくです。これは私の推理のあやまりでしたな。なるほど、丹後さんを限界においたのは、おかしいですな。一馬さんも、巨勢さんも、便所へ行けない筈はなかった。然しですな。あの晩の状況より推察しまして、一馬さん、巨勢さんなど、近い位置から扉をあけると、土居画伯は噛みつくように怒鳴りつけるにきまってますよ。するとですな、土居画伯は酔っ払って翌日の記憶にないかも知れませんが、私たち、室内の者は、土居画伯の

喚き声によって、その状況を知ることができた筈です。然し、廊下の遠い方なら、たぶん、土居画伯は喚かなかったに相違ない」

一座はどうやら、今度は、その真理によって、説得せられたらしい。神山はすぐ、話をかえて、

「さて、次には加代子殺し。これは多門殺しと同時に起った同じ毒殺ではありますが、その性質は違っております。多門殺しの場合は、一時半から三時まで、調理場は無人ですから、我々の誰でも、砂糖壺にモルヒネを入れておくことはできた。尤も、加代子さんが広間に読書しておられた由ですから、加代子さんはその犯人を見たかも知れない。然し、加代子さんには見られても、よかったのですよ。なぜなら、加代子さんも、同時に死んでいる筈なのだから」

神山は加代子殺しをピカ一殺しの間違い説からアッサリ切りはなしているが、ピカ一はもう、うるさいや、と言う顔付で、文句を言う気もない様子であった。

「加代子殺しは問題ですよ。この場合、毒薬は、ある特定の数分間をおいて投入する時間はないのであります。これを投入し得た者は、調理場にいたツボ平夫妻、木曽乃、八重、海老塚、及び、小用に立った、あやか夫人、京子夫人、一馬さん、矢代さん、巨勢さん、三宅さん、それに、私です。そのほか、加代子さんとコーヒー茶碗をとりかえた土居画伯も、最もケンギをまぬがれることができません。むしろ、土居画伯が、超特別に疑られて

然るべき立場にあります」

　ピカ一は勝手にしやがれと言わんばかり、とりあわなかった。

「然し、問題は、このカケているコーヒー茶碗ということでして、常にそれを取り扱っているツボ平夫妻、八重、木曽乃はそれを見分けることができても、他の我々は、土居画伯の茶碗はカケているとは知っていても、どのようにカケているかは知らないのですよ。更に、又、それ以上の大問題は、歌川家のコーヒー茶碗は土居スサノオノミコトによって破壊され、若しも新たに客人がふえた場合は、土居画伯同様、カケたコーヒー茶碗を割り当てられる運命にある。このことを犯人が知っていなければ、この犯行はなりたたないということですな。私は犯人は元々加代子殺しの狙いで、土居画伯暗殺失敗説はとるに足らずと見るものですが、さて、加代子殺しが狙いとすれば、ケンギの第一はコーヒー茶碗をとりかえた土居画伯、これは何といっても、最大のケンギをまぬがれませんよ。次に、もし又、犯人は土居画伯でないとすれば、毒薬は土居画伯のコーヒーにはいっていたことから推して、犯人は、加代子さんのコーヒー茶碗はカケた茶碗であることを知ってはいた。然し、カケた二つの茶碗の正確な見分け方は知らなかった。これが、一つの場合。も一つの場合は、カケ方の少い方の茶碗、つまり土居画伯のコーヒー茶碗は、犯人の予定によれば、当日は加代子さんにくばられる筈になっていた、それを給仕人の八重が、うっかり常々の習慣通り土居画伯にくばってしまった。あるいは又、犯人はかねて加代子さんのコーヒー茶碗がカケたものである筈のことを知ってはいたが、一々コーヒー茶碗をしらべる余裕がなかった、そこでトッサに目についたカケ茶碗に毒薬を投入した、というような火急の場合による手違いも有り得たろうと思われます。以上のべました通り、加代子さんがこの食堂へ現れた場合はカケたコーヒー茶碗を用いるであろうということを知っているには、この家の調理場の事情に精通しなければならない道理で、然し、元来、加代子さんの殺害を企む以上、その犯人は当家に精通したものに限られている筈であります」

私はいささか腹にすえかねて、口をだした。

「神山君の話の様子では、犯人は、歌川家の遺産問題ときまったようじゃないか。王仁や内海や宇津木さんの場合はどうなるのかね。歌川家の遺産問題が犯罪の動機とすれば、ここに十一名出席しているが、犯人たるべき人物は、幾人もおらぬ。殆んど、きまっているようなものではないか」

「それはですな。この幾つかの犯罪が、みんな同一の犯人によるか、別の犯人によって行われているか、これはにわかに断定できないことですよ。同一の犯人かも知れません。別の犯人がいるかも知れません。場合によっては、幾つかの別々の犯人によって、各々バラバラに、事件が構成されているのかも知れません。然し、その問題に就いての考察は後まわしにして、次に、宇津木殺しの場合を見ようじゃありませんか」

神山は犯人を見ぬいているような落ちつき払った口ぶりであった。

「一昨三日は朝食後夕方まで完全なアリバイをもつ人物は、先ず、あいにくですが、タマツキゲームの三人組、土居さん、巨勢さん、私の三人を筆頭にあげなければなりませんな。この三名は、ちょッと便所へ立つのももどかしいほど角突き合せていましたからな、次には、演劇講習会へ御出席の人見さん御夫妻、これもアリバイは完全です。次に、N町へでかけた人物のうち、二番バス、つまり十時四十分N村発に乗った京子さん、諸井看護婦、木曽乃、この三名はその一時間前に当家を出発する必要があり、十時四十分から十二時三十分までは同じバスに乗り合わせていたのですから、これ又、犯行推定時間十時半乃至十一時には完全にアリバイが成り立つわけです。次に一馬さんはF町の親戚へ行っておられて、これも亦、ほぼアリバイに疑いはないようですな。さて、あとに残りました、御五ツ方」

と、神山はちょッとてれくさそうに、ニヤニヤした。

「これは、又、おどろいたね。僕も亦、容疑者のクチかい」

と、丹後弓彦がねむそうな目を案外キリッと神山に向けて、

「僕は君、ブナの森からブラリブラリと、十時五十分のバスにはちゃんと街道へでて、乗りこんでいるぜ」

「けれども、失礼ですが、丹後先生、先生のブラリブラリは、全然御時間の観念がお有りではないようですからな。先生はたしか時計をお持ちでないようですが、拝察するに、こ

こ十年か十五年間、先生は時計を所持なさらずに、生活していらっしゃるんじゃありませんか。先生は十時五十分のおつもりでも、十二時二十分のバスかも知れませんぜ。実は証拠があるんでさア。この村の者で、十二時二十分のバスに先生と乗り合した者がいて、あとは先生の仰言る通り、街道のマンナカに手をふりあげて乗りこんでいらした、それは先生の仰言る通りだと申していますよ。これは、もとより、カングリ警部もちゃんと知ってることなんですよ。あのカングリ先生が我々を取り調べにくる時は、実はもう、我々の答える以上に調べた上で、顔つきなんか、見にくるだけのことなんです。相当の曲者ですよ」

丹後は黙して答えなかった。

「さて宇津木殺しの可能の方は、ただ今の丹後さん、それから、鉱泉組の矢代先生とあやか夫人、この御両名は、例の間道を行って案外の短時間に宇津木さんを殺してくる可能性も、なきにしもあらず、ですな。次に三宅さん。三宅さんが三日の始発に乗ったという確証は目下のところないようです。乗ったにしても、N町から、様子を変えて戻ってきて、兇行を犯して、又、もどる。そして夕方五時に何食わぬ顔、バスに乗って帰ってくる。それも不可能ではないようですな。それから、最後に、海老塚先生、以上のオン五ツ方は、この事件の容疑者をまぬがれることができません」

神山はニヤニヤしながら、フトコロから手帳をだした。

「実は、オセッカイのようですが、私はかねて、ちゃんと控えをとっておきましたから、ただ今申上げた四ツの事件の容疑者を、もう一度、改めて、ならべてみましょう。

千草殺し　土居画伯。内海先生。一馬先生。矢代先生。三宅先生。丹後先生。但し諸井嬢の偽証の場合可能也。

内海殺し　丹後先生。人見御夫妻。神山夫妻。宇津木先生。三宅先生。矢代御夫妻。その他、母屋の住人。

加代子殺し　土居画伯。ツボ平夫妻。神山夫妻。三宅先生。一馬御夫妻。矢代御夫妻。巨勢博士。海老塚先生。

宇津木殺し　丹後先生。あやか夫人。矢代先生。三宅先生。海老塚先生。

以上のようになりますな。通観しまして、全部に通じて可能性をもつ方は、矢代先生。矢代先生の奥様は最後の宇津木殺しにアリバイがあります。次に三宅先生。この御二方だけが、全部に可能。三ツの事件に可能な方は、海老塚先生、丹後先生。さて、皆さん。まことに奇妙な話ですよ。七ツの殺人事件のうち、多門殺し、珠緒殺し、加代子殺し、この三ツは明らかに動機に一貫性があり、他の四ツは各々動機がバラバラであるのに比べて、最も主たる犯行に思われますが、以上四ツの事件の共通の容疑者を調べてみますと、この主たる動機に関係のある人物が容疑者の中に現れてこないのですな」

　この説明は人々に深い印象と、多くの興味を与えたようであった。

「さて、これからが問題ですよ」

と、神山は、悠々、落着きはらって人々を見渡した。

「すると、これはいったい、何事を意味していますか。先ず第一の問題は、この七ツの事件は、動機のバラバラな、したがって、各々犯人を別にする犯罪であるか。同一の犯人による一貫した計画殺人であるか。前者の場合は、先ず、常識上、不可能ですな。テンデンバラバラに殺し合う、そんなことは、先ず、いかに芸術家の異常世界に於きましても、いささか不可能なことですな。それはまったく、文学者は、大概、大犯罪者ですよ。いわゆる探偵小説の流儀によりますと、大探偵は大犯罪者の表と裏だと申しますが、そうじゃないようですな。小説をつくる文学者は、大犯罪者の裏と表ですが、探偵は違いますよ。探偵は、つくる人ではなく、見つける人だからですよ。矢代先生の御説によると、巨勢博士は小説が書けない方だから、大探偵の素質があるのだそうですが、まさしく、それが真理ですよ。そしてですな、それが真理であるということは、逆に、文士の皆様方は、たいがい、大犯罪者の素質をもっておられる、という意味でもあります。ただし、これは、弁護士にも当てはまります。これ又、皆様方には比べようもありませんが、ともかく、これも、人間関係をつくりだす商売ですからな。然し、我々が平凡なのに比べると、先生方は天才的であらせられる。平凡な我々は、犯罪者と同時に探偵的才能もあるわけですが、天才的な先生方は全然探偵の能力なしに、徹底的に、ただもう、大犯罪者の素質だけをお持ちなのですな」

神山は、気の弱そうな笑いと、嘲弄するような笑いと、いつも二つを同時に含めているような笑い顔をする奴であった。

「この七ツの事件を、同一犯人の一貫した計画殺人と見る場合には、しからば、何故、犯人はレンラクのないバラバラ事件を構成したか、ということが問題になりますが、これがつまり、犯人の狙いなんですよ。真の動機をくらますためですよ。この犯行のどの一つかが、あるいは、いくつかが、犯人の真に目的とする犯罪であり、他の犯罪は、その目的をごまかすための細工にすぎない犯罪ですよ。なぜ、そのような細工が必要か。なぜならば、動機が分ると忽ち犯人が分ってしまうからですよ」

と、神山東洋は、巨勢博士と同じことを言いだした。

「動機は何だい？」

と私がきいてやったら、

「さて、その動機の問題ですがね」

と、又、変な含み笑いをした。

「なにぶん天下の大犯罪者が一堂に会しておられるのだから、ヤツガレ如きが動機を云々する手はありませんよ。最も動機の明白なるもの、必ずしも、犯人の真の動機とは限らず、最も利害の大なるものの明白なるもの、必ずしも、犯人の真の目的にあらず、ですかな。巨勢博士、いかがですか」

巨勢博士は答えない。すると丹後が、

「神山君は、四ッの事件の共通の容疑者をあげて、矢代と三宅だけが全部の犯罪に共通しており、最も主要な犯罪と見られる歌川家の財産関係の犯罪の容疑者たるべき人物が、姿を現していないと云ったね。然し、君、共犯者ということがあるよ。単独では共通していなくとも、二人乃至数人で、共通している場合が有りうるじゃないか。だいたい、半月あまりの短時日に七人もの人間がバタバタ殺され、それが警官の警戒厳重のさなかなのだからな。共犯者なしに、出来ることじゃアないね」

「ごもっともです」

と神山はうなずいた。

「然しですな。歌川家の問題として、たとえば一馬さん御夫妻ですな、このお二人が共犯としましても、内海殺しの場合には、御二方とも決定的に不可能だというヌキサシならぬ事実があるのですな。このお二方に、さらにほかの共犯者が、どこやらにおりますか」

すると一馬がいささかフン然たる面持で言った。

「まったく、僕が、第一級の容疑者であることは、認めますよ。事態が、そうなっているのだから、仕方がないね。僕は然し、ケンギだの、容疑者だのと、そんなことは、身に覚えのないことだから、全然気にかけていませんよ。僕が不安、気がかりなのは、八月九日のことですよ。いったい、何者が、何事を企んでいるのですか。八月九日に、僕がこんど殺されたとしたら、その結果は、どういうことになるのですか」

はじめのフン然たる勢いに似もやらず、語りすすむうちに、語気衰え、不安と恐怖のために、自然と顔がゆがんでいる。

巨勢博士が、時計を見て、立ち上った。

「時間がきましたから、僕は失礼します。八月九日までには、必ず帰るつもりですが、皆さん、お大切に。なんしろ、もう、神山さんの大推理にウットリしちゃって、すっかり時間がおくれちゃって」

と、挨拶もそこそこに、慌てふためいて、とびだして行った。

二十一　密会と拷問と拘引

その朝食後、鉱泉宿へでかけてみると、宿の亭主が気味悪そうに、

「又、昨日は大変なことで」

「やア、知っていますか」

「昨日は警察の方が二度もここへ見えられまして」

「やれやれ」

きいてみると、一度はカングリ警部の一行で、あと来た男は六尺ちかい草相撲の横綱みたいな男だというから、これは神山東洋である。彼はハナレの窓から渓流へでて、時計で時間をはかりながら、歩き去ったということであるが、実は、この朝も、巨勢博士が慌てふためいて立ち去ると、彼も亦、追っかけるように出かけて行ったが、これはN町で、木ベエのアリバイを調べに行ったに相違ない。オセッカイな弥次馬である。然し、奴、悪漢だけのことはあって、見る目はさすがに油断のならぬところがある。

事件の性質を知らない亭主は、刑事が調べにきたものだから、私を犯人みたいに気味悪く思っている様子であったが、まったく、こうなると、私自身も、テンカンの発作かなにかで、知らないうちに自分が人殺しをやらかしているような、変テコな幻想にも落ちかねない始末である。仕事どころの話じゃない。犯人は誰だろうなどと、そんなことばかり、自然にとりとめもなく考えて、一字も書くことができないのだ。

神山東洋はその日はとうとう帰らなかった。その翌日の夕食になっても、まだ戻ってこない。我々が夕食の食卓についたところへ、海老塚医師が、蒼ざめた顔に目をギラつかせて、ヌッと姿を現した。

彼はコツコツ、ビッコの跫音をひびかせながら、食卓を半分廻って、ちょうど私の正面へ廻った。そこには木ベエがいるのである。

「偽善者！　三宅木ベエ！」

海老塚医師は大喝一声、右腕をハッシと突きだして、木ベエの横顔を突き刺すように、指さした。まるで野球の審判員のような大袈裟な身振りだが、もっと満身の気魄がこもって、まるで槍術の構えのようだ。彼は指さした手を槍の如くに構えたまま、実際、木ベエの耳の下を指先でグリグリ突きまわした。

「偽善者！　三宅木ベエ！」

もう一度、さらに大喝一声して、

「八月三日、日曜日、汝、三宅木ベエ、N町に於て、諸井琴路と密会したぞ。汝、先日、余を罵って、何と叫んだか。汝、正義の仮面をかぶり、妻の不貞を罵りつつ、諸井琴路と密通致しておるではないか。これ！　汝、偽善者、三宅木ベエ！　返答いかに。これ！　汝、偽善者！　三宅木ベエ！」

そのとき、神山東洋が、母屋をまわらず、外から食堂へ、扉をあけて、はいってきた。彼は呆気にとられて、見ていたが、やがて、面白そうに笑いだした。

「偽善者、三宅木ベエ。アッハッハッ。傑作！　傑作！　お次は、何です。海老塚先生。お次の文句は、私が教えてあげようか。気の毒ながら、密通のやり損じ、実は、ふられ男というのでさア。アッハッハ」

海老塚も神山東洋の傍若無人の差出口に一時は呆気にとられたが、神山の言葉が終ると、委細かまわず、再び腕をつきさして、ハッタと三宅木ベエを睨み、

「返答いかに！　汝、偽善者、三宅木ベエ！」

珍らしく、自動車の警笛の音が玄関の方にひびいていたが、カングリ警部の一行が、どやどやと乗りこんできた。

警官の一行を見ると海老塚は調子づいて、ハッシと木ベエを指さし、

「諸君！　見よ！　偽善者、三宅木ベエ！　彼、正義の仮面をかぶり、余を罵り、妻の不貞を罵り、彼、偽善者は、諸井琴路と、密通いたしておるぞ」

烈々たる気魄をこめて、偽善者木ベエを指し示したが、警官が左右に寄りそって、腕をとらえたのは、海老塚その人であった。

「汝ら、何をするか！　コラ！　無礼者！　見よ！　そこに、彼こそ、偽善者！　正義の仮面をかぶり」

八丁鼻と南川友一郎巡査は、左右から各々両腕をかかえて、小さな海老塚を吊り上げるように、抑えてしまった。

カングリ警部が、すすみでて、

「海老塚さん。お気の毒です。一応同行していただかなければなりません」

腕をとられた海老塚はバタンバタン足をならして、

「何を、汝ら、ねぼけるか。そこにおる、彼、三宅木ベエこそ、世を偽る、偽善者であるぞ。汝ら、無礼者」

「イヤ海老塚さん。警察は、偽善者をどうすることもできないのです。それはお釈迦様やキリストの領分でして」

とカングリ警部は笑って、

「お気の毒ですが、偽善者をさしおいて、我々は先ず、傷害犯人をつかまえなければならないのです。諸井琴路看護婦を拷問し、全身に無数の火傷と刺傷を与えて瀕死の重態に陥入らしめた現行犯として、まず、海老塚晃二氏を逮捕いたさなければならないのです」

海老塚は二人の刑事に連れ去られた。

「どうも、お騒がせ致しました」

と、カングリ警部が立ち去ろうとするのを、

「いったい、どうしたのですか」

と、きくと、

「イヤ、もう、無茶ですよ。今夕、病院が終ると、先生、病院の鍵をかけ、諸井看護婦を裸に縛りあげて、焼火箸と、外科のメスだの鋏だの取そろえましてね、驚くべき拷問をはじめたのですね。その結果、つまり、偽善者、三宅木ベエ、という件りを白状させて、ここへ乗りこんで来たわけですよ。私たちは近所の人から悲鳴の密告をうけて、海老塚医院へ駈けつけたのですが、まさしく、狂人のふるまいです。目も当てられぬ惨状ですよ。肉はこげ、一面に血はあふれ、毛髪は摑みとられ、何がさて、医者が犯人じゃア、手当の仕

様もないでしょう。それでも仕合せにヨミスギが看護卒か何かいくらか医者の心得がありまして、兵隊流に荒っぽく何とかやっておりますが、命をとりとめれば、よろしい方ですよ」

「すると、今までの事件も、彼が犯人ではありませんか」

と、私がきいたが、

「イヤ、それはまだ、調べて見なければ、分りません」

と、カングリ警部は帰って行った。

神山東洋はようやく椅子に腰を下して、

「イヤ、どうも、驚きましたな。食堂へはいってくると、ヤイ、偽善者、汝、三宅木べエときたから、これには私も全く面くらいましたぜ。私はしかし、昨日から今日一ぱい、その、偽善者、三宅木べエの件でN町を調べて歩きましてね。実は諸井琴路看護婦の白状はいささか、間違っているのですよ。八月三日に諸井看護婦が密会したのは、隣村のヤミ成金の百姓オヤジで、三宅先生と、海老塚医師は、各々の旅館に今か今かと諸井嬢を待ちかねつつ、ついにフラれた悲劇の当人にほかなりませんや。焼火箸の大拷問の今はの際にも、嘘をついて、三宅先生の名をだすとは、諸井嬢も驚くべき冷静知的なシレ者ですな。たしかに、これも、大犯罪者の素質をそなえた一人ですな」

木べエは一言も語らなかった。なるほど、然し、いつからか、彼が意外な憎悪を海老塚に示すようになったのも、諸井看護婦と、こうなっていたと分ってみれば、うなずけることであった。彼も亦、女々しく、嫉妬深く、邪推深い変質的な一人であった。

「君は、何かい、鉱泉宿へも私のことを取り調べに行ったそうだが、そうやって、みんなのアリバイを調査しているのかね」

と、私が神山東洋にきくと、

「ええ、そうでさア、根が弁護士ですから、こんなことが好きな性分なんですなア。私はF町も調べました。一馬さんはアリバイがありましたな。丹後先生はダメ。丹後先生はヤッパリ、十二時二十分という奴にお乗りだったんですよ。道の上へフラフラと飛びだしてきて、こうユラユラと泳ぐみたいに手をふってネ、自動車の車掌も運転手もよく覚えていましたよ。だが三宅先生。あなたは然し、諸井嬢のことはとにかく、バスの始発の件ですなア。あなたは始発には乗りませんでしたね」

神山は木べエを見つめたが、木べエは相手にならず、全然返答の様子がない。

「海老塚医師が諸井嬢と三宅先生の仲を疑りだした。疑る根拠はあるのです。なぜなら、三宅先生は始発でなしに、十二時四十分、つまり、海老塚医師と同じバスでN町へ行かれたのです。つまり三宅先生は七時半前に当家を出発された。然し、十二時四十分まで、この村のどこかにおられた筈です」

木べエは又、答えなかった。答えようともしなかった。顔色も変らない。変りようもないのである。蒼ざめて、ゆがみ、彼はうつむいて、人の話も、きこえない如くであった。

丹後が皮肉いっぱいに、

「神山君、たのまれもしないのに、岡ッ引きが、そんなに面白いかね」

神山東洋、ビクともせずに、

「アッハッハ。これだけ矢つぎばやの殺人事件のマンナカに暮しながら、ちょッと探偵心を起さなきゃア、その方が、よっぽど、変テコリンだと思いますがね」

その晩、私たちが寝ようとすると、八丁鼻と南川友一郎巡査が二階の両端の階段の降り口のところへガンバッている。これは昨夜から、カングリ警部の命令で、こうなったのである。

一馬が八丁鼻に、

「ヤア、御苦労さまです。でも、もう、いいのじゃないかな」

「ハア。何ですか」

「いえ。海老塚さんは、留置されているのでしょう」

「ええ、そうです」

「こんなに警戒して下さらなくとも、もう、よかろうと思いますが」

「ハア、ともかく警部の命令で、八月九日までは、こう致すことになっております」

一馬は海老塚が捕えられたので、どうやら一安心の様子であった。

二十二　「八月九日、宿命の日」

八月八日の夜になっても、巨勢博士は戻ってこない。この日の深夜には、約束の八月九日が始まるのだから、食堂にはアタピン女史が一日目玉を光らせてガンバッている。

みんな食堂に集っているが、空室ばかりの廊下にも八丁鼻とヨミスギが両端にガンバッている物々しい警戒ぶりなのである。

夕食にはカングリ警部も出席していた。

「八月八日、午後八時か。みんな八ですな。戦争中はスエヒロガリとかなんとかエンギをかついでいましたが、我々警察にとっては、スエヒロガリは何より困ったことですよ。この事件はまさしくスエヒロガリで、まったく、どうも、面目ない次第です」

そのとき、本署から電話がきた。それをきいて戻ってきたカングリ警部が、

「イヤハヤ、どうも、海老塚さんが、本署の保護室で、目下大演説をしているそうですがね。今夜、この家で大殺陣が展開される、これは神様の思召によるのだそうで、海老塚さんの魂も、今夜はこの家へくるそうで、もう今じぶん、どこか、このへんの隅に詰めているかも知れませんよ。それから、諸井琴路さんは県立病院へ入院しましたが、却々の重態で、あるいは絶望かも知れないということです。当局と致しましても、死なれては困る意

味もありまして、八方手をつくして治療に当っているのですが、あの御婦人は、天下に稀な、驚くべき意志力をそなえた人だそうですよ。意識不明のさなかにも意志力が働いているそうで、ウワ言らしいものも殆どもらさぬそうですな」

この事件は、やっぱり、まだ、終らぬのだろうか。私は一馬の顔を見たが、彼もどうやら、再び不安になりだしているらしい。

今日は多門老、加代子さんの二七日であったが、明日は例の如く問題のお梶様の一周忌であるから、例年ならば盛大な法要がある筈であったが、この連続の殺人事件であり、問題の当日でもあるから、来会者の方も気持が悪いにきまっているし、間違いも起き易い。そこで、法要は来年まわしということになった。坊さんの読経があるだけである。

神山がカングリ警部に向って、

「そうですなア。まったく、あの看護婦は、大犯罪者的でしたなア。第一、目が、ちょッと、こう、三白眼で、ジッと見つめられると、凄味がありましたよ。ところで、事件は、実際、八月九日に起るものですか」

「それがハッキリ分ってくれれば、こっちはシメタものですが、何がさて、我々は、海老塚先生のような神通力や心眼がありませんので、残念です。神山さんは、甚だメンミツに捜査に当っておられるそうですが、あなたの心眼では、いかがです。ひとつ、遠慮なく、御意見をきかせていただけませんか」

「私がひとつ、警部におききしたいのは、解剖の結果の、兇行の推定時間ですな。あれは絶対のものですか」

「そうですね。まず、ほぼ確実とは思われますが、絶対とは申されません。幸い、今度の場合は七件ながら、早々に屍体が発見されておりまして、最もおそいのが、宇津木さんの死後二十時間。そのために、推定時間はほぼ確実とは思われますが、我々とても、それを絶対としているわけではありません」

「千草さんの目隠しというのは、どんな風になっていたのですか」

「あれはですな。これは千草さんの持物の濃紺のフロシキですが、これを二つに折りまして、つまり三角巾型に折りまして、額から後へまわして結んであります。つまり顔の前面に三角巾がダラリと胸の方まで垂れておるわけです。ですから、胸にたれたフロシキごと、その上から縄でクビをしめて殺したものです」

「すると、なんですか。犯人とは非常に仲のよい間柄で、カクレンボでもしようというわけで、メカクシをした、そこをクビをしめた、そんな風な想像も、してよろしい余地があるわけですな」

「御説の通りです。ともかく合意の上で、自ら目隠しをしたと見るべきかも知れませんな」

ピカ一が横から蛮声をはりあげて、

「それじゃア、なんだぜ。カクレンボしているところを、ほかのホンモノの鬼がきて、しめ殺しやがったのさ」

神山はふきだしたが、

「まさか、あなた、年頃のお嬢さんが、わざわざ三輪山へでかけて、カクレンボをしますかね」

「イヤイヤ、ヤリかねない。左にあらず」

ピカ一は真顔になって、

「千草という醜女のバカ娘とセムシ詩人じゃ、どうせ、まともなことは、やれないぜ。あたりまえに抱きあって接吻するなんて、そんな月並な芸当が、できるもんか。それに比べりゃ、カクレンボの方が、よっぽど、やりかねないことなんだ。そこで内海先生が、どこかへ、もぐりこんで隠れる。そこへホンモノの鬼がきて、しめ殺す。どうだい。これは、一つの空想としても、芸術的なリアリテがあらア。万事こういうグアイに、でっちあげりゃア、殺人だって、芸術的鑑賞に堪えらアね」

カングリ警部も笑いだして、

「イヤ、まったくです。芸術家の直観や空想は、時として、神通力をあらわすことがありますからな。あるいは、そんなところが、真相かも知れませんよ。それでは、皆さんの芸術的神通力を拝借いたす意味で、ひとつ打ちあけて申上げますが、第一回目の事件、望月王仁さんの事件に、屍体の寝台の下に、あやか夫人の部屋靴の鈴が一つ、ころがっていたのですよ。これは、皆さんの神通力で、どういうことになりますか」

「いや、それだ。まさしく、君、警部、それですよ。そうこなければならぬ。すべては、明白じゃないか」

　ピカ一は、目をかがやかせて、叫んだ。

　あやかさんは、恐怖に沈んで、大きく目をあけて、警部を見つめた。

「私は、当家へとついで以来、望月さんのいらした部屋へは、まだ一度も、はいったことがございません」

「ウム。さすがに、このキツネも、見上げた奴さ」

　ピカ一は思わず唸った。

「弁解の文句も、ここまで、くりゃア、人を驚かしやがるよ。当家へとついで以来、足をふみ入れたことがありません、とは、ほざきやがるよ。トルコやインドのハーレムじゃあるまいし、十人も泊りゃ一ぱいの、たった二棟のウチじゃアないか。成上り者は広大な天下を知らないから、とんでもないことを言いやがる。こんなチッポケなウチはハーレムじゃ料理人のヒルネ部屋だい。気のきいた蚊は、一晩のうちに、一々の部屋で血を吸って歩かアね。人をバカにするな」

　あやかさんは美しい目に怒りをこめてピカ一を睨みつけていた。

カングリ警部は、とりなすように、うなずいて、

「いや、奥様の仰言る通りでしょう。その鈴は、たしかに、奥様があの部屋へ落してこられたものではありません。なぜなら、寝台の下は、望月さんの洋服の上衣でキレイにふいてあるのですよ。そして、その上に、鈴だけが一つ、落されていたのです」

今度は神山東洋がうなった。

「そいつは、奇妙な謎ですな。すると、犯人は、故意に、あやか夫人の鈴を置きのこして行ったわけですか」

「そうですなア。鈴も鈴ですが、なんのために寝台の下をふいたものやら、いかがですか、皆さんの神通力は」

誰も答える者がない。カングリ警部は根気よく待ったが、返事がないので、

「それでは、もう一つ、これは神通力ではありません。皆様の助言が欲しいのですが、ちょッと、失礼な問題ですが、場合が場合ですから、これを最もマジメな意味で、御協力を願いたいのです。実は、皆さん御承知の通り、この事件には再々アイビキが現れて、まるで、それが特徴のようですが、宇津木秋子さんが三輪山へ行かれたのも、アイビキのためではないかと推察される根拠があります。もしアイビキのためとすれば、相手の方はどなたですか。この席でなくとも、よろしいのです。どなたか、我々に助言をよせていただければ幸いです」

「そりゃア、まア、そんなものだろう。あの人が、ムダに山や森を歩きやしないさ。然しそれは何も失礼なことじゃない。警部君は、人間性というものの崇高なる実相を認識されておらんのだね。宇津木さんは、淑徳も高く、又、愛慾もいと深き、まことに愛すべく尊敬すべき御婦人でしたよ。あのような多情多恨なる麗人を殺すとは、まことに憎むべき犯人だ。ああいう御婦人は、然し、アイビキの当人には殺される筈がありませんよ。なぜなら、時間がちょッとたつうちに、必ず、次の男にお移り遊ばす性質で、こいつ執念深い、うるさくつきまとう奴だ、悪女の深情け、そういうところもチョットあるけれど、うわべだけです。実際は、邪魔な女じゃないからな」

「アッハッハ」神山が、たまりかねて、ふきだした。

「土居画伯は、さすがなもんですなア。御自分の心境ばかりを、もっぱら、述べていらっしゃる。然し、あなた、男が女を殺すのは、悪女の深情け、執念深い奴、そういう意味とばかりは限りませんや。こっちが惚れているけれども、女の方が逃げて行く。それ、土居画伯も仰言った、時間がちょッと流れるうちには隣りの男に移って行く、つまり、それ又、殺される大条件じゃありませんか。そっちのせいで殺される方が、よっぽど世間には有りふれてまさアね。土居先生は、まったく、ひどい人ですな。もっぱら、御自分の心境だけしか、分らないとは」

「いえ。なにさ、オレの言うのは、アイビキの当人が、だから、殺しやしないと言うのさ」

「すると、土居先生が、アイビキの当人かも知れないぜ、これは」

と、神山東洋がゲタゲタ笑いだした。

「然し、なんだって、又、アイビキに、山だの森へでかけるのかね、男のお部屋へ御出張あれば、よろしいものを」

「それが、それ、ちかごろ警戒厳重で、刑事の方が張りこんでたんじゃ、ハア、ちょッと、あの方の部屋へ、そうも言えませんからな。まったく、罪なことですよ。然し、ほんとうに、アイビキにでかけられたのですか。いったい、その根拠は確実ですか」

と、神山にきかれて、カングリ警部は、柄になくテレていたが、

「実はですな、宇津木さんのハンドバッグから、アイビキのためにのみ使用せられる性質の品物が、数種あらわれてきたのですな。それとも、宇津木さんのような御方は、年中、そのようなものをケイタイしておられるものですか」

「それこそ、淑女のタシナミさ。昔から言ってらアね。シキイをまたげば、七人の敵あり。天下に、これほど、大切なタシナミはないのさ。警部はまったく人間性を劣情でしか理解できないのだなア」

「イヤ、どうも、恐縮です」

と、カングリ警部は怒りもせずに、ニヤニヤと、ピカ一にひとつ、頭を下げた。

食事を終って、一同が広間へ立った。

広間の中央柱に、紙が一枚、はりつけられている。

「おや、何だろう」

それを見つけて、まっさきにのぞいて見たのは、丹後であった。

「やれやれ。又、現れたね。八月九日、宿命の日、か。ちかごろハヤリのポスターだね」

丹後はてんで気にかけずシャレのめしたが、我々は驚いた。

一馬は紙を睨んで、立ちすくみ、ひきつるように、顔色が変ってしまった。無理からぬことである。海老塚が逮捕されているうちは、と、彼は内々心に安んじていた筈だ。まさか海老塚の魂が、火の玉式にころがりこんで、紙をはりつけて、どこかの隅に息を殺しているわけもない。

ふと、私が気がつくと、カングリ警部が火をはくような鋭い目玉で人々の顔を一つずつ、喰込むように睨みつけているのを認めた。

附記　愈々、今回をもって、皆さんの解答をいただく順となりました。

毎々申し述べました通り、皆さんの御存知ない事実から、巨勢博士が犯人を推定するということは、致しません。ただ、彼が旅行先から見つけてきた確証は皆さまの御存知ないものですが、然し、これは、皆様御存知の事実から博士が推定しましたことで、犯人の推定の根拠については、巨勢博士の知識の全てを皆様も亦、持たれているわけです。

さて答案ですが、犯人の名前だけ当てたって、ダメですよ。法廷へ持ちだして、起訴することができるだけの、推理がなければ、いけません。推理は、どんなに長くても構いませんが、出来うる限り、簡にして、要をつくして下さい。原稿紙でなくとも、よろしいです。レターペーパアでもかまいませんが、文字はハッキリした楷書で書いて下さるように、呉れ呉れもお願いします。

答案の宛先は、日本小説社、です。封筒に探偵小説解答、と書いておいて下さい。

今まで、附記で、さんざん、ダボラをふきとばして恐縮ですが、作者の意図するところは、皆さんに、知的な娯楽を提供し、クソ面白くもない世の中に、何日、何時間か、たのしい休養のゲームを贈り物し、一つ無邪気にシカメッ面のシワの洗濯をやりましょう、という微意にほかなりません。

したがって、迷答、珍推理を発表して、皆さまに恥をかかせるような心なき業は致しませんから、安心して、解答をお寄せ下さい。

賞金を分割するのはイヤですから、最優秀の答案に、御一人に呈上いたします。その代り、犯人の当った答案が一つもなくとも、最優秀の答案には、必ず、全額呈上いたすことをお約束致します。

　まったく、もって、巨勢博士と同じようにピタリと推理のお方があれば、それはもう、まさしく、作者の大敗北です。つくる方よりも、見つける方に、はるかに大才能を必要とすること、明白で、満点の答案をお書きの御方は、日本一の名探偵にまちがいありませんよ。などと、これだけオダテおくからには、そんな天才は一人も居ないや、アッハッハという意味であること、これ亦、明白でありましょう。

　さて、作者の演技は終りました。これより皆様の御熱演、ハイ、東西東西。

〆切は昭和二十三年四月十五日。

坂口安吾

二十三　最後の悲劇

　その夜の警戒は厳重を極めていた。

　洋館の階段を上ったところに、私の部屋の前にはヨミスギ刑事が、一馬あやか夫妻の前には八丁鼻がガンバリ、廊下の両端から各室の扉を睨み合せている。

階下にはカングリ警部と南川巡査が非常用のハシゴまで用意して庭の様子をうかがっている。

遊撃がアタピン女史で、これは階上の廊下をブラブラ、私たちの誰かが便所へ立つと、送り迎えするという念の入れ方で、女中が酔いざめの水を運んできても、先ずアタピンがとりあげて毒見をする。

すると、八丁鼻がムッツリと、そのコップを横どりして、怒り顔、

「オレによこせ」

「何をするのよ」

「オレが毒見をしてやる」

ガブリと口に含む。

「あら、まア」

アタピン先生、ビックリ、八丁鼻を見つめているうちに、みるみる、大感激をあらわして、

「マア、マア、あんた、親切ねえ。そんなに私を思っているの。うれしいじゃないの。そんなに実があるなら、あんたと結婚してあげるよ」

八丁鼻は不興げに目を光らせて、

「バカぬかせ。オレには女房があるのだぞ」

「なによ、女房ぐらいあったってヘイチャラじゃないの。私も女房になってあげるよ。オメカケはキライだからね。女房が二人でいいじゃないか。あんたの半分、私が可愛がってあげるよ。みんなじゃ、つけあがって仕様がないよ」

「そんなの、あるかい」

「バカだね、あんたは。恋愛なんて半分ぐらいずつでちょうど手頃のものなのよ。だから、四丁鼻だけ可愛がってあげよう」

「ふうむ、そうか」

「うれしいだろう。ねエ、ちょいと」

と、アタピンに頬ッペタをつつかれて、八丁鼻はグニャグニャする。アタピンはすっかりノボセあがって、

「今夜は、素敵じゃないの。この秋に、東京のフグ料理で結婚式をあげようよ。あんた貯金、もってる」

「恥をかかせるもんじゃないよ」

「うん、よしよし、フグぐらい、私がたべさしてあげるよ」

いやはや、奇怪な濡れごと騒ぎ、いかなる妖魔も殺人鬼もこの時ばかりは羞しくて出られたものじゃないなどとは素人の考え、明方の四時というころに、濡れごとの扉を距てた向う側に、けたたましい悲鳴が起った。一馬とあやか夫人の部屋である。

争う必死の音がする。力つきて倒れる音。そして音は終ってしまった。

扉を押したが鍵がかかっているから、

「オイ、二人はこの場を動くな」

八丁鼻は階下へ駈け降りる。かねて用意のハシゴをかけて、カングリ警部と二人、外から窓を叩きわって、はいる。

電燈が消されているから、二人は用意の懐中電燈で室内をてらした。

床に人が倒れている。胸もあらわにあやか夫人が仰向けに倒れ、その上に折重って俯伏しているのは一馬であった。

「現場をみだすな。スイッチを探して、電燈をつけろ」

カングリ警部の命をうけて、八丁鼻は電燈をつけた。

一馬を抱き起してみると、すでに、苦悶の果、息絶えている。デスクに飲みのこしたコップの水があり、白色の粉末が散りこぼれている。青酸加里のようであった。

あやか夫人の口からも血が流れていた。一馬を横手へ寄せて、あやか夫人をだき起そうとすると、夫人は目をあけた。

「どうしましたか」

夫人の答えはない。ボンヤリと目をあいているうちに、ふと意識がもどったらしい。悲痛の色を目に宿して、首をうごかそうとした。二人が寄りそって抱きおこすと、口から流れる血に気付いて、絶望的な戦慄をあらわしたが、うがいをさせ、手当を施してみると、舌を噛んでいるだけで、大きな負傷ではなかった。

あやか夫人は全く我にかえって襟をかき合せたが、横手に寄せてある一馬の屍体に気づくと、小さな、絶望の叫びをあげた。

「何事が起ったのですか。思い起して下さい」

と、カングリ警部は鋭く夫人を見つめて返答を待ったが、夫人はしばらくそれを同じような鋭さで見返しているばかりであった。

「あなた方、いつ、いらしたの」

「今きたばかりですよ。室内からの物音に、外から梯子をかけて、窓を叩きわって、窓の鍵を外して、とびこんできたのです。何事があったのですか」

あやか夫人は一馬の屍体を抱き起して膝にのせたが、もう手応えがないので、祈るように二人を見上げた。カングリ警部は首を横にふった。夫人はウツロの目をむなしく戻したが、やがて一馬の屍体を膝から下して、寝台に手をかけて立ち上り、考え考え佇みながら、寝台からデスクへ、椅子へ、何かに寄りそいながら窓まで歩いて行った。破れた窓から、涼しい風が吹いてくる。自然に気持が落着いてきたようであった。

夜が明けそめている。あやか夫人は戻ってきて、寝台に腰を下した。

「電燈がついていましたか」

「いいえ、私たちが飛びこんできて、つけたのです」

あやか夫人は、うなずいた。

「主人はおそくまで起きていました。私がいつ目をさましても、電燈がついていて、主人は机に向って、何かしていました。そのうち、ふと目をさました時には、暗闇でした。私は誰かに押しつけられていたのです。びっくりして起きようとしますと、主人の声で、僕だよ、と、手をゆるめてくれましたが、そのときは、殺意を感じるほどの強い力ではありませんので、何が何やら分らぬ気持で、びっくりして半身を起しただけです。主人はやさしく私を抱きよせるようにして、僕は死ぬ、一しょに死んでおくれ、もう僕はダメなんだから、と申しました」

カングリ警部はうなずいて、その先をうながした。

「私は呆れて、何がダメ、とたずねました。答えの代りに、ウウという、唸り声がもれました。にわかに劇しい力で抱きすくめられたと思うと、クビをつきあげてきたのです。夢中に手向いました。そして、ころげ落ちて、そのあとは、覚えがないのです」

カングリ警部はうなずいた。

「もっとよく考えてみて下さい。御主人は、ほかに何か仰有いませんでしたか」

あやか夫人は考えていたが、首を横にふった。

「なるほど。死んでくれ、もう僕はダメなんだから。なるほど。警察の手が廻ったから、もうダメ、そういう風に申されたのですね」

「いいえ、ちがいます」

あやか夫人はキッパリと云った。

「そんな風には申しません。もうダメなんだから、と申しただけです。主人は昨夜、寝室へ来てから、無慙《むざん》なほど、やつれはてておりましたのです。苛々と、寸時も居たたまらぬていで、脅えきっている様子でした。それはあの柱に脅迫のハリ紙を見たためで、私はその理由をよく存じておりましたのです。主人は海老塚さんを犯人と信じておりましたから、あの方が捕われてからは安堵しておりましたのです。ですから、あのハリ紙のショックはひどすぎたのです。不安と恐怖に、私がさきに眠ることとさえ心細い有様でしたが、私がいつ目をさましても、主人は机に向って、考えこんでいたのでした」

カングリ警部はうなずいた。そして彼は改めて一馬の屍体をしらべはじめた。顔や手にあやか夫人の抵抗をうけて掻きむしられた傷があり、彼のパジャマもひきむしられ、胸のボタンがとんでいた。

「危いところでしたな」

と調べ終ってカングリ警部は云った。

「あなたは気絶なさったから、よかったのです。抵抗をつづけていたら、ふたたび生きかえることはできなかったでしょう。あなたが死んだものとみて、御主人は覚悟の自殺をされたのです」

「なぜですか」

「お気の毒ですが、これまでの惨劇はすべて御主人が犯人でした。我々には分っていたのです。ただ、物的証拠がなかったために、逮捕ができなかったのでした」

「ちがいます」

あやか夫人は叫んだ。

「私は存じております。昨夜、私どもが食堂へ参ります時には、柱のハリ紙はなかったのです。そのとき私は何気なく柱を見た覚えがありますから、間違いはございません。そして主人は一しょに食堂へはいりまして、食事の終るまで一歩も席を離れたことはございません」

「ごもっともです」

とカングリ警部はうなずいて、困ったような、くすぐったい面持であったが、

「実はあのハリ紙は私どもが致したのです。八月九日、宿命の日。つまり、犯人に対する宿命の日。この皮肉は、犯人にだけは、通じた筈です」

呆然たるあやか夫人をシリ目に、カングリ警部はいささか得意の色、やがて八丁鼻に命じて、はじめて扉をあけさせた。

本署から鑑識の一行が、自動車をいそがせて到着したのが、十時半ごろ。十一時ちょッ

とすぎるころ、巨勢博士が戻ってきた。

　ついに歌川家滅亡、という意外な結果に、私が広間にボンヤリしていると、巨勢博士は食堂の出入口から、とびこんできた。

「道で警察の自動車が追いぬきやがったもんで、それから盲メッポウ駈けだしたんですけど、この節は運動不足で」

　と息をきらしているところへ、二階からカングリ警部の一行が降りてきた。

「やア、巨勢さん、お帰りですか。一足おくれましたな。お留守のうちに、悲劇はついに終りましたよ」

「終った？　すると、歌川先生が殺されましたか」

「いや、歌川一馬氏は、自殺しました」

　巨勢博士の顔色が変った。虚脱にも近い苦悶と落胆の色であった。

「ヤ、おそかった！　僕は、バカだ。不眠、不休。然し、ああ、一生の不覚だった！」

　絶望的な悔いの苦痛がきざまれた。カングリ警部は笑いだして、

「ひどくお忙しかった様子ですね。不眠不休ですか。お気の毒です。然し、私どもも、昨夜は不眠でしたよ。然し、ともかく、落ちつくところへ落ちついたようです」

　巨勢博士の全身にすさまじい怒りがこもった。

「畜生め！　もう、逃さない。ああ、然し、手おくれだった！　然し、仕方がなかったの

です。今さら面目もありませんが、ツラの皮だけはヒンむいてやります」

「誰のツラの皮をヒンむくのですか」

「犯人の、です」

「歌川一馬氏は自殺しましたよ」

カングリ警部は涼しい顔で答えたが、巨勢博士はそれに頓着していなかった。

「歌川先生は、毒薬でなくなられたのですね」

「左様、青酸加里です」

「遺書はありますか」

「いいえ、然し、何か、一晩中、書いては消し、書いては消したものがあります。ひどく消しつぶして判読できませんが、あるいは遺書をかくつもりだったかも知れません。目下、鑑識に廻してあります」

巨勢博士はうなずいた。

「遺書ぐらいは用意してあるだろうと思っていました。私はこの殺人を予期していたのです。それが自殺の形で行われることも、すでに準備ができていることを知っていました。第一回の殺人のとき、望月王仁氏殺害のとき、歌川先生が自殺の形で殺される準備ができていたのです」

巨勢博士の決然たる断言ぶりに、カングリ警部も呆気にとられた様子であった。

「ともかく、別室へ来ていただきましょう。憎むべき殺人鬼の手口を説明いたしましょう」

巨勢博士はカングリ警部と刑事の一行をうながした。警官たちは不承不承巨勢博士について、立ち去った。

二十四　犯人現わる?

昼食のとき、巨勢博士と警官たちは食堂へ現われてこなかった。昼食が終るころアタピン女史がやってきて、一同に足どめを命じた。食器が下げられると、南雲老人夫妻、下枝さん、ツボ平夫妻まで、関係者一同ゾロゾロとはいってきて席へつく。警官、巨勢博士の一行がそれにつづいて、官服私服十数名の人達が壁に沿うてグルリと包囲の態勢をとった。テーブル正面の設けの席についたのは巨勢博士であった。

巨勢博士はいささか沈痛な諦めたような顔付で、やがて静かに語りだした。

「この犯人は相当に粋好みの茶人だから、私の戻るまで最後の犯行を延ばしてくれやしないかと空頼みしていましたよ。なぜなら、千草殺し、内海殺しのようなセッパつまった緊急を要する殺人と違って、最後の仕上げは、第一回目の王仁殺しの時にすでに準備が完了して、いつでも行える用意ができていたからです。今さら仕方がありません。私は犯人の自信を頼みにしていましたが、八月九日、宿命の日、例のポスターが現われたので、犯人はそれをチャンスに、最後の仕上げを華々しく打上げたように思われます」

神山東洋が口をいれた。

「我々カンヅメ組では先程から流言横行、大いに悩まされていたところですが、一馬さんは、自殺、他殺、ひとつ、ハッキリ、して下さいよ」

「それは申すまでもなく他殺です」

「ハハア。これは奇怪。して、犯人は？」

巨勢博士はそれに答えなかった。そして、しばらく神山東洋を見つめていたが、

「神山さん。あなたは正確な観察眼で、先日、犯人の推定、可能性の推定をされましたが、あの第四回目、内海殺しの状況に就いて、も一度、くりかえして下さいませんか」

「左様ですか。あの晩、左様、土居画伯があやか夫人の扉の前で喚いていられる、それからの可能性の問題ですか」

「いいえ、その前に、先ず我々が食事を終えて広間にいました。九時何分ごろでしたか、お由良婆さまが諸井看護婦と一しょにこられて、千草さんの行方が知れないと申されましたね。すると諸井看護婦が意外なことを言いだしました。千草さんはアイビキに行ったというのですね。なぜそれを知っているかとならば、千草さんが男からのアイビキの紙片を見せた、その紙片はあやか夫人が男にたのまれて千草さんに渡したもので、その紙片に書

かれていた男の名前も読んだ、というのですね。その男は誰ですか、ときくと、それは申し上げられませんという返答でした。そして、それから……」

巨勢博士はそれまで云って、あとを神山にうながした。

「左様、私のメモはかなり正確に記入してある筈なんだが」

と、神山はメモをしらべたのちに、

「そのあと、すぐさま、先ず海老塚先生がだしぬけにバカヤローと叫んで引きあげて行きましたが、するとこ今度は土居画伯とあやか夫人の凄惨なる死闘が開始せられることとなりましたのです」

「その死闘の原因は？」

「それがハッキリしないので私のメモにもないのですが、要するに、たぶん、つまらぬキッカケで」

巨勢博士はうなずいた。

「それが重大なんですよ。つまり、あなたのメモにも記載のないほど、ハッキリした理由のない、つまらない言いがかりから喧嘩が始まってしまったのです。事の起りは、海老塚先生がバカヤローと叫んで立ち去る、すると土居画伯がゲタゲタ笑いだして、まるでこのウチは色キチガイの巣、淫売宿だ、と仰言った。それをきくと、あやか夫人がフンゼンとして、ゴロツキ、あなたこそ東京へお帰り、こう叫ばれたのです。これが格闘の始まりでした。それから……」

博士は再び神山にうながした。神山はうなずいて、

「まったく、そうでしたな。土居画伯の虫の居どころのせいですか、土居先生、いささか酒乱の兆ありですな。突如としてあやか夫人にとびかかってフリ廻した。あやか夫人の衣服がビリビリにさける始末でしたな。ようやく私たちが割ってはいって、わける。すると又、わけられながら御両名がわめき合う。アッと思うと、土居先生、すでに猛然とあやか夫人を追跡しており、食堂から、庭の暗闇へ、あやか夫人を追って行った。これを又我々が追跡して、松の木の蔭にあやか夫人を打擲《ちょうちゃく》している土居画伯をとって押えて、引き分けたですが、これで一段落と思うとさにあらず、三たび猛然、あやか夫人は一目散に、幸い自分の寝室へ逃げこんで鍵をかけることができた。それから近づく者に摑みかかって、土居先生が十二時半すぎるころまで、あやか夫人の寝室の前に喚きつづけておられたわけです。その時間に内海殺しが行われ、喚きつづけた土居先生をはじめ、二階の居住者にはアリバイが成り立つ、なぜなら土居先生の眼をごまかして、階下へ下りることができないから、という次第です。然し土居先生は泥酔しておられて、このテンマツに記憶がないそうですから、何者かが階下へ降りて内海さんを殺すことができたかも知れない。ここが、大いに微妙です」

「確実に犯行の不可能な人は誰でしょう」

「それは、あやか夫人、土居画伯、御両名にきまっていますよ」

巨勢博士はうなずいた。そして一座を見渡した目は激しい気魄にあふれていた。

「皆さん。この殺人事件は、恐らく十ヶ月以前に計画せられたものでありました。恐らく犯人の一人は変装してこの土地へ旅行し、三輪山へでる間道なども充分に調査の上、極めてメンミツに計画をたてたに相違ありません。現に犯人はこの春ごろ一時ヒゲを生やしたことがあったそうですが、たぶんその期間に、この土地へ旅行し、土地の地理を充分頭に入れたものと思われます。それほどメンミツに計画しながら、余儀ない事情によって、予定を外れた殺人を行わなければならなかった。千草殺し、内海殺しがそれでした。もとより周到な犯人のことですが、予定を外れた緊急の場合も予想して、その時の手筈も立てていたので、千草殺しはなんなく片づいた。と、思わざる失策に気づいたのです。そしてどうしても、その夜のうちに、更に内海さんを殺さなければならない必要が起ったのです。元よりかかる事ある時も予定して、急場に処する方法の打合せも立ててあったに相違ありません。そして、予定の如く、かなり巧みにその方法を実行して打合せをとげることができたのですが、机上の案というものは往々にしてどこかに手落ちのあるもので、この時犯人はヌキサシならぬ心理上の足跡を残してしまった。然し、さすがに天才的な犯人のたてたプランのこととて、恐らく日本第一級の心理家が揃いながら、皆様ほどの達人が尚この足跡に気付いておられぬ。私も亦この足跡に気付くことができたのは、かなり後日のことでありました」

巨勢博士は口惜しそうに一息ついた。

「恐らくこの心理上の足跡が、この事件に犯人の残した唯一の足跡で、内海殺しは犯人にとっても危急存亡の瀬戸際、勝負の手どころとも申すべき唯一の急所でありました。然らば、犯人の残した唯一の足跡とは何か？　これは犯行の順を追うて自然に説明いたすことと致しまして、先ず犯人の名前から申しあげます」

一座の緊張した動揺も、巨勢博士があんまり事もなげに平然としているので、すぐ、しずまった。巨勢博士は神山に向って、

「先ほどもおききしましたが、内海殺しの最も不可能な方々は？」

「あやか夫人、土居画伯」

巨勢博士はうなずいて、

「左様、土居画伯は先ず最も不可能です。なぜなら、同一位置に絶えず喚きつづけていたのですから。そして、その位置は皆様の扉を見晴らし、その出入を見晴らす絶好の位置でもありました。もし皆さんのどなたかが扉から顔をだせば土居先生は喚きつつ摑みかかるに相違ない。なぜならば、そうすることによって皆さんを居室に封じ、その間に他の何人かに内海さんを殺させる必要があった。つまり土居先生は自己のアリバイをつくりつつ、同時に更に重大な役割、つまり監視の役をつとめておられたのです。そして、土居先生の

巧妙な監視に掩護されつつ、あやか夫人は居室を忍びでて階下へ降り、内海さんをメッタ刺しに刺し殺して帰られた。土居先生の監視の掩護がありますから、あやか夫人はきわめて落着いて、短刀を洗って処理し、血にぬれた手足を洗い、悠々と居室へ戻ってこられた。然し、もしものことを怖れて、翌朝、内海さんの寝室へ起しに行かれて、事件を発見された。つまりそのとき、どこかに指紋が残っていても言い訳のたつ、そういう便宜をつくられたわけです。事件の発見に先立って、あやか夫人は洋館の居室以外のどこへでも、血に汚れた衣服を隠すことができたでしょうし、あるいはズロース一枚で内海さんを殺しに行かれたかも知れない、あるいは全然、一糸まとわぬ裸体でおでかけであったかも知れません。一か八かの危急存亡の時であり、お二人の全智と冒険はここに賭けられていたのです」

　ピカ一のせせら笑いが起った。

「名探偵先生。何がヌキサシならぬ心理の足跡なんだ。おい、大先生、かりそめにも八人殺しの犯人という問題なんだぜ。茶番や落語の興行と違うんだ。変な当て推量で済むことじゃアないぜ。ハッキリした証拠をきこうじゃないか」

　巨勢博士は顔色一ツ動かさない。そして静かに、うなずいた。

「ヌキサシならぬ足跡は、いずれ順を追うて説明いたします。先ず、第一回の犯行から、順にしたがってお話いたすことにしますが、恐らく土居先生とあやか夫人は、歌川一馬氏があやか夫人と再会されて激しい恋慕を寄せられるや、歌川家が当代稀れな資産家であることを知り、計画的に離婚して、あやか夫人を一馬先生にめあわせた、つまり殺人計画は、結婚以前に予定せられていたものであります。土居先生はことさらあやか夫人と喧嘩別れをして、執拗に手切金まで、まきあげた。それだけアクドク不和の種をつくることも、この計画の実行に最も必要な道具立ての一つでありましたのです」

「バカバカしい。大先生の手にかかると、仲の悪いことまでが、共犯の証拠になるのかい。ハッキリした証拠を云って貰おうじゃないか」

　巨勢博士は平然と、とりあわない。

「あやか夫人は昨秋一馬先生と結婚されるや、歌川家の事情について探りうる限り探りあげて報告する、お梶様変死の風聞、加代子さんのお母さんの変死のこと、珠緒さんの身持のこと、すべてが報告され、ここに資料がととのって、土居先生は変装して当地へ旅行してメンミツに地理を調べあげる、かくて手筈はととのったのです。あやか夫人は巧みに珠緒さんをそそのかして、先ず、望月王仁、丹後弓彦、内海明の三先生を招待させる。お三方が招待に応じたので、お梶様を誰が殺したか云々の脅迫状じみたものを一馬先生に送り、三宅先生、矢代先生御夫妻をお客にまねいたのです。このとき、かねての計画通り、招かれざる客、土居先生、神山御夫妻、おまけに私、四人が指名をうけて参集致した次第です。神山さんという憎まれ者が、土居先生という憎まれ者と並んで現れるところに、招かれざる客、という意外なことに自然さが与えられ、又、私という素人探偵が指名をうけたところに、犯罪を加味した意味が与えられて、土居先生という場違い者の登場が不自然でなくなるように仕組まれてあるカラクリがひそんでいました。そのうえ、土居先生もあやか夫人も、私にとっては全然未知なお方であります。恐らく、あやか夫人が歌川家の食卓の雑談などから私の存在を知られたのでしょうが、未知の素人探偵をつりだしたところに、御両人の巧妙な仕掛があるわけでもあります。かくて予定の全員が参集して、即日第一回目の犯行が計画通り実行されることになりました」

私の席から、あやか夫人の顔はよく見ることができないのだが、このときチラと見ることのできた夫人の顔は、何かマジメな実のある話を一生懸命きいているという顔付で、童女のようにあどけなく、ほかに何の意味もない顔付に思われた。

二十五　致命的な手違い

巨勢博士は言葉をつづけた。

「土居先生の到着即日から犯罪が行われるということは、当家にただ一人の新参者である同氏にとって最も有利な条件となることを忘れてはなりません。のみならず、土居先生のみは、あやか夫人の憎悪にみちた指定によって、同じ階上に住むことを拒否され、階下の和室に一室を与えられることとなりました。これも亦、メンミツに計画された要件の一つでありましたのです。先ず望月先生を殺すに当りまして、眠り薬を与えた上、刺殺するという方法がとられましたが、王仁先生は腕力ある巨漢ですし、御婦人との交渉も多く、これを防ぐには先ず眠らせることが必要であり、然し眠り薬一方ではあやか夫人に疑いのかかる怖れがある、以上の理由から、眠り薬を与えた上での刺殺という手のこんだ方法がとられたものと思われます。さて、ゲンノショウコに眠り薬を入れる段となって、一つの手違いが起った。この手違いが、結局、致命的な手違いとなり、千草殺し、ひいては内海殺しの必要をもたらし、御両名をはからざる苦境に追いこんだのでありました」

ピカ一は、もはや我関せず、という様子であった。

「さて、ゲンノショウコが煎じられていたとき、調理場ではオソバを打っていましたので、ツボ平御夫妻をはじめ、見学の宇津木秋子さんなど、それに、千草さんとあやか夫人がおられた時です。あやか夫人のみは一人離れて肉パイをつくっておられ、そこはゲンノショウコの煎じられつつある近所であり、他の一団の人々はその反対の離れた場所におられたのです。そのとき、かねての計画通り、土居画伯が一間ほどの青大将をブラ下げて、食堂の窓の下を通られ、ニワトリをのんだ大蛇を退治た、腹をさいて晩メシのオカズを出してやろうと仰有りながら賑やかに登場致されたのです。計画は図に当り一同は窓から首をだして眺める、蛇ずきのツボ平さんは、窓からとび下りて行くという協力ぶりで、あやか夫人が眠り薬を入れるチャンスが構成されたわけでしたが、ここに一人、千草さんというアマノジャクが存在し、土居先生の熱演にフンと鼻もひっかけないお嬢さんが現れたために、この計画は深刻きわまる破綻をもたらす結果となった。つまり、ひいては千草殺し、つづいて内海殺しというセッパつまった犯行をつづけざるを得なくなったのであります」

「千草さんが眠り薬投入の現場を見ていた次第ですかな」

と神山東洋が、あまり興ものらない声で質問した。

「現場を目撃したわけではなかったのです。千草さんは、犯人は珠緒さんだと思っていました。珠緒さんが煎じ薬をフラスコへうつして冷やしたのですから、そう信じていた。ところが、眠り薬はフラスコへ投入されたものではなく、それ以前に、煎じたヤカンに投入されたものだと判り、おまけに珠緒さんが殺されてしまった。そこで千草さんは、ふと気がついた。千草さんは土居画伯の蛇使いにも鼻もひっかけず、もっぱらあやか夫人と向い合った位置にいましたから、煎じ薬に近づいた人が、珠緒さんを除いては、あやか夫人一人であることを見ていたのです。それで私が珠緒さんの絞殺されたことをお知らせ致しました時、テッキリ珠緒さんを犯人と信じていた千草さんはビックリして、どうも変ね、じゃア、いったい、そう叫んで、にわかに考えこんでしまったのです。ここに、千草さんが殺されなければならなくなった絶対の必要が生じたのです」

巨勢博士は至極平然と語りつづけた。

「千草殺しは順を追うて語ることと致しまして、王仁殺しに戻りましょう。その夜の午前一時ごろ、宇津木さんが王仁さんの寝室を訪れたとき、鍵がかかっておりました。その鍵は宇津木さんが偶然王仁さんから預って、自分の部屋においた筈のものでした。言うまでもなく、そのとき、土居画伯は王仁さんの寝室におられたのです。恐らくあやか夫人が予定通り盗みだした合鍵を土居画伯の部屋へ置いておくというような方法で入手して、内側から鍵をかけて、さて、仕事にかかろうとするところへ宇津木さんが来た。慌てて寝台の下へもぐる。宇津木さんがやってきて、再び戻られた時に、王仁さんの心臓めがけて一撃のもとに刺殺する。短刀の指紋をふき去り、寝台の下を王仁さんの上衣でキレイにふいたのは、ゴミの上に残った跡で身長などが分る恐れがあったからでありましょう。そしてキレイにふいた上へ、わざと、あやか夫人の部屋靴の鈴の一つを置いてきました。これこそ類い稀れな犯人の狡智の手段でありまして、この置き残された鈴一つに、歌川一馬先生を自殺の形で殺す時の用意がこもっていたのです」

　さすが冷静な巨勢博士も、はじめて、いささか顔に感動をあらわした。意味は異るにしても、芸術を味う人の感動に似ていた。

「御承知のごとく、その夜、あやか夫人は一馬先生と一室に寝ておられました。おまけに一馬先生は午前三時ごろまで、机に向っておられた。愛妻はその間ズッと目の前に寝ており、つまり、当夜アリバイのある唯一の人はあやか夫人でありました。もとより、このアリバイは夫と妻との関係にある人の証言でありますから、警察当局はこれを疑るかも知れず、その意味に於てこのアリバイは必ずしも成立は致しません。然し、天地にただ一人、一馬先生その人だけは、あやか夫人の歴然たるアリバイを信じて疑うことが有り得ぬのです。しかも一方に、王仁さんの部屋にあやか夫人の鈴がある。しかも、キレイに拭かれた場所におかれてあります。さすれば以前から在ったものではなくて、犯人の作為によって、おかれたものであることはタシカです。何者かが、あやか夫人にケンギをかけようとしている。しかも、あやか夫人は、絶対に犯人ではあり得ない。一馬先生にとってのみは、これは疑うべからざる事実であります。即ち、一馬先生にとっては、あらゆる人が犯人として疑わるべき場合にも、あやか夫人のみは犯人ではあり得ない。この絶対の信頼が、第一回の犯行に於て、巧妙に設定せられているのです。即ち、これは最終回の準備のため、つまり、一馬先生を自殺と見せかけて、殺す時の用意のためです。なぜなら、一馬先生は、最後に至って、あらゆる人を疑る時も、あやか夫人を信頼し、恐らく、あやか夫人のすすめる飲み物を疑うことなく飲みほすでありましょう。あやか夫人のすすめる青酸加里を、催眠薬と信じて飲むことも有りうるのです。そして、その予定の如く、一馬先生は毒殺せられたのであります」

「どうして、それを一馬さんに忠告してあげなかったのですか」

と神山東洋がきいた。巨勢博士は顔をゆがめた。

「私が天下のバカモノだったのです。私は、最愛のあやか夫人を私の忠告によっても多分疑ることのない一馬先生を予想してはいましたが、然し、それ以上に、犯人を買い被っていました。私は犯人が私の帰るまでこの犯行を行うことがないだろうと考えていたのです。然し、あるいは、犯人は、昨夜、八月九日、宿命の日、というハリ紙を見て、私の仕業と信じ、私の帰館を信じたのかも知れません。あのハリ紙は平野警部がはられたものでありました。これはグチではありません。平野警部の手落ちではないのです。すべては私の大失策でありました」

巨勢博士もしばらく暗然と面をふせた。

二十六　絶体絶命の悪戦苦闘

巨勢博士は顔をあげて語りつづけた。

「さて第二の珠緒殺しですが、これは極めてカンタンです。酔っ払いの珠緒さんは、この日は特に泥酔して、吐き苦しんだアゲク熟睡しました。元々、珠緒さんの寝室は、殺して下さいと云わぬばかりの好地点にあるのですから、きわめて仕事はカンタンで、土居画伯が忍んで行って、部屋に有り合せのアイロンのコードで殺して、電燈を消してひきあげた。なぜモルヒネの粉末をこぼしてきたか、海老塚とか諸井看護婦という一曲《ひとくせ》ある人物の存在を見て、容疑者の範囲を手広くするために、そんなイタズラを残したのかも知れません。然し、その正確な意味は、私にも推定はできません。さて、ここまではカンタンでした。ところが珠緒殺しが発見されると、千草さんがガクゼンとして、どうやら、眠り薬の件であやか夫人を疑りだした様子ですので、ここに矢ツギバヤに、千草殺しを行わねばならなくなりました。まさに一刻も猶予のできぬ場合です」

　博士の顔に熱情があらわれた。どうやら、これからが、事件のヤマであるらしい。ピカ一は平然として、口をつぐんでいる。あやか夫人も童女の如く、ただ耳をすましているようであった。

「その日の午後は予定によって王仁さんをダビにふす日でありました。何かの方法によって、土居画伯とあやか夫人は千草殺しの手筈を打ち合せたものでしょう。先ず、あやか夫人が内海明先生のアイビキの手紙を偽造して、内海さんからことづかったからと千草さんに渡しました。それを真実めかすために、棺が送りだされるとき、あやか夫人は内海さんと並んで門の外まで棺を送って出たのです。まさかに千草さんが、この手紙を人に見せようなどと、さすがのあやか夫人も夢にも考えていませんでした。そうでしょう。美女は恋の仕方に於て、概して秘密を愛するものです。ところが、醜女は恋をひけらかす性質のもので、さすが練達のあやか夫人も、わが性癖に盲いて、千草さんの特異な性質を洞察することを忘れていた。まさかにアイビキの手紙を人にひけらかして見せようなどと、夢にも思ってみなかったのです」

　私にとって半信半疑の真相が、どうやら信ぜざるを得ぬものとなりつつあるようであった。然し、私にとっては今もって、あやか夫人が犯人であるとは思われず、全てが巨勢博士のイタズラで、今に突如として別の真犯人を指名するように思われてならなかった。博士は語りつづけた。

「火葬場について読経を終って火をかけ、さて帰ろうとした時が六時六分、偽造のアイビキの文面では、午後六時半から七時ごろまで三輪神社裏で、となっております。そのとき土居画伯は色々の方法を用意せられていたでしょうが、たまたま屍体をつんできた大八車がカラのまま帰ろうとするのを認めたので、とっさにその利用をはかられ、言葉巧みに内海さんを大八車にのせ、自分もあとを押して、若衆二人と土居先生の三人びきですから猛烈な勢いで、みるみる谷径を登り、我々の視界から消え去りました。谷をのぼりつめたところで、土居先生は大八車のあと押しをやめました。そして、すこしやりすごして、間道へとびこみ、猛烈な全速で走って三輪神社の裏へでてここに待っていた千草さんに話しかけ、内海先生があとからヒョッコリヒョッコリ歩いてくるぜ、ひとつカクレンボでもしようじゃないか、まア、どんな風に持ちかけたのか知りませんが、フロシキをかぶせておいて、なんなく締め殺してしまった。ただちにハンドバッグをひっかき廻して、例の偽造のアイビキの手紙を奪いました。これをやり終るまで恐らく五分とかからなかったに相違ありません。直ちに走って先廻りをして、大八車をやりすごして、内海さんより一足先に戻られた。内海先生は石コロだらけの急坂にかかる前に大八車を降り、セムシの危い足で、一足ずつ休んでは降り休んでは降り、相当の時間をつかって石コロだらけの急坂を辿っておられ、その間に土居先生は易々と先廻りして第一着に歌川家へ戻られたのでありました。土居先生は表向きこの土地は始めてのことであり、歌川家へ到着して三日目、土地不案内と目せられますために、間道の利用ということから当然除外される位置にあるという、これもメンミツな計画のうちの一つであったに相違ありません。こうして千草殺しは易々と終り、犯人御両名は危機を脱した筈でしたが、どッこい、晴天のヘキレキと申すべき最大の危機が待ちかまえていました。即ち、申すまでもなく、例のアイビキの手紙を千草さんが諸井看護婦に示したという、はからざる事実が判明致したからであります」

　愈々、巨勢博士の、いわゆる事件の急所である。私は又ピカ一を見たが、彼はすでに吾関せず、全然人ごとのように、勝手にしやがれ、バカバカしいという様子であった。

「あの夜、九時何分ごろでしたか、お由良婆さまと諸井看護婦が広間へはいってきて、千草さんは六時ごろアイビキにでかけた、その手紙を諸井看護婦が見せられた、男の名前も知っている、それと判ったときの土居画伯あやか夫人の驚愕顛倒《きょうがくてんとう》いかばかりであったか、もはや計算、熟慮の余地もありません。千草さんが殺されたとは知らないから、諸井看護婦はアイビキの男の名前の言明をはばかりましたが、兇行が発見されれば、それを言わずにいられる筈はありません。さすれば、手紙の偽造が発見する。のみならず、偽造の手紙をあやか夫人が千草さんに手渡しているのですから、おのずから偽造の主も発見する。そして事件の全貌が自然に発見せざるを得ないのであります。これを防ぐには、内海先生を殺すか、諸井看護婦を殺すか、いずれかしかない。条件として内海殺しが容易でもあり、又、諸井看護婦は広間に於てこそ男の名前の言明をはばかったにしても、母屋の誰かにもらしているかも知れず、日記に残しているかも知れません。さすれば、内海先生をその夜のうちに殺す以外に危機を脱する道はないのであります。もはや一刻の猶予もならぬ、熟慮の余地もないのです。即座に内海殺しの手筈を打ち合せなければならないのです。その打合せの方法、それは多分、周到な御両名がかねて急場にそなえてピンチに処する方法をきめておかれたのでしょうが、それがつまり、例の格闘、つかみ合い、ぶんなぐる、ふり廻す、あげくに、あやか夫人が人気のない戸外へ逃げ去る、土居先生が追っかけて、つかまえる。ほかの人たちの追いつくまでに、争うフリをして、打ち合せをとげる。つまり、あの必死、凄惨な格闘こそは、御両名にとって、吾々が当時見て感じたよりも、さらに必死、絶体絶命の悪戦苦闘でありました筈です」

私も、そして多くの人々も、どうやら説得せられてきた。してみると、あやか夫人が真犯人であったのか、もはや巨勢博士が、今までのことは冗談です、真犯人は、と言いだすことは有りうべからざるものに思われた。それにも拘らず、あやか夫人を真犯人と信じることが如何に出来がたいものであったか。それは多くの人々にも、同様の心境のように思われた。

巨勢博士は我々の思惑などはおかまいなしに、言葉をつづけた。

「御両名は筋書通り巧みに格闘を演じ、あやか夫人は脱兎の如く戸外へ逃げ去り、土居画伯はこれを追跡、追いつめて、我々が駈けつけるまでに、内海殺しの手筈の打ち合せを仕遂げました。その方法は、すでに先程申し上げました如くに、土居画伯が、あやか夫人の扉の前で喚きつづけ、顔をだす者に食ってかかって、自らのアリバイをつくりつつ監視の役目を果す。あやか夫人がその監視の掩護のうちに、下へ降り、談話室より短刀を持ちだして、内海先生を殺す。まことに巧妙な方法です。表面犬猿ただならぬ御両名が、かくの如くに協力していようとは知る由もない我々にとって、当の犯人あやか夫人は最もケンギの外に置かれ、神山さんの推理に於ても、御両名だけは絶対に犯人ならずと結論さるるに至っております。巧妙に又周到なあやか夫人は、すでにこの夜の突発事に備えて、平常から自室の扉の内側は鍵をかけッ放しておく習慣をつくって人々にも信じさせ、この急場に自室へ逃げこむことが不自然でないというメンミツな用意をととのえておいたのであります。即ち、土居画伯の到着以来、一馬先生の寝室に起居していられるあやか夫人は、それだけの用意がなければ、この急場に自室へ逃げこむという言訳が成り立たない。私は始め、そんなにウマク自室の扉の内側にちゃんと鍵がさしこんであったなんて、話がウマすぎると疑ったのですが、矢代先生その他におききしたところによっても、あやか夫人はズボラな方で、常々鍵を自室の内側へカケッ放しにしておく習慣であったという、益々話がウマすぎるので、むしろ全てが長日月に計画せられたメンミツ極まる犯罪であることを益々信ずるに至ったほどであります。然し、かほどメンミツに準備せられた犯罪も、この日の危機があまりに晴天ヘキレキであり、かつ重大であったがために、熟慮の余地がなかった、そして、さすがの御両名も、ここに不覚な心理の足跡を残すに至ったのであります」

二十七　心理の足跡

巨勢博士が先程からクドク説く心理の足跡、心理といえば我々文士もそれが商売のようなものだが、まだ私には、なんのことやら、皆目見当がつかなかった。それに応ずるように、巨勢博士は我々を見廻した。

「同席の皆様は恐らく日本最高の心理通、人間通と申すべき練達の方々であります。その皆様にして、この足跡にお気づきにならない。それは皆様の手落ちではなく、恐らく犯人御両名の演出があまりにも真に迫り、疑念をはさむ余地を断っているからでありましょう。然し、それにも一つの不遜な理由を私流に附け加えますなら、皆様が犯人の計画通り、あまりにも表面の事象を盲信しすぎていられた、つまり、土居画伯、あやか夫人、御両名の不和を、絶対の真実と盲信せられて疑うことを忘れていられた、そこに心理の足跡を見逃す根拠も生れたのだと思われます」

弱気の都会人で、自慢のキライな巨勢博士は、自分の広言にテレて面はゆい様子である。

「さて、晴天ヘキレキのピンチにのぞんだ御両名は寸刻の猶予もならず、互に言葉尻をつかんで、ケンカを始め、突如として猛烈な格闘、ブン殴り、摑んでフリ廻し、投げとばし、さらに、あやか夫人は戸外をめざして走り去りました。演技は真に迫っております。然し、皆さん、もう一度、当夜の状況を、皆様自身の念頭に思い描いていただきたいと思います。即ち、この部屋には、人見さん、矢代さん、三宅さん、一馬先生、神山さん、私、これだけの男が揃い、この男は全部あやか夫人の味方たる人、土居画伯の暴力に対してあやか夫人をまもり闘うに相違ない人々であります。現にその前夜も、あやか夫人に向い土居画伯が暴力を揮いかけたとき、人見さん矢代さん神山さんらが奮然と土居画伯に立ち向って、あやか夫人を助けたではありませんか。その晩とても、そうです。あまりに事が突発的で、我々の予期せざるうち、アッと思うまにあやか夫人は殴られ、フリ廻され、投げとばされておりました。然し我々は我にかえるや、当然土居画伯に躍りかかって彼を取り押え、距てました。それで事は済んだと我々は思ったのです。すると又、距てられたまま二言三言言い争ったと思うと、我々の予期せざるうち、再び突如として土居画伯はあやか夫人に飛びかかり、あやか夫人は身をひるがえすや、脱兎の如く戸外を指して逃げ去りました。即ち、皆さん、私が心理の足跡とよぶのは、ここであります。なぜならば、あやか夫人の最大の味方たる者の大部分がその場に居合しているのです。戸外には何もありませぬ。誰も味方はおりませぬ。戸外を廻って母屋へ逃げても、母屋の男は老いはてた病人と老いはてた下男の外にはおりませぬ。村の人家は一里も離れ、駐在所も亦一里離れておるのであります。我々が土地不案内な夜道などで、深夜オイハギに出会ったような場合でしたら、我々はオイハギをのがれて暗闇に向ってメクラ滅法逃げだすことは自然であるかも知れません。然し、あの晩の如く、現に味方の大部分がその場に居合わす場合に、その味方の方へ逃げこまずに、味方の居るべき筈のない暗闇の戸外へ向って逃げ去ることが自然でありましょうか。自ら死地へ赴くことではありませんか。我々の目の前ですら、フリ廻されて投げつけられ、衣服はさけて膝から血が流れるほどの暴行を受けているのに、味方の中へ逃げこまずに、暗闇の戸外へ逃げ去るなどとは、人間の心理に於て、およそ有りうべからざる奇怪事であります。即ち、そこには、どうしても、人のいない戸外へ向って逃げねばならなかった必然性がなければならぬ。そうせざるを得なかった理由がなければならぬ」

　巨勢博士は言葉をきった。然し、思い入れよろしくに自らテレたものか、すぐさま言葉をつづけた。

「私も演技の妙にだまされて、その日は、その不自然に気付くことができませんでした。その翌朝、内海さんの惨殺が発見されたとき私がようやくそれに疑念をもつことができましたのは、それから一週間の後、歌川多門先生と加代子さんが毒殺せられた当夜のことでありました。皆さんも、あの日のことは御記憶に明かなことと思いますが、さっそく平野警部の訊問があった折に、あやか夫人は土居画伯を指して犯人とよび、指の魔術師とよびました。すると、土居画伯は平然として、かたわらの碁石をつまみ上げ、黒白夢幻の恋の巻、ハイ、東西東西、悠々と指の魔術を御披露あそばされたものです。のみならず、それが終って、尚言い争い、土居画伯が、自分もいつ毒殺されるか分らない、こんな家にいたくない、と申されますと、お前が犯人じゃないか、お前のほかに誰が毒をもるものですか、あやか夫人がそう叫ばれた。私がハテナと思ったのは、その時でありました。何か勝手が違う、そこが私の気にかかった、すると、私は気づいたのです。そうだ、内海殺しの夜は、なんでもないツマラヌことがキッカケで、あの物凄い格闘となった。ところが、この日は、言葉上の敵意の激しさでは、そして又、言葉にこもる悪意の激しさでは、この日にまさるものはない。それにも拘らず、土居画伯は平然として、敢てあやか夫人にとびかからない。これは、いったい、なぜだろう？　そう思った時、あの格闘の激しさの不思議さが、はじめて、不思議なものとして私の意識によみがえり、これにつづいて、あの心理の足跡、あやか夫人が戸外の暗闇へ逃げ去ったという有りうべからざる不自然さが、ようやく目に映じてきたのでありました。私が御両名の周到きわまるカラクリを見破ることができたのは、ようやく、その時でありました。あまりにも、おそすぎました。然し、又、あまりにも巧みな演技、あまりにも、巧みな計画ではありませんか」

ピカ一は相変らず、平然と沈黙していた。その沈黙は必ずしも不自然ではなかった。心理の足跡とはいえ、尚それが決定的な説得力には、どこか不足なものがあった。我々のその思いと、ピカ一の平然たる顔と、それは奇妙に調和のとれた、要するに、変に間の抜けた痴呆状態をつくりだしているのであった。

巨勢博士は語りつづけた。

「さて、五回目の多門、加代子毒殺事件にうつります。多門先生の場合、あやか夫人が多門専用の砂糖壺へモルヒネをまぜておき、プリンの中へモルヒネを仕込んだのですが、プリンの中へモルヒネを仕込んだだけでは、あやか夫人が直ちにケンギをこうむりますから、先ず、多門専用の砂糖壺へモルヒネを入れておく、それを気付かずにプリンへ入れたように見せかける、そういう用意をととのえたワケであります。この仕事はカンタン明快で、あやか夫人も別に苦心はなかったでしょう。問題は加代子殺しであります。幸いに土居画伯の連夜の乱舞によりましてコーヒー茶碗が一ダース余もかけ、そろいの茶碗では満足のものが不足になって、一つだけカケた茶碗がまじることになりましたから、これを利用して筋書をたて、加代子さんと同時に、多門先生を殺害する手筈をととのえ、一馬先生の誕生日を予定しました。加代子さんはふだんはこの食堂へ来ることのない方ですから、加代子さんのコーヒー茶碗は土居画伯以上にカケたものが当ります。加代子さんは表向き女中なみの待遇をうけているのですから、外来の方々よりも待遇の落ちるのは自然で、これを利用して、土居画伯がコーヒー茶碗をとりかえてあげる、そのとき例の指の魔術という天才的な妙技によって、毒薬を入れて加代子さんにすすめる。この妙技を成功させるには、他の人々にも、コーヒー茶碗に毒薬を入れうる可能性をつくっておくことが必要で、これはあやか夫人の役割です。即ち、あやか夫人は、その頃を見はからって、矢代夫人をさそって便所へ立つ、予想の如く広間にコーヒーが並べられているのを見届けてから、慌てて食堂へきて、便所の窓から庭に怪しい人影を見たと云って、一馬先生、矢代先生、それに私を誘って便所へとって返しました。人々がにわかに何人か立ちますと、それにつれて又何人か便所へ立つのはよくある現象で、食事の終り時ですからその必要の方々も数人おられて、神山さん、三宅さんらが便所へ立たれた。こうして、五、六名の方々に、広間の卓上に並べられていたコーヒー茶碗へ毒薬を入れうるチャンスを設定されたというワケであります。これだけの助演が完了すれば、あとは土居画伯の手練の妙技に狂いのある筈はありません。巧みに毒薬を入れたのち、巧妙な手段によって、加代子さんと茶碗をとりかえた、そして演技は見事に成功し、土居画伯はあやか夫人をハッタと睨んで、奴メがオレを殺そうとした、と怒り、あやか夫人は土居画伯をさして、ウソです。あの人こそ犯人です、あの人は指の魔術の天才ですから、と又しても、ここに、かねて計画のカケアイ漫才の名演技が行われたワケであります。以上で主要なる殺人目的の大半を果しまして、あとは最後に主目的たる一馬先生の殺害が残るばかりでありますが、その中間に、不連続殺人事件の不連続たる一石を投じておく必要があり、宇津木秋子さんがイケニエに選ばれて滝壺につき落されて溺死しました。先ほども申上げました通り、私は多門加代子殺しの終って後にようやく事件の真相をつきとめることができましたので、それも要するに心理の足跡を発見し得たことによって事件の全貌を推理し得た、というだけのこと、一つとして物的証拠はないのです。かくなる上は、次の事件を待って現場を押える以外に手はないと思いましたので、土居画伯につきまとっていれば、次の事件の端緒をつかみ得るだろうと狙いをつけて、幸い神山さんと土居画伯が毎日タマツキの賭けに熱中しておられるところから、私も賭けのタマツキに一枚加わることに致したのです。又しても、これが私の失敗でした。私はカン違いを致したのです。内海殺しは突発的な危急存亡の大事ですから、一か八か、白刃の下をくぐる千番に一番のカネ合いで、ついにあやか夫人が短剣を握って出演するに至りましたが、これは例外中の例外で、最後の一馬殺しをのぞいて、不連続方面の兇行にあやか夫人の出番はもはやなかろうと私は考えてしまったのです。そして土居画伯につきまとい、ここにつきまとっているうちに、必ず次の不連続興行の端緒が握れるものと信じていました。この軽率な見込みは、ものの見事に裏をかかれてしまったのです。即ち土居画伯は、ひそかに宇津木さんと三輪山の滝壺でアイビキの約束をむすびました。一方、あやか夫人は当日鉱泉宿へ遊びに行き、その帰途に、千草殺しの際に、土居画伯の走った間道を駈けぬけて滝壺へ現れ、そこに土居画伯を待ちかねている宇津木さんと、何くわぬ顔で肩を並べて滝壺を散歩しながら、とつぜん宇津木さんを突き落しました。そして再び、今来た間道を駈けぬけて元の道へ現れ、ブナ林の方から何事もなかったように、そして、今鉱泉からマッスグ戻ってきたように御帰館あそばされた次第であります」

二十八　ぬきさしならぬ物的証拠

あざやかな推理であった。不連続殺人事件の全貌はあますところなくその真相をバクロせられている。私も説得されずにはいられなかった。然しなお平然として無関心なピカ一の顔、そして童女のように聴き耳をたてる無心なあやか夫人の顔、そこには反抗的な太々しさを見ることもできない。そして我々は、巨勢博士の推理に説得されながら、同時に、犯人たる二人の男女の無心さにも説得されずにいられなかった。

そして二つの説得力が妙な平衡状態を保っている、つまりそのどちらにも、最後の説得力が欠けているのだ。そして巨勢博士に欠けている最後のものは、言うまでもなく、ぬきさしならぬ物的証拠に外ならない。

然し巨勢博士は、そのような説得力の平衡状態が一向に苦にもならないらしく、再び淡々と語りつづけた。

「さて、最後の仕上げの犯行にうつりますが、もしも海老塚医師と諸井看護婦があのようなことにならなければ、この二人こそ犯人御両名の最も利用すべき人物であったでしょう。海老塚、諸井の両氏は周到なる犯人すらも予期せざる人物でありました。それは是非もありません。当家の主人たる一馬先生すら、父多門氏が惨死せられて、片倉老人の打ちあけ話をきかれるまでは、海老塚氏が多門先生の孫に当る人であることを知らなかったほどであります。したがって犯人も知らなかった、それだけに、この予期せざりし人物の出現は利用価値が大であり、もし海老塚氏の発狂という事件がなければ、一馬殺しの容疑者として最後の仕上げに最も大きな役割をふられることとなったでしょう。幸か不幸か、海老塚氏は発狂して諸井看護婦を傷害し、留置されてしまったので、最後の仕上げも当初の計画に戻らざるを得ず、即ち、一馬先生の自殺という形による殺人事件が予定通りに行われることになったのであります。私はまだ一馬先生の毒殺の現場も見ておりません。ただ警察の方から話をおききしただけですが、この事件は私がすでに十日以前から予定していたことですから、今までの推理が正しいように、次の推理も正しい筈です。たぶん一馬先生は、今朝明方ちかくまでイライラと寝もやらずに煩悶し、不安に沈んでいられたことと思います。なぜなら、前夜、広間の柱にハリ紙を見られたからで、事件の犯人を海老塚と信じ、海老塚氏の逮捕によってもはや身に危険のなきものと安堵しておられた一馬先生の驚愕顛倒、不安のほどは同情に余りあります。不安のあまり寝もやらず明方に及んだ同氏に、恐らくあやか夫人が催眠薬をすすめたものと思われます。そして、一馬先生は青酸加里をのんで死ぬ、それだけでも自殺で通る筈ですが、真犯人としての自殺という証拠が残されていないために、あやか夫人は無理心中を迫られた格闘の跡を装い、もうダメだ、という一馬先生の告白を世に伝えるために、自身も舌を噛みきって一時喪心《そうしん》するほどの狂言をはたらかなければならなかったのでしょう。こうして、十ヶ月来の計画せられた犯罪は、まんまと仕上げを終ったのであります」

　ピカ一は平然として、質問一つしようとしない。バカなことは相手にならぬという様子である。当然ここに、巨勢博士の最後の仕上げ、挑戦、攻撃がなければならぬ筈である。そして、まさしく巨勢博士は、変りばえのない声で、淡々と最後の挑戦をきりだした。

「私は東京へ行きました。あやか夫人は結婚後、月一度又は二度必ず上京される習いでした。上京は常に一馬先生も一しょでしたが、上京中の行動は必ずしも一しょではありません。土居先生とあやか夫人は文書で往復することは危険ですから、必ずどこかで会っておられる筈であります。これだけメンミツな計画犯罪を行うためには、事前にあらゆる事情に通じて、かつ、それを骨子にメンミツな打ち合せをとげる必要があり、幾度かの会合と打ち合せをとげることが必要であります。したがって、あやか夫人の上京のたび、必ずどこかで二人は会見せられておる筈であります。上京中の一馬先生御夫妻の宿はツボ平氏の家でありますから、私はそれとなくツボ平御夫妻からききだしましたが、あやか夫人は単独で出かけられてもその夜のうちには必ず帰ってこられたという、一度も一人で出かけられて泊ってこられたことはなかったという話でした。してみれば、会見の場所は東京か、東京周辺の都市を遠く離れる筈はあり得ない。私は土居画伯あやか夫人の写真を握って東京へ帰り、写真を焼き増して、三十名ほどの知友に協力をたのんで、東京はおろか、横浜、浦和、大宮、千葉、八王子に至るまで、待合、旅館、料理屋、シラミつぶしにきいて廻ったのです。その結果、お膝元も、都心をあまり離れていない焼け残りの待合に、御両名の巣を見出したのです。御両氏は、月に一度あるいは二度、必ずそこに落ちあって、静かな半日をたのしんでおられたわけです。その待合の女将と女中は、私の同僚につきそわれて、今朝の一番で東都を出発いたしております。夕方五時には、おそくもここへ到着いたす筈であります」

巨勢博士はポケットから一枚の紙片をとりだした。

「これは、ただ今、友人から、私にとどいた電報です。つまり、今朝の出発を知らせたものです」

巨勢博士は電報をひらいて机上にのせ、それを静かに読みはじめた。

「セミマルノオカミトジョチュウ、ヨテイノトオリ、イチバンニテタツ」

巨勢博士はつぶやいた。「セミマル、セミマル。これは、待合の名前です」

ピカ一は、なお平然として、顔色ひとつ変えない。

そのとき一方の壁際から物音が起った。数名の刑事が慌てて前へとびだした。あやか夫人の椅子が倒れ、立ち上ったあやか夫人が胸を抱くように掻きむしってフラフラと倒れるところである。刑事の抱きとめる手がおくれて、あやか夫人は下へくずれ、二、三度床板をつかむように這いだして、やがて、くずれて、動かなかった。

刑事の中にまじっていた医者が進みでて診察し、数人で人工呼吸のようなことを施していたが、やがて諦めて立ち上った。

私がふと気付いてピカ一を見ると、ピカ一の左右、後に、五名の刑事が寄り添い両手をシッカととっている。ピカ一は立ち上っていた。あやか夫人の倒れた姿をテーブルごしに見つめているが、恐らくその極めて一部分しか見ることができないようであった。

ピカ一は、けわしい視線をカングリ警部にそそいで、

「あの人のところへ、行かせてくれたまえ。あの人、あやか」

カングリ警部は判断に窮して目玉をむいて黙っている。

「カングリ警部殿、わかるでしょう。オレがあの人、あやかのところへ行きたいと云っているのだ。犬猿ただならざるピカ一が、だよ。さすれば分明ではないか。つまり、オレは、オレとあやかが犯人であったことを、今や、公然と認めてあげているのだ」

カングリ警部はうなずいて、承諾の意を表した。

「じゃア、オレの腕をとるのも、よしたまえ。しばし、最後の自由を与えよ」そして、ピ

カ一は刑事の腕をふりはらい、一人ノッシノッシとテーブルを廻って歩いて行った。テーブル正面の巨勢博士のうしろを通るとき、軽く博士の頭をなでて、

「うまく、やった。探偵小僧氏。汝、賞讃さるべし」と、偉らそうなことを言いすてて、あやか夫人の遺骸の前にひざまずいた。

あやか夫人の手をとって、その死顔を数分間もみつめていたが、顔をあげて、誰にともなく、

「バカだったよ。死ぬ必要はなかったのだ。待合のオカミや女中ごときが現れたところで、それが何物でもないではないか。そんな証拠を吹きとばすぐらい、それぐらいの智恵をオレに信じてくれてもよかったじゃないか。はやまったことをしてくれたよ。今となっては、もはや、仕方がない。自殺は、これ、犯人の、また、ひとつの告白なり、か。よろしい、愛するものへの情誼《じょうぎ》により、良人ピカ一氏も、つきあって告白致すであろう。アーメン」

ピカ一はあやか夫人の手をおしいただき、長く長く、くちづけした。あまりに長い時間であった。そして、兇悪なピカ一ながら、それは人の心にしみいる悲しさを伝える姿であった。

ピカ一はあやか夫人の手をはなし、よろめいて前へ倒れた。それがピカ一の最後であった。

「犯人さがし懸賞」正解者発表

一等　完全正解（九十五点）賞金一万円
東京都目黒区上目黒五ノ二五五九　片岡輝夫氏

二等　正解（九十点）賞金各五千円
長野県上水内郡若槻村東条　秋元収作氏
高知県幡田郡中村町　庄司公彦氏
大阪市東区瓦町一丁目一番地　酒井淳氏

三等　正解に近し（七十点）賞金二千円
東京都中野区野方町一ノ七九五　田中碩氏

四等　部分的正解（五十点）賞金一千円
東京都新宿区下落合一ノ三六九　村田モト子氏
東京都新宿区戸塚町四ノ七五八　新井完氏
東京都目黒区洗足一四六三　大井広介氏

選後感想

ピカ一あやか共犯を推定された答案は全部で八通。そのうち、片岡、秋元、庄司、酒井氏は巨勢博士の推定と完全に同じく、なぜ千草、内海が殺されねばならなかったか、各殺人の手口、すべて一分の狂いもない。内海殺しに先立って、なぜ格闘しなければならなかったか、それも完全に推理しておられる。不足のところといえば、靴の鈴が一馬殺しの準備であったこと、あやかが戸外の暗闇へ逃げ去ることが不自然なる事、を見逃しておられることだけである。

特に片岡氏はその他のあらゆる細部にわたってメンミツ適確をきわめ、一分の狂いもなく、他の三氏にややまさっているので、氏を最上席とした。三氏は甲乙をつけがたい。

賞金は、最上席のみ一人という約束だったが、正解が四名もおられて、他の三氏を捨てることは作者の忍びがたいところであったから、作者の敗北料として、三氏に五千円ずつ支払うことにした。然し、この敗北料の支払いは、作者にとって快いものだ。こんなにピタリと細部にわたって当てられると、本当に、うれしい。

三等の田中氏は千草、内海殺しの必然性その手口など適確であるが、各殺人の手口全部が正解といえず、一部に狂いがあって、前記四氏にくらべると、よほど落ちる。細部についての検討も不足していた。然し、これも作者がなにがしの敗北料を支払うに値いしていた。

四等の村田、新井、それに私の挑戦者の一人である四丁鼻の大井広介探偵は、ともかく犯人は当っているけれども、細部に於ては大いに狂ったところがあって、作者に敗北を感じさせるものではなかった。然し犯人が当ったという事に就ては敬意を表することにした。

大井広介探偵のごときは、これだけの殺人を犯すには、動機として遺産問題だけであるという観念的な論拠から出発しており、これは探偵小説の一種の公式的解釈の利用にすぎず、一々の具体的事実から論理的に推定したものではない。だから細部の解釈もランミャクをきわめ、犯人の名が当ったという以外に取柄のあるものではなかった。

私は思うに、巨勢博士の推理と全く同じように一々の細部にピタリと推理された方が四人もあったということは、私がむしろ誇ってよいことではないかと思う。つまり、ピタリと当るように出来ているのだ。探偵小説の従来の公式などは問題じゃない。探偵小説は合理的でなければならぬ。

人間性を不当に不合理に歪めて、有りうべからざる行動を実在させそれを、合理的に解けと云ったって無理である。私は日本のみならず、全世界の探偵小説の九十九パーセント、否、九十九、九九パーセントぐらいが不合理なものだと思っている。

犯人の間違った答案の多くは、消却法を用いられているが、なるほど探偵小説は、現実の犯罪と違って、登場人物が三十人なら、その三十人の中に必ず犯人がいるのであるから、消却法というものが、一応最も便利で、有効に思われる。ところが、消却法による限り、必ず犯人は当らない。

いわば探偵小説のトリックとは、消却法を相手にして、それによる限り必ず失敗するようにつくられたものである。消却法によると、まッさきに犯人でなくなってしまうような完全なアリバイをもつ人物が、実は犯人であるという、そこにトリックがあり、探偵小説の妙味があるのである。然し、従来の探偵小説の多くは、このトリックにムリをして、そこで人間性をゆがめ、不合理な行為や心理をムリヤリにデッチあげて、又、作者も読者も、探偵小説のトリックはそういうものだと鵜呑みにして疑っていないのだ。

私は中学生ぐらいのとき、佐藤春夫氏の短篇探偵小説をよんで感心したことがあって、もう題名も忘れたけれども、ある男が本を紛失した。その本を心理通の友人が探してくれる話であるが、要するに、その紛失した人は、本をもって立ち上ったとき、便所へ行く気持になり、その本を二階の階段を降りる途中かに、壁のナゲシのような暗らがりのところへヒョイとのせて行った。そして小便してしまうと、人はよく排便と同時にやりかけたことをド忘れするもので、程へて本のことをフト思いだした時には、どうしても見つからなくなってしまったのである。

私が犯罪心理の合理性というのは、こういう人間性の正確なデッサンによるものをいうのであって、探偵小説を愛読して、人間性、合理性という点で裏切られるたびに、ひとつ自分で、ケンランたる大殺人事件を展開させ、犯人の推定をフンキュウさせながら、人間的に完全に合理的な探偵小説を書いてみたいと思うようになっていた。その探偵小説の人間的な合理性ということを私に教えてくれたのは、先程申した佐藤春夫氏の短篇だったのである。

その意味に於て、完全な正解が四氏もおられたということは、私のかねての目的が達成せられた一証左ではないかと思われ、私はうれしい。

もっとも、私が答案の山の中から最初にとりあげたのが、事もあろうに、長野の秋元氏の正解の答案であり、いきなり完全正解であるから、このときトタンにギョッとして、こらイケナイ、それから三通ばかり見ると、又、三通目に今度は高知の庄司氏の正解答案で、もうダメだ、これは大変なことになった、五、六十人も当てているんじゃないかと思った。運悪く私の見た始めの三分の一に正解が全部あり、次々に、いささかギョッとさせられたのである。

最も答案の名作は森川信一座の俳優木田三千夫氏からのもので、これはまさに前代未聞の発想法により、現代推理小説のかつて思い及ばざる着眼点から、作者の向っ脛をカッ払って出てきたもので、ひとつ、下枝は歌川家に召使わること、という条より始まり、つまり、下枝というヒナには稀れな美少女が歌川家へ召抱えられる事となり、多門老人の腰元となって侍くうち、つれづれなるままに多門の書架より古今東西の探偵小説をとりいだして読むうちに、持って生れたる殺人鬼の毒血はここにムラムラとよみがえり、夜となく昼となく血の惨劇を思いふけって、ここに不連続殺人事件の幻想を構成し、ついにこれを実行するに至るテンマツを、古風優美な物語にこしらえあげていられるのである。

　これは作者の虚をついた妙作であった。熱心な答案をお寄せ下さった皆様方、又、愛読を賜わった皆様方に厚く御礼申し上げます。

坂口安吾

安吾探偵とそのライヴァルたち

以下、坂口安吾『不連続殺人事件』、横溝正史『本陣殺人事件』『蝶々殺人事件』の真相に触れる箇所があります。

平野　謙

平野探偵の手記

戦争中私どもは「現代文学」という同人雑誌をやっていた。昭和十五年の一月から満四年間ほどつづけた。はじめは大井広介、杉山英樹、私の三人が編集同人格でこぢんまりやっていたが、途中で坂口安吾、井上友一郎《ともいちろう》、宮内寒弥、南川潤、高木卓、野口冨士男、豊田三郎、半田義之、檀一雄などの小説書きにも同人になってもらって、ずいぶん賑やかな雑誌になった。主として大井広介が独特の交際術でかきあつめた顔ぶれだった。

みんなよく大井広介邸に集まって徹夜したものだが、鹿爪らしい編集会議やこちたき文学談なぞとんとやらなんだ。闘球盤やイエス・ノウやウスノロと称するトランプ遊びで、夢中になったのだから、無邪気なものである。そのうちどういうキッカケからか、探偵小説の犯人をあてっこする遊戯を思いつき、坂口安吾、大井広介、荒正人、私などがいちばん本気になって脳髄をしぼりあったものだ。しっぽの解決篇の部分だけ切り取り、めいめいが名探偵になりすまし、テキストをちぎりちぎり廻し読みしてその場で事件解決の答案を書くという仕組みである。答案ができあがったら、ほんものの解決篇とひきくらべて、それぞれ成績の順位をきめることになっていた。とにかく一冊の小説を読みあげるのだからどうしても徹夜せざるを得ない。まことに竹林の賢人にふさわしい清遊であった。しかし、そのはかない清遊も空襲がはげしくなり、東京在住できぬ同人もふえて来て、いつとはなく沙汰やみになった。坂口安吾が女の子と防空壕で寝たりして「堕落」しはじめたのはその後のことだ。

この遊びについては、すでに大井広介が『頭脳錬成』という名随筆を書き、坂口安吾も名作『真珠』のなかで触れていた。思えば彼の実名入り小説の淵源するところまた遠きかなだ。しかし、みんな自分がいちばん名探偵であるかに書き、坂口安吾のごときは「僕、完璧の勝利」などと口走って狂喜する自画像を描いていた。私は文芸批評家のはしくれだが、ひそかに近代日本文学史家とも自任しているので、与えられた機会をさいわいに、彼らの歪曲をただし、まことのすがたを後代につたえたいと思う。

最初のときだったか、まだ答案を書くという制度が確立していないで、口頭で真犯人の名、その手口、動機などを話しあっていたとき、私が犯罪の動機をまず大ざっぱに「色と欲」と前提し、おもむろに説明しかけたら、大井君が「色と欲はよかった」と大笑いしたので中途で止めてしまったことがある。あとまでそれが一口噺としてのこり、大井君がうるさく「色と欲」「色と欲」といいふらしては、私の探偵眼を貶価《へんか》しようとたくらんだ。

ということは、みんな内心ひそかに私の炯眼《けいがん》におそれをなしていた証拠である。

いちばん愉快な記憶はクリスティの『三幕の悲劇』をテキストに使ったときだ。坂口・大井・荒・私の四人がゲーム参加者だったが、坂口探偵のごときは二通りも答案をつくって、おれは作者も見落している事実を発見したよ、といばっていた。二通りの答案を書いたり、作者も見落している事実を発見したりする、さすが小説書きらしいその想像力の豊富には一応敬意を表してもいいが、こと探偵小説に関するかぎり、その事実はいかに坂口安吾が迷探偵にすぎぬかをたくまずして暴露している。だが、坂口探偵はそのような自分をいっかな認めず、その自己認識の欠如がまた今日の坂口安吾を坂口安吾たらしめた一徹表をなしているのかもしれぬ。とにかくフタをあけるまではいつも坂口探偵は物凄い張りきりかたで、「君たちは駄目だねえ、そんなつまらんこと問題にならんですよ」などと自慢するにきまっていた。おたがいに牽制しあって、相手の探偵ぶりにケチをつけて腐らせようという攪乱戦術である。「ア、もう犯人はわかった」といちばん最初にいいだすのは必ず大井探偵だった。もっとも早合点の方では荒探偵もおさおさ劣らなかったが、私が表紙の絵や見返しの図柄を仔細ありげにながめまわして「なるほど、そうだったか」などと呟くと彼らはたちまち動揺して「ちょ、ちょっとみせてください」といいだすのだった。答案はいつも坂口探偵がいちばん長ったらしく、動機を殺人狂としたり、妙に女を主犯にしたがったりした。

で、『三幕の悲劇』のときのことだが、いよいよみんなで答案を読みあう段になり、まず坂口探偵が前口上よろしく、二通りの答案のうち定稿（！）の方をおもむろに読みあげたものだ。いつも答案朗読の際は口やかましい連中ぞろいだから、なんとかかんとか途中でひやかすのだが、最後に私が読みかけると、みんなシーンとなってしまった。読みおわっても容易に口をひらこうとせず、坂口探偵のごときは顔面蒼白となり、歯をカチカチと鳴らしていたが、やがて「ふうむ、こりゃいちばん優秀だねえ」と三嘆久しうした。あのときおれや自殺したくなったよ、とあとで大井君に述懐したそうである。鼻っ柱のつよい大井探偵もまのあたり天才的頭脳をみせつけられた思いで、これまたはげしい厭世観に陥ったらしい。それほど私の答案は見事な的中ぶりであった。それも道理、実は私はその探偵小説をむかし読んだことがあったのだ。それをすっかり忘れていて、回読の途中で「ああ、こりゃ読んだことがあるぞ」と思い、そう気づいたとたん、その解決法などもありありと思いだされてきたのである。私の答案が彼らを震撼させた所以である。あんまりみんなが悲観して沈みこんでしまったので私も気の毒やらおかしいやら、以前大橋図書館〔博文館を創設した大橋家が設立。現三康図書館の前身〕で読んだことがあった、とつい打ちあけざるを得なかった。私はある時期小遣いも希望もないままに毎日毎日大橋図書館へ通い、うつけた気持で内外の探偵小説ばかり読みふけっていたことがある。あの図書館は博文館の関係か、妙にたくさん探偵小説の叢書がそろっていた。

しかし、私がそう打ちあけても、日ごろの憤慨癖にも似合わず、大井君は「でもあんたは正直ですよ。私だったら読んでたこと決してバラしませんね」などと、まだ虚脱状態からさめやらず、その心理的打撃の激動ぶりを問わず語らずに物語っていた。

しかし、そのようなかそけき清遊も戦局の推移につれて、大井君はその万巻の蔵書ぐるみ家を焼かれたり、荒君は豚箱に入れられたり、私は応召したあげく九州の炭鉱まで都落ちせねばならなかったりして、ついに雲散霧消せざるを得なかった。第一、探偵小説そのものがそのだいぶ前から古本屋にもすがたをみせないようになっていた。私は炭鉱会社の朝礼のあとで、「皮を切らせて肉を切り、肉を切らせて骨を切る、防人つどい起つところ」というような唱歌をならわせられているときなど、まぐれ当りに犯人をあてたときの坂口安吾のうれしそうな顔つきをふと思いうかべたりして、むかしをいまにかえすよしもない哀しみに、思わず胸をしめつけられた。

しかし、敗戦とともに歴史は一巡して、「宝石」「ロック」というような雑誌も創刊され、思いがけなく江戸川乱歩に面識を得る機会にもめぐまれたりして、私たちの探偵小説熱もまたぞろ復活してきた。そして先ごろ大井広介がひさかたぶりに九州から上京してきたのを記念して、横溝正史の秀作『蝶々殺人事件』をテキストに、犯人あてっこを試みた。参加者は大井・荒・私の古狸のほかに、佐々木基一、埴谷雄高の新顔が加わった。その結果は意外にも埴谷探偵が最高点で荒君、私が惨敗の成績におわった。『死霊』の作者の犀利な推理力と迅速な頭脳回転には、正直のところ、私もおどろかされた。埴谷という男は実に不思議な人物である。花田清輝とともに敗戦後にあらわれた二大怪物だろう。しかし、負け惜しみをいえば、解決篇の発表される前に、みんなの答案を一読した本多秋五は私の答案が最も秀れていると語り、君たちがむかしから探偵小説のあてっこをしてるのは知ってたが、どういう方法でやるのか想像もつかなかったが、平野の答案でその方法がわかったよ、と感心していた。

以下その答案の一部分をお笑い草までにここに書きうつしてみる。というわけは、私の失敗した答案がやはり『蝶々殺人事件』のおのずからな批評になっているだろうことを、私一個としては固執してみたいからだ。ちなみに、答案は男装した「相良」が東京に出現した号までを読んで書いたものである。

一、本事件ノ動カスベカラザル二大でえたハ、(a)十月十九日午後九時ヨリ十一時マデノ間ニ原さくらガ殺害サレテイルコト、(b)十月十九日午後九時四十五分ニ東京駅ニテ怪とらんくガちっきニサレテイルコト、ノ二点ナリ。即チ、ちっきニサレタ怪とらんくノ中味ガ果シテ何ダッタカニヨリ殺人ノ場所ガ定マリ、殺人ノ場所ガ東京カ大阪カニ決定スルコトニヨッテ各関係者ノありばいモ定マル。

二、東京ニテ殺人行ワレタリトセバ、(a)ト(b)トハ同一人ニテ可能ナルモ、大阪ニテ遂行サレタリトセンカ（a）ト（b）トヲ同一人ニテナス能ワズ。故ニ後者ノ場合ハ犯人ハ主犯ト共犯トニ分タザルベカラズ。

三、東京ニテ殺人行ワレタルトセンカ、ソノ死体ヲとらんくニツメ、大阪駅マデちっきニ出シ、更ニ同とらんくトこんとらばすヲ別々ニあぱーとマデ運ビテ死体ノツメカエヲ行イ、再ビとらんくハ大阪駅へ、こんとらばすハ会場へ運ブガ如キ冒険ヲ犯スベキ現実的根拠イズコニアリヤ。死体隠蔽ノタメナラバ、故《コトサ》ラこんとらばすニツメカエテ会場マデ送リ届ケルガ如キせんせーしょなりずむハ厳ニ排セザルベカラズ。故ニ大阪ニテ殺人行ワレタルニ不拘《カカワラズ》、ソレヲ東京ニテ行ワレシ如ク偽装セル所ニコソ、本事件ノ最重要ノとりっく存スルナリ。

四、殺人東京ニテ行ワレタルトセンカ、最モ完全ナルありばいヲ有スルハ土屋ト相良ノ両人ノミ。反対ニ大阪ニテさくら殺サレタリトセバ、ソノ犯行トホボ同時刻ニ怪とらんくヲ東京駅ニテちっきニセシ共犯者ハ誰カ？　ガ重要ナル問題トナル。ソハ聡一郎カ牧野カノイズレカナリ。（それらの詳細な推理はここには略す）

私はこの前提にたって、主犯共犯のコンビネーションについて脳味噌をしぼったあげく、つぎのように結論づけないわけにはゆかなかった。

要之《コレヲヨウスルニ》、『蝶々殺人事件』ハ犯罪ノ場ガ大阪、東京、更ニドンデン返シヲ打ッテ大阪トナルトコロニソノやまガアル。ソレ故、真犯人モ、当然手記ヲ書キテ自己ノ完全ナありばいヲ証明セシ土屋タラザルベカラザル探偵小説ノ常道ヲ再ビドンデン返シテ、主犯相良、共犯聡一郎トセシ読者挑戦ノ一傑作ナリ。カクテソノ冒頭ニ語ラレシ瀟洒タル青年紳士ノ写真ガ男装セル相良ニ外ナラヌコトニヨリテ本事件ハ首尾一貫ス。

つまり、私はこの事件が意識的な共犯者なしにはとうてい成立し得ない、という一点にしまいまでひっかかったわけだが、この点の解決法がやはり『蝶々殺人事件』の最大の弱点をなしているように思われる。また、冒頭の写真の説明はついにしまいまであかされていない。しかし、ともかく、この横溝正史の作品が前作『本陣殺人事件』をはるかに抜く秀作であることだけは疑えない。私はこの作者がこんな本格ものによく耐え得るだけの作家的実力をそなえていたことに、ちょっと意外な感じさえしたくらいである。

最近つたえ聞くところによると、坂口安吾が探偵小説を「宝石」か「ロック」かに連載するという。『風博士』の作者による探偵小説が完成のあかつきには、『指紋』〔佐藤春夫〕や『黒白《こくびゃく》』〔谷崎潤一郎〕の塁をますことを祈って、この駄文を結ぶこととしよう。

〔「進路」一九四七・八／『平野謙全集』第13巻、一九七五〕

大井広介

犯人当て奨励

先達、「中央公論」のM君がやってきて、探偵小説にでてくる名探偵を論じろという注文をうけた。どうです、いい着眼でしょうと、得意そうだったが、いや、そんなのはザラにあると云って、がっかりさせたが、ザラにあるのも事実だが、私が引受けなかったのは他にも理由があった。

私は探偵小説ダケは片っぱしから読む。文学書の方は文字通り山のようにたまり、ほこりをかぶっているが、探偵小説ダケは片っぱしから読む。片っぱしから読む癖に、探偵そのものにはとんと関心がない。

こないだ清水俊二の訳していたチャンドラーは、探偵が依頼の娘に接吻したりするのを変っているなと思った。ペダンチックで実にまわりくどい探偵もいる。しかし、おしなべて、探偵そのものにろくすっぽ関心をもっていない。

その説明をする前に、ひとつ、やっつけておきたいのは、昨年だったか、伊豆公夫が

『Yの悲劇』の感想をかいていた。私が探偵小説の傑作と思っている『Yの悲劇』に彼はけちをつけていた。なんでも探偵小説が窮して堕落したものだというような論旨であった。伊豆公夫は以前も探偵小説論をかいたことがある。勿論嫌いならそもそも読みはしない。しかしコムミニストがアメリカの探偵小説を愛読するなどというのは、どうも困るとみえる。其処で『Y』をくさし、何故読んだか、申しひらきをしていたわけだ。彼は元来悪党と探偵との知能を傾けた闘いというものに、ひかれているのだそうである。探偵小説の大半が悪党と探偵の知恵くらべで、『Y』も広義に該当する。犯行者は別だが、計画者があったわけだから、このプランと探偵の戦いと云えるが、しかし悪党と探偵の闘いは必ずしも探偵小説ではない。『怪人対巨人』〔モーリス・ルブラン〕、『闇からの声』〔イーデン・フィルポッツ〕などは、私は本格物と区別して考えている。私は伊豆公夫とは反対に本格物でないとつまらない。人間の知恵くらべというようなものなら、『怪人対巨人』も『闇からの声』も所詮バルザックの足もとにも及ばない。

本格物でないと探偵小説が探偵小説たる所以でないと私は考えているわけである。

本格物とは何ぞやという四角ばった論議は此際やめておくが、私は謎とき小説であると考えている。私がそういう享受のしかたをしているからだ。従って、私などにおあつらえむきの、謎とき小説であってみれば、推理の手がかりは何箇所かにだしてなければならない。

探偵が、人知れず、何かをソッと拾ってポケットにかくし、大詰で証拠につきつけて威張るというようなのは困る。探偵は何を拾ったか作者は読者にも明示しておかなければいけない。探偵が何かかくし、探偵ダケに犯人が判り、読者に判らないとすれば、探偵がデータをかくしたせいである。インチキである。

つまり、展開の手がかり、探偵という読者の代りになって、事件の進行係をつとめる人物がでてくるが、探偵と読者が、五分五分の条件で犯人を追及してゆくのが、謎とき小説の本来のありかたである。

諸君よ、疑わしくば、謎とき傑作小説を回顧されるがいい。私の指摘する通りになっている。小説にコントと長篇があり、長篇が小説の主旨にかなっているという持論の私は、謎とき小説の場合も、やはりコントでなく長篇で、たっぷり謎ときをやらしてくれないとダイゴ味が味わえないと思っている。短篇にも乱歩の『心理試験』のように、クラシックで残るような鋭利な作品も絶無ではないが、あの形態では、犯罪小説の傑作はかける。スリラーならいいが、謎ときは些《いささ》か無理である。

捕物帖というのは、つまりコントである。コントだから、私は久生十蘭の捕物帖をいちばん買っているが、捕物帖の読者は、探偵小説の読者のような推理の愉しみはもたない。謎を主人公が、快刀乱麻を断つように鮮かにさばいてのければ、成程、たいしたもんだと感心して呉れる。しかし探偵小説の読者にしてみると、推理する余地なく、たちまち犯人が御用になるので、もの足りないことおびただしい。吉田茂以下の捕物帖の愛好者と、謎とき小説の好きな連中は区別して考えなければならない。

　ところで、本格の謎とき小説が、読者に探偵と五分五分のデータを提示するとすれば、ある読者は探偵よりさきに犯人を看破し、ある読者は探偵に立ちおくれるわけである。

　私はこの五分五分に提示されたデータの方を気にとめて読んでいるので、とんと探偵の方が留守になる。勿論、探偵のなかまが犯人、探偵格の叙述者が犯人、といったいろんな場合があるが、普通の場合、探偵は進行係以上の何物でもない。彼が髪をのばしているか、葉巻を吹かすか、酒をたしなむか、そういうことは、どうだっていい。彼等について、ろくすっぽ考えたことがない。だから、必要があるとも思われないのに、探偵が造詣をひけらかすのはただただわずらわしい、ああいう時、探偵をペダンチックだなどと思う人がいたら、余程どうかしている。まさしく作者がペダンチックなのであって、その時、その作者は、探偵の顔は白紙でいいという原理を、何か勘違いしている。彼が優秀な謎とき作者であるとしても、其の点で、まだなまざとり、謎とき小説の機能をわきまえない節があると断定しなければならぬ。

　勿論、探偵がどんな表情をしたか、どんな独り言をいったか、読者に作者がそれでヒントを与える場合はあるが、探偵の顔色ばかりうかがっていたら、思うさま、ひっぱり廻されたあげく、探偵の犯人指摘をほほうと拝聴する結果になる。何故なら、探偵はしばしば、あらぬ表情をして、そらすような手を使う。いたずらをして読者を迷わせる。読者はあまり探偵にかかずりあわないがいいのである。彼も大探偵なれば、われもまた名探偵と思ってかからなければ謎ときの沙汰ではない。

実際、探偵は読者よりさきに犯人をつきとめるとは、きまっていない。坂口安吾が『不連続殺人事件』をかいた時、二回目か三回目かの殺人に、酔っぱらいが一晩中夫人の部屋の前に頑張っている件りがある。あそこで私は無造作に仕組みがわかって終《しま》った。招かれざる客なるものが何故あの事件で必要だったか、と照し合わすと、のっぴきならないものになってくる。其処で坂口に「犯人を指摘しょうか」と云うと、「いやきかぬ」と耳をふさぐので、夫人にちゃんと指摘しておいた。ところが、坂口自身は、耳をふさいでいたので、犯人がとっくの昔に看破されているのをつゆ知らず、懸賞をつけ、大得意である。『不連続』はよく仕組んであるが、こうなると其後も続々と殺人が行われるのを見送る探偵は、随分無能ということになる。私は答案に探偵無能なりとかいたが、それをみたあとでかいた解決篇には探偵がしきりに弁解をする。その弁解によると、探偵には犯人は判っていたが、民主主義治下にあって、証拠がなければ判っていてもどうにも手がつけられない、というのだから、益々無能である。証拠がないと見送っているうち、犯人は次々に殺人を重ねるのだから、何のために探偵がついているのかわけがわからない。手錠をはめるのは警官だ、こういう時は探偵は非常手段に訴え、犯人を殺害してでも犯罪を防止しなくてはなるまい。だいたい、そうとわかったら、探偵側はトリックで犯人をひっかける手もある。証拠がないというので、手を打たず、べんべん連鎖殺人を見送りましたでは、お話しにならない。

私は島田一男という作家に期待をかけているが、『湖底の囚人』は、観照者の目撃している処で、殺人が演じられる。これは、のっぴきならないことで、これで犯人は決定的にでてくる。あの件りの直後、「宝石」の記者に、犯人は彼奴に違いないと、私が云っていたと、作者に伝言してくれと云った。その次逢ってどうだったと尋ねると、作者はニヤニヤ笑って答えなかったそうだが、完結してみると、やはり私の指摘した通りだった。

翻訳では、クリスティ女史の『白昼の悪魔』に感服した。一読をすすめたい。殺人が六十頁ほどして起きるので、すべりだしは些か退屈したが、あとでその退屈さこそ曲者ということがわかった。クリスティ女史ほど私を何度も唸らせた作家はいない。いまクイーンの『オランダ靴の秘密』を読んでいるが、以前連載された時、読んでいたが、すっかり忘れていたので、結構愉しい。

日本ではかねがね横溝正史に敬服している。『神の矢』『模造殺人事件』がどちらも雑誌がつぶれ、中断しているのは惜しい。彼は国際的レヴェルの探偵作家である。

最近では『犬神家の一族』が懸賞つきになっている。彼の『八つ墓村』は『毒薬と老嬢』〔ジョセフ・ケッセルリングの戯曲及びそれを原作とする映画〕とシチュエーションがそっくりで、勿論犯人は違うが、あれにヒントを得て挑戦したのだろう。連載が中絶した時、のっけていた雑誌の編集長に犯人を告げ確めてみると、やはりそうだった。『犬神家』は残念ながら、今年のぶんとはじめの方を読みながら長男の殺される件りを読んでいないので、当てずっぽうになるが、長男が、下男を身がわりに殺したため首を人形と置換えたのだと思うが、首がどうなっていたかその件りを読んでいないので答案がかけないのは残念である。講談社から古い号を買ってきて、一等賞のカバンをせしめるつもりだったが、下らない用件に追いまくられて、果しきらずにいる。こっちは坂口の中絶した『復員殺人事件』を念頭に、似たシチュエーションで競作したつもりなのだろう。

　謎とき小説は同好者と当てあいをやると非常に面白い。

戦時中、酒や何か不自由になって、私の宅でよく徹夜してこれをやった。常連は坂口安吾、平野謙、荒正人で、檀一雄、柿沼内科の長畑一正なども、何度か参加した。方法は、古本をみつけてくる。皆が読んでないのが条件なので、二流品が多かった。これをバラバラに解体、尻尾の二章ほど、しまって、あとをグルグル廻して、読む。坂口など二度も三度も読みかえすので、七時頃からはじめて、十二時を過ぎる。それから、皆が答案をかく。坂口はいつも十五枚から二十枚くらい、短篇小説くらいの量の答案をかいた。二時か三時になる。勿論この間、ずっと黙ってやるわけではない。腹のさぐりあいなどやりながらやる。

それから、順次答案を読みあげ、最後にしまっておいた解答を読みあげる。其頃ともなれば東の空が白み、鶏が時をつげる。こういう時間つぶしを二、三十回やった。おかげでわれわれ、探偵小説に関する限り、読みおとしがないという有様になった。

戦争直後は、翻訳物はないし、『蝶々殺人事件』などをテキストにやった。埴谷雄高、佐々木基一の両君は私にさして遜色のない優秀探偵であった。ところで、このゲームは、大井、埴谷、佐々木というような、眼光紙背に徹する名探偵ばかりでしのぎをけずると、却って面白くない。下手の横ずきといったヘボ探偵が加わり、大ぼら吹いて惨敗しなくては、そう面白くはない。平野がむっつり右門と自称し、右門もどうせ捕物帖の探偵だから知れている。荒正人をおしゃべり伝六、坂口をあばたの敬四郎と命名したが〔いずれも佐々木味津三『右門捕物帖』の登場人物〕、まさに、映画にでてくるあばたの敬四郎さながらの愛嬌のある憎まれ役で、大口叩いて必ず惨敗した。そもそも、彼が探偵小説をかいた動機は、怨み骨髄に徹し、いちど大井君の当てきらぬ探偵物をかくという悲願によるものである。

彼は連戦連敗し、時には惨敗ぶりに死んで終おうと、悲観したと述懐したほどであるが、そもそも僕が当て得なかったのは、テキストの方がよくなかったからだといって、力んでいた。『Yの悲劇』のような名作ならきっと当ててみせるそうだが、生憎《あいにく》実例がないので保証しかねる。しかしテキストがあまりひどいと当て得ないというのは、まんざら彼の負けおしみではない。
『第二の銃声』〔アントニイ・バークリー〕というのがあった、これはめずらしく徹夜してやらず、尻尾だけとったのを、自宅に持ってかえり、時日をかけて答案をかいたが、事件は森の中に一同バラバラにいる時、殺人があったという、大洋に何か落っことしたような、摑みどころのない、無限定な作品で、皆悪作だと評価は一致し、いずれも当てずっぽうの答案をかいたのに、五人ぶんくらい時日をかけた坂口が一応説明づけ奇勝を博した。其処で、それ以来、坂口はこの悪作を「あれは名作だよ」と云うに至った。

　時移り、戦後、いろんな畑の作家の出席した座談会の席上で、たまたま江戸川乱歩を前において、話が探偵小説に及び、坂口が平野に向って例のように「『第二の銃声』は名作だったネ」と云うと、流石博覧強記の江戸川乱歩も、この三流の駄作は目を通しても、とっくに忘れ去っていたとみえ、坂口が乱歩すら知らぬ海外名作を知っているので、原書で読んだとでも勘違いしたか、すこぶる感服した様子だったと、荒正人にきいて、腹をかかえて笑ったことがある。

『白昼の悪魔』や『オランダ靴』をテキストにどうです。このゲームをやってごらんになりませんか。

（「宝石」一九五一・九）

「現代文学」の悪童たち——戦争をいかにしのいだか

私の宅へちょいちょい立ち寄るようになっていた平野謙を、私達の同人雑誌に誘うと、実は僕は「人民文庫」的傾向を好まないのだという話だった。同人に「人民文庫」執筆グループだった堀田昇一、酒井逸雄などがいた。ところが、同人のなかにも、別の観点から、小熊秀雄のように同じ傾向を嫌う人があって、それやこれやで、出直すことにした。平野、杉山英樹、私がいわば編輯委員で、小熊、菊岡久利《くり》の他、新たに平野のつてで執筆グループを編成した。山室静、前田正衛こと泉充《みつる》（この人は平野夫人の令兄）の他に、私とウマがあうだろうと紹介されたのが、赤木俊《しゅん》こと荒正人と佐々木基一で、この二人は小田切秀雄と「文芸学資料月報」をだし、篠塚正とかいう共通の筆名を使うほど緊密で、世田谷グループとよばれていた。小田切は奥田瞭という筆名で寄稿した。他に「中央公論」から登場したばかりの岩上順一がすすんで協力してくれた。昭和十五年のことだ。

私が書籍を買いつけの関係で、早稲田の大観堂書店に発売書名儀を借りていた。大観堂は十四年の中頃から文学書の出版を手がけ、まず私達の同人雑誌に連載した本庄陸男《むつお》の『石狩川』をだし、堀田や私が広告文をかいたりしたが、『石狩川』の出版があたり大観堂は出版に本腰になった。

大観堂でだした書物では、モロアの『フランス敗れたり』がベスト・セラーになったが、私は何故既成出版社が、着眼しなかったか、いぶかしんだ。のちに大観堂主人が打明けたところによると、原書は幾冊も日本にはいってきたが、訳者の高野弥一郎とかいう人物が二足草鞋で税関か検閲係に勤めていたのを悪用し、己れの翻訳の紙型になる時分まで、全部押さえておいたのだという。原書を注文しながら入手の遅れた人達はあまりにも遅れた謎をいまはじめて思いあたるに違いない。翻訳家の風上におけぬ人物であろう。

平野、杉山の提案で、大観堂は文学書をだし、私達が相談相手になっているから、〔「現代文学」も〕大観堂に経営を移し、出版書の宣伝機関のつもりで、さしあたって、執筆グループ以外の外部にも寄稿を求め、風通しのいい雑誌にし、寄稿のぶんの稿料（稿料というより形ばかりといった方が正確）を大観堂にもってもらおうということになった。杉山は提案はするが、動かない。私は大観堂の主人に頭をさげるのが厭だから、結局交渉は平野をわずらわした。そういう形で二冊くらいだし、小熊秀雄の追悼号がはさまっている。

それまで同人雑誌をだすのに幾らもかからなかったので、私がもっていたが、私がもったのはこの追悼号が最後である。二つの同人雑誌の売上げを、こころみにねかせておいたぶんをはらって、小熊の葬式をやった。そしてこの追悼号は、オブローモフの異名をとった平野が、原稿を一手であつめ、割つけから校正まで他人手《ひとで》をわずらわさぬという、記録的な号である。いまでいうバイトで、ある雑誌の編輯を佐々木が、一定の期間勤め、平野に譲ると、佐々木の時は毎月キチンキチンと出ていた雑誌が途端に遅延しだしたといわれる。この時は、その平野が、一人で手早く雑誌をつくりあげたのみか、出来栄えもすっきりしていたし、小熊秀雄追悼号という扉の文字は毛筆と合いの子のようなふといペン先を使っていた小熊の自筆になぞらえ、どうです、僕の編輯手腕を見直したでしょうと、大自慢していた。あとにもさきにも前例のないことだ。平野は「現代文学」をはじめるにあたって、必ず毎号かくのだと意気込みを披瀝していたが、履行したのは数えるくらいで常に編輯当番の手を焼かせた。しかし、遊び事の徹夜などは実につきあいのいい人だった。

二、三号、大観堂に若干の稿料をださせているうち、作家の発表場所が段々窮屈になってきたし、寄稿を求めてみると、好意的に応じてくれる作家もいる。いっそ同人制をとったらという話になり、杉山が作家一覧表をつくり、菊岡、平野、私の四人で○×をつくり、○の三つ以上の人を誘った。杉山は一覧表をつくるような奇怪な企画をする癖に文壇事情にはすこぶるうとく、たとえば井伏鱒二などというれっきとした名前があり、勿論○などつけるだいそれた者は一人もいなかった。

平野の意見で、世田谷グループからは佐々木を代表でいれようとしたが、佐々木が荒と一緒でなければはいらぬといい、荒をいれると、こんどは僕の方はやめておこうなどといいだす。平野の盟友山室が悪童には近づきがたいせいで平野の一票きりで、平野が弱る。平野、杉山、私は、恋愛小説が圧迫されるにかんがみ、恋愛小説の擁護という秘密スローガンを抱懐していたので、岩上順一は井上や南川と一緒にやりたくない、執行猶予だから同人になるのは遠慮するといったと、平野が報告した時、杉山がうまくいったと膝をたたいたものだ。しかし、岩上や荒が敬遠されると、やはり柔軟性に乏しい文章を書いていた私も、のほほんとしていられず、じゃ、私も遠慮しようと、申し出ざるをえなかった。

　高木卓を平野が誘うと、豊田三郎と一緒ならというので、そうしてきたという。

　結局、同人は従来の執筆グループから、菊岡久利、山室静、平野謙、杉山英樹、赤木俊こと荒正人、佐々木基一、私。新しく井上友一郎、坂口安吾、南川潤、北原武夫、高木卓、豊田三郎、野口冨士男、宮内寒弥、檀一雄で、太宰治のみが、浪曼派の仲間とまた雑誌のやれる日を待っていると、加わらず、ついては、僕の弟子で田中英光という有望な元気者がいるので、同人にしていただけないかということだった。私は『オリンポスの果実』を読んだことがあったので、へえ、あの人は貴方のお弟子さんですか、という質問を発し、太宰をてれさせ、いや、田辺茂一が、僕の弟子だとふれこんでしまったのだと、弁解していた。今日では太宰、田中の師弟関係はむしろ周知の事実であるが、もし、この時、太宰をてれさせなかったなら、「現代文学」の騒々しさは収拾がつかなくなっていた。

　同人にはその後変動があり、三雲祥之助、菱山修三、牛田義之、長見《おさみ》義三《ぎぞう》が参加し、北原武夫が辞めた。菱山は槇山雷章という筆名も用いた。昭和十九年の一月号で、廃合を命じられ、消えた。あの時の廃合に関係した連中なんか、残った雑誌には恩を売ったか知らぬが、私などの感情では、終戦とともにしばらく筆を折るべきだったと思う。

酒が段々、不自由になったのは、同人制をとる前後からだと思う。というのは、十五年の秋、私が入院しているのを見舞いに来た井上が、酒の本数を制限する店が方々に出てきた。そうなると否応なしに梯子酒をしなければならなくなる。まごまごしていると、移動の途中に酔いがさめ、一晩飲んで回ったが、なま酔いなどという現象を生じるなどと、笑い話をかわしたのを記憶している。

仕事の発表場所も窮屈になる。街に出ても実績のある店でなければ飲めない。というような退屈さから、私の宅に来れば、誰か来ている。何か退屈しのぎのゲームでもやるかというので、私の宅ではしょっ中、徹夜でゲームをやった。退屈男と自称し、プランをたてて勉強している私にいいつけ同人を招集させては、ゲームの負けを一手に引受けたのが坂口である。坂口は原稿も積極的に書いた。原稿ができるとニコニコして持参したが、ゲームの面でも、「現代文学」の中心人物となった。彼の文章によると、私が毎日数十枚の葉書を書きとばすとあるが、事実は、彼にせがまれ、友人を集めるため、五人集めるには、坂口や平野のような遊び好きの閑人ばかりではないから、十枚くらい葉書を書きとばさなければならない。坂口が書かせておきながら、坂口の文章によると、私が無暗やたらに筆まめのように書かれている。

「現代文学」にゲームを持ちこんだのは杉山英樹である。杉山は「現代文学」に「バルザックの世界」という拝借ふんだんな連載をして、中央公論社に大いに買われ、紀行記を連載したりした。杉山の姉が杉本良吉夫人で、杉本の日本脱出プランは杉山が授けたと称していた。左翼で獄死し屍体として担ぎ出されて蘇生したとか、彼の話は奇怪な話が多かった。徴兵検査の時、彼は耳が聞えないふりをしてまぬかれた。ニセつんぼは、運動場を一回り走らせ、一息ついた時に、ふいに名前を呼ぶと、うっかり返事をして露見する。杉山も一周を命じられた。一周し終ると、案の定、杉山ッと呼ばれたので、知らん顔をしていると、兵役を免除されたという話も得意で、平野が、杉山のあの話は他言するな、当局に伝わると、国家観念に乏しい奴等だと、弾圧する口実を与えるおそれがあると、堅く私をいましめた。

　ある晩、平野と杉山が連れだってきて、マジメくさっていうには（のちに同人を野球選手に見立てた戯文で、井上に味方のベンチにファールを打込む選手だと書かれた私に）、仲間ぼめも大切である。順々に仲間ぼめをやろうと、二人がかりでしきりに私を説得するのであった。まず杉山を仲間ぼめする手筈になったが、私は気乗りしない。ちょうど、「バルザックの世界」のバルザックが当時の医学の到達水準も身につけていたという章で、これは、杉山が私の友人長畑一正の指示を乞い、長畑がノート一冊調べてやったのをそっくり使った章である。これを賞めても杉山を賞めたことにはならぬ。そこで、私が編集後記に、文芸批評家も、杉山のような百科全書的該博な知識の人が出てきた、と書いたら、これを読んで戸坂潤が、ウーム、杉山はいつの間にそんなに凄くなったのか、とオッたまげたそうだ。次は平野を仲間ぼめする取り決めだが、一向平野が何も書かないのでそれきりになった。

杉山がうちにあった闘球盤をもちだし、私や平野だと、杉山の注文通りにしないので、おおむね、私の女房か井上夫人と組み他の組と相対した。ある晩、杉山、女房と平野、私が対戦し、向うが勝てばこちらが勝ちで徹夜して勝敗が決しなかった。実は杉山が女房を巧くリードし優勢だったが始終ちょろちょろとインチキをする。私達はどたん場になると、これを摘発して、ゲームを御破算にしては、辛うじて、五分に持ちこんだ。間もなく杉山より、闘球盤のうまい人物が出てきた。泉充である。杉山はダボラまじりの陽性の怪物であったが、泉は陰性の怪物で、私が知りあった当座はコチコチの左翼だったが、数年を出ず、無の美学ともいうべき発想で、評論をやる同人の一大話題になった。文章は話ほど、わかりやすくないが、「現代文学」集を編む時、彼の「超える文学」という論文は是非収録しなければなるまい。

ファイン・プレイという野球のオモチャがよくできていて、むきになってやると本当の野球くらい、時間がかかった。これを泉とやる場合、こちらが無暗にとんとん進行させたり、タイミングさえ狂わせると、手もなく混乱した。闘球盤のように彼自身のペースでみっちりやれるゲームだと、無敵なところがあった。戦争にひっぱり出され、額に虫の湧く奇病で亡くなった。

中央公論と野球試合をやったことがある。坂口など野球論をやらせると一家言持っていたが、専ら見物の方で、惨敗してはものわらいになると、菊岡が淀橋の軟式で活躍していたムーラン・ルージュの三羽烏というのを連れて来た。投手は早大野球部のマネージャーの林勢津を私が頼んだが、力んで投げる上、コントロールが悪いのと、助っ人の捕手井上立士《りっし》が受けかねた。林マネージャーが他に受ける人はいませんかと訴えた。要するに九名のうち五名までが助っ人だったが、戸塚のグラウンドで中央公論勢と相まみえた時は、戦わずして尻ごみをした。佐藤観次郎以下お揃いのユニフォームを着用している。もっとも二着足らず、向う鉢巻、ステテコといういでたちをした青年を、後日海老原光義と知った。この試合は稀代の乱戦だったが、辛勝し、一人自家用のユニフォームを着用したトップ・バッターの井上が五度の打席に、本塁打、三塁打、二塁打、単打、四球で十割という大車輪の活躍に、「現代文学」強しという噂こそ立ったが、助っ人だらけと看破されず抗議も受けず済んだ。

昭和十七年の正月であろうか。大勢集まったので、二組にわかれて、ファイン・プレイをやることになった。じゃん拳で二組編成すると、こちらは坂口、平野、菊岡、南川、泉、佐々木、私。向うは井上、宮内、荒、長畑、稲辺道治、郡山千冬。ゲームに先立って、菊岡が、このゲームの結果はどちらが勝っても、本当の野球をしたことにして、次号に書くことにしようじゃないかと提案した。

南川、佐々木、菊岡、泉はゲームの巧い連中、私は、平野、坂口はこのゲームの常連なので、こちらが勝つに決まっていると信じ、われわれは大賛成、向うもよろしいという。長畑の持参していた葡萄酒を最高殊勲選手に与えることにして、ゲームをやった。

ところが意外にも、先発の菊岡投手がストライクの駒を出せば、向うは打つという駒、ボールを出せば見送るで、大量得点され、金太郎のような菊岡が顔面蒼白、いまにも持病の喘息の発作を起してぶっ倒れそうに見え、慌てた味方は、三振が多くシャット・アウトを喫した。

大量得点で大勝した向う側が、さあ、最高殊勲選手は誰にしようと、商品の葡萄酒をふりかえると、これはしたり、いつの間にか空っぽになっている。犯人は坂口で、一同が夢中になっているうちに、ラッパ飲みしていたのだ。坂口は、煙草や酒に関しては僕はユダヤ人だと自認していた。余談だが、坂口はよく君はアイヌ系だ、君は南方系だというような顔の批評をした。それじゃ、貴方は何の系統だと反問され、ユダヤ系だ、近衛や天皇と同じ系統だと澄ましていた。

このゲームは約束に基き誌上に本当の野球のように掲載され、菊岡は行く先々で、正月早々から、乱打され、ひどいめにあいましたねと慰められたそうだ。

私の書庫には探偵小説がかなりあったので、坂口は滞在しては片っ端から読んでいた。

何の拍子にか、私が探偵小説を読むのを中止した年代以後の翻訳物を見つけてきて、犯人の当てあいをやりはじめた。

集まった顔ぶれによってゲームを選ぶ。犯人当ての常連は坂口、平野、荒、佐々木、檀、長畑などで、やりかたは、書物を解体し、犯人の正体の出てくる部分を見当をつけ、しまってから、バラバラにした小説を回覧する。夕方からはじめて、一同が読み終るのが一時、二時。平野はこの間、しきりにさぐりをいれたり、表紙の絵にヒントを求めたりする手口だった。答案を書き、順次に読みあげ、最後にしまっておいたテキストの尻尾を朗読し、採点する。今のように早川からじゃんじゃんテキストが出ていたら、さぞ便利だったろう。眼見当でチョンぎるのでやっているうちに犯人が十二時頃出てきて、がっかりしたこともある。

坂口の『真珠』という実名小説に「平野が見るも無惨に敗北し、大井広介が中敗、僕、完璧の勝利であった」というくだりがあるが、これは坂口のはかない夢を描いた創作で、幾晩やっても、坂口があてたためしはなかった。当てあいのテキストに作られた『ヨット殺人事件』というのを大勢でやり、他の全員が当てた時も、坂口だけは当て得なかった。平野によれば、平野がむっつり右門、荒がおしゃべり伝六、坂口があばたの敬四郎ということになっていた。

答案と採点簿を罹災で焼失したが、勝率のいちばんいい私と、相当開きのある平野の平均点では殆どスレスレになっていた。それは、採点をするのが、主として坂口と平野のためで、勝率八割の私が六十点、零の坂口が何やら答案に書きたてているので、三十五点くらいになっていた。坂口は二口目には、君の当てきらぬ探偵小説を書いてやると、口惜しがった。探偵小説で共犯というのは邪道である。共犯者があればどんな不可解な犯罪も成立する。それではつまらないから、私の答案は総て、単独犯の建前で書かれていた。だから坂口が君にダケは絶対当たらぬ探偵小説を書きはじめたと聞いた時、読まないうちから、共犯だとわかっていた。

『三幕の悲劇』事件というのがあった。坂口は前の晩に読んで、絶対自信があると答案を書いて、女房、おふくろとハナフダをやっていた。私と平野と荒が一緒に読んだ。私は犯人はすぐわかったが、舞台稽古を見て、探偵がわかったと叫ぶ件りの意味がわからなかった。私が答案を書き終えても、平野はわからないわからないといっていた。書き終えた私が、坂口のそばへ行くと、急に坂口が、そうだそうだと、別箇の答案を書きはじめた。私があやしんで尋ねると、はじめの答案とあとの答案の犯人は別箇だという。この小説の犯人はあれかこれかというようになっていない。一人しかあり得ない。さてはまた当てそこなっているな、と思った。

蓋をあけてみると、荒も犯人を当てていた。平野の答案はデテールは正確を欠いたが、舞台稽古の意味をちゃんと説明していた。この瞬間ほど、私は平野に脅威を感じたことは今まで知らなかった。平野と同じ批評などをやるのに絶望を感じた。二つ答案を書き、二つとも見当違いの坂口に至っては、カチカチカチと上下の歯が震えて触れあう音をたてていた。後刻、坂口の述懐したところによると、あの時ばかりは、僕は自殺しようと思いつめたそうだ。

　平野によると、三人とも顔色を失ったので、あまりの気の毒さに、つい白状する気になった。はじめのうちは見当もつかなかったが、舞台稽古の件りまで読むと、以前大橋図書館で読んでいたのを思い出した。道理で冴えすぎている。これでは探偵か犯人かまぎらわしい。それにしても、大橋図書館通いして、探偵小説を読み耽ったとは奇特である。

　当時、坂口は矢口〔現大田区〕の兄さんの宅の居候だった。ある日、兄さんに来客があり、坂口は会釈した。向うも挨拶をかえした。間もなく騒がしくなり、盗難にあったという。坂口がふと気づいて、先刻のお客さんは何処にいられると尋ねると、お客さんなんてなかった。坂口が兄さんの来客と思って頭をさげたのが、泥棒であったという。現実と小説は違うが、ざっとそんな具合である。

　しかし「現代文学」の特技となり名物ともなったのは、ウスノロというゲームであった。ルールはごく単純で、手口は複雑怪奇、お互いの個性が発揮できた。ルールというのは、トランプのカードは四組十三種あるが、人数が六名なら六種、八名なら八種だけ使う。めいめい四枚ずつ手にして、ワン、ツウ、スリーのかけ声で同時に全員が一枚を右の人に渡す。一枚渡し、一枚渡されるから、始終四枚持っているが、手持ちの四枚が同種に揃ったら、卓の中央にある駒をとる。他人が駒をとれば、必ず駒をとらなければならぬ。駒の数は人数より一つ少なくしてあるので、ウスノロがとり損なう。一度とり損なってウ、二度でウス、三度でウスノ、四度でウスノロ、ゲーム・セットになる。
不断の緊張と機敏さの他にペテンとその裏をかく術策も要る。体力も要するゲームで、ウスノロが負けるようにできたゲームである。

　このゲームは四谷の坂町別館にいた泉、平野が移植したが、「現代文学」に達人輩出して、一大飛躍をした。はじめ図抜けていた南川が、久し振りに手合せして、一同があまりにも千変万化の上達をとげているのに舌をまいた。

　選手権決定試合という大会を二回やった。一回は宮内寒弥が選手権をとった。一点差で私が二位、何のはずみか坂口三位、井上と佐々木が同率四位、杉山自称名人は六位、菊岡七位、長畑八位、平野九位、高木十位であった。十二時間ゲームをくりかえした集計で決めた順位である。

　宮内は奇妙きてれつな怪物。中野に引越した平野の宅に泊りこんで、しきりに私の悪口を語りあった。悪口を語りあったあげく、こんな話をした話を私には匂わせてはいけない。彼奴は執念深く、いつまでも記憶するらしいから、この場限りにしようと特に宮内の方で念を押した。翌朝宮内は省線で上野のアパートに帰ろうとして、うちの傍を通過する時、ふと気が変った。平野と大井はかねてしげしげ会っているから口どめをしあったところで、バラされる公算が多い。それよりか、先手をうっておけという気になり、千駄ヶ谷で下車すると、やってきて、昨晩平野君の処へ泊ったら、平野君が口述して奥さんが書くというむつまじさだった（後で聞くと、宮内がたってすすめてやらせたのだそうだ）。平野君はあんたのことを、こんな風に云ってたよ、しかじか。かんかんになった私が、やってきた平野をなじると、平野は口あんぐり。

平野は一時情報局に席をおいていた。開戦時、作家団が徴用された。宮内がやってきて、あの人選は平野君がやったという噂だ。彼が井伏鱒二や北原武夫を選ぶ筈がない。いや、平野君がやったと看破されるような人選はしないよ、カモフラージュなんだ、いまに胴づかれるから、などと話しているところへ、平野がやってきた。いまネエ、宮内さんが貴方についてこれこれとんでもない話をしていたところだ。大井君、あんたはどうしてそんなデマをとばすのかね、平野君が本気にしたら弱るじゃないか、だからあんたには、何も迂闊に話ができない。

杉山、宮内の両怪物と対戦する時は私は敵愾心を燃しハリアイがあった。両怪物も何とかして私をへこましてやろうとかかった。

先の菊岡夫人、井上夫人も常連だったが、坂口が彼のバク才（バクチのバク）は見上げたものでアルと歎賞した檀一雄と菊岡は健康を害すといって、ウスノロはやらなかった。

二度目の十八年正月の選手権試合は怪事件が起って中断した。この大会はギッチョで右回しに不便な高木卓を審判に、井上、宮内、泉、平野、佐々木、三雲、水野明善《あきよし》、私の八名で激闘最中、何者かが予備の駒を用意し、七つの筈の駒が八つになっていた。とり遅れていた平野、井上、泉の三者に嫌疑がかかったが、それ以上わからず、しばらくやっているうち、また同じケースのインチキを行った者が現れ、遂には無記名投票で犯人を指摘しあったり、議論しているうちに、すぐどの答案は誰が書いたか判明してしまい、宮内が駒の管理が悪い私が怪しいと書いていた。よく探偵小説に衆人環視の食卓で犯行が演じられ、犯人の見当がつかぬ場面が出てくるが、あれが実際あり得ると痛感した。一同がカブトを脱いだから、一年後には犯人が自供し、前年の選手権保持者に認められるという誓いをしたが、遂に名乗りあげる人はなく、その話が出るたびに、話の出た場合に居合せぬ人が怪しいといわれることになった。

井上は、こういう集まりには決まって遅れた。一時間遅れて、バスが三十分故障したというような、計算の合わぬいいわけを常にした。一時間二時間遅れてくるが、散会しようと腰を浮かす人が出ると、いいじゃないか、徹夜しようと、徹夜を主張するのも必ず井上であった。彼の本領は夜がふけるとともに発揮された。激戦にへばる者がぼつぼつ出てくるが、実にエネルギッシュで、徹夜へいちゃらでペースを保持した。夜の八時頃は井上の成績はまだ目立たないが、おしなべて成績が下降線をたどるのに、彼はむしろ調子を出してくる。長引くと眠気を催すイエス・ノーというゲームなどに、この手法を発揮した。明方の八時頃は、ちゃんと上位を占めていた。井上は一同の要望で雑誌の編輯をゆだねられたが、その際、僕には事務ができるが坂口には事務はできない、などという考え方には承服しかねる、坂口は矢田津世子《つせこ》に首ったけになっていた時は蓄音機会社の堅気の勤め人になろうと志したのですよ、その坂口が井上君事務は君に限るなんて勝手なことをいうと、引受けてもいいが引受けかねます、といい、坂口もこの話を持ち出されるのはニガテだった。

　井上に編輯はおっつけたが、結構批評をする。メンと向っていうと撲られかねないからいわないが、何故毎号のように織田作之助に書かせるか、などと〔坂口は〕文句が絶えなかった。そういう気配があると井上は意地になっても織田作に書かせた。織田作の毛嫌いされかたも不思議なくらいで、織田作から私に、東上したら坂口と三人で会いたいと便りがあったのを取り次ぐと、君の書いた物を読めば、僕と親しいのがわかるから厭な野郎さという有様だった。戦後は親しくなったらしいから、おかしい。

　旧執筆グループにも稿料を支払って欲しい。でないと、気兼ねをする。僕に一任して好きなようにやらせるのだったら、一切そういう差別をやめてもらいたい。そうすれば、気兼ねして依頼しなくても済む、と〔井上は〕主張した。

　私はケチな大観堂主人から稿料をもらうのを潔しとせず、終いまでもらわなかった。それどころか、同人とその執筆者以外の寄贈ぶんは支払った。それでも往々に不着を生じた。井上は石川利光を助手にわずらわしていた。滅多に書きもしない檀が、どういう風の吹き廻しか、井上を交替させたがいい、平野と二人で編輯をやるといいだし、私と坂口が本気にしないで笑っていると、よそで僕がやると吹聴し、それを伝え聞いた井上にはのみこめず、わけのわからぬ男ですねと評していた。

高見順に、私は、君はこわい者知らずだね、あんな無茶を書くと撲られるよと忠告された。私は臆病で用心深い。高見が、私が別箇の筆名を使って書いたという文章の筆者は別人で、高見の見透したがわず、右翼の壮士に撲られた。撲られた寄稿家は最近高見順と論争している花田清輝その人であった。

特高で「現代文学」を内偵したが、阿呆らしいゲームばかりやっているので、手がつけられなかった。もっとも、廃合後、口実を設け、荒と佐々木がもって行かれた。私達は青春時を、こうして無為のうちに浪費する他はなかった。

（「文學界」一九五五・九）

参考資料・大井広介発荒正人宛葉書（一九四七年一月二十四日付）

まだ本陣〔殺人事件〕の解決篇送ってきませんので、相対死というのがのみこめません。しかし蝶々は傑作ですね。八回まで続くそうですから、今度は葉書の答案を、六回現在で本多〔秋五〕さんの新住所に答案を集めましょうや。新住所をきまり次第お教え下さい。

平野探偵は昔から表紙や目次をてがかりにするなどコソクな手段を弄していましたが、大橋図書館で読んで来てわれわれをおどしたこともあり、こんどは乱歩に三本指が殺されるときいたり、御警戒下さい。ハンニャ、佐々木、都合五大探偵と、坂口安吾を加えること御研究下さい。

六回にも一人殺されるそうで、小野が殺されたら犯人は志賀で、志賀が殺されたら土屋です。

犯人は十八日晩東京を発ち十九日朝関西に現われた二人のうちの一人です。

彼は十九日の午前大阪をたち、十九日夜東京で殺人を行い、おそらく一行より一足さきに二十日朝に舞戻ったものです。

そして犯人は最後の一行のうちにあり、先発組に誤い〔ママ〕をそらそうともくろんだようにみせかけていますが、それが苦肉の策です。

小野が志賀に殺されるとするなら理由は志賀が東京に舞戻ったことを（楽譜を託されるかして）知っているので殺されるのです。小野が「違います」と叫んだのはそのことです。志賀が殺されるとしたら、土屋に頼まれ、相良がさくらの替玉をしたような役割を演じてやったからです。

どちらが殺されるかが分岐点になります。私は土屋が犯人だろうと考えます（彼はわざわざ日記を示しさえしています）が、しからば楽譜を如何にして手交せしや――この一点がわかりません、ホテルでは相良とも逢わず好都合なんですが。六回で、とにかく答案かけます。なかなか傑作ですね。

前に殺された流行歌手はさくらの伜ですね。こいつが売出したので、かくれた父親（土屋か志賀）が、ゆすった、抹殺した、というような段どりで、ひょっとすると、ゆすった男（土屋）、父（志賀）というような三角関係でしょうが、まず、さくらと「巷に雨の降る如く」は母子です。本多さんにこのハガキ、名誉回ふくにみせて下さい。

（荒正人旧蔵／植松みどり・荒このみ提供／次頁図版参照）

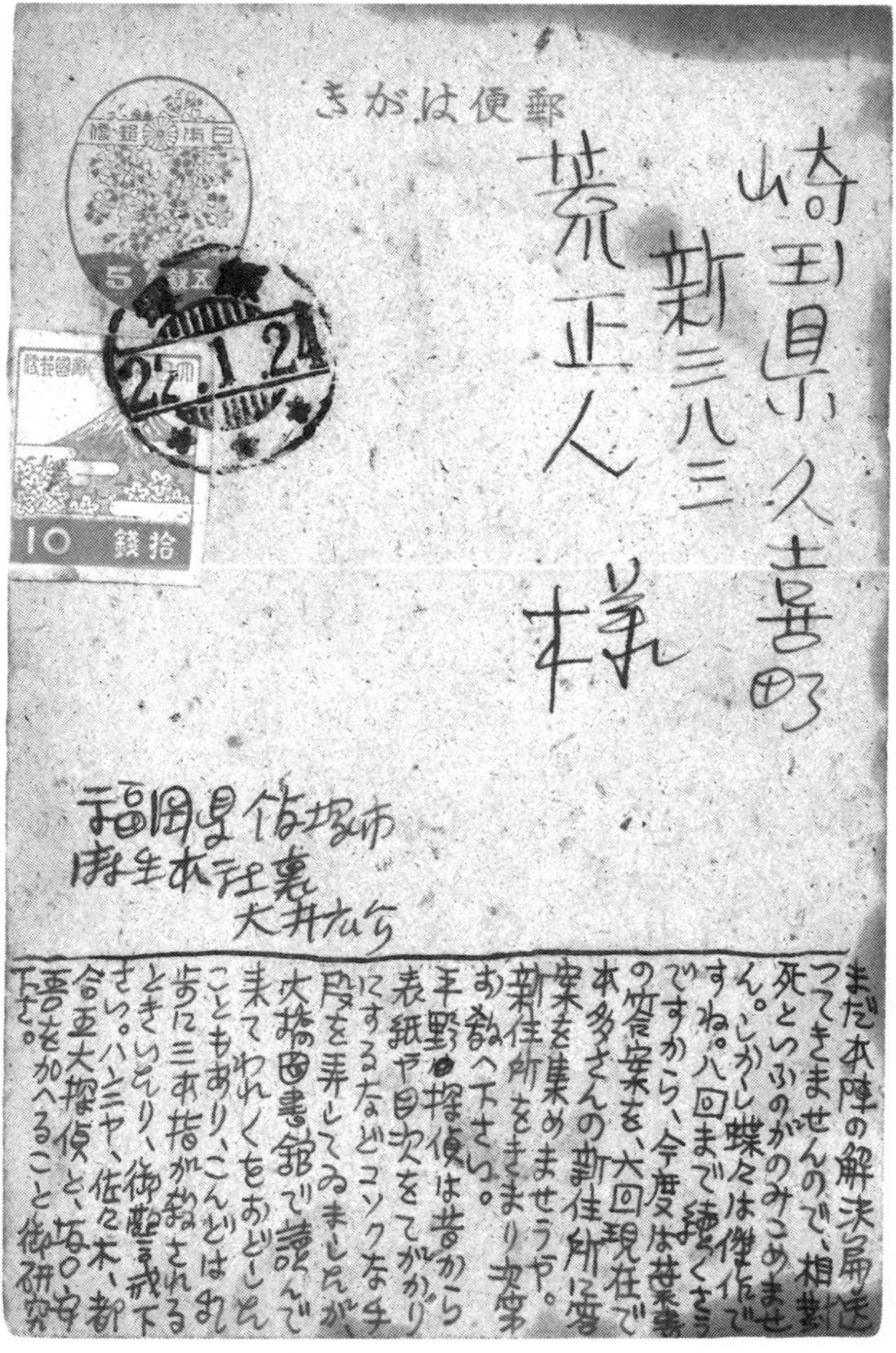

郵便はがき

埼玉県小久喜町
新二八三
荒正人様

福岡県飯塚市
麻生本社裏
大井広介

まだ本陣の解決扁送
つてきませんので、相当
死といふのがのみこめませ
ん。しかし蝶々は傑作で
すね。八回まで続くさう
ですから、今度は当選者
の答案を、六回現在で
本多さんの新住所に答
案を集めませうや。
新住所をきまり次第
お教へ下さい。
平野の探偵は昔から
表紙や目次をでかがり
にするなどコツクな手
段を弄してゐましたが、
大阪図書館で読んで
来てわれくをおどしそん
こともあり、こんどはそれ
とに三本指がおされる
ときいそり、御警戒下
さい。ハンミヤ、佐々木、都
合五大探偵と、坂口安
吾を加へること御研究
下さい。

大井広介による葉書（1947年1月24日付）

荒　正人

回想・昭和文学四十年（抄）

戦争の影響を最も強く受けたものに、探偵小説がある。その間の事情は、江戸川乱歩『探偵小説四十年』（昭和三十六、桃源社）に、年代記ふうにかかれている。それによると、昭和十四年四月、「隠栖《いんせい》の決意をなす」とだけしたためられている。前年には、『江戸川乱歩選集』全十巻が刊行され、また、『甲賀・大下・木々傑作選集』全二十四巻が刊行されたが、江戸川乱歩のものは、いろんな点で、にらまれた。昭和十四年四月には、『芋虫』の全編削除が命じられた。戦争の惨虐を伝えているというのが理由であった。昭和十六年になると、全作品の発表が禁止されてしまった。宮本百合子、中野重治など、プロレタリア系統の作家を始めとして、いわゆる昭和十年代の風俗小説もきびしい制約を受けた。大井広介が、平野謙や杉山英樹と秘密協定を結んで、恋愛小説を擁護しようとしたのは、以上のような時局への抵抗とみなされよう。堀辰雄の『菜穂子』（昭和十六・三「中央公論」）が発表されたとき、中野好夫は、こういう作品も一つぐらいあってよい、という意味の文芸時評をかいていたことが記憶に残っている。

「現代文学」の主宰者大井広介の家には、平野謙、杉山英樹のほかに、坂口安吾、井上友一郎、南川潤など、相当な数の非時局的な人間が集まっていた。「現代文学」の発行所は、大観堂であったので、その主人もよく来ていた。『中世紀の人々』〔アイリーン・パウア著、赤木俊名義訳〕という、最初の翻訳を刊行してもらったのも、この出版社であった。坂口安吾は、泊まりこんでいた。私は、ひんぱんにたずねたほうではなかったが、大井広介の家で、いわゆる文壇の模様を聞く機会が多かった。そのころ、太宰治は、ある程度読まれていたが、『右大臣実朝』という作品をだれかが、「ユダヤ人実朝」といったという話を、平野謙が伝えて、みんなを笑わせたことがあった。むろん、ただの笑いごとではなかった。平野謙は、情報局にいた関係で、文学者に関する情報は、上から下まで通じていた。私たちは、専ら謹聴した。そのおかげを蒙ったことは意外に大きかった。

　大井広介の家では、野球盤だの、ウスノロだの、犯人あてだの、各種のゲームを楽しんだ。犯人あてというのは、探偵小説を回し読みして、あるページ以下をとじて、当てるという知的なゲームであった。私は、犯人を当てることよりも、内外の探偵小説を読む楽しみのなかに、現実から逃避した。探偵小説ないしミステリーは、子供のときから好きだったので、その興味が再び芽を吹いたのである。立川文庫の代わりに、そういうものを読みふけっていたのであった。だが、私は、他の人たちほどには網羅的に読んでいたわけではなかったので、蒼井雄『船富家の惨劇』やフィルポッツ『赤毛のレドメイン一家』は、このとき、初めて読んだ。大井広介は、探偵小説の膨大なコレクションを持っていたので、私は多くの便宜を受けた。最初に、犯人あてに誘う葉書をもらったのは、坂口安吾からで、葉書一面に、こまかい字で、このゲームがいかにおもしろいかというようなことを一編の文学論としてしたためてあったが、私は当時の習慣としてそういう便りはただちに破り棄てた。大井広介からの葉書もまたおなじ処置をしなければならなかった。

犯人あては、昭和二十年になってからも行なわれた。埼玉県久喜町の疎開先で、遮蔽《しゃへい》幕のなかで行なった。平野謙や埴谷雄高たちとであった。テキストは、大井広介から譲り受けていた「新青年」のバックナンバーであった。

このゲームは、戦後も続いた。こんどは、埴谷雄高の家であり、横溝正史『本陣殺人事件』がテキストであったが、私は、そのとき、埴谷雄高の分析的推理力に驚嘆したことがあった。探偵小説への関心は、現在も続いているが、戦争時代の副産物であることを伝えておきたい。

（「東京新聞　夕刊」一九六八・十一／『荒正人著作集二　文学的回想』一九八四）

江戸川乱歩

『不連続殺人事件』を評す

坂口安吾君の最初の探偵小説『不連続殺人事件』（「日本小説」連載）が完結したので、この力作長篇について感想を記す。純文学畑の作家の探偵小説として画期的の本格作品であるばかりでなく、私の見るところによれば、内外の探偵小説を引っくるめて、殆んど前例のない新手法を取入れた最も注目すべき作品だからである。

イギリスなどとは異なり、従来発表された日本の純文学作家の探偵小説は谷崎潤一郎、佐藤春夫両氏の二、三の作など極く少数の例外を除いて、見るに足るものがなく、純文学者の探偵小説には望みをかけることが出来ないというのが定説のようになっていたが、『不連続殺人事件』は見事にこの定説を破って見せ、ある意味では我々探偵作家を瞠目せしめたと云っていい。

坂口君は探偵小説について一家の見識を持ち、クリスティーの愛読者であり、探偵小説ゲーム論者であって、一昨年ある座談会で初めて会った時、長篇の筋が一つあるから書いて見たいということを漏らされ、私も大いにその発表を勧めていたのだが、これが「日本小説」誌の『不連続殺人事件』となって現われたのである。

そういう関係もあって、私はこの小説の第一回をかなりの期待をもって読んだが、何となく肩すかしを喰ったような、予期に反するような感じを受けた。犯人探しの懸賞がつき、我々も挑戦を受けていたが、作品の世界そのものに、挑戦に応じる気持を冷却せしめるようなものがあった。先《ま》ず第一回において何十名という夥《おびただ》しい関係人物が紹介され、その凡てがこの事件に何らかの因縁を持っているように書かれていた。私は探偵小説において嫌疑圏内に入る人物は少ないほどよい、最も少なくてしかも種の割れない手法があれば、それが探偵小説の理想型だと考えている。西洋にも〔マイクル・〕イネスの『ハムレット復讐せよ』のごとき、嫌疑者三十名にも及ぶ極端な例もあるが、私の好みとしては、どうもこういうのは苦手であって、重要な嫌疑者が六、七名を超えると、もうウンザリするほどである。それが数十名に及ぶのでは、最早論外であって、ある意味で現実の犯罪捜査の非小説性を連想せしめ、かたがた私の嗜好からは甚しく遠ざかるわけである。

二回三回と読んで行くと、この人物過多の不満が解消しないばかりでなく、最初からその色彩が濃厚であったもう一つの不満が確実になって来た。それは、ここに描かれているのは、作者が作中人物ピカ一をして云わしめているように「茶番だらけだ。なアに、殺人だって茶番じゃないか。ここのウチは、元々、ここのウチが茶番そのものなのさ。マジメなツラをしていられるかい。淫売窟と云いたいが、それどころか、まるでもう、性欲のカタマリ、色きちがいの巣じゃないか」というような常軌をはずれた不倫乱行の世界であって、こういう別世界人種はあらゆる気まぐれを行い得るのだから、その心理と行動を合理的につかまえるのは殆んど不可能事ではないかという感じである。探偵小説の謎解きの面白味は、犯人が倫理ないしは法律という社会的束縛を顧慮して欺瞞を行うところから生じるもので、そういう倫理的顧慮を欠く乱行漢には常識的な欺瞞もまた必要でないという、暖簾に腕押し的なたよりなさを一応は感ぜしめ、少なくとも私に対しては謎解きの意欲をにぶらせる作用をしたのである。私は人殺しなんかしそうもない人物が真犯人だったという意外感が、今もなお探偵小説の一つの魅力であると信じているが、『不連続』に登場する人物は悉《ことごと》く殺人なんか平気でやりそうな一種のニヒリストばかりで、その中の誰が犯人であってもさして意外でなく、犯人探しに努力して見ても大した快感は得られないという印象（これが実は誤っていたことがあとで分ったのだが）を受けた。ということは結局この小説がサスペンスに乏しいということであって、このサスペンス不足の不満は、全篇を通読した後も少しも解消しなかった。もしこの作に難点があるとすれば、これが最大のものではないかと思う。

　そういうわけで、私は作者の挑戦にも拘らず犯人探しを怠っていたのであるが、完結篇の発売を機会に全篇を通読して見ると、右の私の考え方は一つの誤解であったことが判明し、作者の周到な用意と、この作品の一種独特な構成にアッと驚嘆せざるを得なかった。誤解していただけに感心の度も強く、冷静な批判者に比べて私は少し買被っているかも知れないほどである。

　私を最も驚かせたこの作の特異性を述べる前に、一応普通の意味のトリックに触れておくと、この小説の犯罪動機と犯人についての着想は私のベスト・テンの高位にある作と酷似している（クリスティーのある作ともよく似ているが、私はここでは別の作家を思い浮べている）。その作の考えに考え抜いた筋立てに比べると『不連続』はややイージーであることを免れないが、しかし日本人の書いたどの本格長篇に比べても、よく考えてあるという点で、少しもひけをとるものではない。純文学畑の作家にして、かくまで本格ものの真髄に徹した人がいたということは、一つの驚異に相違ないのである。

　その犯人に関するトリックが先ず私を喜ばせたが、次に犯人が用意していたトリックの内の最大のものは、泥酔した土居ピカ一があやか夫人の隠れたドアの前に一晩中頑張っていたあの夜のトリックである。これはトリックそのものも充分面白いけれども、私はこれを可能ならしめる為に作者が小説全体に亘って用意した、もっと大きなトリックに一層感心したのであって、この事はあとで詳しく述べる。

　また、最初の王仁殺しの際、ベッドの下にあやか夫人の上靴の鈴が落ちていたことが、最後の自殺事件に必然のつながりを持ち、そこに犯人の周到な用意があったという一条は、探偵小説的興味の真髄に属するもので、作者が如何に西洋探偵小説の愛好者であるかを雄弁に物語っている。

素人探偵巨勢博士は『グリーン殺人事件』のヴァンス同様、凡ての殺人が終るまで阻止することが出来ず、単なる最後の説明役に過ぎないが、彼は最初からヴァンスほどの名探偵として描かれていないので、さしたる不自然はない。ただ探偵が第一の主人公として圧倒的な印象を与える底の作風でないというまでであって、この青年素人探偵の最後の解説はなかなか見事であり、殊に「心理の足跡」の章は作者の野心的な手法が用いられていて最も面白い。

酔っぱらいのピカ一と口論し、追っかけられた時、あやか夫人はなぜ一応庭へ逃げたか。これが巨勢青年の心理的推理の根拠となった。心理的手法として決してアッと云わせる程のものではないが、私はなぜかこの章を読んでいて、ミルンの『赤色館の秘密』を思い出した。この手法にはあの作を連想させるものがある。イヤ全体としての『不連続殺人事件』そのものにも、諧謔の質と程度は非常に違うけれども、やはり『赤色館』との類似が感じられる。いずれにしても「心理の足跡」の一章を設けた作者の気持には同感を禁じ得ないものがある。

それから、最後の脅迫文の貼紙だけは犯人でなくてカングリ警部の仕業であり、これが自殺事件の重大な要因となっている仕組みも面白い。〔ロジャー・〕スカーレットの『白魔』の雨垂れや『エンジェル家』の紙幣のトリックには劣るけれども、ややあれに近い巧みな錯覚効果が出ている。

しかしながら、先にも触れた通り、私をアッと云わせたものはこれらの普通の意味のトリックではなくて、これらのトリックを可能ならしめる為に作者が用意した、作品全体に蔽いかぶさっている非常に大きな別のトリックについてであった。この作を画期的と称する所以もそこにある。その別の大トリックというのは外でもない。私の犯人探しの意欲を拒否したというあの不倫乱行の別世界そのものなのである。犯人の数々のトリックは、よく考えて見ると、この異常世界においてでなくてはたやすく暴露し、読者にもあっけなく悟られる虞《おそ》れが充分にあった。それを救う為に、作者は作品全体の雰囲気という大きなトリックを考案したのである。

冒頭第一章「俗悪千万な人間関係」に記されている性的乱脈状態、好色漢歌川多門のお余りを頂戴に及んだ文人連中、それが又お互いに掠奪、譲渡を物の数ともせぬ超常識の世界、近親相姦肯定の思想にまで及んでいる世界、私は最初これを単なる作者の悪趣味、目下流行のエロ文学の一類と考え、そのあくどさに少々辟易《へきえき》したのであるが、そこに私の盲点があった。もし探偵作家がこういう世界を冒頭に持ち出したならば、ハハア作者の手だなと、忽《たちま》ちトリックを看破したに相違ない。それが出来なかったのは坂口安吾という作家の立場、傾向に、トリックでなくても好んでこういう世界を書きそうなところがあり、それがトリックとなって、私の目をくらましたのである。

この小説の普通の意味での最大のトリックである犯人の人間関係についての欺瞞は、常識的な社会を背景とすると、白紙の上の黒点のように、忽ち看破される虞れがあるが、こういう乱倫の社会、男は凡て色魔であり、女は凡て娼婦であるこの世界を持って来れば、黒紙の上の黒点となり、欺瞞の妙を発揮する。ここに作者の大胆不敵にして巧妙を極めた心理学があった。しかも、それをこれ見よとばかり冒頭第一章にさらけ出して、作者はその蔭でひそかに読者を嘲笑していたのである。

この小説の世界は乱倫のほかに露悪症的な口論と酒乱の狂態に満ちているが、これが又トリックのトリックであって、作中酒乱の男がこれという理由もなく言語に絶する狂暴を働くところがあり、その狂暴こそ丸橋忠弥〔歌舞伎『慶安太平記』の主役〕の堀端的トリックなのだが、もしこの狂態をとりすました常識社会において演じさせたならば、これ又たちどころに読者の看破するところとなったであろう。登場諸人物のあらゆる狂態は実はこの黒一点を欺瞞する黒紙の背景に外ならなかったのである。作者の狡智、謎小説の真髄を発揮して余すところなしと云うべきであろう。

チェスタートンの *The Sign of the Broken Sword*〔「折れた剣」〕の冒頭に、師父ブラウンとフランボーとの次のようなやりとりがある。

「智者は一つの小石をどこへ隠すだろうね」

「海岸の砂の中」
「それじゃ、智者は一枚の木の葉をどこへ隠すね」
「森の中」

この小説で師父ブラウンは、一人の将軍が私怨の為に斬り殺した部下の死体を隠す為に、負けるにきまった無謀な合戦を挑み、味方の死体の山を築いたという秘密を看破する。一つの殺人を隠蔽する為の数百人の殺人、これは又思い切ったチェスタートン式トリックであるが、しかしこの小説では「木の葉は森の中へ」の心理学を、犯人のトリックとしてしか使っていないのに反し、『不連続』では犯人のトリックは一葉の木の葉にすぎず、作品全体の雰囲気が森の役目を果たしている。なんとチェスタートンも考え及ばなかったどえらいトリックではないか。イヤ、そればかりではない。その上に先にも述べた作者自身の作家的傾向という好都合千万な目くらましがあった。即ち普通のトリックの上に雰囲気の大トリックがあり、その上に作者の風格から来るトリックと、実に三重のトリックを構成しているわけである。

この小説のトリックについてはベスト・テン高位にある作や『赤色館』を思い出したと先に記したが、雰囲気や登場人物の点では、米の詩人ケネス・フィアリングの探偵長篇『心の短剣』（一九四二）を連想した。この小説は、おそらく富豪の寄付で出来ているのであろうが、風光明媚の地に巨大な別荘のようなものを設け、著名な文士美術家を選りすぐって、長期間ここに招待し、それぞれ別棟の部屋を与え、食事は勿論狩猟釣魚その他あらゆる遊戯設備があり、そこでノンビリと銘々の仕事をする、しかも費用凡て無料という芸術家天国が舞台となっていて、そこに集まった十数名の作家画家などの間に奇妙な殺人事件が起こり、お互いに猜疑し合うという筋で、『不連続』は贅沢度において到底この小説の敵ではないが、舞台や人物の着想は酷似している。『心の短剣』の諸人物も芸術家的放埒を発揮し、随分思い切った口も利き合うが、『不連続』に比べては遥かに常識的であり、又このアメリカの作品はトリックの創意において到底『不連続』には及ばない。

英米でもヴァン・ダイン流やクロフツ流の旧来の型に飽きて、本格ながらも風変りな作品が次々と生れている。私の読んだ内では、マイクル・イネスの *Lament for a Maker*（一九三八〔邦訳『ある詩人への挽歌』〕）、パーシヴァル・ワイルドの *Inquest*（一九三八〔邦訳『検死審問』〕）、ポストゲイトの『十二人の審判』（一九四〇）、ニコラス・ブレイクの『野獣死すべし』（一九三八）などが、この種の風変りな本格物としては最も優れているが、これらの作品は心理的スリラーやハードボイルドとは異なり、興味の中心をあくまで謎とその解決に置きながら、しかも旧来の本格ものに見られなかった異様の構成を案出しているもので、『不連続』は計らずもこれらの新作風と東西軌を一つにするものである。これらの外国作品は構成や文体に非常に凝っている点、即ちその力作感においては『不連続』を遥かに超えているが、謎とトリックの構造だけについて云えば私は『不連続』の方に軍配を挙げたいのである。不倫乱行の世界そのものをトリックとする手法は繰返し使えるものではないし、又探偵小説はその舞台として必ずしもこういう世界を歓迎するものではないが、謎と推理の本格味を十二分に保持しながら、旧来の探偵小説の型を破ったこの作品は、英米最先端の傾向とも一致するものであり、充分高く評価されてよいのだと思う。

　では私は『不連続』に全く不満がないのかというと、必ずしもそうではない。その第一は先にも触れたサスペンスの不足である。さすがに文壇のヴェテラン、いわゆる坂口思想と坂口文体の面白さで読ませることは読ませるけれども、探偵小説においては、私はやはりサスペンスを要求するものである。

　この小説は一種のファースだから現実感は重視されていないのだと云えばそれまでだが、七人もの人間が安易にコロリコロリと殺されて行き、次に起こるべき殺人への恐怖というようなものが殆んど感じられないのは、如何にしても物足りない。これは感情のサスペンスであるが、理智のサスペンスとしては、最初からの殺人に異様、不可思議な感じ、所謂不可能興味が乏しい点と、誰が犯人であってもさして驚けないような雰囲気である為、犯人を知りたいという焦躁感を与えない点に大きな不満がある。

　次に、犯人の悪念と孤独と恐怖とが、全篇を読み終っても余り感じられないこと。探偵小説は犯罪小説のようにこれを正面から描くことは出来ないけれども、作者の心構えによっては、読了の後ヒシヒシとそれが身にこたえ、読過の際にも紙背にこれが感じられる筈である。ポー以来、探偵小説が必ず殺人事件を描いて来た事実の裏には、単なる謎々の外に犯罪者の悪念や恐怖もまた、探偵小説の重大なる要素となっていることを証するもので、これを紙背に描くと描かぬとで、作品の評価に大きな差異が生じて来ることは争い得ないところである。

考えて見ると、これらの不満を感ぜしめる所以は、作者の探偵小説観、即ちゲーム専一主義にあるように思われる。謎が難解でありその解決がフェーアであれば、ゲーム主義の能事は畢《おわ》るのであって（如何にも『不連続』はこの二つの要求を見事に充たしている）、サスペンスだとか、犯罪者の悪念や恐怖などは余計なものだということになるが、私は右にも記した通り、これらも探偵小説の重大な要素と考えるものであり、『不連続』にこれらの要素を欠くことは、作者のゲーム専一主義と共に、私の俄かに賛し得ないところである。

しかしながら、これらの不満は望蜀の言葉にすぎないのであって、探偵作家以外の畑にかくまで本格味に徹した達人があったこと、しかもトリックにおいては内外を通じて前例のない新形式が考案されていたこと、それだけで私は充分堪能し、讃辞を惜しまないものである。

【附記】『不連続』評で、私は作中犯人が使うトリック以外に、作者が読者に対してかけたトリックを賞賛している。これは前にのせたヴァン・ダインの戒律に反することになるが、私はヴァン・ダインやノックスの戒律に悉く同意するものではない。例えば『アクロイド殺し』の××が犯人であったというトリックや、ザングウィルの『ビッグ・ボウ事件』の××が犯人であったというトリックは、右の戒律に反するにも拘らず、私の絶讃するところである。作者が読者にトリックを使ってはいけないという戒律も、純ゲーム主義から云えば尤もな条件ではあるけれども、もともと探偵小説というものは、作者は初めから犯人を知っていながら、それを最後まで隠しておくのだから、この根本の意味で、作者が読者にトリックを使っているわけで、それを禁じることは、探偵小説そのものの性格と矛盾すると思うのである。これらの点については、いつかもっと詳しく考えて見たいと思っている。〔「××」の伏字は中公文庫編集部による〕

（「宝石」一九四八・十一、十二／『幻影城』光文社文庫、二〇〇三）

坂口安吾の思出

坂口安吾君がこの二月十七日に急逝された。四十八歳の若死にである。探偵小説に縁故の深かった同君の死を惜しみ、その思い出ばなしを少しく書いて見る。

坂口君に初めて会ったのは「新小説」昭和二十二年新春号のための座談会の席であった。だから実際この座談会をやったのは終戦の翌年、二十一年の十一月頃ではなかったかと思う。「新小説」は明治以来の春陽堂の文芸雑誌で、戦後もしばらく命脈をたもっていたが、間もなく廃刊になった。当時の編集長は松本太郎君で、純文学と大衆文学の双方から作家を集めて議論をさせ、一つの新らしい文学を生み出す機運に資したいという考えから、この座談会を開いたもののようであった。座談会の表題も「新文学樹立のために」というのであった。終戦直後のドサクサまぎれのようなところもあり、ここから何か新らしいものを生み出そうとする意欲も感じられるというような座談会であった。出席者の顔ぶれも、そういうときでなければ組合せられないような、従来に例のない人選であった。いろは〔ママ〕順に九人の名がならんでいる。

井上友一郎、伊藤整、江戸川乱歩、大林清、木々高太郎、坂口安吾、平野謙、福田恆存、山岡荘八

この頃はアメリカ軍政によって、武士道小説、仇討小説、斬り合い小説、つまり刀を抜く小説が禁じられていたので、大衆文壇は探偵小説のひとり天下といってもよいほどで、各作家の昔の作品が続々本になっていた。この座談会が縁になって、坂口安吾、平野謙、荒正人の諸君が、われわれの探偵作家クラブの例会に出席するという時代であった。坂口君は二度ぐらいしかやって来なかったが、平野、荒の両者はもっと度々出席された記憶である。又、そのころ、私は銀座裏の酒場「ルパン」で逝去直前の織田作之助君に出会い、「探偵小説を書かないか」と云ったら、「僕は書こうと思っている。この次の新聞小説に書

くよ」と云って握手したものである。「宝石」はその頃今の五、六倍の部数を売っていた。小売屋さんが直接岩谷書店へ仕入れに来て、店頭に行列を作るという有様であった。そんな情勢から、当時のジャーナリストの頭には、探偵小説というものが大きく印象されていたので、この座談会でも木々君と私と二人も出席を依頼されている。

座談会の記事を見ると、従来の座談会では二、三行ずつポツポツしか話さない私が、最初から長い発言をして、全体に亘って非常に多く喋っている。これも当時探偵小説が世に容れられているというバックがあったためだろうと思う。坂口君は売出しの流行作家であったが、この座談会では甚だ無口で、時々オヒャラカシたような寸鉄的な発言をしているにすぎない。例えば

（大衆を離れた文学ではいけないという話に対して）『僕は一般的に読まれたくないね。正直のところ、僕は普通の人に読まれたくないのです（笑い声）。或る魂の病人みたような人の一服の鎮痛剤というか、麻痺薬といったようなもので、病人以外の人に読まれたくない。不健全ですからね……』

『僕は大体文学というものは、読者というものを相手にしたものは一種の口説《くぜつ》だと思うが、その情熱が足らないのではないか。純文学の連中は、面白くないということを何か純粋と思っているね。実にばかな話ですね。退屈するということは悪徳だと僕は思っている』

『僕は大衆文学の方が俗悪に徹していないように思う。僕の方がよほど徹している（笑い

声)』

これは一例だが、坂口君はこんな風な短い発言を七、八度しているにすぎない〔実際にはもっと多い〕。その無口の中で、自分も探偵小説を書く気だということは、ハッキリ云っている。私がクイーン雑誌のコンテストにフォークナーが応募〔短篇「化学の錯誤」〕している話をして、日本の純文学の人も、そういうサバケた態度に出てもらいたいと云うと、坂口君は直ちにこれに応じて、

『僕は本格(探偵)小説を一つ書く予定です。読者と競争しようと思っている。犯人を当てっこさせて、誰にも判らない小説を、昔から一つ書きたいと思っている』

と云い、また別のところで、私が探偵小説でも、英米のような構成の綿密なものが出るといい、と云ったのに対して、坂口君は、

『僕はそんなことは何も考えず、読者が犯人を当てるかどうか、それが楽しみです』

と、自作への抱負をもらしている。

座談会の引用はこれだけにとどめるが、坂口君が一つ探偵小説を書いて見ようと考えたのは、終戦直後の探偵小説流行に影響されたという意味も多少あっただろうが、もっと遡って別の動機があった。それは戦争中、何も書けなかった時代に、「近代文学」の人々平野謙、荒正人、大井広介その他数人の諸君と共に、坂口君は主として西洋の本格探偵小説(クリスティーが一番面白いと云っていた)を愛読し、皆で寄り合ったとき、誰かが長篇

の前半を朗読して、データの出揃ったところで読むのをやめ、皆がその解決を紙に書いて見せ合うという、論理的な犯人探し遊戯に耽っていた時期があり、これが探偵小説への病みつきとなった模様である。

上記の座談会が発表されて間もなく、雑誌「日本小説」に坂口君は『不連続殺人事件』の連載をはじめた。それのはじまるまでに、一度か二度われわれの土曜会に出席したが、スピーチを頼んでも余り長い話はしなかったように記憶する。私はこういう人が探偵小説を書いてくれれば探偵文壇が大いに賑かになると思ったので、土曜会に誘いもし、友達になろうとしたが、坂口君は無愛想で、そういう親しみは見せなかった。私が土曜会の帰りに一杯やろうという態度を見せても乗って来なかった。ひょっとしたら彼が土曜会へやって来たのは一種の敵状視察だったのかも知れない。又、もう一つ邪推すれば、彼が座談会で云っている『或る魂の病人みたような人の鎮痛剤云々。病人以外に読まれたくない』というような性格が私の一部にもあるので、それに興味を持っていたのが、会って見ると、ひどく平凡な俗人なので愛想がつきたのかも知れない。いずれにしても、私は坂口君に振られたような気がしたので、私の方でもこの人とは交友関係は結べないのだと思って、引きさがってしまった。

連載をはじめた『不連続殺人事件』には毎月本文の末に、オヒャラカシたような挑戦状がついていた。それは読者へのものでもあったが探偵作家へのものでもあり、どうだいお前たちにもわかるまいという、人を小馬鹿にしたような文章であった。私はこれにも反感を持った。だから、その挑戦に応じる気にもなれず、連載第一回を卒読したきりで、毎月は読まなかった。

　ところが、いよいよ完結してみると、やはり探偵作家としての責任上、一読しなければならぬと思い、通読したのだが、従来の純文学作家の探偵小説なみに考えていただけに、そのトリックの構成がよく考えてあるのに一驚を喫した。そして、私は昭和二十三年十一十二月合併号の「宝石」に「『不連続殺人事件』を評す」という長文の讃辞を書いたのである。坂口君個人には上記のような感じを持っていたけれども、それとは別に、小説そのものに感心したからである。

　あの批評は、探偵文壇からは、褒めすぎだと云われた。たかを括っていたところへ、よく考えた本格構成を見せられたので、反動的に感心しすぎた点がなかったとは云い切れぬが、あれは当時の私の本当の感想であり、今でも間違っていたとは思わない。

『不連続殺人事件』はその年度の探偵作家クラブ賞作品となった。これも、詮衡委員の一部には、外部の人にやるよりも、多年探偵小説で苦労して来た人にやるべきだという説があったが、私は『不連続』への授賞を主張し、それが多数決となった。そして、土曜会の一日をさいてクラブ賞贈呈式をやったのだが、その席へ坂口君は出て来なかった。私は探偵作家などから賞を貰うことを、いさぎよしとしないのかと邪推した。当時は副賞が僅か一万円ぐらいだったと思うが、幹事がその賞金を坂口君に届けると、これはクラブに寄附するということであった。クラブでは、ただ貰うのも何だからというので、それを坂口君の終身会費にくり入れた。従って坂口君は逝去まで探偵作家クラブの、一度も出席しない会員であった。

坂口君の探偵作品については、中島河太郎君が詳しい目録を作ってくれるそうだし、私は今手元に資料がないので、題名などをあげることは出来ないが、『不連続』の次にもう一つ長篇探偵小説を書きかけて、雑誌廃刊のために中絶したのがあったと思う。

そのあとでは明治初期を舞台とした短篇『安吾捕物帖』を沢山書いている。これも好評であったが、私は一、二篇しか読んでいない。そして、文章は坂口流で面白いが、筋は『不連続』のようによく考えた創意のあるものではなかったように感じている。

私の私情は別として、純文壇の人で、おれは探偵小説を書くのだと宣言し、それを見事にやって見せた作家は、あとにも先にも坂口君のほかにはない。その点で同君の死は探偵小説のためにも、甚だ惜しまれるのである。

（「宝石」一九五五・四／新保博久・山前譲編
『江戸川乱歩　日本探偵小説事典』河出書房新社、一九九六）

坂口君はクラブ賞を悦んでいた

評論家大井広介君から、前号の私の「坂口安吾の思出」の正誤のハガキが来た。あの文は私の感じたままを正直に書いたので、故人に礼を失する点があったかと思っている。左に大井君のハガキの殆んど全文を記して訂正しておく。

『(前略)「探偵作家などから賞を貰うことをいさぎよしとしないのかと邪推した」とありますのは、貴方の思いすごしです。坂口は受賞を無邪気に悦び、大得意でした。彼は探偵小説を普通の小説と別個のジャンル視していましたので、探偵小説を書き、探偵小説として賞をもらったのを、いさぎよしとしない筈がなく、私に自慢していました。式に欠席したのは、テレたのでしょう。意外にテレやでした。なにしろ探偵賞以外受賞したことがありませんから、テレますよ。全く貴方の思いすごしです。なお「近代文学」は戦後の創刊、「現代文学」という別個の雑誌の時、犯人当て遊びをやったのです』

(「宝石」一九五五・五／『江戸川乱歩　日本探偵小説事典』)

荒正人・江戸川乱歩・大井広介

座談会・評論家の目

（まえがき）第一線の文芸評論家で、探偵小説通のお二人にご出席を願って、探偵小説のあらゆる問題を語っていただいた。

荒正人さんは初期の探偵作家クラブ土曜会にたびたび出席されたので、それ以来のおなじみで、江戸川乱歩賞の選考委員をお願いしているような間柄だし、大井広介さんも探偵小説の座談会で幾度か同席し、その探偵小説好きはよく知っていた。

戦争中、坂口安吾、荒正人、平野謙諸氏の文学グループが、探偵小説の犯人当て遊戯をつづけられたことは有名だが、この主唱者は大井広介さんで、場所も大井さんのお宅で行われたものであった。また大井さんは匿名で長篇探偵小説を書かれたこともある。

そういうお二人の顔が合ったのだから、話題はおそろしく多岐にわたり、批判を受けた作家は数十人に及んだ。ごく断片的なやりとりではあったが、お二人の探偵小説観がよく出ていて、非常に興味がある。

話題がつきず、速記は予定以上に長いものになってしまったので、誌面の関係で多くの部分を省略させていただいた。省略の箇所には（註）を入れておいたが、お二人にこのことを深くお詫びする次第です。（R）

翻訳ものについて

江戸川　お二人は昔から探偵小説のシンパサイザーとして、御懇意に願っているので、お話はいろいろあると思いますが、まずブームといわれる翻訳ものから入りましょうか。

荒　ずいぶん翻訳ものが出ていますね。一時『早川ミステリー』の翻訳がまずいとか間違っているとかいわれたが、最近少しよくなったらしい。それから〔東京〕創元社からも出ていますが、完訳主義になったのは非常にいいですね。とくにヴァン・ダインなんか。

江戸川　訳者を変えて完訳したら、やっぱり売れるんですね。

大井　わたしも『グリーン家の殺人』なんか買ったからね。今度のは部厚いからね。

しかしわたしは或る社の全集には非常に疑問をもっているのですが、あそこに名前を出している人は、下受けに出しているのではないですか。誰といって名指ししませんが、非常に忙しい人、それでなくても原稿もろくに書く間もなく追いまわされている人が、探偵小説の翻訳をやるということに非常に疑問をもっているのですよ。

荒　下受けはよくないね。

大井　テキストに目を通してあとでペンをいれればいいけれども、それならはじめっから自分でやるだろうしね。それより翻訳ばかりミッチリやっている人の方を信用しますね。有名な人の場合は、名なしの三太郎が下受けをやっているという推定がされるので、ああいうのは損だと思いますね。

江戸川　比較的最近の翻訳ものはどうです。さきほど、最近は余り読んでいないとおっしゃったけれども……。

荒　〔東京〕創元社で現代ものの全集出しはじめましたね。〔その中の〕レオ・ブルースの『死の扉』というのは、非常につまらなかったね。福永武彦はほめてましたが。僕はこんなつまらんものはないと思いました。あんまりズラリと並べることになると、つまらんものも入れなければならなくなるから……。

大井　わたしはね、いつかね。乱歩さんと、植草甚一さんと三人で一晩中話したことがあるのです。植草さんは探偵小説に関したら博覧強記で、この二人の前にあったらなんでも知らんことはないですが、話し合っておどろいたのは、彼はなんでも読んでいるが又なんでも好きだね（笑）。企画者としてはあれは欠点じゃないか。

　わたしは探偵ものを十篇読むと二つか三つしか面白くないんだけれども、三人で話していると、植草さんはみんな面白い、面白いといっているんだな。本当に好きなんだな。

（江戸川氏に）あなたは逆にね。なんというのか。これも月並み、これも陳腐、またあの手使った、この手使ったという。つまり逆のタイプですね。尤も植草さんみたいに、あれも面白い、これも面白いで、いいとこみつけなければ、とても探偵小説ブームに対抗できないかもしれませんがね。

荒　長沼弘毅さんなんかずいぶん読んでいらっしゃるらしいですが、あれはどういう読み方ですか。

江戸川　長沼さんは特殊なものを集中的に読むほうですね。いまはドイルのものを非常に研究している。深く研究するタイプですね。それから、長沼さん自身が経済学者だから、イギリスの〔G・D・H&M〕コール〔夫妻〕が好きですよ。コールをもうすこし紹介したいといっているのです。

荒　しかしどうですか、最近の……戦後一時ハードボイルドというのが出ましたね。少しまた変わってきたんじゃないですか。

江戸川　ハードボイルドはやや下火ですね。つまり猫も杓子もハードボイルドを書きすぎたんですね。スピレインがヤマだったんじゃないですか。

　この頃の流行はサスペンス・ノヴェルだな。なんだかふつうの小説か探偵小説かわからんものが多いですね。そして同じようなものを本屋によっては普通小説として売り出し、別の本屋はサスペンス小説として売り出すという具合で、混雑している。〔アントニー・〕

バウチャーなんか、この間の書評で、そのことをこぼしてました。

作家論（1）

大井　松本清張のなんかはそうですね。サスペンス・ノヴェルですね。
江戸川　しかし松本さんのは探偵趣味が充分あるから面白い。
大井　面白いかねえ。
江戸川　犯人探しの形でなくても、探偵趣味が充分感じられるので……。
大井　わたしは松本君のはわりあい読んでいる。あの人の中間歴史小説みたいなものから読んでいるのです。『信玄軍記』とかなんとか。それからスリラーものの『顔』のようなものを書き出した。どうしてああいうものを書き出したのかと思ったのですがね。
江戸川　どうしてとは、どういう意味ですか。
大井　いや松本君の歴史ものというのはもう一つね。……〔ああいう〕サラサラした書き方じゃなくて、内面的、心理的なものに斬りこんでいったら、もうすこし面白いものが書けるんじゃないか。そういう方向にいったらな、とひそかに希望していたわけですよ。
江戸川　ほかのものに傍見をするな、という意味？
荒　彼は何年計画かで探偵小説をものにしようとしているという噂がありますね。それがすんだらまた別なものが出る。

（註　ここで、日本では純探偵小説ばかりで生活するのはむずかしいので、マゲものや少年ものを書くようになるという話が出て）

荒　外国ではそうでもないんでしょう。

江戸川　売れっ子は一年なり二年なりに一冊書けばやっていけるようですね。そこが違うな。

大井　ガードナーはもっと書いているでしょう。

江戸川　ガードナーは口述で、ジャンジャン書く。

大井　羨ましいな。

荒　アガサ・クリスティーが家を二十軒もっているという話は羨ましかったなあ。あれは趣味なんですか。

江戸川　家を建てる趣味があるんですね。建てたかと思うとすぐ売っちゃって、また新しく建てる。

大井　やっぱりクイーンとかクリスティーになると、探偵小説の本物に身を削ってきた気がするのですが、ガードナーとかこの間死んだ〔クレイグ・〕ライスというのは楽に考えて、あまり神経質じゃない。本格派はこれは一ぺん使ったトリックだからと堅苦しく考えるけれども、ガードナーとかライスというのはそういう意識はなかったと思うんですよ。

荒　クロフツなんかも身を削っているほうじゃない？

江戸川　身を削っているかどうかわからんが、一つ一つ本気で書いてますね。

大井　クロフツなんかやっぱりある型ができてますね。……ガードナーというのは読者がありますね。

江戸川　日本でも非常に流行っております。僕はこんなに流行るとは思わなかったが。

大井　ライスというのは、はじめ翻訳されたものが悪かったので、あれも相当売れる要素があると思いますね。

荒　スピレインというのは案外だめなんじゃないですか。

江戸川　いやいや、スピレインは売れました。

大井　後継者の柴田錬三郎が売れているじゃないの。ガードナーより売れました。眠狂四郎、あれはスピレインですよ。

江戸川　スピレインは戦後の若い人に合うんですね。

荒　はたち台かな。江戸川さんは最近の純文学作家に探偵小説を書くことを煽動されておりますが、これはどういう目的ですか。

江戸川　「宝石」の寄稿家を探偵作家だけに限定しては、変化がつかないのです。幸い文壇に探偵ものを書く人が多くなったので、これは取り入れなければウソですよ。

荒　しかし結果が非常によくなかったでしょう。何か一つくらいありましたか。これはという奴が。

江戸川　出来のいいものが少なかったかもしれないけれども、文壇の人はやっぱり小説の書き方はうまいですよ。

大井　いや、横溝正史のほうがうめえな（笑）。

江戸川　かならずしも、そうとはいえませんよ。

大井　それはわたしね、江戸川乱歩という人がどうしてできたかということを考えると、やっぱり谷崎潤一郎や佐藤春夫なんかとかなり関連があると思うのですよ。こういう人たちの耽美主義と探偵小説というものは、なにか関連があった。だから当時の探偵小説家は、いまの人と出方が違って、構えが非常に文学的だったと思う。ところがいまの若い人は、スピレインかなにかの小型文庫なんか読んで、俺も探偵小説やってみようというので、出どころがまるで違うんじゃないかという気がするのですよ。

作家論（2）

大井　文壇の人に書かせるのもいいが、それよりも岡田鯱彦《しゃちひこ》なら岡田鯱彦の才能をのばすことの方が大事ですよ。とにかく「宝石」は作家濫造で、玉石混淆だが、岡田鯱彦というのは才能があるんじゃないですか。

江戸川　あるんだけれども、ここ数年問題になるような作を書かないですね。

大井　岡田鯱彦の源氏物語を主題に書いた、なんですか。

江戸川　『薫大将と匂の宮』です。あれはよかった。今度『源氏物語殺人事件』と改題して春陽堂文庫に入りました。

大井　面白かったですね、あれは。ああいうものが評判にならないんだからね。

江戸川　いや、なったですよ、内部では。しかし一般的にはならなかった。探偵小説は一般的な批評を受けない場合が多いのでね。

荒　ちょっと話題が違うのですが、探偵小説作家がほかの雑誌、「オール讀物」とか週刊雑誌に書いた場合、非常にお粗末なものを書いてますね。大井さんは横溝さんのファンだといっているけれども、横溝さんのでもつまらんものがありますよ。あれは原稿料稼ぎにやっているわけだな。

大井　しかしそれは読切でしょう。

荒　短篇ですね。

大井　読切は悪いんだ。短いもので原稿売るというのは非常に危険ですね。いまの作家に注文がきて、短いもの書いてもちっとも新鮮な感じで書いてないですね。あなた（江戸川氏）の出ていらした当時や、角田喜久雄が「サンデー毎日」で当選したときというのは新鮮な感じがしましたね。ああいう新鮮な感じはもう作家自身、もってはないですかね。

荒　どうです、今度乱歩賞になった仁木悦子さんの『猫は知っていた』というのは新鮮ですか。

江戸川　新しいものということはいえないな。いままであるやり方だけれども、文体なんか素人臭いところがかえっていいですね。それからまた、作者が女性だからね、クリスティーみたいに、小さいトリックの使い方のうまいところなんかいいと思うんですがね。

大井　アイルズの『犯行以前』というのはよかったね。しかし、あれは必ずしも新しいものではないと思う。別の例でいうと、わたしは三島由紀夫という作家が好きですが、三島由紀夫の『美徳のよろめき』というのは、批評家の間では〔評判が〕よくないが、わたしは非常に買っているのです。わたしは大体小説というのは十九世紀のものだと思っているので、それを基準に十九世紀的なよさを認めるわけです。探偵小説もつまり、本格ものでなくても『犯行以前』のようなものは、同じ意味で認めます。

（註　この間に、探偵小説の行きづまりは、新しい強い個性の作家が出れば、同じトリックを使っても、打開できるという話があり、それをうけて）

荒　小栗虫太郎というのは特異な個性でしたね。大井さん、いかがですか。小栗さんあんまり好かんでしょう。

大井　あれは非常に人からハッタリといわれているけれども、そうハッタリじゃないよ。なかなか彼は勉強して書いていた。『黒死館』を戦時中読み直してみて、決してハッタリでもなんでもない、なんにも知らんで読んでいるときには、えらいハッタリみたいに思ったけれども、そうでもないと思ったね。彼はわりあいに久生十蘭的に学があるね。

荒　そう、勉強していたね。

江戸川　ただ論理がね。
大井　探偵小説的論理が飛躍しているね。奇抜な、荒唐無稽な、ね。
荒　夢野久作なんか、その点で全然買わないですか。
江戸川　好きな人が多いですよ、今でも。
荒　やっぱり小栗虫太郎の方がうまいと思うな。
江戸川　あなたは本格ものの方が好きだから。
荒　変ったのも好きなんですがね。『ドグラ・マグラ』はみんなほめるけれども、つまらんと思ったね。『氷の果て』とか『押絵の奇蹟』とかいうのはよかった。
江戸川　夢野君も非常に個性が強くて、個性の強い作品というのは印象が深くていつまでも記憶に残りますね。

犯人当ての遊戯

江戸川　話は変わるけど、坂口さんたちがね、戦争中にみんなと犯人の当てっこをやっていたでしょう。大井さんも仲間でしたか。
荒　いや、あれは大井さんがはじめられたわけですよ。
江戸川　ああ、あなたがはじめたの。お宅でやっていたんですか。
大井　うちでやっていたんですよ。

江戸川　あれはどういう動機でやりはじめたんですか。
大井　最初、飲もうにも酒がなく、友達が集って遊びのタネがつきてやったんですがね。
江戸川　そのときの仲間は誰ですか。
大井　坂口、平野、この二人（大井、荒）ね。それからずいぶんいたね、常連というのは。
江戸川　それから埴谷さんとか。
大井　埴谷さんはいなかったです。
荒　戦後も同じようなことをすこしやりましたね。横溝さんの『本陣』とか『蝶々』とかをネタにして。
大井　古本屋から誰かが見つけてきまして、書物をバラバラに解体しまして、くるくるまわして読んだんです。戦争直後には種本がなくなってしまって、そのゲームはやめましたが、今はテキストがふんだんにありますから、本当に実力がわかりますね。
荒　今は忙しくなっちゃって。
江戸川　だけどそういうことをやったというのは非常に面白いですね。他の遊戯がいろいろある中で、探偵小説の犯人探しをやったということは……。
荒　『三幕の悲劇』というのは誰だったですか、作者は。
江戸川　クリスティー。
荒　（大井氏に、ニヤニヤしながら）あれでしょう。

大井　犯罪が起こったのはね。

江戸川　犯罪が起こった？

大井　平野君がわからん、わからんといったんです。それで後から急に鮮やかに当てちゃってね。それは前に読んだのを思い出したんですよ（笑）。

荒　〔平野はそれ以前に〕図書館で読んだんです。あまり平野の解答がうまくてびっくりしたんですよ。

大井　わたしは当てているからあれだけれども、坂口安吾に至っては自殺しようかと思ったんですよ（爆笑）。坂口安吾はほとんど当ててないんですよ。『ヨットの殺人』なんか、戦後出ませんが、テキストに使ったんですよ。解体してくるくる回して、十人ぐらいでやって、坂口一人が当てきらなかったですよ。

江戸川　だけど坂口さん自身の理屈はあるんでしょう。

大井　作品が悪いから当たらん、『Yの悲劇』みたいないい作品ならきっと当てるといって（笑）。もうテキストがありませんで、『船富家の惨劇』というのを見つけてきて、短いものですが、やりました。

江戸川　『船富家』はわれわれはそれほど買ってなかったですよ。ところが戦後あなた方、坂口さんなんかに会うとみんな認めているので、俄然有名になっちゃった。

大井　当て合いでね、汗を流したから、それで敬意を払っているのですよ（笑）。それだけのことですよ。

荒　『船富家』の作者の蒼井雄という人は、戦後あまり書いていませんね。

江戸川　本職〔関西電力〕の技師の方でもう偉くなっているのですね。

荒　ああいう人が離れていくのは寂しいですね。ゆっくりやってくれればいいのですが。

江戸川　戦後、一つ二つ短いものを書いたのですが、大して評判にならなかったので、熱がさめたのでしょうね。

大井　犯人の当てっこにはずいぶん滑稽なことがございましたよ。カーの『魔棺殺人事件』〔『三つの棺』〕の戦前の翻訳は非常に悪訳で、抄訳なんですよ。データが抜けているのです。みんなこれはわからんといってね。抄訳で端折っているから、これはひどいですよ。昔の翻訳は「これを三百枚に訳してくれ」とか、「三百五十枚に訳してくれ」といって、大事なところを抜かして訳した。これじゃ当る筈はないですよ。

　まだ滑稽なことがある。『ギリシャ棺の秘密』というクイーンのを、わたしと坂口と檀一雄と誰かいた。一晩コッテリかかったのです。夕方の六時から明け方の四時頃まで……。ちょうど夏で、三人とも肌ぬぎで裸でやっていたんですよ。大熱演でやったわけです。檀一雄が一番最初に読んで、それからわたし、坂口と回していって、いきなり檀がヤア、ヤア、大変だ！と叫んだ。目分量で、このへんならまだ犯人は出ていないだろうと、本をちぎって回読したんですが、回した中にちゃんと犯人が出ていたんです。一晩むだになっちやった。

江戸川　僕も探偵小説を書き出す前に、友達と二人だけで犯人当てをやったことがあります。しかしその頃はドイルの翻訳ものぐらいしか種本がないでしょう。『恐怖の谷』をやってね。僕は当ったですよ。食事の量がグッと増えたというところで、ハハアこの部屋にもう一人の別の人間が匿《かくま》われているということに気づいたのです。しかし僕は当てるのは下手です。なるべく当てることを考えないで読む。当ててしまったら、それから先読むのが面白くないですからね。

荒　大井さんはしかし当てる情熱で読んだのでしょう（笑）。いまラジオでもやってますね。「あなたも探偵になれる」という。あれはつまらん。だめだ。

大井　ラジオで朗読じゃ、黙読するのと違う。耳から入れて当てる型と、目から入れて当てる型と、違うんじゃないですか。

江戸川　探偵作家クラブで毎年二回、犯人当てをやっているのです。誰かが書いてきて、それを朗読の名人の萩原〔光雄〕君が読むのです。なかなか当らないです。データはちゃんと出ているのですが、僕らどうしても当らない。当てるのは、作家以外の会員が多いですね。作家には犯人当てはだめですね。自分流に考えちゃう。素人は全然自分流の考えがないから、却っていいのですね。

荒　直感的に読んじゃうから。

大井　坂口は『スタイルズ〔荘〕の怪事件』というので惨敗を喫しまして、それからなんでも男と思ったら女と答える。女と思ったら男と答える。外から入った人間と思ったら内にいる人間と答える、というのです。これじゃ当る筈がないですよ（笑）。

荒　しかし『不連続殺人事件』というのはよく書きましたね。

大井　それから『復員〔殺人事件〕』でしょう。あれは犯人がわからんですね。

江戸川　非常によく考えてありますね。あれを書き継ぐ高木〔彬光〕君は苦労するでしょう。あれは〔読者への〕挑戦までいってないですね。だから高木君が別のデータを書き加えて挑戦までもっていって、それから解決篇を書くより仕方がないですね。未亡人の三千代さんは犯人を知っているというけれども、あやしいんですよ。坂口さんという人は、奥さんも騙していたかもしれない。

大井　騙してばかりいた（爆笑）。

荒　あのころ『野球殺人事件』というのが出ましたね。

江戸川　あれは関係あるのでしょう。あなた（大井氏に）。

大井　関係あるけれども、あれは駄作ですよ。

江戸川　合作だな、あれは。そうでしょう。

大井　わたしは探偵小説を一度書きかけたことがあるのですよ。「モダン日本」に、『映画殺人事件』というのを懸賞金つきで。惜しいところで雑誌がつぶれましたが、ちょっと自信ありましたね。われわれ素人は一生に一つぐらいしか書けませんよ。その作は百枚ぐらい書きましたがね。三度ぐらい書いてそこで雑誌がつぶれたんですね。

江戸川　そのトリックはまだとってあるのでしょう。

大井　人に話しましたからね。それが滑稽なんですよ。その時にとりにきた「モダン日本」の記者というのが吉行淳之介なんです。その時はどういう人かというのは知らんわけです。知ったのはその後で、なんだ、市ケ谷の駅の前のこれこれの坊っちゃんじゃないか。そうだ、ということで、文学やっていることも知らなかったんです。わたしは非常に得意になって、ここよく書けているだろうといったら、彼が、はあ、よく書けてますといって、得意になって聞かせたんだ。いま思い出すとおかしいですよ。

江戸川　それは何か創意的なトリックがあったのですか。

大井　自分でもってなにもいえませんよ。

荒　いや、非常に面白いですよ。

大井　懸賞金つけたんですよ。いくらでも懸賞金つけろといったんだ。当りゃしないから。そういう自信はありました。当てられんという自信だけは。

江戸川　人物は多いんですか。

大井　多いんですけれども、非常に限定されるわけです。片っぽしから殺されるわけですから。

（註　この間に日本では密室殺人事件がむつかしいという話があり、自然の連想から高木彬光さんの批評になる）

大井　高木さんは人物の設定ですでに勘違いをしている。特別な探偵小説狂というような人間、脇役の中に出さなくていいような人間が出ると、こいつは怪しいとすぐ気がつく。あれは下手だね。

荒　講談社から出た高木さんの作品は、ちょっとマンネリズムですよ。

大井　高木さんは、自分の出している神津恭介という探偵を、鬼才とか何とかいうけれども、あんなの鬼才、鬼才ということないね（笑）。

荒　やっぱり横溝さんの方がいい。

大井　うまいねえ。ところで翻訳の話になるが、『死の接吻』というの、お読みになった。

荒　いや、読んでない。

江戸川　あれは非常に評判がいいのですよ。アイラ・レヴィンというアメリカの若い作者です。

大井　わたしは『死の接吻』については、こういう意見なんです。いろんなスタイルで一、二、三と〔章を〕書きつないでいっているのですけれども、最後のスリラーのつまらなさでね。はじめ名前〔人称〕を「彼」といって書いて、読者に意外感を与えるのは、やっぱりインチキだと思うんだな。ふつうの探偵小説というのは、探偵が、一応読者と一緒に探していくんだね。それで、読者が少し先に探せると優越感をもつ。犯人を当てられないと凡クラということになる。『死の接吻』は探偵の形式はとっているけれども、はじめから作者が読者を騙そうとしている態度はどうなんですか。

江戸川　だけどそれと同じ手を『アクロイド殺し』も使ってますよ。

大井　そうです、そうです。

江戸川　あれは面白いですね。

大井　あれは時間の違いでポンとわかりますね。

江戸川　よく読むと三行か四行、間の文章が抜けているんだ。だから、読者が作者と競争しようと思って読むと、いつかの対談会で小林秀雄さんがいっているように、腹が立つけれども、僕なんかにはやっぱり面白いですね。

荒　クロフツなんか、そういう意味では評判いいんでしょう。

江戸川　しかし僕は逆にあれは癪にさわるんです。

大井　わたしも好かん。

江戸川　データが変っちゃうんだもの。一ぺん発表したデータが変っちゃうんだ。探偵が思い違いしたりして。それじゃやっぱり競争できないですよ。

荒　競争するには誰のがいいですか。

江戸川　やはりドイルのものなんか競争できるね。それからクイーンでもヴァン・ダインでも大体できますね。

大井　できます、できます。

江戸川　さっきのような意味では、坂口さんの『不連続』も卑怯だという説があるのですよ。つまり坂口式変てこな人物ばかり出るでしょう。あれはカモフラージュなんで、ふつうの作家がああいうものを書いたらわかってしまう。坂口さんが書いたらわからない。そういうトリック以上のトリックは卑怯だというのです。僕はそうは思いませんがね。

大井　あれはわたしはすぐ分かった。わたしは犯人当てをやる時に、複数の犯人というのは面白くないから、犯人は一人として考えると、いつもいっていたのですよ。すると坂口が、君の当てきらん探偵小説を書くといって、『不連続』を書いたんです。それで、ははあ、犯人は複数だなと察しがついた（笑）。あとは、ふつうの読者にはわからないでしょうけれども、つまり北原武夫とか宇野千代とか、石川淳なんかをモデルにしている。あれは一番書きやすい書き方で、そういうものは犯人じゃないから除去できる。非常に楽に当てられたですね。それから、この間講談社から出ている作品で、何とかのトランク。

荒　『黒いトランク』〔鮎川哲也〕。

大井　あれはクロフツの模倣だというけれども、よく書けていると思ったですよ。

江戸川　あれは評判いいですよ。

大井　それを木々〔高太郎〕さんなんか、模倣だというんだけれどもね。そんなことはない。

江戸川　トランクがあっちへ行ったりこっちへ行ったりする。それだけ捕まえて模倣だとはいえないよ。扱い方が違うんだもの。

大井　違うんですよ。よく書けていますよ。

江戸川　あれが模倣なら、横溝君の『蝶々殺人事件』だって、コントラバスの箱があっちへ行ったり、こっちへ行ったりするから、やっぱりクロフツの『樽』の模倣ということになる。もっと極端なことをいえば、「密室」なんかでも、すべてポーかザングウィルの模倣ということになる。

大井　鮎川さんには他にもいいものがあるでしょう。

江戸川　前にクラブ賞の候補になった『赤い密室』という短篇がなかなかよく書けてましたね。

荒　手術室を舞台に使ったんですね。

大井　それから島田一男の『上を見るな』という、死骸が妙なところからブラ下ったりする小説。できるか、できんかわからんが、これはもうちょっと手を入れたら非常にいいものになる。

荒　あの『上を見るな』と『黒いトランク』の二つは評判いいですね。鮎川さんはその他に何か長篇書いてますか。

江戸川　昔『ペトロフ事件』というのを書きました。やはりクロフツ式のものです。しかしこれは僕はあまり感心しなかった。今度の『黒いトランク』の方がずっといいですよ。

荒　鮎川さんなんかは、小説だけでは食っていかれないのでしょう。

江戸川　まだいかれませんね。

大井　何をなさっている方ですか。

江戸川　何もしてはいないのでしょう。よくわからないですよ。そういうことあまり打ち明けないんで……。

荒　鮎川さんと対蹠的なのは日影丈吉。

江戸川　日影、鮎川が高木、島田などの次の時代では有望だと思います。

荒　しかし、日影さんのあの文章ではそうたくさん書けませんね。

江戸川　日影君は明治調が好きらしいな。ちょっと懐古的な、ね。

荒　そのほか若い人でいますか誰か。さっき岡田鯱彦が出ましたが、それは別として。

江戸川　岡田鯱彦というのは初期のものや、紫式部なんか面白かったのに、その後あまりいいものを書いていませんね。

荒　しかし『樹海の殺人』というのはスリラーものとして面白かった。さいきん春陽堂の全集に書下した作ね。富士山麓の舞台もよく書けてました。

二つの輪廻

（註　この間に「宝石」から出た初期の新人はいろいろな意味で幸運だったこと、その後の「二十五人衆」の一席になった新人たちは「宝石」がうまく育て得なかったこと、香山滋さんの『海鰻荘奇談』は面白かったこと、しかし香山さんのものは科学小説という感じが少ないが、もっと科学小説らしいものが出て来ないかということ、昔の「新青年」では作者と挿画家との名コンビのようなものが出来ていたが、今の「宝石」にはそれがないこと、もっと魅力のある挿画がほしいこと、松野一夫さんの挿画はよかったこと、異風の挿画家竹中英太郎の思出、江戸川の初期の作の挿画の話、同じく初期の単行本の話がつづいた）

江戸川　文壇の若い作家の人たちが、私小説に対する一種の反発で、フィクションを書くようになった。フィクションを書くには構成というのが必要だ。その構成というものは探偵小説の構成から学ぶところがある、という人があるのですが、これについてどうですか。

荒　私はそれに賛成です。やっぱり探偵小説を書いて訓練するといいと思うんですよ。全然私小説的要素のない客観小説を書くには。

江戸川　それは好意的な見方ですね。ところで、探偵小説的要素というのは普通文学のなかに大昔からあった。それをポーなんかが探偵的要素だけを取り出して一つの文学をつくった。ところが、現在はそうした探偵小説が行きづまって、また普通文学に戻りかけているのですよ。

探偵小説だか、普通文学だか分からない、あいまいなものが多くなって、そういうものに人気があるわけですから、また元へ戻ったという形ですね。いい悪いは別問題として、そういう傾向ですね。それと日本で文壇の人が書き出したことは別ですが、しかし両方とも探偵小説の枠を広げる傾向では一致しているわけですね。

荒　それは江戸川、木々論争で、昔から問題になってましたが、その木々さんの考え方が、現実には出てきたということですね。

江戸川　現実にはあの当時からそうでした。だから僕の方が分が悪いんだ（笑）。しかし理屈としては、探偵経路に重点を置かない探偵小説というのは変でしょう。理屈としてはやはり本流は論理的興味のあるものですね。

大井　いや、いやいや、あなたの方が分が悪くないですよ。絶対そうじゃない。つまりそういうものは、〔あくまでも〕探偵小説風なものですよ。『罪と罰』なんかにも探偵小説的要素がある。〔しかしそれは単なる〕要素ですよ。探偵小説とああいう文学とは違いますよ。全く違います。探偵小説というのは約束がありますからね。

江戸川　ところがその約束のある作風が、現実にはだんだん減ってきているんですよ。西洋でも。

荒　人殺しが。

江戸川　犯罪はありますよ。大体人命というのは大きなあれですから。しかし犯罪小説は厳重には探偵小説じゃない。

それから、いまのように最初文学から分れて専門化して、それがまた文学に戻るという形をとっていることと並行して、もう一つ、輪廻的な現象がある。探偵小説の源流ですね。ナゾ小説というものは昔からあったけれども、探偵小説は、ゴシックロマンス、恐怖小説から変化してきた。

ポーだって怪奇小説はゴシックロマンスの影響です。探偵小説も解決のある怪談というようなものから、一歩進んでポーの数学的素質がああいうものを書かせた。そこで探偵小説が独立してゴシックロマンスと全然別なものとなって今日まで続いてきた。ところが最近の心理スリラーやサスペンス小説は心理の恐怖を描くものが多くなったので、昔のゴシックロマンスと形は違うけれども、やはり一種の恐怖小説に戻って来たという考え方ですねね。西洋人もそういうことを書いています。その二つの並行して輪廻みたいなものを感じますね。

（註　ハードボイルドの非情とはちがうが、カーの作では死体を謎解きの一つのオブジェとして書いているという話に続いて）

大井　横溝さんもそうですね。『獄門島』なんかそうですよ。死んだ人のあれでああいう殺人が起こるというのは、……。

江戸川　あれは俳諧殺人でしたね。あの着想は僕は好きなんだけど。

荒　しかし要するに『ビショップ』〔僧正殺人事件〕からヒントを得たんでしょう。

江戸川　それはそうだけれど、それをいえばクリスティーの『そして誰もいなくなった』だってそうですよ。

大井　どういうわけですか、あれは。俳諧というところが受けるのは。童謡殺人事件というのも凄味があるのですが、今度の『悪魔の手毬唄』もそうですね。

江戸川　あれは何か泣きどころみたいなもので、僕は、非常に好きですね。

荒　やはり、こどもと原始人と共通性があるから、原始人が殺人をやったというところも、こどもと関連するのではないか……。

江戸川　非常に無邪気なものと惨酷なものと。

荒　同居している。それが文明人の心に触れていくのですね。

大井　惨酷なものに『誰が駒鳥を殺したか』という、あれもそうでしょう。

江戸川　フィルポッツのあれは違います。あれは恋愛小説味が非常に強いものですよ。

大井　童謡が入るじゃないですか。

江戸川　童謡も入っているが恋愛味の方が強い。

荒　江戸川さん、『ビショップ』はゾッとしたと書いていましたが、〔それは〕崖から落ちるところでしょう。太った奴が。探偵小説にはこわい雰囲気があって、西脇が夜こわくて便所に行けないというんだ（笑）。

大井　西日本〔新聞〕の社会部長をやっている西脇という男が、探偵小説を読むと便所に行けないというんですよ（笑）。

荒さんもそうだったね。犯人当てをやっている時に、誰か便所に行くと、さっきから待っておったといって一緒についていく。怖いというのです。それは荒君、犯人が当っておらんからだよ。わからんから怖いんだ（笑）。わかったら怖くないんだ、といったのです。

江戸川　それは青年時代ですか。

大井　いやいや、いや。

荒　今でもそうですよ。

大井　彼がこわもての評論家になってからですよ（笑）。

江戸川　（荒氏に）あなたは、怖がり屋ですか。

荒　怖がりますよ。

大井　わたしも犯人がわかると怖くないが、わからないと怖いですよ。ヴァン・ダインなんか怖かったですね。

江戸川　便所に行けない怖さというのは、ちょっと違うと思いますね。

大井　やっぱり一人で読むのは薄気味悪いですね。というのは探偵小説の楽しさですね。最近、そういうのにぶつからんですが。

荒　ハードボイルドになってから怖くない。

江戸川　僕は昔から怖くなかった。

大井　そうだろう。屋根裏の散歩者は怖くないよ（笑）。あなたは怖がらせる方だから。

江戸川　一ぺん怖がりたいけれども。

荒　江戸川さん、屋根裏の散歩者というのは、ああいうことを何か実際におやりになったんでしょうか。全然空想でしょうか。

大井　ゴシップで、あなたは夜中に散歩するとか、盛んに出てましたね。

江戸川　ある程度本当ですけれども、暗闇の中で、ローソクをつけて等身大の人形を抱きながら書くなんていうのは、嫌いですよ（笑）。全然伝説ですよ。暗くすることはするけれども。

（あとがき）このあとにまだ原稿紙十数枚の会話があるが、例によって誌面の都合で割愛させていただき、その話題の項目だけを記しておく。

木々高太郎さんの『美の悲劇』は本格ものとして期待していたのに、中絶したのは惜しいということ　○坂口安吾さんの捕物帖の話、坂口さんはあれを捕物帖としてでなく本格探偵小説として書いていたということ　○東大講師の藤原さんの失踪事件は自殺死体の発見に終ったが、自殺の動機が本人以外には分らないこと、阿部知二さんの小説『幸福』に描かれた動機のない自殺の主人公〔のモデル〕が荒さんの学校時代の友人であったこと、それと類似の不思議な自殺の例二、三があばかれたこと　○連作探偵小説の話、今度の物理学者の連作に期待すること　○大井さんは、今後の本格探偵小説について、トリックの独創ばかりを考えず、ガードナーやライスのような道を行くのも一つの方法だといい、私はしかし、独創的な論理に絶望するのは早い。新しい作家が出てくれば、今まで全く気づかなかった角度から本格ものを書くかもしれない。私のトリック分類表は帰納的に作ったものだが、演繹的に考えれば、まだまだ未開拓の空白があるというふうなことを述べた。

おわりに、御多忙中、この座談会に多くの時間をおさき下さったお二人に、厚く御礼申しあげます。（R）

（「宝石」一九五七・十一）

埴谷雄高

遠い記憶から――『不連続殺人事件』

戦争末期、東京の大きな空襲がはじまって疎開が一般化した頃、私の家でも女房の里の関係で埼玉県の加須《かぞ》へ幾ばくかの荷物を運ぶことになったが、ちょうどその中間の久喜《くき》に荒正人がすでに疎開していたので、彼の家をまず中継基地として私達は荒夫妻に幾度も世話になったのであった。というのも、交通事情が悪い頃なので、中継基地の荒家へ何かを運びこむときは必ず宿ることになったからである。この荒正人が私達のなかでは、三嘆四嘆してもまだ驚き足りぬほど興味つきぬ規格はずれの人物であることは、当時を回想した「異常児荒正人」という文章を参照してもらいたいが、土蔵を改造したその荒家を訪れるもう一つの興味と喜びは、その土蔵の二階に大井広介から荒正人が預ったまことに多量の探偵小説が疎開してあったからである。

私達が宿る日の夜は、今夜は空襲がないだろうかと荒正人とともに遠い東京の暗い夜を土蔵の二階の窓から眺めながら、まず天文学の話からはじめ、そしてつぎは最もよくできた種類の探偵小説の話にうつるのが私達の会話のきまりであった。私達の天文学談議は自分達を創造の神の位置においたような勝手な妄想の積み上げで、私は屢々《しばしば》宇宙の果てもない果てをとめどなく流浪している亡霊宇宙について語り、荒正人は宇宙内の相互の位置を自由につくり変える宇宙工学について語ったが、それらは空襲時代のせわしくて、しかも一種極端にぼんやりとひまな時代でなければとうていのめりこめぬような不思議な、底もない情熱のこめられた話しあいで、まずその天文談議が終ると、つぎにまた、同じ深さの熱情をこめて各種の不可能犯罪について語りあったのであった。そして、午前、荒正人が一種異様な騒音を階下にのこして出勤してしまうと（彼は大井広介の関係で麻生鉱業の東京本社へ通っていたのである）、私はその土蔵の二階で、四、五冊の探偵小説を寝そべった横に積んで、斜めから斜めへさっと眺めて頁をくるといった私流の一種の燕返し風読書法でつぎつぎと読んでいったものである。荒正人の独特奇抜な人柄に接するのとこの多量の探偵小説を読む楽しみで私は労多くして無駄な荷物の疎開をようやくおこないおうせた観があった。

　ところで、まだ空襲がはじまらぬ戦争中、この土蔵の二階に置かれている幾冊かの本を使って、千駄谷の大井広介邸で「犯人当て」や、また、「うすのろ」などの遊びが大井広介、荒正人、平野謙、井上友一郎、坂口安吾などによっておこなわれたのである。私は「現代文学」に参加していなかったのでそれらのゲームに加わっていなかったけれど、戦後、大井広介が九州からはじめて上京したとき、私の家で大井広介歓迎の「犯人当て」の徹夜を復活したのであった。徹夜したのは「近代文学」の連中、荒正人、平野謙、佐々木基一、私などであったが、それがきっかけとなって、大井広介の上京以外のときも、「近代文学」の仲間達の徹夜「犯人当て」が屢々私の家でおこなわれることになったのである。

そのはじめは、久喜の荒家に疎開されていたその探偵小説の裡まだ誰にも読まれていない作品をまず荒夫人が読んで、ちょうどいいあたりで残りの部分を切り取った、いわば前半だけの作品を私達の前に提出したのであったが、そうした種類の犯人当て遊戯をやっている裡に、横溝正史が本格的な『本陣殺人事件』を連載しはじめたので、私達はすぐそれをテキストに使って徹夜したのであった。しかも、当時の横溝正史は戦争中の抑圧が一気に奔出したように創作力が旺盛でひきつづいて『蝶々殺人事件』をも書きはじめたので、誰かがあらかじめ読んで後半部をひきちぎるという世話もないままに、これまた連載がはじまるとすぐ犯人当てをやったのである。各人が徹夜しながら、動機、方法、犯人について迷答案を書くのであるが、『本陣殺人事件』では皆うまくゆかず、『蝶々殺人事件』では百パーセントといった具合の手際で私が名答案を書いたので、その名探偵出現の話は大井広介から坂口安吾へすぐ伝ったのであった。

戦争中の大井邸での犯人当てでは、平野謙が名探偵ぶりを発揮して坂口安吾の心胆を寒からしめたのであったが、戦前の平野、戦後の埴谷と名探偵が続出（?）するにいたったのを聞くと、自分が最高の犯人当て名人という向う意気と悪戯気を共有している坂口安吾は平野と埴谷を合成したところの平野雄高警部なる人物をつくり、当時の荒、平野対中野重治の「政治と文学」論争において荒、平野の二人が「下司のカングリ」と中野重治から呼ばれたことを援用して、その警部の綽名を「カングリ警部」とする犯人当ての挑戦小説『不連続殺人事件』を意気込んで書いたのであった。そこには、荒正人も大井広介も井上友一郎もまた登場してくるが、親しい仲間達と茶目と饒舌と悪戯と知的なスリルに充ちみちた人生最高（?）のゲームの架空徹夜をつづけようとする坂口安吾の心意気の横溢は、それらの友人達に対するユーモラスな命名具合にも現われているのである。

　こうした楽しい作品を坂口安吾が「日本小説」に連載しはじめたのであるから、私達すべても彼の心意気に答えてこの挑戦に応じなければならぬ筈であったが、ほかのものはただあれよあれよと面白がっただけでさっぱり答案を書かず、結局、このゲームに生真面目に応じたのは、大井広介と私のたった二人だけになってしまったのであった。

　その頃大井広介は九州の飯塚にいて時折上京してきたが、答案の提出期日間近かになった或るとき、大井広介が上京してきて神田の駿台荘に宿ったので、私は、真面目なことに数枚にわたる解答書をもって大井広介を訪ねたのであった。すると、遊戯好きの精神に溢れた大井広介は、えっ、埴谷さん、答案を書いてきたのですかと喜び、早速、坂口のところへ行きましょうとせっかちらしく立ち上ったのである。

その頃、坂口安吾は蒲田の安片町というところにいたが、思いたつとすぐ神田から蒲田の奥まで出かけることを私達二人ともまったく気にしなかったのであるから、大井広介の無雑作な性格に加えて、ひとの往来の激しい戦後の雰囲気がそのときもまだ残っていたに違いない。

私達が着いたときは夜になったが、ちょうどそのとき坂口安吾は仕事もしていず在宅していて、私達二人が二階の彼の居間へあがってゆくと、すぐ焼酎がだされて酒宴になった。私はこのとき坂口安吾と初対面であって、互いに飲みながらさりげなく探偵小説以外の話をしていたが、そのあいだにも彼はやはり私の答案の内容が気になりつづけたのであろう。坂口安吾はやがて隣りの大井広介に顔をよせ声をひそめて聞いたのであった。埴谷君の答えは単独犯？　それとも共犯？　やっと思いきったらしくそう聞いた坂口安吾に向って、日頃から丁寧な言葉つきの大井広介も小声で答えた。埴谷さんのは単独犯——。すると、不意に烈しい緊張のゆるむ安堵の気配が飲んでいる坂口安吾の全身に走った。戦後の名探偵である私は、その瞬間を境にして、坂口安吾にとってはまさしく単なるカングリ探偵に下落したのであった。すると、そのとき、大井広介はさらにつづけて言ったのであった。だけど、ぼくの犯人は共犯——。そのひきつづいた別の答えを聞いた瞬間、ぎくりとした安吾は不意と言葉に窮して、ほほう、とも、ふーん、ともいわなかったのである。

これらの事柄は、帰り道の蒲田の淋しい闇のなかで大井広介からやがて私が聞かされたことであるが、その「単独犯」「共犯」のどちらか問答を聞いたとき、私は思わず、しまったと胸のなかで叫んだのである。そのとき、クリスティの作品に、姉と弟であったか、或るいは、従兄妹同士であったか、とにかく話にならぬほど互いの仲が悪く、会えば人目もかまわず絶えず激しく喧嘩している二人が実は共犯という設定の作品があったことを思いだしたのであった。私には怠け癖があって、いまだにこのクリスティの作品名を調べていないけれども、クリスティ好きの坂口安吾が、その人前で猛烈に喧嘩する二人の相手をここに置き換えたのだと瞬時に閃くように思い返したのであった。しかし、もはや手遅れで、答案を出してしまったあとの私はまさにまがうことなき「カングリ警部」となってしまったのである。それに較べると、大井広介の共犯説はまさに適中したが、しかし、大井広介自身は、帰りの暗い夜道のなかでも、犯人当てに共犯というのはいけませんね、埴谷さん、単独犯でないのは探偵小説としてフェアじゃないですねと私を慰めるごとく力説したのであった。

　けれども、読者を讃嘆させる必然性がそこに存すれば、共犯でも単独犯でもいいのであって、坂口安吾が心の底から楽しんで毎号書きつづけ、親しい推理好きの仲間達に悪戯っぽく挑戦したあげくその大半に対し見事勝利をおさめたのは、千駄谷の大井広介邸にはじまり吉祥寺の私宅にまでひきつづいた犯人当てのゲームの頂点の最後を深夜の中空高い花火のごとく華麗に飾ったものとしてまことに記念すべき出来事であったといわねばならない。

　それから暫らくあと、坂口安吾はヒロポンとアドルムの混合中毒のため、東大の神経科に入院して治療していたことがあった。大井広介はそのときすでに東京へ戻って野球評論家として後楽園の記者席で何時も観戦していたが、或るとき、巨人軍の試合を観にいった私が、何時もの例のように、大井広介の記者席へゆくと、東大病院から抜け出して野球見物にきていた坂口安吾がやや窶《やつ》れた面持ちで大井広介の隣りにいるのに会った。私と大井広介が暫く話をしていると、向う隣りにいた坂口安吾は嘗《かつ》ての態度とまったく同じく、大井広介に顔を寄せながら小声で、誰？　と私のことを訊いたのであった。誰って、何言ってるの。埴谷さんじゃないの、忘れたの、と大井広介の方は構わず大声で答え返したので、治療の効果がでてしっかりしていた坂口安吾はそれきり照れて大きな軀をすくめてしまったのであった。

　あの光栄ある挑戦小説で彼の心胆を寒からしめた名探偵であったならその顔を忘れる筈もないけれども、私はガラクタ探偵に下落していたので、彼からすっかり忘れられていたのである。

（『昭和国民文学全集20』付録、一九七三／『埴谷雄高全集』第9巻、一九九九）

署名本

一種熱狂的な読者で、『死霊』についての特殊な「輯録」本をつくった安藤武、七月一〇日の土曜、突然訪れた私がこれまでまったく知らぬ同君は、あとで説明する『死霊』輯録本のほかに、齋藤愼爾の深夜叢書社で復刻された『野球殺人事件』をも持参しており、さらに、大阪の浪速書林の「古書目録」に載っているつぎの項目を私に示した。

田島莉茉子（埴谷雄高）
野球殺人事件　岩谷書店
初版　識語署名入　極美
埴谷雄高が別名での著書、珍本。「同好の士……但し廿三年の旧作　コマリマシタ」ペン書四行入。著者名はコマリマシタの逆読みで、漢字を充てたもの。

そして、安藤武は、その岩谷書店発行の初版を入手しようとしたけれども、五万五千円の同書を入手できなかった、と述べたのである。熱狂的なファンである筈の同君も、ずっとあとの世代であるので、この本が埴谷雄高の作品ではないということを知らなかったのである。

しかし、古書目録に、こう記してあれば、同君より年長であれ、年少であれ、私について精通していない一般読者はそう信じてしまうばかりでなく、誰がペンをとったか解らぬけれど、私の「署名」まで存するとすれば、その詐欺行為も一般読者に見抜けないのである。ここで私は、詐欺行為という強い言葉を使ったが、五万五千円という高い値段がつけられているので、そう呼ばざるを得ないのである。

この『野球殺人事件』を書いたのは、大井広介である。スタンダールのファブリス〔『パルムの僧院』の主人公〕と木曽義仲を愛好する大井広介は私の知人の裡最も型破りの快男子で、麻生一族の金持ちでもあったから、戦時中、「現代文学」を主宰し、その千駄ヶ谷の家でさまざまな遊びをおこなったなかで、坂口安吾、平野謙、荒正人たちと探偵小説の犯人当てをしたことが特筆される。「現代文学」は昭和十四年にでた「構想」と同時期で、前記の平野謙、荒正人は双方の同人であったが、私は「現代文学」に加わっていなかったので、当時、大井広介と接触はなく、親しくなったのは戦後である。千駄ヶ谷の家が焼け、九州にいた彼が上京するたび、その歓迎をも兼ね、私の家で徹夜の犯人当てをおこなったのである。はじめは、戦争中と同じく、荒夫人が最後の部分を破った単行本を使用したが、やがて、横溝正史の連載が活撥にはじまったので、同じように徹夜しながら、その連載半ばくらいで答案を書いたのである。戦争中、テキストを読んでいる裡に、これは昔読んだことがある作品だと平野謙が思い出して書いた答案があまり見事に当っているので、坂口安吾の身顫《ぶる》いがとまらなかったことは当時語りつがれていたが、戦後、こんどは横溝正史の『蝶々殺人事件』で私がこれまた見事な答案を書いたので、戦時中と戦後の「名探偵」を二人併せた平野雄高警部を「迷探偵」とすべき挑戦小説『不連続殺人事件』を、坂口安吾は書いたのである。

こういう雰囲気がまずあり、しかも、千駄ヶ谷に家を再び建てたのちの大井広介の仕事の一つに、後楽園球場の記者席に坐る野球評論が加わったので、『野球殺人事件』が書かれることになったのである。

私は、先に、大井広介を型破りの快男子と記したが、大井一家は親から子まで揃って型破りで、あらゆる事象が愉悦のお喋りとなる夫人も、山羊は庭にいるけれども鶏は座敷で話している私達の横を悠々と通っているといったあらゆる動物好きの長女の陽子さんも次女の伸子さんも、恐らく吾国の「けたはずれ」ベストテンの二、三位にまでは必ず入ると思われるほどで、けたはずれ好きの私は、屢々、千駄ヶ谷で降り、大井家へ寄ったのである。そのとき、埴谷さん、ここはどうしたらいいでしょうかね、と大井広介に、トリック、や、展開、について相談を受け、私はその場の思いつきを述べたが、その思いつきの幾つかが大井流に消化されて書きこまれることになった。従って、坂口安吾がその作品を岩谷書店に持ちこんだとき、相談相手は埴谷といったかもしれないけれど、出版関係者達は当時の事実を知っているので、坂口安吾も大井広介も亡くなったあと、深夜叢書社で復刻するときも、齋藤愼爾は著作権者の麻生陽子さんに許可を求めて出しているのである。

ところで、原稿や葉書まで古書店で売られる金換算時代になったにせよ、相談相手として名前だけは「ともに」伝わり流れていたかもしれない私が作者にさせられ、「署名」までつけ加えられるとは、詐欺行為として弾劾せざるを得ないのである。

私は、どのようなかたちの読者にせよ、署名の申し出に応じている。はじめて会った安藤武の二十部限定の『死霊』輯録にも、署名したが、これは私が遠く忘失していた「近代文学」三号の朝日新聞広告にいたるまで輯録している全的努力に感心しながら、署名したのである。そして、『野球殺人事件』は筆者大井広介の努力と労苦を目のあたりにしているので、ニセの署名を許すことはできない。もし私も死んでいれば、このまま通ってしまっているであろうと思うと、ボケながら生きている裡に、古書目録をも持参した安藤武との偶然の出会いに感謝する。

（「群像」一九九三・九／『埴谷雄高全集』第11巻、一九九九）

佐々木基一

「現代文学」回想

わたしを「現代文学」同人に誘ったのは故平野謙である。一九三九年の暮ごろのことだったと思う。「現代文学」の前身「槐《えんじゅ》」については、わたしはほとんど知るところがなかった。したがって、「槐」が「現代文学」に改組されたいきさつについても、まったく知るところがなかった。平野謙に誘われたということで（平野謙を心から信頼していたので）、わたしはすんなりとその申し出を受け入れたのである。わたしと共に荒正人も平野謙に誘われて同人になった。

当時、荒正人・小田切秀雄とわたしの三人は毎週文学研究会のようなものを開き、カンカンガクガクの議論をたたかわせていた。とくに荒正人と小田切秀雄の論争は激烈で、ある時など小田切秀雄の奥さんは二階で喧嘩がはじまったのではないかと、階下の居間にいてハラハラし通しだったということである。三人とも世田谷区の住人であったので、わたしたちは「世田谷三人組」と呼ばれていた。その三人組のうち小田切秀雄だけが「現代文学」同人として正式に誘われなかったのは、平野謙の危惧のせいらしかった。三人のうちでいちばん思想的にラジカルな論陣を張っていた小田切秀雄を同人にすることは、特高警察の目につきやすいと平野は考えたようである。その頃までに、わたしたち三人は「文芸学資料月報」という小冊子を出していたが、これは三号まで出したところで休刊を余儀なくされた。特高が目をつけているという情報が入ったからである。「文芸学資料月報」などという地味な、人目につかぬ名前をつけてカムフラージュしたのであるが、そんな小冊子でさえ監視の目を逃れるわけにいかなかったのである。結局小田切秀雄は同人にはならぬが、執筆者として参加するという形になり、奥田瞭の筆名で寄稿した。

　荒正人もわたしも筆名を使った。荒正人は「現代文学」の終りまで赤木俊の筆名で通し、わたしははじめ篠塚正、のちにいまも使っている佐々木基一を用いた。

「現代文学」の編集は最初、大井広介・平野謙・杉山英樹の三氏が中心になって行なっていたようである。雑誌発行の経費は大井広介氏から出ているようであった。あるいは発行を引き受けた早稲田の古本屋大観堂の主人が一部を負担していたかもしれない。いずれにしろ、同人費などは一度も払った覚えがない。

「現代文学」の同人になってから、わたしは大井広介氏の家に集まる同人の常連みたいになって、しばしば夕食をよばれたり、遊びごとに加わって徹夜したりしたが、同人になる以前には大井広介氏と一面識もなく、またどういう人物であるかもまったく知らなかった。

一九三九年の晩秋か冬の頃のことだった。寒い夜だった。わたしと荒正人は平野謙に伴われて、はじめて千駄谷の大井広介邸を訪れた。そのときのことをわたしは『昭和文学交友記』のなかに次のように書いている。

> 行く途々、平野謙は大井氏についてこまごまと予備知識を与えた。とにかく一風変わった人物だから、びっくりしないようにと、念には念をいれて説明したものである。それでもやはり、何の飾りけもない板の間の書斎ではじめて会った大井広介氏の印象は強烈で、驚かないわけにいかなかった。藍色のウールの着物を着て、首のまわりに黒い薄絹のスカーフを巻いた風体も一風変わっていたし、色の白い福助みたいな顔も珍しかった。さらに「何々でござんしてねえ」といったような慇懃《いんぎん》な言葉使いと、あたりをはばからぬ大声と高笑いが奇妙な対照をなしていた。

初対面のとき、こんな強烈な印象を与えた大井広介氏の個性が、良くも悪くも「現代文学」を貫いていることを否定するわけにいかない。

さらに、大井広介一家の人々は、大井氏のお母さんも夫人も、みなちょっと風変わりなところがあり、それは何よりもこの二人の女の人が普通より一オクターブも二オクターブも高い調子で、しかも速射砲のような早口で言葉をポンポン発射することにあらわれていた。大井広介氏のお母さんが、ちょっとでも家柄自慢めいた話をすると、たちまち大井広介氏が聞きとがめて大声で怒鳴りつけ、それにたいしてお母さんの方も負けてはいないで反駁する。こうして母子二人のあいだに、人前をも憚からぬ高調子の口争いが起るのだが、さらにその中に大井夫人のこれまたお母さんに劣らぬ癇高い声が割って入るのである。初対面のわたしや荒正人がその場にいることなど眼中にないといった様子であった。

しかし、この口争いにはジメジメした陰湿なものは感じられなかった。むしろ明けっぴろげで、ざっくばらんで、カラッとした空気が感じられた。そのためか、わたしなどもすぐさま大井一家のこの習慣に馴れっこになってしまい、時にはこちらも大声でその中に割って入るようになった。

大井広介氏はスタンダールの大ファンで、ジュリアン・ソレル〔『赤と黒』〕の高潔な貴族精神を、レールモントフのペチョーリン〔『現代の英雄』〕のそれとともに高く評価していた。同時に公正な精神の持主でもあって、偏ったものの見方をせず、さまざまな傾向の人を受け入れる雅量をもっていた。それだから「現代文学」の執筆者には、岩上順一氏のような、当時もっともラジカルな人世派的・人民的批評家と見なされていた人から、坂口安吾・檀一雄・太宰治・石川淳の諸氏のような純文学派の人たちが含まれることになったのである。岩上順一氏の最初の評論集『文学の饗宴』が大観堂から出ることになったのも、大井氏の斡旋によるものだった。平野謙は岩上順一氏と深いかかわりをもつことにたえず危険を感じていたが、大井広介氏は独特の鷹揚さでもって、そうした危惧を無視していた。「現代文学」の初期の頃、いちばんの力作を発表したのは杉山英樹氏だった。杉山氏は文化学院出身の明朗快活な青年で、その文章も才気煥発で歯切れがよかった。肺を患ったことがあるとかで、話に熱中すると頬にぽっと赤味がさした。しかし氏の連載しはじめた「バルザックの世界」は、バルザックの作品に登場する無数の人物たちを借りてバルザックの世界を再構築してみせるとともに、それを鏡として現代の世界を批判しようとする壮大な意図をもっていた。とても病気の青年の手になるものとは思えないほどだった。この連載は当時中央公論社におられた林達夫氏の眼にとまり、あの頃としては異例の立派な本になって中央公論社から出版された。

　本多秋五の「トルストイ『戦争と平和』論」の連載も注目された。杉山氏のバルザックといい、本多秋五のトルストイといい、十九世紀の古典的リアリズム作家に関する研究が大きな柱となっていたことも、いまからふりかえると、時代というものを感じさせる。すでに世界は第二次大戦に突入しており、第一次大戦後にはじまったヨーロッパの前衛文学の流れをせき止める力が大きく働いていた。十九世紀の古典的リアリズム文学にもう一度たちかえり、それを拠りどころにしてデマゴーギッシュな強権政治や非人間的なファシズムの圧力に抗おうとする意向がそこには強く感じられる。杉山・本多両氏の論文が、アカデミックな研究論文でなく、あくまでわが身の生き方に即した、いわば文学的な人生探求の書であるゆえんはそこにある。

小熊秀雄氏の絶筆ともいうべき最晩年の詩が載ったことも注目に価する。不治の病の床にあって、小熊氏は諦らめを知らぬあれらの抵抗詩を作ったのである。何か遠くから微光が射してくるような気がしたものであった。

一九四一年（昭和十六年）二月、「現代文学」の同人は一挙に拡大され、井上友一郎・北原武夫・坂口安吾・高木卓・檀一雄・豊田三郎・野口冨士男・南川潤・宮内寒弥の諸氏が加わった。これらの作家諸氏はいわば時局に背を向けるかたちで男女の愛欲の世界を描いたりして、思想色の少ない人たちで、検閲の風当りをかわすためのはからいであった。その頃、大井氏はよく「恋愛至上主義」という言葉を口にした。『現代文学』は恋愛至上主義で行くんだ」とも云った。太平洋戦争を目前に控えた重苦しい空気を吹きとばすように、そう云ったのである。

拡大された同人で、一度座談会を開いたことがある。大井広介邸で開かれたこの座談会の席上、同人の一人である高木卓氏が、わたしが筆記の役を受け持ちます、と申し出たのには驚いた。高木卓氏とは初対面であったが、むかし原民喜も関係していた同人誌「ヘリコーン」に高木氏の名があって記憶に残っていた。氏はまたその頃歴史小説『歌と門の盾』で芥川賞にきまりながら、受賞を断ったことで注目されていた。同人中最年少のわたしは、高木卓氏のような先輩作家が筆記の役をつとめる座談会で発言することが何となく憚られるような気がしてならなかったものである。芥川賞の辞退といい、座談会の筆記役といい、いまの文学者にはとても考えられないことであろう。

さほどたびたび顔を合せたわけではないが、菊岡久利氏の姿が、いまは懐しく思い起される。菊岡氏は敗戦直後の頃、銀座警察の親分として有名になった。敗戦のショックで国家警察の力と権威が地に墜ちていた時代のことである。或る日わたしはひとり銀座裏の通りを歩いていた。一軒の下駄屋（あるいは小間物屋だったか）の店の前を通りかかったとき、店の中から「おーい、佐々木くん」という声がかかった。驚いて立ち止り、店の中をうかがうと、奥の帳場のようなところに菊岡久利氏のでっぷり太った姿があった。「ちょっと寄って行きなよ」と、菊岡氏は誘った。体に似合わず透明に澄んだ声だった。

その店先に腰かけて、わたしは菊岡氏と久闊を叙した。お茶をよばれ、雑談をして別れたが、どんな話をしたかは覚えていない。ただ銀座警察の親分である菊岡氏の意外な人懐こさと、澄んだ声がいまだに記憶に残っている。かつてアナーキストだった人によくみられる、純粋なものを心の一角にいつまでも保っている人、という印象をわたしは受けたのであった。もっとたびたび訪ねて、話をきけばよかったと、いまにして悔まれるのである。

さて、戦後に育った若い人たちから、よく「現代文学」の頃は暗い時代の重圧にじっと堪えていなければならないので、憂鬱な日々だったでしょうね、ときかれる。それにたいして、わたしはいつもこう答える。「いや、少くとも『現代文学』に関するかぎり、その雰囲気は暗くなかった。むしろ明るく楽しいくらいだった」と。これにはもちろん、大井広介氏の性格と大井家の雰囲気が大きく作用している。

大井広介氏はまた大の遊び好きだった。剣劇映画・西部劇・芝居・軽演劇・レビュー、それに野球や相撲等々、何でもござれで、映画館のプログラムを山ほど保存していた。食後には食堂で木刀をふりまわし、えい、やっと声をかけて剣劇の型をひとしきり演ずるのが習慣になっていた。卓上野球のゲームなどもよくみんなでやった。こんなふうに大井家の空気は、世の中が暗くなるのに反比例して、ますます明るく、陽気に感じられるようになった。

そう、わたしは『昭和文学交友記』に記している。同人が拡大されてからは、盛んに「イエス・ノー」という、連想ゲームが行なわれ、これには坂口安吾・井上友一郎両氏がもっとも熱心で、しばしば徹夜になった。戦争などそっちのけで、そんな遊戯に熱中していたのである。一九四二年（昭和十七年）秋に、わたしは肺を患い、戦争が終るまで静養を余儀なくされたので、その後は大井邸での遊びに加わることはできなかったが、一九四四年はじめ「現代文学」が休刊になるまで、そうした雰囲気はずっと保たれていたと思う。

（「現代文学」復刻版付録、一九八六）

関連年表

１９０６年
10月、坂口安吾、新潟に誕生。
その後、平野謙（07年10月）、埴谷雄高（09年12月）、大井広介（12年12月）、荒正人（13年1月）、佐々木基一（14年11月）、誕生。

１９２０年
1月、「新青年」創刊。

１９２２年
9月、安吾、東京府・私立豊山中学校編入。

１９２３年
4月、江戸川乱歩「二銭銅貨」（新青年）でデビュー。

１９２６年
3月末、安吾、東洋大学印度哲学倫理学科第二科入学。

１９２８年
4月、安吾、アテネ・フランセ初等科入学。

１９３０年
2月、大井、福岡から上京。
10月頃、アントニイ・バークリー『*The Second Shot*』刊行。

１９３１年
1月、安吾「木枯の酒倉から」（言葉）。

１９３２年
3月、前年、日本共産党に入党し地下に潜入していた埴谷、逮捕。
8月、安吾、矢田津世子と知り合う。

１９３３年
3月、安吾と矢田、同人「桜」に加入。しかし同時期、矢田の恋人の存在を知りショックを受ける。
7月、矢田、共産党への資金カンパ疑惑で十日間留置。以降、体調を崩しがちになる。
11月、埴谷、不敬罪および治安維持法違反で執行猶予つき有罪判決を受け出所。

１９３４年
10月、アガサ・クリスティー『*Murder in Three*

Acts（*Three Act Tragedy*）』刊行。

1935年

12月、矢田、安吾と交際復活。

1936年

2月、『*Three Act Tragedy*』の翻訳『三幕の悲劇』（河瀬広訳、黒白書房）刊行。

3月、安吾と矢田、最後の面会（6月、絶交）。

4月、『*The Second Shot*』の邦訳『第二の銃声』（人見秀夫訳、黒白書房）刊行。

7月、デニス・ホイートリー&ジョー・リンクス『*Murder off Miami*』刊行。

夏頃より、東京帝国大学文学部の荒・久保田正文・佐々木が読書会「文芸学研究会」を週一回開く（翌年、久保田が退会し、小田切秀雄が参加。39年、「文芸学資料月報」を発行するも、検閲の恐れのため三号で廃刊）。

1937年

この年、平野、東京帝国大学文学部美学科に再入学（40年卒業）。

7月、『*Murder off Miami*』の邦訳『ヨットの殺人』（丸尾長顕・藤村譲治訳、太白書房）刊行。

1938年

6月、大井、「現代文学」の前身誌「槐」創刊。

7月、安吾『吹雪物語』（竹村書房）刊行。

8月、大井、「槐」で『吹雪物語』を評価（樽尾好名義）。

この頃、オランダの文化史家ヨハン・ホイジンガ、「人間は遊ぶ存在である」と定義した文化論『*Homo Ludens*』刊行。

1939年

3月末、乱歩「芋虫」削除処分。隠栖を決意。

8月、「批評」創刊。

10月、「構想」創刊。

12月、「槐」改め「現代文学」創刊（最初の同人は大井広介・杉山英樹・平野謙）。

1940年

10月、大政翼賛会結成。

11月、小熊秀雄、肺結核のため死去。

12月末、安吾、大井と会う。のち「現代文学」

同人となり、千駄ヶ谷の大井家に入り浸って探偵小説に読み耽る。〈都心へでてくると、私のうちの二階に寝ころんで、書庫から見つけてきた書物を読んでいたが、二時間読んでは三時間ねむり、また読んでいるうちに、ねむってしまうという時間の費やしかたをとっていた。（……）坂口には気をつかわずに済んだ。彼の前では家族はどんな話でもしていいことになっていた。空気みたいに扱っていた。帰宅したと思っていると、煙草を探しに歩いていたり、煙草探しだろうといっていると、蒲田へ引き揚げていたり、この間、月のうち十日くらいは、私の処でゴロンとしていた。〉（大井「坂口安吾伝」『現代日本文学館27』文藝春秋、1968）

1941年

1月、平野、情報局第五部第三課に嘱託として勤務（戦後、この時期の活動が論争相手から批判を受ける）。上司は井上司朗（逗子八郎名義で歌人としても活動）。

2月、清酒の配給制始まる（夏以降、ビールも制限）。その後、千駄ヶ谷の大井広介宅で「遊び」の会合が開かれ始める。

5月、矢田「車中にて」（現代文学）。この随筆を矢田に依頼したことで編集の野口冨士男、安吾に難詰され、同人を脱退。

8月、安吾「文学のふるさと」（現代文学）

12月8日、太平洋戦争始まる。〈十二月六日の昼までは大井君の所に泊っていた。たしか「現代文学」の原稿を書き終って大井広介を訪ね、二、三日泊りこみ、それから大観堂へ出掛けた筈である。大井広介の所では、平野謙を交えた三人で探偵小説の犯人の当てっこをして、多分、僕が惨敗した当日ではなかったかと思う。大観堂へ出掛けるとき平野謙が居合したことだけ記憶しているからである。この時は惨敗したが、その次の時には平野謙が見るも無残に敗北し、大井広介が中敗、僕、完璧の勝利であった。だから、十二月五日から六日へかけて、僕達は一睡もしていない。

小田原へ行ったら魚を買ってきて下さい、と大井夫人に頼まれた。／結局、小田原へ到着したのは十二月七日の夕刻であった。（……）十二月八日午後四時三十一分。僕が二の宮の魚屋で焼酎を飲んでいたとき、それが丁度、ハワイ時間の月の出二分、午後九時一分であった。〉（安吾「真珠」）。同月9日、埴谷、予防拘禁で勾引（年末、釈放）。

１９４２年

3月、安吾「日本文化私観」（現代文学）。

5月、情報局の主導により、日本文学報国会発足（会長・徳富蘇峰）。発会式では、東条英機首相や谷正之情報局総裁が祝辞を朗読。〈東条英機といえば、文化関係のスピーチをするのに、草稿を情報局に命じてつくらせた。情報局では更に平野に下請をいいつけた。平野は何かそのじぶんよく用いられた古い表現をおりこんでかいた。その件りについて、東条が、これは典拠は何かと情報局に下問、エラガタがあわててとんできたが、畑違いで平野も面くらったと話していた。東条が声をからして絶叫する草稿が（……）文学青年の手になったものなのだから、戦意昂揚せず空転するのもいたしかたはない。〉（大井広介「文学報国は無為」「文学」１９６１年5月）

6月、安吾「真珠」（文藝）。

7月　細川嘉六、「改造」「中央公論」の編集者らと旅先で写真を撮影。これがのちに神奈川県警により共産党再建準備の会合と決めつけられ、「横浜事件」の遠因となる。

この頃、安吾と平野、大井宅で合作小説について雑談。〈なんで、平野の原稿が遅れるか調べてみると、探偵小説に凝って坂口大井と徹夜ばかりしているという。今官一がカラマゾフの続篇を数百枚かいた向うを張ってか、ポウの未完の長篇の解決篇を坂口平野は合作するにつき、なにしろ一言居士どうしで仲々意見の一致を見ず、徒らに幾晩もつぶしているという。〉（現代文学7月号匿名コラムより）。

8月、ホイジンガ、１９３０年代のナチス批判を理由として強制収容所へ収監（10月まで）、その後死去まで軟禁状態に置かれる。

安吾、この頃までに長篇探偵小説執筆の意欲をもつ。〈歴史はつまり「歴史的探査」又は「捜査」で、僕は探偵小説と同じ種類のものだと思っている。バン・ダインとかアガサ・クリスチーとかエラリー・クインとかの探偵小説を読んで犯人の当てッこをするのが僕の最も好むゲームなのだが、日本の探偵小説（日本の作家のはダメ）は全部読んでしまったので、もうこの愛するゲームを戦わす楽しみがなくなってしまった。僕自身も一度は探偵小説を書いて、世の同好者に挑戦してみたい考えをもっているのだが、つまり僕のような怠け者は歴史のような多くの読書を必要とする労力にたえられぬから、多少の創意でたやすく出来る探偵小説の創作の方で満足しようとする。要は同じだと思う。〉（安吾発伊沢幸平宛書簡、11月17日）

１９４３年

5月、平野、情報局を退職。福田恆存に後任を勧めるも、断られる。同月、中央公論社に嘱託として勤務。

夏より佐々木、長野・追分に結核療養のため滞在。

9月、大井、麻生鉱業東京支社に就職。

10月、安吾、『真珠』（大観堂）刊行。時局に沿わぬとされ再版禁止。

11月、井上友一郎、大井の紹介で福岡・飯塚の麻生鉱業に就職。

１９４４年

1月、「現代文学」雑誌統廃合により廃刊。同月、荒、大井の紹介で埼玉の麻生鉱業系列セメント会社に就職。同月、「改造」「中央公論」の編集者ら六十名が一斉検挙（横浜事件。のち三十名以上が有罪判決を受け、四名が獄死）。

2月、安吾、日本映画社に嘱託として勤務。

3月、矢田、肺結核のため死去。

4月、荒・小田切・佐々木の三人（世田谷グループ）、かつての研究会を理由として、治安維持法違反容疑で検挙（佐々木は体調のためほどなく釈放）。

7月　平野、教育召集を受け三島野戦重砲へ赴くも、約十日で除隊。〈再び上京した私は本多秋五から四月下旬に捕えられた小田切秀雄、荒正人、佐々木基一らの新しい消息を聞き、それが私自身にも幾分関連のあることを知った「三人の研究会にゲスト参加したことがあるため」。すすめられるままに私は警視庁に出頭したが、「なんだ、兵隊に行ったんだと思ったら、お前は帰って来てたのか。じゃ一辺こっちへ来てもらわんならん」と頭からおどかされた。兵隊もコリゴリだったが豚箱もいやだった。いや、もうこれ以上母親に心配かけて、その寿命をちぢめるのは何としてでも避けねばならぬと思った、途方にくれたあげく、中野重治に智慧を借りたりして、私はあちこち駆けまわり、しばらく落着きのないその日暮しをつづけたが、結局大井広介の紹介で九州の炭坑へゆくことに身のふりかたをきめた。その間、中央公論社も解散させられた。〉（平野『島崎藤村』）。同月、改造社と中央公論社、自発的廃業勧告を受け解散。

夏、佐々木、再び追分に療養滞在。

9月、平野、福岡・飯塚の麻生鉱業へ。

年末、4月より拘留の荒、無罪として釈放。翌月、大井の紹介で福岡・飯塚の麻生鉱業へ。〈私の友人の数名が麻生鉱業というところに働いており（これは例の徴用逃れだ）私は時々そこを訪ねて荒正人と挨拶することがあったが、この男は「必ず生き残る」と確信し、その時期が来たら、生き残るためのあらゆる努力を試みるのだと力み返っている。これほど力みはしなかったが平野謙もその考えであり、佐々木基一もそうで、彼はいち早く女と山奥の温泉へ逃げた。つまり「近代文学」の連中はあの頃から生き残る計画をたて今日を考えておったので、手廻しだけは相当なものであるが、現実の生活力が不足で、却々予定通りに行かない。〉（安吾「魔の退屈」）

1945年

2月、ホイジンガ、ナチス支配の終わる直前に腎臓病で死去。

3月、東京大空襲。大井、罹災し家を全焼、郷里の九州へ疎開（48年まで）。荒は九州から再び久喜へ。同月、「新青年」、空襲のため刊行停止。

4月 井上司朗、情報局から大蔵省監督官に転出。同月末、ヒトラー自殺。

5月、ドイツ国防軍降伏。

8月、日本敗戦。15日時点で各人がいた場所は以下の通り。安吾＝東京に居残り、被災した大井宅の防空壕などで過ごす。荒＝埼玉・久喜へ疎開し麻生鉱業に勤務。大井＝福岡・飯塚の麻生鉱業に勤務。佐々木＝岩手・花巻に疎開。平野＝福岡・飯塚の麻生鉱業に勤務しつつ島崎藤村論を書き継ぐ。埴谷＝敗戦二週間前に召集を受け、東京・武蔵野の中学校舎で寝泊まりし訓練。

9月 日本文学報国会解散。

10月、荒・埴谷・平野・本田秋五が佐々木宅に集まり、「近代文学」創刊を計画。同月、「新青年」復刊。同月、8月上旬から腸チフスにより意識昏睡状態で入院していた中井英夫、退院し西荻窪へ（51年まで）。

11月、林達夫、中央公論社出版局長に就任（のち顧問。48年6月退社）。

1946年

1月、「近代文学」創刊（同人は荒正人・小田切秀雄・佐々木基一・埴谷雄高・平野謙・本多秋五・山室静。大井広介は参加せず時折寄稿）。埴谷は創刊号から長篇「死霊」を連載。

同月、「改造」「中央公論」復刊。

2月、荒・小田切・佐々木・埴谷・平野・本多、「近代文学」第二号の座談会「コメディ・リテレール」で小林秀雄を囲む。

4月、安吾「堕落論」（新潮）。同月、横溝正史「本陣殺人事件」（宝石）連載開始（12月まで）。杉山英樹、死去。

5月、横溝「蝶々殺人事件」（ロック）連載開始（翌年4月まで）。

6月、安吾「白痴」（新潮）。

10月、安吾「魔の退屈」（太平）。

1947年

1月、安吾・平野・井上友一郎、座談会「新文学樹立のために」（新小説）に出席。他の参加者は伊藤整・江戸川乱歩・大林清・木々高太郎・福田恆存・山岡荘八・松本太郎（司会）。安吾、〈僕は本格〔探偵〕小説を一つ書く予定です。読者と競争しようと思っている、犯人をあてっこさせて、誰にも判らない小説を、昔から一度書きたいと思っている。〉と発言（『定本坂口安吾全集』第12巻、冬樹社、1971）。同月、中井英夫、「近代文学」を訪ね佐々木・埴谷・本多と知り合い、以降しばしば会合に参加。

3月、安吾、のちに結婚する梶三千代と新宿のバー「チトセ」で知り合う。同月、和田芳恵、「日本小説」（日本小説社）を創刊し、のちに「中間小説」誌の祖とされる。

5月、安吾『白痴』（中央公論社）刊行。

6月、安吾『堕落論』（銀座出版社）刊行。〈この評論集はもと中央公論社より後日刊行予定のところ、私の身辺に重病人あり、至急出版の必要に迫られ、中央公論社の了解を得て銀座出版社から刊行するに至った。〉（後記より）。

7月、第14次「新思潮」創刊（同人は嶋中鵬二・椿實・中井英夫・吉行淳之介など）。荒は評論「再び破れざるもの」を寄稿。

8月、安吾「不連続殺人事件」（日本小説）連載開始（翌年8月まで）。〈安吾さんとは、終戦後新橋でぶらっと会ったことがある。そしたら、もう時代が変ったから、おれはこんどはカネをもうけるよ、となんか気負ってそういうことをいいましたよ。そのあと「日本小説」に長篇の『不連続殺人事件』を書いて自分で持ってきた。「この雑誌が気にいったからそのために書いた」といってね。その言い方がいいので、僕はだまされたんだけど、一回分が五十枚くらいでなかったかしら。六十四ページ立てのときですから、ほかのものが載らないくらい長い。（……）「すぐ原稿料をくれ」と言った。僕がむりして払ったら、「日本小説」の編集者たちを連れてって、全部飲んじゃった。こっちにすりゃ、あとにしてくれたらたすかるのに、どうしてもすぐといって引き出した原稿料をそうやって、飲んじまう。〉（和田芳恵・巌谷大四対談「文壇昨日・今日」における和田の発言。「風景」1967年8月）。〈当時、蒲田の矢口の渡しの家では、毎週水曜日を面会日と決めていた例会で、大たい十人位の男の人たち、主にジャーナリスト、が焼酎を飲みながら坂口と一緒に気炎をあげる会、でそこによく現れていた渡辺彰氏（当時和田芳恵氏編集長の「日本小説」という名の雑誌の記者であった）がその例会で焼酎を飲んだあと喀血したと坂口が聞き及んだため、責任を感じたようで（……）検査の結果、渡辺氏の胸には幾つか穴が空いているということであった。この療養費のためにというか、そういうことになったのだが、「日本小説」に渡辺氏のまえまえからの依頼を受けて生れたのが「不連続殺人事件」で、だから原稿料は渡辺氏の方に廻してくれるように頼んで、家の方は一度も原稿料は頂かなかった。むしろ持ち出しで、というのは読者に挑戦という形で坂口自身が賞金の自腹を切ることにした。〉（坂口三千代「不連続殺人事件」『日本探偵小説全集10　坂口安吾集』）。同月、平野『島崎藤村』（筑摩書房）刊行。

9月、福田恆存、林達夫の慫慂で第一評論集『作家の態度』（中央公論社）刊行。

12月、横溝『本陣殺人事件』（青珠社）刊行。

1948年

この年、大井、福岡より再上京。

1月、横溝正史『蝶々殺人事件』（月書房）刊行。

同月、帝銀事件。この頃、安吾と乱歩、社会的事件への推理をマスコミから求められる。

6月、太宰治、死去。

8月、大井「野球殺人事件」（八雲）連載開始（田島莉茉子名義）。主人公の探偵役「新進探偵作家坂田兵吾」は雑誌「小説日本」に『凸凹殺人事件』を連載中、という設定。安吾が「八雲」に持ちこんだとされ、翌年2月まで六回が掲載されたが廃刊により中絶、51年に書き下ろしを加え刊行された。〈この原稿は坂口安吾氏の手を通じて編集部に送られて来る。従って田島莉茉子が果して何者であるかは編集部員にもわかっていない。ただ坂口氏の知友で、現文壇に活躍しつつある新進気鋭の作家の一人ではないかと推定できる。田島莉茉子が仮面をぬぐのは二十年後とのことであるから、これも亦気の長い話である。とに角、この一篇をもって、既成探偵小説家陣営へ一矢をむくいんとする大野心作である。筆者は誰か？　犯人は何者か？　二重の興味をもって、後楽園スタディアムに展開される奇妙な殺人事件は、回をかさねる毎に、読者を推理小説の醍醐味の中へと誘い入れずにはおかぬであろう。〉（連載第一回の紹介文より）

9月、第14次「新思潮」終刊。

12月、安吾『不連続殺人事件』（イヴニングスター社）刊行。同月、安吾と大井、脚本家の野田高梧と打ち合わせ。〈12・12　田島莉茉子「野球殺人事件」映画化〔実現せず〕打合せのため中村登、須佐寛両君と熱海金城館にて坂口安吾、大井広介、白雲閣橋本氏と打合せ。一泊〉（野田高梧による記述。渡辺千明「野田高梧46冊の手帳から日本映画の歴史をたどる」第一回より）

１９４９年

1月、嶋中鵬二、二十六歳で中央公論社社長に就任。

2月、安吾、アドルム中毒で東京大学医学部附属病院神経科入院。この間、『不連続殺人事件』で第二回探偵作家クラブ賞受賞。

6月、安吾、芥川賞選考委員となり選考会に臨む。

7月、下山事件。

8月、安吾、長篇探偵小説の第二作「復員殺人事件」（座談）連載開始（翌年3月、雑誌廃刊により中絶）。前作に続き、作者による「附記」が掲載された。〈附記　小生、第二回目の探偵小説。前々からのお約束通り、作者より読者へ挑戦。犯人を当てられた方へ、作者より敗北料を呈上致します。／前回の「不連続殺人事件」の場合は正解四名ありました。そのほか、単に犯人の名だけ当って、推理の方はデタラメというのが三名、この三名の中に大井広介というウルサイ御方がはいっていたため、小生、一向に敗北を感じなかったに拘らず、なにがしかの悪戦苦闘賞を呈上致しましたが、今回は大いに厳格、推理がデタラメの御方は、たとえどれほどウルサガタであろうとも、断々乎として、ダメ、ダメ、ダメです。なぜならば、これ即ち懸賞とは申せ正体は作者の敗北料であり、勝つか、負けるか、おのずから、定まるとこがあり、フェア・プレー・ゲームは本来そうきまってるじゃありませんか。／ちょッとお断り致しておきますが、「不連続殺人事件」の方程式でこの「復員殺人事件」の解答を割りだそうたって、全然ダメ、思うに、世界中の探偵小説みんな読んだって、ダメだろうな。／僕はこんなに早く、第二回目の探偵小説を書こうとは、夢考えていなかったのですが、たまたま精神病院へ入院させられて、読むことも、書くことも封じられたので、仕方なしに、第二回目の探偵小説のトリックを編みだしたという次第です。〉（第一回「附記」より）。作中人物の住所「東京都渋谷区千駄ヶ谷四ノ六二五」には、再建した大井宅があった。

この頃、「日本小説」廃刊。

1950年

1月、大井「映画殺人事件」（モダン日本）連載開始（久留主治平名義。4月、雑誌廃刊により中絶）。〈作者の辞　作者は本格的探偵小説とはひっきょう謎ときの遊びに尽きると信じている。従ってクロフツの『樽』の如きは、あれはあれ、別種の物と考える。もし探偵物がすべて『樽』みたいだったら、私は遂に読むのをやめるだろう。／最近は坂口安吾の『不連続殺人事件』のように、おおっぴらに謎ときの挑戦をした例もないではないが、其点では、ヴァンダインの『グリン家の殺人』でもロスの『Yの惨劇』でも、浜尾四郎の『殺人鬼』でも横溝正史の『蝶々殺人事件』でも同じだと思う。／但し、本篇には神通力を備えた超人的大探偵は登場しない。みられるように幾多の探偵の卵、ずぶの素人などが入り乱れて犯人探しを演じる。賢明な読者におかせられては、彼等より、いち早く犯人を摘発されるか知れない。／しばし、謎ときに打興じていただくよう、ひたすらこころがけるのみである。〉〈賞金五万円犯人当て懸賞!!　本誌の懸賞つきの犯人さがしの催しは既に大変な前評判で、伊豆伊東在の尾崎士郎、坂口安吾先生がワケなく当ててみせると豪語した話をきき及んだ作者、ヘエ？僕はまた誰も正解しないか知れないと思っている。第一そんなに簡単に解っちゃ面白くないじゃないか、と自信タップリ。読者の中から優秀な探偵の出現が待望される。〉（連載第一回より）。この時の編集部員に吉行淳之介がいた。

10月、安吾「明治開化　安吾捕物」（小説新潮）連載開始（52年8月まで）。

１９５１年

5月、安吾、税金滞納で家財・原稿料等が差し押さえられ、以降、「税金闘争」始まる。

6月、大井『野球殺人事件』（岩谷書店）刊行（田島莉茉子名義）。翌年、探偵作家クラブ賞候補となる。

9月、安吾、観覧していた伊東競輪の写真判定に疑問を抱き、「競輪不正事件」として告発、年末まで騒動が続く。この件をきっかけに大井と絶交状態となり、安吾死去まで復縁せず。

１９５２年

9月、松本清張「或る『小倉日記』伝」（三田文学)。

１９５３年

1月、松本清張、「或る『小倉日記』伝」で芥川賞受賞。〈文章甚だ老練、また正確で、静かでもある。(……) この文章は実は殺人犯人をも追跡しうる自在な力があり、その時はまたこれと趣きが変りながらも同じように達意巧者に行き届いた仕上げのできる作者であると思った。〉(坂口安吾「選後評」)。〈安吾は、「或る『小倉日記』伝」を、確信に満ちた態度で推賞していた。「第一、文章からして違いますよ。」と、甲高い、爽やかな声で言い放っていた。〉(荒正人「非合理主義者の合理主義」『定本坂口安吾全集』第10巻、冬樹社、1970)

１９５４年

8月、安吾、芥川賞選考委員を辞任。

１９５５年

2月17日、安吾、脳内出血のため死去。

１９５７年

8月、高木彬光、中絶した安吾「復員殺人事件」の後半を執筆することになり、「樹のごときもの歩く」(宝石) の題で連載開始 (翌年4月まで。同年8月、単行本刊行)。

１９６０年

1月より、大井、架空対談形式による新刊推理小説時評「紙上殺人現場」(ミステリマガジン) 連載開始 (67年1月まで)。

１９６２年

7月、中井英夫、「虚無への供物」前半部を書き江戸川乱歩賞に投稿、最終候補に残るも受賞を逃す (選考委員の一人に、荒正人がいた)。

１９６３年

11月、ヨハン・ホイジンガ『*Homo Ludens*』の邦訳『ホモ・ルーデンス』刊行 (高橋英夫訳、中央公論社)。〈この翻訳はホイジンガの独創をいちはやく注目され、訳者の仕事を激励してくださった林達夫先生のご推挽によるものであったことを、重ねて記しておきたい。〉

（中公文庫版訳者解説、73年7月）。

１９６４年

2月末、塔晶夫『虚無への供物』（講談社）刊行。大井、時評連載「紙上殺人現場」で絶賛。

8月、「近代文学」終刊。

１９６５年

7月、乱歩、くも膜下出血のため死去。

１９７６年

12月、大井、死去。同月、『野球殺人事件』（深夜叢書社）再刊。

１９７７年

3月、映画『不連続殺人事件』公開。

10月、和田芳恵、十二指腸潰瘍のため死去。

１９７８年

4月、平野、くも膜下出血のため死去。

１９７９年

6月、荒、脳血栓のため死去。

１９８５年

10月、読者への挑戦状を初出誌から初めて復元した『不連続殺人事件』を含む『日本探偵小説全集10　坂口安吾集』（創元推理文庫）刊行。

１９８７年

11月、大井『紙上殺人現場』（現代教養文庫）刊行。１９６０年代の新刊時評を初めて集成。

１９９１年

7月、井上司朗、死去。

１９９２年

8月、松本清張、肝臓癌のため死去。

１９９３年

4月、佐々木、多臓器不全のため死去。

12月、中井英夫、肝不全のため死去。

１９９４年

11月、坂口三千代、死去。

１９９７年

2月、埴谷、脳梗塞のため死去。

（中公文庫編集部編）

解説　安吾のいる不連続

野崎六助

作家はだれしも、一生に一度しか書けない作品を持つ。己れの宿命の顔貌をきざむ怖ろしい明鏡《めいきょう》。坂口安吾にとって『不連続殺人事件』こそが、その絶無の一冊にあたる。

一般的に安吾文学という場合、この作品は、作家が愉しんで書いた余技的な仕事として「差別化」されることが通例だ。一冊といっても、完成した長編探偵小説が他になかった、という意味で特別に評価されるのみだ。冗談じゃない。余技とみなされようが、イノチガケの創作であろうが、この男にとって、区別のされようがない。一切が混沌未分のカオス、それが安吾文学という錯乱した宇宙の実相だった。

宿命の顔貌に出遭《であ》わずに終わる作家も尠《すくな》くない。むしろそうしたケースのほうが多いとも観察されるが、そこには今は立ち入らないでおく。一生に一度の機会をとらえることの出来た安吾という存在は、その点においてのみでも、至福の文学的生涯（他の側面においては知らず）をおくった、といえる。――この解説文は、至福が実現した奇蹟的な深淵について、いくらかの考察をくわえていくものになる。

探偵小説において殺人事件は必須の要件だが、『不連続殺人事件』では、これが計八件起こって、多すぎるという印象をもたらす。古今の名作では、三件か四件くらいが定数だから、量的にいって飽和状態。技法的には無理筋の冒険に近いけれど、『不連続殺人事件』のトリックを構成しているのは、その大胆さだ。連続殺人の不連続性をいかにして解明するかに、謎解きの重点が置かれる。事件は、一九四七（昭和二十二）年六月末に幕開けし、八月九日に閉じられる。小説は、同年の八月から、犯人当ての推理を広く読者に募りつつ、一年間雑誌連載された。作品が、戦後の一時期にほぼ同期して成立した事実は、『不連続殺人事件』という探偵小説にとって、本質的な条件だった。

敗戦直後の混乱期に流行作家となった安吾。エッセイ「堕落論」（一九四六年四月）は、安吾を時代の寵児《ちょうじ》として打ち上げたが、内的には、安吾文学の閃光をともなう自己発見の証言でもあった。外的条件と内的条件があたかも偶然のように重なる。――その宿命的な不連続性（連続的かつ不可逆的な不連続性）が、間をおかず『不連続殺人事件』として実現していく。

わたしがこの作品を初めて読んだのは、二十歳前後のことだった。べつに稀覯本蒐集の趣味はないのだが、イヴニングスター社の初刊本（一九四八年十二月）を購入したことがあって、読んだ。この本には、登場する人物名のところに赤ペンのシルシがつけてあり、それに邪魔されて読後感はあまり良くなかった。

再読は二十代の半ば過ぎの頃。もっぱら角川文庫で安吾作品をそろえて、日々の糧としていたような記憶がある。『不連続殺人事件』もそのなかの一冊にすぎず、特別の懐かしさをいだいたわけではなかった。手元に残っているのは、遅れて買ったから、映画化にさいして変更されたカバーの版で、カバー写真がどうも趣味に合わない。同文庫では、再度の横溝正史ブームの最盛期にもあたっていたので、懐かしさはそちらに結びついているようだ。わたしに安吾体験といったものがあるとすれば、この情緒不安定な時期に通過されているのだが、最高に心惹かれたのは、べつの文庫で見つけた『吹雪物語』だった。感情的には今も変わらない。安吾ベストを問われれば、ためらいなく『吹雪物語』を挙げるだろう。いつの間にか、安吾という荒ぶる酩酊作家は、わたしにとって「抱きしめていたい」唯一の大きな場処を占めてくる存在となった。その理由といって、深く内省するにもあたらないと感じていたが、今は、答えが案外『不連続殺人事件』にあるのかもしれない、と思いあたっている。

『不連続殺人事件』は、初版以来、二十点に近い数かずの再録版があり、安吾の最も高名な作品といえる。代表作とするべきかどうかは、右に記したわたしの「偏執」もあって保留する。ただ代表作といえなくとも、一生のうちに一度しか書けない作品であることは、最初に強調したとおりだ。

その最新の版である本書には、従来の刊本にはなかった特別の資料的附録がついている。いわゆる「本文を十倍面白くする」附録だが、それらについての解説は、あとにまわす。さきに、安吾の宿命について、いくらか述べておくほうがいいだろう。

探偵小説の愉しみとは、知恵較べにある。作品を介した、読者と作者との秘かな競合だ。この型は、現在では、探偵小説（ミステリ、推理小説といっても同じ）の特質とみなされるより、純謎解きタイプとして、珍重されたり逆に蔑視されたりする流れのなかにある。『不連続殺人事件』は、「かつて存在した」この型の技法を貫いた最高の実作例といえる。作者は連載小説の冒頭から、昂然と、知恵較べの挑戦を掲げ、なおかつ、途中で中間報告も挿しはさみ、「当てられるなら当ててみろ」といった満々たる自信を披露している。解決編においては、犯人の綿密な計画が解きほどかれていくのだが、それは、作者による構成プランがじつに周到に組み立てられていたかをよく示している。こうした読書体験は――つまり、それを保証するに足りる創作体験は、探偵小説を介してのみ実現する。他のタイプの小説では、実現しない。

さきに述べたように、小説の進行する時間と、雑誌連載の時期はほぼ同期している。読者は、小説外の世相のなかに生きつつ、小説を読み、そのフィクション世界に入り、犯人は誰か「想像」しようとする。その体験には、連続面があり、また不連続する面もある。一言でいえば『不連続殺人事件』は、時代そのものをトリックに採用している。戦後初期にしか生まれえなかった探偵小説だ。

第一章「俗悪千万な人間関係」。登場する人物たちはそろいもそろって、戦後風俗の歪んだすがたを投影している。人里離れた村落の一角にある旧家の屋敷、洋館があり別館もあり、周囲には林も池もある。屋敷の外には、神社、滝、火葬場、鉱泉宿などが散らばり、間道で結ばれる。舞台は、探偵小説に特化された閉鎖空間（連続殺人のための特殊環境）であり、この面では定型に沿っている。そして、招待された人物、されなかった人物が入り乱れ、謎の予告状が舞いこむところもオーソドックスな展開だ。だが、被害者となり容疑者となる人びと、その人物像が特別の陰翳をおびる。医師弁護士は混じるが、多くは文士・美術家——といった特殊稼業であり、時代の無頼派の風貌を自然とまとわりつかせている。閉ざされた特殊空間を描くことが、現代の探偵小説において、次第に困難になって久しい。空間の設定は出来ても、そこに生息して「殺人ゲーム」にかかわる人物像をリアルに造型することが難しくなっている。『不連続殺人事件』においては、登場人物はそのまま連続殺人の当事者であることが可能だった。誰が被害者で誰が犯人であってもおかしくない人びとであり、それにふさわしい野蛮な人間関係が最初から成立していた。

これら「俗悪千万な」奴らについては、当然、モデル論議もあったわけで、一例をあげれば――。乱酔する暴力男は作者自身（あるいは、田中英光）、誰彼かまわず「バカヤロー」を連発するのは石川淳、闘魂に燃え上がる画家は岡本太郎など。他にも名前のあがるキャラクターはあるけれど省略する。

安吾は、この俗悪千万のただなかにあって、自らもその一員として、彼らを「殺人ゲーム小説」のなかに解放してやったのだ。そして時代そのものをトリックに転用した。この離れ技がなぜ可能になったのか――。答えは、さきに述べたように、彼の置かれた外的な条件と、立ち会った内的な条件との、両面にかかわっている。

まず、外的な条件のほうから検討してみる。

《半年のうちに世相は変わった》という一行から「堕落論」は書きだされた。安吾は真実をついたが、それは必ずしも正確な指摘ではなかった。変わったのは世相ではない。世界そのものが変わった――崩壊したのだ。明治からの富国強兵路線が跡形もなく崩れ去り、徹底的に敗北した。敵国アメリカの単独占領を受ける「廃墟」。亡国の廃墟。そこに生き延びること。敗戦から戦後へ――不連続の時間が連続的につづいたのだ。茫然自失の国民意識をすくいあげうる本質的な言葉が求められていた。安吾は、そうして時代の頂点に立つ（あるいは、時代の波にさらわれる）。

次に、彼の内面になるが――じつのところ、外面と内面とは明確に分かれているのではなく、安吾らしい混迷を整理するための便宜だ。「堕落論」の高名な一句「生きよ、堕ちよ」は、もちろん彼の内面により強くかかっている。他者へ呼びかける側面はあっても、ごく微弱だ。世界の喪失（故国の廃墟化）とは、彼にとって自己発見のための千載一遇の好機だった。《堕ちる道を堕ちきることによって》彼は自己を見いだし、それが国民意識の希望でもある、と示唆することが出来た。

強いて、こうした覚醒を安吾の内面のドラマとして取り出したのは、この「私性」が最も自然に流れこんでいる作品こそ『不連続殺人事件』にほかならない、という理由による。その表徴はごくわかりやすく、事件の捜査側に属する人物たち（バイ・プレーヤー）のなかに描きこまれている。南川友一郎巡査、平野雄高警部（カングリ）、荒広介部長（八丁鼻）、長畑千冬刑事（読ミスギ）、飯塚文子刑事（アタピン）である。それぞれの名前を二つに分解して、作者の実在する友人たちを当てることの出来る読者は、よほどの文学通であるだろう。しかし、心配は無用。それらの答えの大方は、本書の附録に示されているからだ。

謎解きの主役は最終的には、探偵巨勢博士。けれど、途中での出番は彼らが多くさらっている。気弱なのに強面《こわもて》をとおそうとするカングリ警部や虚勢を張る八丁鼻のシーンからは、平野謙と荒正人と、硬派の文芸評論家の実像がこぼれ出してくる。また、大井広介にいたっては、犯人当ての四等に当選するというかたちで、場外参加までつき合っている。小説のなかに「出演」するだけでなく、外部からの第一等の読者でもあった。

本書の附録資料に記録されている各人の戦績（犯人適中率）は、それぞれの主観を読み較べてみると、じつに興趣つきない。平野や大井の証言にさきんじて、安吾自身が短編「真珠」（一九四二年六月）に書いている。惨敗した夜もあるが《完璧の勝利》もおさめた、と自賛する。犯人当てゲームへの「本気度」においてなら、安吾が一等抜きん出ていたことは疑いない。しかし、残念ながら、どの作品を材料にしてどんな成績が残ったのか、客観的な資料は望めないので、それぞれの言い分を愉しむことしか出来ない。

参考までにいえば、荒は、「第二の青春」をはじめとする昂然たるエッセイで戦後文学の前線に立ち、平野は、戦後まもなく（探偵小説とも読める）作家論『島崎藤村』を一生に一度の気迫をもって仕上げ、大井は、田島莉茉子名義で『野球殺人事件』（一九五一）を書いた。大井のベスト作は没後にまとめられた『ちゃんばら藝術史』（一九九五）だ。麻生鉱業一族の異端児であった大井（麻生賀一郎）は、戦時下、要監視人物だった平野や荒に、麻生鉱業の職を世話したことがある（最近新発見された荒宛のはがきを見ると、戦後直後の大井の仮住所は「麻生本社裏」と記されている〔本書三五九頁参照〕）。

友人たちに助けられて（With a Little Help My Friends）の旋律は、安吾の諸作のほうぼうに埋めこまれているが、『不連続殺人事件』にはいっそう色濃い。右往左往する刑事たちの潑剌としたすがたは、本作が、主に何から形成されていったのかを語ってあまりある。安吾と友人たちは、秘かに集まって（戦争反対の気炎をあげるでもなく）探偵小説の犯人当てゲームに時間を潰していた。無為の日々は「真珠」のなかに点綴されたとおりだ。――その無為が不連続に連続して、発酵を重ねて出来上がったのが、『不連続殺人事件』という稀有の、一度きりの作品なのである。これを、附録資料を合わせた決定版として手に取ることの出来た読者には、まことに得がたい読む歓びが約束されているだろう。

二点、補足しておく。

一、『不連続殺人事件』は、語り手人物の視点をとおして安定して語られ、トリッキイな作品世界を客観化することに成功している。その「中立」が破られるのは、結末の二ページ弱。犯人の独白シーンにおいてだ。動機こそが、この連続殺人の最終的な謎だ、と名探偵は主張する。しかしそれは、探偵小説の技法的なルールにかぎる論点である。犯人は、動機なき殺人を宣言するかのようだ。つまり「だれを何人殺そうが殺人は自由だ」と――。これは、作者の内奥の本音が洩れだしたものに他ならない。「殺人の自由」とは、探偵小説世界においてのみ限定的に正当化される特殊モラルだ。結末にあたって均衡が破れ、作者が犯人にその独特のモラルを語らせたことは、自然の勢いだ。作者は、意識したかどうかはべつにして、『不連続殺人事件』に連続する次回作のイメージを引き寄せていたのかもしれない。それはついに実現しなかったのだが。

二、犯人当てゲームは、メンバーを替えて戦後も継続していた。この事実は、附録の埴谷雄高のエッセイによっても明らかだ。テキストは、折しも連載のはじまった横溝正史の『本陣殺人事件』『蝶々殺人事件』だったという。不連続の連続性ともいえる現象が、ささやかな犯人当てゲームにおいても起こっていたのだ。安吾と正史――。

附録の荒正人・大井広介・江戸川乱歩による座談会「評論家の目」では、さまざまなことが話題になっている。松本清張が登場した頃で、荒も大井も、旧い頑固な探偵小説ファン気質をみせ、清張作品への不満を語っているところが印象に残る（荒は、べつのところで、正史を礼賛し、清張への辛辣な批難を明らかにしている）。簡単にいえば、ここに、探偵小説が推理小説へと変容（あるいは、変質）していく時代の流れが鮮やかに観察できる。「戦後は終わった」という声が大きく増幅した時代だ。正史・安吾の時代は、いったんは不連続に途絶えることになる。

さて、本書を閉じた読者の脳裏に浮かぶのは、どちらだろうか。

連続か、不連続か。

（のざき・ろくすけ　作家）

編集付記

一、本書は小説『不連続殺人事件』と、同作に関連する随筆・鼎談を独自にまとめたものです。

一、小説『不連続殺人事件』は創元推理文庫版『日本探偵小説全集10　坂口安吾集』を底本とし、初出誌（「日本小説」一九四七・八〜四八・九）および筑摩書房版『坂口安吾全集6』を参照しました。その他の随筆・鼎談の初出・底本は、それぞれの末尾に記しました。

一、本文中の〔　〕は本書での編集部による補足です。

一、本文中、今日の人権意識に照らして不適切な語句や表現が見受けられますが、著者が故人であること、発表当時の時代背景と作品の文化的価値に鑑みて、底本のままとしました。

中公文庫

不連続殺人事件《ふれんぞくさつじんじけん》
——附《ふ》・安吾探偵《あんごたんてい》とそのライヴァルたち

2024年 6 月25日　初版発行

著　者　坂口《さかぐち》 安吾《あんご》

発行者　安 部 順 一

発行所　中央公論新社
〒100-8152　東京都千代田区大手町 1-7-1
電話　販売 03-5299-1730　編集 03-5299-1890
URL https://www.chuko.co.jp/

ＤＴＰ　嵐下英治
印　刷　三晃印刷
製　本　小泉製本

Published by CHUOKORON-SHINSHA, INC.
Printed in Japan　ISBN978-4-12-207531-3 C1193

定価はカバーに表示してあります。落丁本・乱丁本はお手数ですが小社販売部宛お送り下さい。送料小社負担にてお取り替えいたします。